W0321002

Demain, peut-être

Carole Duplessy-Rousée

Demain, peut-être

ÉDITIONS
FRANCE
LOISIRS

Ce livre est une œuvre de fiction. Les noms, les personnages, les lieux et les événements sont le fruit de l'imagination de l'auteur ou utilisés fictivement. Toute ressemblance avec des personnes réelles, vivantes ou mortes, des événements ou des lieux serait pure coïncidence.

Édition du Club France Loisirs
avec l'autorisation des Éditions De Borée.

Éditions France Loisirs,
31 rue du Val de Marne, Paris
www.franceloisirs.com

Le Code de la propriété intellectuelle n'autorisant, aux termes des paragraphes 2 et 3 de l'article L. 122-5, d'une part, que les « copies ou reproductions strictement réservées à l'usage privé du copiste et non destinées à une utilisation collective » et, d'autre part, sous réserve du nom de l'auteur et de la source, que les « analyses et les courtes citations justifiées par le caractère critique, polémique, pédagogique, scientifique ou d'information », toute représentation ou reproduction intégrale ou partielle, faite sans le consentement de l'auteur ou de ses ayants droit ou ayants cause, est illicite (article L. 122-4). Cette représentation ou reproduction, par quelque procédé que ce soit, constituerait donc une contrefaçon sanctionnée par les articles L. 335-2 et suivants du Code de la propriété intellectuelle.

© Éditions De Borée, 2018

ISBN : 978-2-298-14271-6

À Kevin, mon fils.

En souvenir de notre complicité
dans tous les moments de la vie.

Les meilleurs comme les pires…

Avec tout mon amour.

1

L'œil sec d'avoir trop pleuré, Morgan jeta une rose sur le cercueil de son père, murmura quelques mots qu'elle lui destinait et retourna se poster près de sa mère. Digne dans le chagrin, Yvonne Kersanton regardait droit devant elle, fixant le mur de pierre qui entourait le cimetière. Au-delà, c'était l'océan, cet océan qui les prenait les uns après les autres et les rejetait, ici ou ailleurs selon son désir, ou les avalait à jamais.

À son tour, Corentin prit une fleur et la fit tomber dans la fosse. Derrière eux se tenaient les proches, les amis, les voisins, les curieux, et même les ennemis.

— Qu'est-ce que les Saint-Luan foutent ici ? grogna Corentin dans l'oreille de sa mère.

Son humeur était coléreuse. Comme le temps. Le vent s'était levé, les bourrasques glaçaient les visages. Une masse de nuages s'était formée dans le ciel assombri, la tempête n'était pas loin. Bientôt, la pluie s'abattrait sur l'île.

— Tais-toi et redresse la tête. Ils sont venus voir nos larmes. Ils sont comme des vautours qui patientent autour d'une proie à l'agonie. À la moindre faiblesse, ils nous dépouilleront.

Corentin serra les poings. Personne ne lui prendrait quoi que ce soit. Jamais il ne partirait. Ici, sur l'île de Sein, *Enez Sun* en breton, les Kersanton possédaient une maison et des terres. Ils étaient tous nés là, au sud de la mer d'Iroise, à huit kilomètres à l'ouest du continent, sur un rocher qui émergeait à peine au-dessus du niveau de la mer. Un territoire entouré de récifs, où les demeures se resserraient autour du port comme pour se protéger des éléments. L'étroitesse des ruelles empêchait le vent de s'y engouffrer trop violemment… et permettait de tout savoir de la vie des autres.

— Je les tuerai.

— Tais-toi ! Ce n'est pas le lieu pour dire des choses pareilles. Prie pour les nôtres.

Dans le caveau familial de ce bout du monde où reposait désormais Alain, il y avait déjà deux de ses fils. « Péri en mer », disaient les lettres gravées dans le granit pour Yan, dont l'âme était montée au ciel un jour d'avril, au sud de l'île d'Ouessant. Il travaillait sur *Le Lanvéoc*, un caseyeur d'Audierne, un de ces bateaux de pêche comme il y en a tant en Bretagne, de ceux qui utilisent des casiers pour piéger les tourteaux, les araignées, les langoustes, les homards et les étrilles. *Le Lanvéoc* avait été victime d'une voie d'eau au large des côtes. La coque en bois avait été transpercée sous la ligne de flottaison, sans raison apparente puisque le caseyeur n'avait heurté aucun écueil. Il avait demandé assistance, les quatre marins à bord ne pouvant aveugler la voie d'eau trop importante. Alors que l'embarcation était inondée et que l'eau emplissait la cale, ils avaient grimpé sur le pont, renonçant à enrayer la catastrophe. Un hélicoptère de la Marine nationale avait été envoyé sur place et avait hélitreuillé trois des membres d'équipage tandis que

Le Lanvéoc sombrait. Yan avait été retrouvé plus tard, à des dizaines de mètres sous l'eau, amarré au bateau qui avait coulé. Il s'était pris le pied dans un cordage, n'avait pu s'en dépêtrer et avait été happé vers les fonds marins avant que les secours ne puissent intervenir. Il venait d'avoir 18 ans.

« Péri en mer » pour Malo, qui s'en était allé l'année suivante, en novembre, à l'âge de 25 ans. De forts coups de vent balayaient la côte ce jour-là. Le drame était arrivé au nord-est de l'île alors que le fileyeur tentait de rentrer au port. La tempête et les courants l'avaient rabattu vers la pointe du Raz. Les récifs avaient entamé la coque de *L'Armorique* qui venait de relever ses filets. Alertés par un appel de détresse, les secours avaient retrouvé les corps sans vie de deux marins flottant autour de l'épave disloquée. Un troisième homme avait succombé à une hypothermie. Le quatrième, Malo, était venu s'échouer sur la grève de la baie des Trépassés. Son corps avait été découvert deux jours après le naufrage.

« Péri en mer » serait bientôt gravé pour Alain qui venait de disparaître à son tour. Son ligneur, *Le Petit Breizh*, avait coulé quelques jours plus tôt dans le raz de Sein. Alain avait jeté son bateau dans le train des déferlantes comme il le faisait presque chaque matin depuis trente ans. Il avait longé la côte, traînant une ligne garnie de sept ou huit leurres, tirée en fond pour pêcher le bar. Il n'était pas rentré au port… L'alerte avait été donnée par des marins inquiets. Chaque soir, après la pêche, Alain passait au café prendre un verre avec les amis. Ce jour-là, ils l'avaient attendu en vain sur le quai. Ils avaient contacté par radio tous les bateaux qui croisaient au large de l'île. Un chalutier de Douarnenez avait répondu. Il avait aperçu des débris de coque non loin du phare de la Vieille, la tour carrée qui s'élève entre la pointe du Raz et l'île de Sein. Un hélicoptère et un remorqueur s'étaient rendus sur les lieux. Ils n'avaient remonté qu'un corps sans vie. Tout avait dû se dérouler très vite. Alain n'avait probablement pas eu le temps de mettre à l'eau le radeau de survie, ce petit canot gonflable qui prend forme en quelques secondes, ni d'enfiler un gilet de sauvetage. *Le Petit Breizh* avait été disséqué par les flots. Il n'y aurait pas d'explication à ce drame.

Sur l'île, les commérages allaient bon train. Les mythes réapparaissaient. Certains évoquaient la « vague scélérate », une vague océanique très haute, soudaine et rare. Un mur d'eau pouvant atteindre vingt mètres, un profil abrupt et une pression telle entre le creux et la crête qu'aucun bateau ne peut y résister. Au village, le père Pouzané racontait avoir essuyé dans sa jeunesse trois vagues scélérates successives, les « trois sœurs ». Son embarcation avait réagi correctement aux deux premiers coups de semonce, mais elle n'avait pu se remettre en position favorable au troisième et elle avait coulé. Elle reposait toujours au large de Penmarc'h. On croyait le vieux Pouzané sans le croire. Avec l'âge, il n'avait plus toute sa tête. Et puis il buvait trop. Cependant, on ne pouvait ignorer ses propos que d'autres dires corroboraient parfois, faisant s'échauffer les esprits et réapparaître les terreurs qui hantent les contes et légendes. Même les gosses en parlaient en classe, les six élèves que comptait l'école à Sein. Depuis le naufrage du *Petit Breizh*, l'institutrice avait dû freiner leurs bavardages.

Yvonne Kersanton tendit l'oreille pour écouter le prêtre qui retraçait le parcours de son mari. Un pêcheur aguerri, bon père et époux aimant. Ses paroles se voulaient réconfortantes mais elle n'y trouva pas d'apaisement. Au contraire. Elle avait perdu son amour de toujours et ses certitudes. Qu'allaient-elles devenir, elle et Morgan, maintenant qu'il n'y avait plus qu'un homme à la maison ? De quoi vivraient-elles ? Yvonne avait consacré son existence aux siens. Épouse et mère attentive, elle avait élevé cinq enfants, tenu la maison, géré l'intendance. Un gros travail pour lequel il n'y avait ni indemnité, ni pension, ni retraite. Maëlys, l'aînée de la fratrie, était partie depuis longtemps. Ingénieur agronome, elle travaillait la plupart du temps en Afrique et revenait rarement à Sein. Bouleversée par la mort de Yan, son jumeau, Morgan avait abandonné ses études. Titulaire d'un CAP de conchyliculture et d'un bac pro en cultures marines, elle avait refusé de poursuivre en BTS aquaculture. L'éloignement et l'internat lui pesaient. Elle avait renoncé à chercher un job dans un élevage pour ne pas quitter l'île. Elle souhaitait vivre à Sein. Elle aidait sa mère dans les tâches du quotidien, travaillait parfois chez une bouquiniste d'Audierne, sur le continent, gagnant quelques billets qui lui permettaient de s'habiller. Le salaire de Corentin suffirait-il à les nourrir ? Qu'adviendrait-il le jour où le jeune homme tomberait amoureux et déciderait de suivre son chemin et de fonder une famille ? Sa mère et sa sœur ne pourraient pas s'accrocher indéfiniment à lui. Il prendrait bientôt 28 ans, il était beau garçon, courageux, intelligent, et les filles lui faisaient les yeux doux…

Immobile face à la tombe de son mari, Yvonne n'entendait plus le prêtre, tout à ses pensées. Que lui restait-il pour subvenir au quotidien ? Sa demeure sur l'île, rue du Coq-Hardi, et cette parcelle à la sortie du village, face à la mer. Un lopin de terre dans la lande, entouré d'un muret de pierre... Le terrain convoité par les Saint-Luan qu'elle ne leur céderait pas. Ni à eux ni à quiconque. Cependant, à la veille de la cinquantaine, n'ayant jamais travaillé, que pouvait-elle espérer ? Pour trouver un emploi, même saisonnier, dans un hôtel ou un restaurant, il lui aurait fallu s'exiler de Sein. Elle ne pouvait s'y résoudre. Alors comment gagner un peu d'argent ? Elle réfléchit encore, songeant qu'elle pourrait restaurer et transformer le petit bâtiment au fond du jardin en chambres d'hôtes. Les touristes se faisaient de plus en plus nombreux sur l'île, en été surtout. Une location permettrait d'arrondir les fins de mois. Son amie Gwen le lui avait suggéré à plusieurs reprises... avant le décès d'Alain.

Le prêtre avait terminé son laïus. Le défilé des mains tendues et des condoléances commença devant Yvonne, Morgan et Corentin, dans ce cimetière du bout de la terre. Tout le village était présent, quelque deux cents îliens vivant là en permanence, y compris à la mauvaise saison. Il y avait les amis, les proches dont la peine était sincère, et les intéressés qui attendaient de voir la famille Kersanton s'effondrer... Yvonne se raidit quand Marie-Françoise Saint-Luan passa devant elle. Lèvres pincées, elle fut incapable de prononcer un mot et serra de mauvaise grâce la main qui se tendait vers elle. Maintenant, ils ne seraient plus que trois à lutter. Sans Alain pour mener les troupes, le combat serait difficile. Réussiraient-ils à tenir tête au clan Saint-Luan, qui ne cessait de les tracasser pour acheter leur maison et leur terre ?

Le visage fouetté par les embruns, Morgan répondait d'une phrase aimable à ceux qui lui témoignaient une compassion sincère. Les derniers à se présenter furent Paul, Erwan, Frédéric et Guillaume, quatre jeunes de Sein. Yvonne embrassa chacun d'eux, les serrant sur son cœur. C'était eux qui avaient préparé la tombe. Dans cette île isolée, il n'y avait pas de pompes funèbres. Après la veillée du corps, les quatre amis s'étaient occupés du défunt et avaient organisé les funérailles, creusant eux-mêmes la terre dans ce cimetière dominé par un calvaire. Un peu plus tard, lorsque les Kersanton ne seraient plus là, ils reviendraient avec leurs pelles, combleraient le trou, replaceraient la dalle de granit pour fermer le caveau.

— Péri en mer..., murmura Yvonne lorsque tous furent partis.

Presque incrédule, elle contemplait la fosse et les roses éparpillées sur le cercueil.

— Péri en mer, répéta Morgan, l'air hébété, secouant aussitôt sa tête comme pour se réveiller. Tu viens ? On nous attend au village.

— On le paiera encore combien de temps le passé des ancêtres ? marmonna Yvonne comme si elle n'avait pas entendu sa fille.

— Que dis-tu ?

— Rien.

— On y va, fit Corentin. Il va pleuvoir. Gwen nous attend chez elle. Elle a tout préparé avec la mère d'Erwan. Café, galettes...

Yvonne s'attarda encore un peu. Elle glissa la main dans la poche de son manteau et serra dans sa paume une pierre qui ne la quittait jamais, un petit morceau de granit lissé par le temps, tel un galet, dont elle avait fait son talisman. Elle pria. Pour Corentin, qui dès demain embarquerait de nouveau sur le bateau à bord duquel il travaillait. Pour Morgan, qui partageait son quotidien. Et pour son aînée, Maëlys, qui s'était enfuie loin d'eux pour échapper à cette mer qu'elle détestait. Pourvu qu'ils soient épargnés. Les Kersanton disparaissaient les uns après les autres…

— La faute à ceux qui ont pris des vies pendant des décennies ! hurla soudain Yvonne au milieu des tombes. La faute à ces fichus naufrageurs ! Maudits soient les Kersanton et tous les autres qui ont fait périr tant d'équipages et de voyageurs pour les voler !

— Ne ressasse pas ces vieilles croyances, murmura Morgan. Le droit de bris, c'était il y a des lustres !

— Qu'est-ce que tu crois ? Qu'on peut faire le mal impunément ? Tôt ou tard, on est rattrapé.

— Ne te mets pas ces idées en tête. Nous n'avons pas de chance, c'est tout. Comme la plupart des îliens. La mer prend ceux qu'on aime…

— Pourquoi les Kersanton régleraient-ils un tribut plus lourd que les autres ? Pourquoi deux de mes fils, et maintenant mon mari ?

Morgan soupira. Hasard ou destin, pourquoi se torturer ainsi l'esprit avec ces interrogations ? Il n'y avait pas de réponse.

— Dieu pardonne aux défunts, dit-elle en espérant calmer sa mère.

— *Doué da bardono ann Anaon!* répéta Yvonne en criant. Tu le crois, toi ? Peut-être que j'ai pu gober ces foutaises quand j'étais gosse et que j'allais au catéchisme ! La vérité, c'est que Dieu n'est pas que bonté et qu'il punit les coupables !

Morgan haussa les épaules. Ces histoires rabâchées par sa mère et par tout le village étaient stupides. Le droit de bris avait existé pendant des décennies. Les Sénans s'y étaient adonnés dès le XVe siècle, parfois sur le commandement du duc de Bretagne, pour piller les cargaisons des navires espagnols. Les naufrageurs allumaient des feux sur l'île, attirant les navires qui passaient le raz vers les endroits les plus périlleux. Les rochers et les écueils, nombreux, couverts ou découverts selon la marée, déchiraient les coques. Entre Sein et le cap Sizun, il fallait être adroit pour conduire son vaisseau. De nuit, ou par temps de brume, les « démons de la mer » n'avaient aucun mal à tromper les navigateurs. Les feux qu'ils allumaient sur les récifs guidaient les bateaux vers leur perte. Quand l'embarcation rencontrait les écueils et se brisait, les îliens étaient prêts à tuer les survivants pour s'emparer des débris et des cargaisons. La légende ajoutait que le comportement criminel de la population de Sein s'expliquait par l'absence de prêtre. Ces pauvres âmes demeuraient fidèles au druidisme et à ses coutumes païennes. Sans secours religieux, les druidesses vierges régnaient et régénéraient le caractère sauvage des habitants dont on ne parlait que sous le nom de « diables de la mer ». Des gens vivant de la pêche, d'une maigre culture de l'orge et surtout de ruses cruelles pour piller les bateaux qui avaient le malheur de s'aventurer dans le raz. En août 1681, un article de l'ordonnance de la Marine avait interdit les pratiques des naufrageurs : « *Ceux qui allument, la nuit, des feux trompeurs sur les grèves de la mer ou dans des endroits périlleux pour y attirer et faire perdre les navires, seront punis de mort et leurs corps attachés à un mât planté où ils auront fait des feux.* » Malgré cet arrêté, quelques Sénans avaient continué à vivre de leurs crimes pendant un bon siècle… Y avait-il eu des Kersanton parmi ces assassins ? Yvonne semblait en être sûre. Mais que savait-elle, au juste ? Et qu'avait-elle caché à ses enfants ? Corentin frémit. Il fallait chasser ces sornettes, les reléguer dans un passé qui n'avait plus lieu d'être.

— Il pleut fort maintenant, allons vite chez Gwen, dit-il en accrochant le bras de sa mère.

Celle-ci se laissa faire. Elle pressa le pas, caressant une fois encore son caillou bien à l'abri au fond de sa poche. Ce soir, lorsqu'elle serait seule et tranquille, elle irait rendre hommage aux neuf prêtresses. Elle leur demanderait de protéger les trois enfants qui lui restaient. Elle prierait aussi les Marie Morgane, les sirènes de l'île. Elles seules avaient le pouvoir de mettre fin aux drames. Pour l'heure, elle devait se plier à la tradition et se rendre chez son amie Gwen Linguer, la mère de Frédéric. En principe, la collation aurait dû se dérouler dans la demeure du défunt, mais Gwen avait insisté pour organiser cette petite réception afin de préserver Yvonne qu'elle jugeait fatiguée. Ce serait l'occasion pour la famille et les proches de rappeler les instants heureux, de parler d'Alain, d'évoquer les souvenirs partagés avec les uns et les autres…

2

Gwen avait préparé une belle collation. Sa maison, située sur le quai des Français-Libres, était assez vaste pour accueillir toutes les personnes qui avaient assisté aux obsèques, et même celles qui n'avaient pu s'y rendre. Elle aurait aimé laisser la porte ouverte, mais les bourrasques étaient de plus en plus fortes, apportant de grosses gouttes de pluie à glacer les os. Avec son fils Frédéric, elle avait poussé les meubles et dressé une grande table recouverte d'une nappe blanche. Ils avaient disposé des tasses, des verres, des bolées, des assiettes et des plats débordants de galettes, de biscuits et de crêpes. Elle avait aussi confectionné quelques bouquets avec les dernières roses de son jardin et les avait mis dans des vases, donnant un peu de couleur à cette sombre journée.

La demeure se remplissait peu à peu. Les Saint-Luan étaient déjà là quand Yvonne arriva avec ses enfants. Marie-Françoise était assise au fond de la pièce, affichant comme d'habitude un air pincé, le visage presque sans lèvres, l'œil vif tel un rapace en quête de proie. L'âge et les rides accentuaient la brutalité de ce portrait si peu avenant. À 51 ans, elle était déjà vieille, abîmée par la méchanceté. Jean-Paul et Marc-Antoine, ses fils, l'entouraient. Ils avaient le même visage, aigre et cruel, le même profil, avide, presque sans bouche. Surprise de les découvrir là, Yvonne oublia ses idées de partage. Comment évoquer les instants heureux avec ces gens-là ? Elle attira Gwen dans la cuisine.

— Pourquoi as-tu convié les Saint-Luan ?

— Je ne les ai pas invités. Ils étaient au cimetière, ils sont venus jusqu'ici comme les autres.

— Ils n'ont rien à faire chez toi !

— Aujourd'hui est jour de deuil, Yvonne. On a enterré ton mari. Ne pourrais-tu pas t'accorder un moment de paix ?

— Une trêve, à la rigueur. La paix, certainement pas.

— La douleur te met à vif. Il faut du temps pour admettre le départ de ceux qu'on aime, soupira Gwen en songeant à son époux décédé quelques années plus tôt.

— Parce que tu penses que je peux accepter la mort d'Alain ? Que j'ai accepté celle de mes fils ?

— La peine te ronge. Retire ton manteau, il est trempé et tu es gelée. Prends un café. Viens, on va s'asseoir un peu. Tu sais que la mère Plougoff est morte ? La grippe, d'après le médecin. Elle était trop vieille pour y résister. Attends, je vais demander un coup de main aux enfants. Frédéric, tu veux bien aller chercher quelques bouteilles de cidre ? Morgan, tu peux servir les bolées ?

— Marie est morte ? s'étonna Yvonne.

— Oui, elle est partie ce matin. Après trois jours de fièvre. La grippe est arrivée bien avant l'hiver, le toubib dit qu'elle est mauvaise cette année. Je vais préparer ma décoction habituelle et je t'en donnerai un flacon. Une cuillère tous les matins. Ça nous mettra à l'abri du virus. J'ai des baies de genièvre, mais pas assez. Je demanderai à ta fille de m'en apporter lorsqu'elle ira sur le continent. Et puis, au cas où on attraperait cette fichue maladie, je confectionnerai ma décoction de feuilles de buis.

— Quatre cas sur l'île, deux morts... Il ne fait pas bon être un Sénan en ce moment.

— Marie Plougoff avait plus de 85 ans et le père Fouesnan pas loin de 90. L'âge, ça rend faible.

— On est tous maudits !

— Qu'est-ce que tu me chantes là ?

— Si on ne crève pas en mer, c'est la grippe qui a notre peau ! Qui voit Sein voit sa fin !

— Tu crois que je ne connais pas ce dicton ? Qui voit Ouessant voit son sang, qui voit Molène voit sa peine, qui voit Groix voit sa croix, qui voit Sein voit sa fin. Ce ne sont que des complaintes de marins... Tu dis des bêtises. Le chagrin te fait perdre la raison.

Yvonne haussa les épaules. Sein avait connu la peste au XVIe siècle, puis une épidémie de choléra dans les années 1880. Des fléaux qui avaient emporté à chaque fois une partie de la population. Maintenant, c'était la grippe qui allait les décimer. Il y avait moins de deux cents âmes sur l'île pendant l'hiver, les jeunes préférant vivre sur le continent. Après la grippe et les péris en mer, Sein allait redevenir un morceau de terre sauvage et dépeuplée et l'ardoise serait effacée.

— On va tous y passer, grogna-t-elle à l'oreille de son amie. Le prix à payer pour nos familles de naufrageurs.

— N'importe quoi ! Yvonne, ressaisis-toi. À Sein, on a été des naufragés avant d'être des naufrageurs !

Tu connais l'histoire aussi bien que moi. Les premiers habitants de l'île n'avaient pas choisi d'échouer sur les écueils. Ils ont appris à y survivre. D'abord en récupérant tout ce qu'ils pouvaient sur les bateaux en perdition, ensuite, c'est vrai, en allumant des feux pour attirer les navires sur les rochers. Mais ils ont changé ! Tu oublies tout ce qu'on doit aux Sénans. Il y a belle lurette qu'on a racheté nos péchés devant Dieu. Les insulaires ont porté secours à des centaines de personnes. Ils les ont hébergées, nourries alors qu'eux-mêmes souffraient de la disette. Souviens-toi des sept cents âmes sauvées lors du naufrage du *Peletier* en 1796, ou des hommes du *Bellissima*, en 1835, récupérés par la chaîne humaine qu'avait formée quatre îliens. Aucune raison que Dieu nous en veuille.

Yvonne termina sa tasse de café sans répondre. Gwen ne mentionnait pas le naufrage de l'*Egypt* en 1922. Ce paquebot anglais avait coulé par cent dix mètres de fond, juste au nord du phare d'Ar-Men, suite à un abordage avec le vapeur *Seine*. Quatre-vingt-dix-huit personnes avaient péri. L'*Egypt* transportait beaucoup d'or, officiellement récupéré après 1926, quand l'épave avait enfin été repérée. Dans la famille d'Yvonne, on racontait qu'elle avait été découverte un peu plus tôt par les Saint-Luan et que le butin, même s'ils n'en avaient volé qu'une maigre part, était à l'origine de leur fortune. Les Saint-Luan avaient toujours nié cette version, prétextant que dans ces années-là, ils avaient hérité d'un grand-oncle de Concarneau.

— Peut-être qu'on paie aussi le crime des Saint-Luan, reprit Yvonne. Ils s'en sont mis plein les poches quand ils ont remonté l'or de l'*Egypt* !

— Non ! Tu sais comme moi qu'on n'a pas de preuve. C'est juste un ramassis de racontars.

— Le père Pouzané y croit dur comme fer !

— Il n'était même pas né l'année de ce naufrage. Il n'a rien vu. Il n'a fait que répéter des cancans. Et maintenant il perd la boule ! Tout le monde a envié les Saint-Luan parce qu'ils s'en sortaient mieux que les autres. Personne ne doit les jalouser, même si on aimerait avoir autant d'argent qu'eux et ne plus voir nos hommes périr en mer !

— Il n'empêche que le père Pouzané...

— Il est là, assis à l'autre bout du salon. Va donc lui demander.

— Viens avec moi.

Gwen grogna et suivit son amie de mauvaise grâce. Marie-Françoise Saint-Luan et ses enfants ne perdaient pas une miette des événements, suivant d'un œil attentif les va-et-vient des uns et des autres. Yvonne attrapa une chaise et s'assit.

— Gildas..., murmura-t-elle en posant une main sur celle du vieil homme.

— Ah, petite Yvonne, je suis content que tu viennes me voir. Je t'ai aperçue quand tu es entrée, mais comme je ne tiens plus guère sur mes jambes, je me suis posé là. Ton fils est un gaillard. Heureusement que tu l'as. Parce que sans le pauvre Alain... Ça va être dur pour toi.

— Oui, ça va être dur, acquiesça Yvonne. La mer ne nous fait pas de cadeaux... Gildas, tu te rappelles de l'*Egypt* qui a coulé non loin d'ici ?

— Ah, l'*Egypt*... Mon père m'a souvent raconté cette histoire. Il revenait de la pêche quand le drame s'est produit. Le navire avait passé Ouessant, la brume était tombée. Le capitaine avait infléchi sa route pour parer aux dangers de la chaussée de Sein. Face à l'atmosphère de plus en plus cotonneuse, il a d'abord donné l'ordre de réduire la vitesse, puis de couper les machines. L'épais brouillard ne laissait même pas passer les coups de sirène lancés par le paquebot pour avertir de sa présence. Quand le choc l'a ébranlé, les passagers allaient se mettre à table. Le navire a été abordé à bâbord, entre les deux cheminées, par un cargo, *Le Seine*. Avant que l'*Egypt* ne sombre, *Le Seine* a eu le temps de mettre ses canots à l'eau et a pu ramener à son bord plus de deux cents rescapés. Sur son bateau, mon père a récupéré deux malheureux qui n'avaient pas de gilet de sauvetage et avaient réussi à flotter en s'accrochant à des objets tombés du navire quand il a sombré. Ils sont restés chez nous quelques jours. On les a ensuite reconduits à Brest pour l'inhumation de leurs proches. Les victimes ont toutes été enterrées à Kerfautras.

Yvonne se tourna vers Gwen et lui lança un regard explicite. Le vieux n'était pas si maboul que cela... S'il lui arrivait de dérailler un peu, il avait tout de même une sacrée mémoire !

— On dit qu'il y avait beaucoup de richesses à bord de l'*Egypt*... C'est vrai, Gildas ? demanda Yvonne en lui tapotant l'épaule.

— Oui. En plus du fret habituel, il y avait un chargement d'or et d'argent enfermé dans une chambre forte. Les compagnies d'assurances ont casqué pour organiser des recherches, qui ont porté leurs fruits puisque la fortune a été retrouvée, même si ça a été bien plus tard.

— Toute la fortune ? Tu en es sûr ?

Le vieil homme haussa les épaules. Peu lui importait qu'une partie de l'or soit restée au fond de l'océan. Ou que d'autres se soient servis, pensa Yvonne. Il tendit sa bolée et réclama une rasade de cidre. Il souriait, les yeux fixés sur une antique boussole posée sur une commode de chêne, sans doute perdu dans les méandres de sa mémoire, quelque part entre terre et ciel…

— Je suis sûre que tu as encore des souvenirs à partager, insista Yvonne.

— Mon oncle en avait bien plus que moi. Tu penses, il a bossé presque toute sa vie sur Ar-Men… Tous les gardiens appelaient ce phare « l'enfer des enfers » tant il tremblait sous la houle lors des tempêtes. En principe, on relevait les gars tous les quinze jours, mais parfois, c'était impossible.

— Il a dû te raconter beaucoup d'histoires de naufrages.

— La construction d'Ar-Men a commencé sous le règne de Napoléon III, après le naufrage d'une frégate impériale qui s'était brisée sur les rochers de la chaussée de Sein.

— Oui, Gildas, je connais… Je pensais à d'autres événements. Comme le naufrage de l'*Egypt* dont on vient de parler. Sur le phare, on a bien dû en causer, non ?

— Il a fallu plus de quatorze ans pour le bâtir, des Sénans y ont laissé leur peau. Ensuite, on a solidifié la construction en l'alourdissant. Elle n'aurait jamais résisté aux coups de vent, sinon.

Yvonne s'agita. Elle ne parvenait pas à aiguiller le père Pouzané vers le sujet qui l'intéressait.

— Ar-Men est toujours debout, dit-elle, et les gardiens du phare ont connu bien des aventures.

— Avant l'automatisation, l'allumage et l'extinction des feux rythmaient la vie des gardiens. Ils étaient trois à habiter la tour et se relayaient vingt-quatre heures sur vingt-quatre. Après la Libération, ils n'ont plus été que deux à partager le logement, deux chambres et une cuisine commune. Pas de chauffage, pas de salle de bains. Et pas de femme ! Sauf en été, parfois, lors de la relève et du ravitaillement. Il arrivait qu'une belle utilise le cartahu et vienne distraire les hommes pendant une petite heure. Mais en hiver, c'était autre chose… Certains hommes ont passé près de cent jours consécutifs là-haut.

— Le temps devait leur sembler long.

— La nuit, celui qui était de quart devait veiller au bon fonctionnement du feu et observer l'horizon, vérifier que les phares alentour brillaient, repérer des bateaux en détresse. Si un incident se produisait, on donnait l'alerte par radio. Si la brume s'installait, on mettait en route la corne.

— Qu'ont-ils vu ou entendu ceux qui étaient là-haut quand l'*Egypt* a coulé ? Et après le drame ?

Gildas Pouzané fit la moue.

— Sûrement pas grand-chose puisque les deux navires ne se sont pas vus eux-mêmes. Ils n'ont même pas entendu les sirènes.

— Et par le biais de la radio, les gardiens ont bien dû être informés de quelque chose, non ?

— À part l'accident, qu'auraient-ils pu apprendre ?

— Il n'y a pas si longtemps, reprit Yvonne en lui tapotant la main, tu m'as dit qu'il était possible que des Sénans aient récupéré une petite partie de l'or.

— J'ai dit ça ?

— Oui.

— Non, tu dois faire erreur. Je m'en souviendrais, tout de même !

— Dommage que tu aies oublié !

Contrarié, Gildas fronça les sourcils. Yvonne comprit qu'il était inutile d'insister. Elle lui tendit une assiette de galettes qu'il refusa d'un geste de la main. À l'autre bout de la pièce, Marie-Françoise Saint-Luan souriait. Agacée, Yvonne se réfugia dans la cuisine, suivie par Gwen qui n'était pas décidée à la lâcher.

— Même si Pouzané a encore de beaux souvenirs, murmura-t-elle, il n'y a rien qui puisse accuser les ancêtres des Saint-Luan. Arrête donc de te mettre en tête ces foutaises.

— Quelles foutaises ? demanda Morgan qui entrait dans la cuisine, une cafetière vide à la main.

— Rien ! maugréa Yvonne.

— Ta mère s'est mis dans le crâne que les Saint-Luan ont récupéré une partie d'un trésor après le naufrage de l'*Egypt*.

— Encore cette histoire ! Maman, il a fallu des tonnes d'explosifs pour venir à bout des chambres fortes, sans parler du matériel de pro qui a été nécessaire aux plongeurs pour atteindre l'épave. Laisse tomber !

Morgan remplit la cafetière et retourna au salon. Elle refit un tour de la pièce pour resservir les invités. De temps en temps, elle consultait sa montre en songeant à Margaret. Quand pourrait-elle s'échapper de Sein pour aller la retrouver à Audierne ? Avec l'hiver qui pointait son nez, la rotation de la liaison entre l'île et le continent était limitée. Et sa mère ? Impossible de la laisser seule en ce moment. Elle aurait besoin d'être entourée, du moins le temps du deuil, le temps que les douleurs s'estompent...

Dans une heure ou deux, la collation s'achèverait et elles rentreraient à la maison avec Corentin. Morgan se dit qu'elle trouverait bien un moment pour s'isoler et appeler Margaret. Entendre sa voix, lui parler, lui répéter combien elle l'aimait... Elle écrirait aussi à Maëlys. Elle lui raconterait l'enterrement de leur père et lui parlerait de la pression terrible qu'exerçaient les Saint-Luan sur leur mère afin qu'elle leur cède leurs terres sur la lande. Leur père parti, ils allaient sûrement revenir à la charge. Si Morgan refusait d'entrer dans le jeu de sa mère pour ne pas envenimer la situation, elle avait compris le péril. Tôt ou tard, elles n'auraient plus d'argent. Tôt ou tard, elles seraient obligées de vendre, et alors les Saint-Luan se porteraient acquéreurs.

Maëlys n'était pas venue enterrer son père, Morgan ne lui adresserait pas de reproche, mais il était temps de la mettre au courant de la situation. Peut-être aurait-elle une solution à leur problème. Peut-être accepterait-elle de les aider. Il n'y avait qu'une chose qu'elle ne pourrait pas lui demander : qu'elle remette les pieds sur l'île.

3

La collation chez Gwen terminée, Yvonne et ses enfants étaient rentrés dans leur maison de la rue du Coq-Hardi, non loin du quai des Paimpolais. La nuit était tombée depuis un moment déjà. La tempête faisait rage, balayant l'île comme si elle allait l'arracher. Morgan avait proposé de préparer une soupe. Yvonne avait dit vouloir se reposer et était montée se coucher. Corentin et Morgan n'avaient pas insisté. Ils comprenaient son chagrin, comme elle, ils étaient assommés par la peine. Chacun avait besoin de répit, envie d'un peu de solitude. Morgan s'était enfermée dans sa chambre sous les combles. Corentin s'était enroulé dans un vieux plaid et s'était écroulé sur le canapé dans le salon, face au fauteuil de son père.

La contemplation de cette place vide le ramena aux difficultés qui l'attendaient. Il prit conscience du poids qui reposait désormais sur ses épaules. Les jours à venir seraient difficiles. Il faudrait faire attention à l'argent, être économe. Il aiderait sa mère à tenir les comptes, si nécessaire. Il ne faudrait contracter aucune dette pour ne pas mettre en péril le patrimoine de la famille. Le regard fixé sur le fauteuil vide de son père, il se promit de ne vendre ni le terrain ni la maison. Sa colère de l'après-midi était passée. Une sorte de quiétude l'avait saisi alors qu'il méditait dans cette pièce pleine de souvenirs. Il s'inquiétait cependant de la férocité des Saint-Luan. Il faudrait les tenir à distance et ne pas fléchir. Il se sentait prêt à relever le défi, de manière raisonnée et raisonnable. L'attitude de sa mère le tracassait davantage. Il ne saisissait pas son acharnement à vouloir remuer le passé. Et pourquoi se perdre dans ce monde de légendes pour y trouver les réponses ? Écouter le père Pouzané était certes distrayant, il avait toujours mille histoires à narrer, mais le croire pouvait s'avérer dangereux. Ce n'était pas avec des racontars qu'on mettrait fin à l'appétit dévoreur des Saint-Luan. Peu importe d'où venait leur fortune, pourvu qu'ils leur fichent la paix.

Corentin se rassura. Les gens du village l'aideraient à faire front. Ici, on n'aimait guère Marie-Françoise Saint-Luan. Elle n'était pas une véritable îlienne. Elle était née sur le continent, elle y avait vécu. Elle n'était venue s'installer sur l'île qu'après le décès de son mari qui lui avait légué, parmi beaucoup d'autres biens, une des plus jolies demeures de Sein. Elle avait alors débarqué avec ses fils avec pour ambition de construire un complexe hôtelier moderne. Une idée dont personne ne voulait sur cette terre où il n'y avait même pas de voiture. On accueillait volontiers quelques touristes, mais on ne souhaitait pas voir l'*Enez Sun* transformée en riviera bretonne. Au fil du temps, Marie-Françoise était parvenue à acquérir quelques parcelles. Certes, elle était loin de disposer de l'espace nécessaire pour mener à bien son projet. D'autant que le dernier cadastre, qui datait de 1836, ne facilitait pas les choses. Par endroits, le morcellement inextricable des lopins de terre, dont certains ne mesuraient que dix ou vingt mètres carrés, rendait impossible la constitution d'un lot qui aurait permis de construire un grand bâtiment. Mais l'île se dépeuplait. Les jeunes, même s'ils aimaient leur rocher, ne pouvaient guère y vivre, et quand les parents mouraient, ils vendaient parfois le bien dont ils ne savaient que faire… Les Saint-Luan étaient à l'affût, prêts à s'approprier tout ce qu'ils pouvaient. Corentin se jura une fois encore qu'il s'opposerait férocement à cette famille. Il en reparlerait avec ses amis. Eux aussi étaient très attachés à leur terre, ils l'épauleraient. Apaisé par cette pensée, il s'endormit.

Indifférente aux coups de vent qui balayaient le toit et faisaient vibrer les ardoises, allongée sur son lit l'oreille collée à son Smartphone, Morgan écoutait Margaret. La douceur de sa voix la réconfortait, la réconciliait avec la vie. Elle lui répondait en chuchotant, masquant sa bouche de sa main. Pas question qu'on puisse entendre ce qu'elle disait. Personne ne savait pour Margaret. Personne ne savait combien elle aimait cette femme et tout l'amour qu'elle recevait en retour.

Elles s'étaient connues trois ans plus tôt, alors que Morgan était interne au lycée d'Étel, dans le Morbihan. Le week-end, comme le trajet était trop long, elle ne rentrait pas à Sein. Elle passait donc les fins de semaine à Lorient chez des amis de ses parents qui la logeaient pour deux nuits. De son côté, Margaret avait quitté l'Angleterre pour s'installer à Lorient, séduite par la Bretagne qu'elle avait découverte lors de congés d'été. Elle y avait ouvert une boutique où elle vendait de vieux bouquins, des cartes postales anciennes et quelques timbres de collection. Morgan y était entrée un jour par hasard. Le coup de foudre avait été immédiat, ou presque. Dix ans séparaient les deux femmes. Morgan avait charmé Margaret par sa fraîcheur et son innocence. Margaret avait séduit Morgan par sa solidité, son expérience de la vie, et surtout la bienveillance qui émanait de sa personne. Elle était devenue la boussole d'une Morgan un peu paumée lorsqu'elle était loin de son île.

Quand Morgan avait perdu son jumeau, Margaret avait compris que son amie ne reviendrait plus aussi souvent à Lorient. Celle-ci avait péniblement terminé son année scolaire et passé son bac, puis elle était rentrée sur son île. Meurtrie par le chagrin, elle ne se sentait pas prête à abandonner sa famille. Son attachement à ses parents et à sa terre risquait d'avoir raison de leur idylle. L'Anglaise l'avait bien saisi et n'avait pas hésité longtemps. Elle avait vendu son magasin et acheté un pas-de-porte à Audierne. Elle y avait transporté toute sa marchandise et repris son commerce de bouquiniste. Et leur histoire avait continué… Une passion sans nuage, mais une passion cachée. Morgan n'avait jamais parlé à ses parents de son homosexualité, ni à quiconque d'ailleurs. Elle se rendait à Audierne presque chaque semaine, y passait deux jours sous prétexte de travailler pour la bouquiniste. Personne ne s'en étonnait. On savait que Margaret parcourait les brocantes et qu'elle avait besoin de quelqu'un pour tenir la boutique quand elle s'absentait, ou pour lui donner un coup de main en été, quand les touristes se faisaient plus nombreux. À Audierne, Morgan prétendait dormir dans la maison acquise par Maëlys à l'époque où elle avait commencé à gagner correctement sa vie. Un joli pied-à-terre sur l'avenue Manu-Brusq, face à la mer et la plage de sable fin. Au loin, on voyait l'embarcadère de l'*Enez Sun III*, le ferry côtier de la compagnie maritime Penn ar Bed, qui assurait la liaison quotidienne entre Sein et Audierne. Cette demeure, Maëlys ne l'avait guère habitée. Après le premier décès qui avait frappé sa famille, elle s'était mise à détester la mer et ne venait plus à Sein, même lors de ses congés. Ces dernières années, elle n'avait fait que quelques séjours éclair à Paris. L'Afrique était devenue sa patrie et son métier d'ingénieur agronome un véritable sacerdoce. Elle laissait la maison à disposition des siens lorsqu'ils venaient sur le continent. Morgan et Margaret profitaient parfois de la terrasse ensoleillée lors de belles soirées. Toujours avec précaution. Personne ne devait savoir… Margaret aurait voulu ne plus se cacher, mais Morgan n'était pas prête. Elle n'avait pas dépassé certains préjugés trop bien ancrés et redoutait la réaction de sa famille. Quand un garçon lui tournait autour, que sa mère se moquait gentiment d'elle, elle répondait qu'elle avait le temps de tomber amoureuse plutôt que de confesser qu'elle aimait une femme…

Margaret était patiente. Elle avait connu les mêmes sentiments qui tourmentaient Morgan. Elle aussi avait eu besoin de temps avant de pouvoir révéler son homosexualité, et lorsqu'elle l'avait fait, elle s'était sentie rejetée par les siens. Ses parents, bien trop rigides, lui avaient conseillé d'aller abriter ses amours loin d'eux. Elle avait finalement franchi la Manche, quittant son Angleterre natale pour venir s'installer en France et démarrer une nouvelle vie, exister en suivant le destin qu'elle s'était choisi. C'est ce qui attendait Morgan, Margaret le mesurait mieux que personne. Dans une ville aussi petite qu'Audierne, tout comme à Sein, il était difficile d'être anonyme. Nul doute que le jour où Morgan sauterait le pas, quand elle avouerait qu'elle était amoureuse d'une femme, elle ferait l'objet des cancans. Il lui faudrait être forte pour le supporter... et mûrir. Un peu, seulement, car Margaret ne souhaitait pas la voir grandir trop vite. Elle adorait cette naïveté de la jeunesse que Morgan avait conservée malgré les terribles épreuves qu'elle avait endurées en deux années. Au téléphone, elle lui redit combien elle l'aimait, combien elle était peinée pour son père, parti trop tôt, et qu'elle l'attendait à Audierne dès que possible.

—Je viendrai la semaine prochaine, murmura Morgan. C'est promis. Ma mère est solide. La vie va reprendre. Presque comme avant... Mon père me manque, et j'aurais bien besoin d'être dans tes bras pour que tu me réconfortes. Quand le chagrin sera moins aigu, je parlerai de toi à ma mère. Je ne peux plus continuer à mentir. Le remords me ronge. Je sais que ma mère et mon frère seront contrariés, mais ils finiront par accepter. Je mettrai d'abord Maëlys dans la confidence. Je verrai ce qu'elle me répondra.

Malgré la joie qu'elle éprouva à l'idée que Morgan ait envie d'officialiser leur liaison, Margaret lui recommanda de laisser passer quelques semaines et de laisser chacun faire son deuil. Difficile d'encaisser autant de chocs en si peu de temps. Sans connaître Yvonne Kersanton, Margaret avait compris combien cette femme aimait sa fille. Elle n'avait pas l'austérité et la rigueur de sa propre mère. Certes, elle serait déçue, abasourdie peut-être, et pourrait même, sous l'effet de la stupeur, repousser son enfant. Il ne fallait rien précipiter. L'essentiel était que Morgan soit décidée à assumer son homosexualité aux yeux de tous et prête à l'afficher. Quand elle parlerait, elle le ferait sans gêne, sans honte, avec des mots simples. Sa mère comprendrait. Elle saisirait que le cœur de sa fille avait fait un choix différent, que l'on ne pouvait emprisonner les émotions et les sentiments, que les chemins de l'existence étaient parfois tortueux. S'ils conduisaient au bonheur, n'était-ce pas le plus important? Le vœu de toute maman est de voir son enfant heureux, Yvonne Kersanton ne dérogerait pas à la règle. Mais ce serait un parcours difficile pour elle, on la regarderait comme la mère d'une homo. Margaret garda cette réflexion pour elle-même. Inutile d'affoler Morgan avec des problèmes auxquels elle n'avait peut-être pas songé...

Quand elles eurent raccroché, Morgan alluma son ordinateur portable et écrivit un long mail à Maëlys. Elle se relut plusieurs fois, effaçant certains mots, quelques phrases, reformulant des idées. Quand elle appuya sur la touche « envoi », elle soupira de soulagement. Elle n'avait pas exprimé tout ce qu'elle aurait voulu, mais elle en avait déjà lâché pas mal. Si Yan avait été auprès d'elle, elle aurait pu se confier à lui. Il était son double. Il la comprenait d'un seul regard. C'était dans ces moments d'hésitations et de questionnements que son jumeau lui manquait le plus… Elle regretta de ne pas avoir parlé de Margaret à Yan avant qu'il ne disparaisse. Tout était allé si vite… Mais comment aurait-elle pu prévoir que son frère allait mourir si jeune ?

Yvonne était allongée sur son lit, immobile, les yeux fixés sur le plafond. Elle cogitait depuis des heures, son galet de granit serré dans le creux de sa main. Une même pensée tournait en boucle dans son esprit : protéger Corentin, Morgan et Maëlys. Puisque Dieu semblait en vouloir à leur famille, puisqu'il avait déjà emporté Yan, Malo et Alain, elle devrait s'adresser à d'autres puissances pour préserver les siens. Les légendes de l'île défilaient dans son cerveau, parfois, des rites païens lui revenaient en mémoire. Sur Sein, les Gaulois avaient longtemps vénéré neuf prêtresses, les Barrigènes, qui exerçaient leur magie à l'abri des regards profanes et pouvaient exaucer certains vœux. Ce pouvoir leur venait de leur virginité à laquelle elles étaient vouées à perpétuité. On disait aussi que la liberté ne se conjuguait qu'avec le sacrifice… Celui des prêtresses ? Ou celui de ceux qui venaient les prier ? Yvonne se redressa brusquement. En dehors des rafales de vent qui se déchaînaient à l'extérieur, elle n'entendait aucun bruit dans la maison. Elle ouvrit doucement la porte de sa chambre. Dans sa chambre à l'étage, Morgan dormait peut-être. Elle descendit l'escalier, entrevit Corentin qui sommeillait sur le canapé. Dans la cuisine, elle s'empara d'une lampe de poche et d'un couteau à la lame bien effilée. Elle enfila son manteau, ses bottes, et se glissa dehors, son morceau de granit toujours dans la main. Elle sortit de la ruelle. Arrivée sur le quai des Paimpolais, le souffle de la tempête la plaqua contre un mur et l'écume d'une vague l'éclaboussa. Elle fit demi-tour et sourit. Les éléments étaient avec elle. Les Barrigènes n'avaient-elles pas le pouvoir de soulever la tempête et les flots ? On racontait aussi qu'elles pouvaient se transformer en animaux, guérir les maux et prédire l'avenir... Où les rencontrer ? Où les consulter ?

Yvonne se dirigea vers la route du phare. Si les druidesses avaient encore un temple sur l'île, un lieu de culte invisible pour le commun des mortels, ce ne pouvait être qu'à l'écart du village. Et comme elle ne devinerait jamais le véritable emplacement, il fallait se rendre là où le ciel, la terre et la mer s'entremêlaient. Elle marchait pliée en deux pour éviter les rafales qui la giflaient et faisaient tanguer ses jambes, avançant lentement. Elle quitta la route quand elle parvint à la hauteur du sentier qui menait au monument des FFL. À quelques pas de ce mémorial, inauguré par le général de Gaulle venu rendre hommage aux Sénans qui avaient rejoint la France libre dès juin 1940, deux rochers se faisaient face. Yvonne songea que c'était un endroit idéal pour honorer les Barrigènes. La nuit était sombre et le ciel si nuageux que ni la pleine lune, ni les étoiles n'auraient pu l'éclairer. Seul le faisceau de sa torche lui permettait d'entrevoir où elle posait les pieds. Il lui sembla que le vent s'apaisait et que la pluie se faisait moins drue. Elle y vit un bon présage. Parvenue près du plus haut des deux rochers, elle le caressa et regarda autour d'elle. Nulle trace de ces femmes dont la légende disait qu'elles portaient une longue robe noire à larges manches serrée par une ceinture de cuir noire et un bonnet blanc en forme de cône tronqué, attaché sous le menton et recouvert d'un voile violet.

Face à la mer, Yvonne hurla, appelant les prêtresses de toutes ses forces, les priant de lui accorder un privilège, un seul, la protection des trois enfants qui lui restaient. Les bourrasques, qui avaient cessé, reprirent de la vigueur. Une réponse des prophétesses ? Rien ne lui serait donné si elle ne donnait pas elle-même, pensa Yvonne. Elle fit quelques pas, ramassa neuf galets qu'elle disposa en cercle sur le sol. Malgré le froid, elle ôta son manteau, son pull, son chemisier et son soutien-gorge. Torse nu, elle s'agenouilla, coinça la lampe entre ses cuisses, prit le couteau qu'elle avait laissé à terre et, d'un geste vif, entailla son sein gauche. Le sang se mit à couler. Penchée sur les galets, elle veilla à ce que chaque caillou reçoive son tribut. Elle resta longtemps prostrée, répétant inlassablement les mêmes mots, requérant la grâce pour son fils et ses deux filles. Lorsqu'elle se releva, étourdie, elle trébucha et tomba, face contre terre. Sa tête heurta une pierre. Du bout des doigts, elle sentit une blessure sur son front et vit du sang couler devant ses yeux. Sonnée, elle se rhabilla lentement, reprit sa lampe et son couteau. Seul le bruit des ressacs rompait le calme qui s'était installé. La tempête s'était éloignée.

Transie de froid, elle revint vers le bourg. Quand elle ouvrit la porte de la maison, elle constata que Corentin dormait toujours sur le canapé. Morgan n'était sans doute pas descendue. Personne ne saurait qu'elle était sortie. Elle retira son manteau dégoulinant de pluie et l'accrocha sur une patère, à côté d'un des cirés d'Alain. Elle le caressa. Il resterait à sa place. Comme celui de Yan. Comme celui de Malo. Elle ferma les yeux, espérant retrouver le parfum de ses hommes lorsqu'ils rentraient de leur journée de pêche, ou peut-être la rugosité de la barbe naissante d'Alain quand, le soir, il franchissait la porte et l'embrassait. Mais elle ne sentit rien. Ce vide faillit avoir raison de sa solidité. Ses paupières se gonflèrent de larmes et elle ravala ses sanglots.

Elle s'enferma dans sa chambre. Le miroir lui renvoya l'image de son visage fatigué et abîmé. Même pas 50 ans et elle était veuve. Même pas 50 ans et elle n'avait plus son mari pour la prendre dans ses bras… Le temps serait long sans lui. Ils n'avaient plus l'un et l'autre la vigueur et l'audace de leurs 20 ans, ils ne faisaient plus l'amour durant des nuits entières, mais ils formaient encore un vrai couple. Elle adorait qu'Alain la saisisse par la taille et la renverse sur le lit. Ces jolis moments s'étaient envolés pour toujours. Elle se sentit vieille et usée. Mais il ne fallait pas s'effondrer maintenant. Il y avait Corentin, Morgan et Maëlys à préserver.

Elle se regarda encore dans le miroir. Une belle estafilade marquait son front de l'arcade sourcilière au cuir chevelu. Ce ne serait pas aisé à cacher. Elle prétendrait avoir fait une mauvaise chute en se levant durant la nuit. Elle prit un mouchoir de coton blanc, nettoya la plaie en la tamponnant. Quand elle eut terminé, elle enroula son galet dans le mouchoir taché de sang, puis cacha son fétiche dans le tiroir de sa table de nuit et marmonna une dernière prière.

4

— Oh ! Maëlys ! Tu rêves ? Ça t'ennuierait de revenir parmi nous ? Maëlys, je te parle ! Les seaux, tu les apportes, oui ou merde ?

Maëlys sursauta, souleva sa casquette et essuya son front.

— Tu comptes rester assise sur ton caillou jusqu'à ce soir ?

Maëlys se retourna et fusilla Martin du regard. Ses yeux bleus comme la mer lançaient des éclairs et le gars de l'ONG baissa la tête, conscient d'être allé trop loin. Silla, un des villageois, se précipita vers la jeune femme et lui tendit une main. Maëlys saisit les doigts noirs qui s'offraient à elle et se leva, aidée par la poigne du Malien qui observa un instant la Française mais ne dit mot. Il avait compris qu'elle n'était pas bien. Depuis plusieurs jours, elle avait l'air triste. Elle était souvent ailleurs, comme si quelque chose avait perturbé sa vie. Alors qu'elle était toujours de bonne humeur et pleine d'entrain, elle ne riait plus ni ne parlait.

Silla attrapa une pile de seaux et Maëlys s'empara de l'autre. Ils marchèrent jusqu'à la fosse. La corde qui mesurait la profondeur indiquait qu'on approchait des trente mètres. Encore quelques efforts, et l'eau serait là. Maëlys attacha les seaux, les fit descendre, tandis que Silla tirait de l'autre côté pour remonter ceux qui étaient pleins de terre et de gravats. Creuser un puits en utilisant un système de forage manuel était une entreprise longue et difficile. Mais c'était le moins coûteux pour des villageois qui n'avaient pas d'argent. On creusait à la pelle et à la pioche, puis l'extraction des agrégats se faisait à la main. L'huile de coude était le moteur de la réussite. Ce n'était possible que sur une profondeur maximale de quarante-cinq mètres. À cet endroit, d'après les calculs de Maëlys, l'eau était à trente-cinq mètres. On y était presque. Après trois mois d'efforts intensifs sous le soleil, la chaleur et la sécheresse qui brûlaient la peau.

— Remonte ! cria-t-elle à Marco, un autre membre de l'ONG. Je prends ta place.

Sa voix résonna dans la fosse et elle vacilla. Silla la retint par le bras. Martin la dévisagea.

— Je descends poser le coffrage, dit-elle en s'abaissant pour resserrer les lacets de ses Caterpillar.

— Va te reposer, lui murmura Silla. Awa a fait du thé, ça te fera du bien. Nous pouvons poser le coffrage sans toi. On t'a vu le faire dix fois !

— Silla a raison, ajouta Martin. Tu ne tiens plus debout. On peut y arriver sans toi. Il y a assez de bras.

Son ton n'était plus celui avec lequel il s'était adressé à elle quelques minutes plus tôt. Sans doute s'était-il aperçu que quelque chose clochait.

— Va ! répéta Silla.

Maëlys lui sourit, mais il eut le sentiment qu'elle supportait un énorme chagrin. Il s'interrogea encore, se demandant ce qu'il lui arrivait. Ethan était parti depuis dix jours mais c'était prévu depuis longtemps. Et ils ne s'étaient pas quittés fâchés. Il les avait vus s'embrasser longuement avant qu'Ethan ne grimpe dans le 4x4... Il y avait donc une autre raison à la douleur de Maëlys.

La jeune femme s'éloigna vers les tentes, ouvrit un jerrican d'eau, en versa un peu dans sa main et rafraîchit son front, ses joues, ses lèvres et son cou. Tout son corps lui faisait mal. Songeant à Ethan, elle espéra qu'il reviendrait rapidement. Elle s'allongea dans un hamac, ferma un instant les paupières, puis les rouvrit pour observer le paysage qui s'étendait sous ses yeux. Le Sahel l'entourait avec ses couleurs jaune-orangé. Elle aimait cette région sauvage où la vie ne tenait qu'à un fil, celui de l'eau. Dans cette bande de terre africaine entre le Sahara et les savanes du Sud, l'existence était suspendue à la moindre goutte.

Elle repassa le film des événements qui l'avaient conduite dans cet environnement si particulier, beau et terrible à la fois. Après cinq années d'études à l'ISTOM, l'École supérieure d'agro-développement international, Maëlys avait obtenu un diplôme d'ingénieur en agronomie et environnement à destination des pays en voie de développement. Elle était entrée presque aussitôt à l'Institut de recherche pour le développement à Paris, un établissement public placé sous l'autorité des ministères de la Recherche et de la Coopération. Elle avait effectué plusieurs voyages en Afrique, des séjours relativement courts durant lesquels elle avait apprivoisé cette terre où l'homme est peu de chose face à une nature parfois hostile. À l'IRD, elle avait fait la connaissance d'Ethan, un jeune médecin très impliqué dans les programmes de recherche liés à la santé, à la nutrition et à la lutte contre les maladies infectieuses. Lui aussi souhaitait dédier sa vie à l'Afrique.

Un jour, l'inespéré était arrivé. L'IRD avait proposé à Maëlys et à Ethan une mission de longue durée. Il s'agissait de prêter main-forte à l'ONG Afrique de l'Ouest Action, qui se débattait au Mali pour faire prospérer l'agriculture dans un milieu peu favorable, à une centaine de kilomètres au sud de Tombouctou. AOA intervenait depuis presque dix ans sur ce territoire où des populations entières étaient menacées par la faim, notamment les années où la saison des pluies n'apportait pas la quantité d'eau espérée. Le programme d'aide portait sur la santé, l'éducation et le développement économique. Des volontaires partis de France épaulaient déjà les chefs locaux dans des projets concrets tels que le creusement de puits, la construction de petits canaux d'irrigation, l'introduction de variétés de riz à croissance rapide. Parfois, des bénévoles s'engageaient pour donner un coup de main, maniant pelles et pioches, retournant et labourant la terre, mais c'était insuffisant. Malgré toute la bonne volonté des locaux et de l'AOA, le projet ramait et les résultats escomptés n'étaient pas là. Il manquait des têtes, des gens à même de prendre des décisions et de diriger des groupes de travail. L'IRD avait donc proposé de détacher deux spécialistes pour appuyer les travaux de l'ONG, un ingénieur en agronomie et un médecin.

Maëlys, qui venait de perdre Yan, son plus jeune frère, avait sauté sur l'occasion. Elle voulait fuir la France, fuir la mer, ne jamais remettre les pieds sur Sein. Elle y allait déjà de moins en moins depuis qu'elle avait acheté la maison d'Audierne, et lorsqu'elle délaissait Paris pour la Bretagne, elle demandait à sa famille de se déplacer pour lui rendre visite. Après la mort de Yan, voir l'océan lui était devenu impossible. Le projet de l'IRD était arrivé à point nommé. Elle avait enterré Yan, embarqué à Roissy, atterri à Bamako, et elle n'avait plus quitté le Mali. Ethan l'avait rejointe le mois suivant. Ils avaient vécu ensemble comme deux collaborateurs, puis leur passion commune avait fini par les rapprocher et ils étaient devenus amants, tout en travaillant avec conviction et abnégation. Ethan rentrait régulièrement en France. Il y séjournait deux ou trois semaines tous les quatre mois, pour faire le point sur l'avancée des travaux avec les directeurs de l'IRD et réclamer une rallonge des financements pour parfaire tel ou tel projet. À chaque fois, il rapportait avec lui des kilos de matériel médical qu'il ne parvenait pas à se procurer en Afrique.

Pendant plusieurs mois, ils avaient bûché sans relâche dans un village au sud de Tombouctou, parvenant tant bien que mal à créer un petit périmètre irrigué dans lequel les locaux avaient planté d'un côté du riz, de l'autre quelques variétés de légumes. Maëlys passait ses journées aux champs tandis qu'Ethan se rendait à l'école pour prodiguer des conseils sanitaires, ou au dispensaire pour soigner les malades, vacciner les bébés, surveiller la croissance des enfants… En 2012, la guerre, qui jusque-là sévissait dans le nord du Mali, les avait rattrapés. Il avait fallu évacuer la région. La population s'était jetée sur les routes alors que les rebelles progressaient et s'emparaient de plusieurs localités et que les islamistes établissaient la charia dans toutes les villes conquises. En janvier 2013, l'opération Serval, mission militaire initiée par la France, était lancée. L'armée française avait apporté son soutien aux troupes maliennes, repoussé l'offensive des groupes armés islamistes et arrêté leur avancée en direction de Bamako. La capitale du Mali devait être sécurisée et le pays retrouver son intégrité territoriale. Les militaires avaient tenté tant bien que mal de mettre à l'abri les populations qui fuyaient les zones de combat. En vain. Il avait fallu déguerpir vers le sud ou vers l'ouest. Les membres de l'ONG, les bénévoles, Maëlys et Ethan avaient suivi les villageois, sous la protection des troupes françaises. Des jours et des jours d'exode. À pied, à dos de chameaux, en voiture pour les plus chanceux. Ils avaient traversé des territoires désertiques et partagé des campements dans lesquels tout était compliqué. Certains avaient trouvé asile dans les pays limitrophes. D'autres n'avaient pas voulu aller aussi loin et s'étaient arrêtés à Nara.

Maëlys et ses amis avaient également posé leurs sacs à Nara, en pleine zone aride à l'ouest du pays, dans une ville où il ne pleuvait guère. Trois cents millimètres de pluie par an, le double quand le ciel se montrait généreux. En saison chaude, les températures pouvaient atteindre 45 degrés. L'agriculture était impossible en dehors de la saison des pluies, soit près de neuf mois de l'année. À moins d'irriguer, ce qui était du domaine du rêve. Pour atteindre la nappe phréatique, il fallait creuser sur plus de cinquante mètres, il était donc obligatoire de disposer d'une foreuse, une machine mobile sur véhicule motorisé dont le coût, même à la location, était exorbitant. La crise avait par ailleurs entraîné une forte augmentation du prix des céréales et d'autres denrées alimentaires, induisant une augmentation des cas de malnutrition. Les conditions sanitaires et les ressources en eau potable, déjà déplorables, s'étaient détériorées. Des familles entières survivaient dans la précarité, et des cas de fièvre typhoïde, de choléra et autres maladies tropicales liées à l'eau s'étaient multipliés. Dans ce contexte, les réfugiés n'étaient nulle part les bienvenus. Les populations locales ne pouvaient supporter le poids de ces migrants qui réclamaient des terres, des maisons ou, plus simplement, à manger et à boire. Les tiraillements entre les ethnies se faisaient sentir.

Dépêché par l'ambassade de France à Bamako, un diplomate s'était rendu sur place pour rencontrer les ressortissants français. Par mesure de sécurité, la France leur conseillait vivement d'abandonner le Mali et proposait une procédure de rapatriement immédiat. Les membres de l'ONG avaient refusé en bloc. Maëlys et Ethan aussi. Ils ne délaisseraient pas les réfugiés dont ils avaient partagé la vie heureuse, puis l'exode face à la guerre. Puisqu'il était impossible de rester à Nara, puisque ces hommes et ces femmes avaient tout perdu, puisqu'ils étaient partout refoulés, les bénévoles de la mission humanitaire et les mandatés de l'ONG avaient suggéré de fonder un nouveau village à une cinquantaine de kilomètres au sud de Nara, à proximité de la RN 4, l'axe routier Bamako-Nouadhibou, en Mauritanie. Ils avaient choisi cet endroit parce qu'il était désert et que les travaux de Maëlys avaient montré que l'eau de la nappe phréatique y était accessible. À l'IRD, le responsable de Maëlys avait jugé le pari complètement fou. Celui d'Ethan avait sommé ce dernier de rentrer en métropole. L'aide au développement pour les pays du Sud, qu'elle concerne l'agriculture ou la santé, ne devait pas mettre en péril la vie de fonctionnaires français. Maëlys et Ethan s'étaient entêtés. Leurs supérieurs avaient menacé de leur couper tous les crédits, ils n'avaient pas cédé, bien au contraire, en réclamant une aide financière et logistique plus importante et une intervention en leur faveur auprès du gouvernement malien. Leur persévérance avait payé, l'IRD avait finalement obtenu des autorités maliennes tous les agréments nécessaires à l'édification d'un nouveau village sur des terrains qui n'appartenaient à personne, où seuls quelques nomades faisaient paître leurs troupeaux pendant l'été, quand la saison des pluies avait été bonne et qu'une maigre végétation recouvrait la terre ocre. Au grand soulagement des bénévoles d'AOA, qui avaient besoin des deux spécialistes, Ethan et Maëlys étaient restés.

Depuis six mois, le bivouac des exilés prenait peu à peu une nouvelle forme. Il ne ressemblait plus à un camp de réfugiés. Il restait des tentes, mais on avait bâti plusieurs maisons et une case plus vaste pour l'école. La population était parvenue à cultiver un peu de mil pendant la saison des pluies et on préparait de nouveaux champs pour l'année suivante. Quand l'eau serait là, on irriguerait les terres. Pour le moment, les femmes continuaient à parcourir douze kilomètres chaque jour pour rapporter l'eau nécessaire à la survie de tous. Maëlys songea qu'elle n'avait jamais mené un projet qui soit aussi cher à son cœur. Souvent, tôt le matin, parfois avant le lever du soleil, elle voyait Awa et Rokia, un broc sur la tête et un jerrican dans chaque main, partir à la recherche du précieux liquide. Des femmes courageuses comme il en existait peu, des femmes fortes comme celles vivant à Sein, qui affrontaient tous les aléas d'une existence difficile…

Ses pensées se tournèrent vers son île natale et le mail écrit par sa sœur revint la frapper de plein fouet. Dans un long courriel, Morgan avait raconté les funérailles de leur père, la pression exercée par les Saint-Luan pour acquérir des terres, la colère qui rongeait leur mère, et enfin son amour pour Margaret. Maëlys n'avait pas encore répondu à sa petite sœur. La batterie de son ordinateur portable était à plat, faux prétexte pour reculer l'instant où elle écrirait à Morgan car elle aurait pu utiliser une des prises du dispensaire. L'endroit disposait en effet d'un groupe électrogène pour le fonctionnement d'un réfrigérateur, d'un stérilisateur et d'autres appareils nécessaires à l'exercice de la médecine. On les débranchait sans danger pendant une heure ou deux, le temps de recharger les accus des téléphones et des PC. En réalité, elle avait besoin de réfléchir, de peser ses mots. Elle n'avait rien dit du décès de son père à ceux qui l'entouraient à la mission. Si Ethan avait été là, sans doute lui aurait-elle confié son chagrin. Sans doute se serait-elle réfugiée dans ses bras, le soir, dans l'intimité de leur tente, pour pleurer, être réconfortée, câlinée. Mais elle était seule depuis dix jours, sans personne avec qui partager sa peine. Lorsqu'elle avait appris la mort de son père, Ethan était déjà rentré en France. Elle aurait pu prendre un avion, regagner Paris, puis la Bretagne, mais elle en avait été incapable. En même temps, elle culpabilisait de n'avoir pas été là pour cette cérémonie d'adieu. Personne ne le lui avait reproché. Ni sa mère, ni Corentin, ni Morgan. Elle se préservait derrière l'éloignement, mais elle s'en voulait de cette lâcheté qui l'empêchait de remettre les pieds sur l'île. Pourrait-elle rester encore longtemps aussi loin des siens ? Elle avait compris que les difficultés financières risquaient d'étrangler sa mère. Elle allait lui faire un virement de 10 000 euros. Au cœur de l'Afrique, elle ne dépensait rien, ou presque. Elle pouvait aider financièrement sa famille. Et se rassurer. Donner de l'argent était une façon d'être présente pour les siens tout en restant à distance de Sein. Elle se détestait pour cela, elle avait l'impression d'acheter sa tranquillité et ce dilemme massacrait son esprit depuis quelques jours.

Il lui faudrait aussi répondre aux interrogations de Morgan. La jeune femme lui avait dévoilé son homosexualité et se demandait comment elle pourrait en parler à leur mère et à Corentin. Si Maëlys avait été surprise par la révélation de sa sœur, elle n'en avait pas été pour autant choquée. Morgan aimait une femme, soit, il n'y avait pas de quoi en faire un drame. En revanche, elle savait que ce serait beaucoup plus compliqué pour leur mère. L'homosexualité d'un enfant est souvent mal vécue par les parents… même ceux qui semblent les plus ouverts, et dans certaines familles, il arrive que ce soit le clash. Dans d'autres, même si on ne va pas jusqu'à la dispute, un malaise flotte toujours, avec parfois beaucoup de pleurs et un sentiment d'échec. Pour des parents, avoir un fils ou une fille homosexuels est synonyme de faute. Certains cherchent ce qu'ils ont raté dans l'éducation de l'enfant, proposent une consultation chez un médecin comme s'il s'agissait d'une maladie. Il faut bien un coupable. Dans certains cas, leur enfant est sommé d'aller vivre ailleurs. Pour échapper au regard des autres… ce que Maëlys redoutait le plus pour sa mère, avec les cancans. Le frein à son acceptation de l'homosexualité de Morgan serait là. Certes, Yvonne ne rejetterait pas sa fille et finirait par admettre cette relation, même si la pilule risquait d'être dure à avaler. Mais vis-à-vis des îliens, ce serait une autre paire de manches… Morgan devrait dépasser son appréhension et avoir une discussion avec sa mère. Elle le lui conseillerait. Il ne fallait pas se retrancher derrière le deuil pour différer le moment. C'était inutile, chacun vit la perte d'un être cher à sa façon. Alors autant se lancer. Morgan devrait parler d'amour, de sentiments, de Margaret sans laquelle elle ne pourrait réaliser sa vie, la réussir. Son choix était compliqué, mais c'était là le chemin de son bonheur. Avec un peu de patience, Maëlys en était certaine, Yvonne comprendrait. Rien n'était plus important pour elle que de voir ses enfants heureux.

Les yeux fixés vers l'horizon, elle soupira. Si elle était loin d'avoir résolu ses problèmes, elle avait au moins trouvé ce qu'elle écrirait à sa sœur.

5

— Viens avec moi, il faut nettoyer les plaies et refaire le pansement, murmura Ethan en entraînant Maëlys. Si tu avais été raisonnable pendant mon absence, tu aurais désinfecté tes blessures et on n'en serait pas là. Mais non ! Tu ne fais jamais gaffe quand il s'agit de toi. Tu sais que tu risques une septicémie ? Tu as une sacrée chance d'avoir autant d'anticorps. Quelle tête de mule ! Je n'ai jamais rencontré quelqu'un d'aussi buté que toi ! Allez, je te soustrais à ton chantier pour quelques minutes seulement.

Le médecin pestait et souriait à la fois. Il tira Maëlys par le bras pour l'éloigner de la fosse. Elle se laissa faire, heureuse de cette attention. Ils allèrent jusqu'à la tente qui faisait office de dispensaire et Ethan profita de ce moment d'intimité qui s'offrait à eux pour l'enlacer. Leurs visages dégoulinant de sueur se rapprochèrent. Leurs lèvres desséchées se scellèrent et leurs langues se mêlèrent, les faisant saliver de désir. Ethan souleva le tee-shirt de Maëlys, caressa son dos, puis ses seins. Elle frémit lorsqu'il effleura son nombril. Il s'arrêta, sentant le désir enflammer son ventre.

— Un peu de sérieux, madame l'ingénieur, dit-il en s'écartant. Nous sommes ici pour vos soins.

Maëlys reprit son souffle, s'assit et posa ses mains sur la table tandis qu'Ethan préparait des compresses et du Dakin. Il ôta doucement le bandage maculé de terre et versa un peu de sérum physiologique pour détacher les derniers morceaux de gaze qui adhéraient à l'épiderme. Il grimaça en voyant l'état des doigts et se demanda comment Maëlys pouvait être aussi dure à la douleur. Malgré les entailles, elle n'avait cessé de travailler. Il eut une moue satisfaite en constatant que les plaies suintaient moins. L'infection était enrayée.

— Si tu veux bien avoir l'obligeance de venir matin et soir dans ce merveilleux cabinet moderne et doté de tout le confort sans que je sois obligé de te kidnapper, je pense que ça devrait guérir plus vite. Et si tu pouvais cesser de manier la pelle et la pioche pendant deux ou trois jours, ça aiderait aussi. La cicatrisation va prendre des lustres si tu continues à malmener ainsi les chairs. TRANQUILLE ! Tu te souviens du sens de ce mot ? Des synonymes, peut-être, pour te rafraîchir la mémoire ? Peinard, calme…

Maëlys s'énerva. Il fronça les sourcils.

— C'est le médecin qui te parle.

— Et le médecin doit avoir le consentement du malade !

— Consentement que je requiers après t'avoir éclairée sur tous les risques et la conduite thérapeutique à suivre, qui, avec toi, tient plutôt de la non-thérapie…

— Consentement qui doit être libre !

— Ce que tu peux être chiante ! On parle de ta santé, là ! Mais je reconnais que tu as merveilleusement retenu mes leçons. Arrête de remuer, j'ai presque fini. Le bandage est propre, à l'abri sous trois couches de collant. Avec toi, faut prévoir la dose! Encore une injection d'antibiotiques dans la fesse, et tu pourras retourner jouer avec ta pelle et ton seau.

La jeune femme lui tira la langue puis baissa son pantalon. Elle sentit le passage du coton qui désinfectait la peau, la piqûre rapide, précise, puis la main d'Ethan qui s'attardait sur ses reins. La température monta de quelques degrés, elle se retourna pour l'embrasser.

— Merci, dit-elle en le fixant. Merci pour tout.

Depuis son retour, Ethan était très présent pour elle. Pas seulement pour les soins. Elle lui avait raconté le décès de son père, le mail de Morgan, ce qu'elle ressentait, sa culpabilité de ne pas rentrer en France. Il l'avait consolée, lui avait surtout donné tout son amour afin de la rassurer. Enfin, il lui avait conseillé de réfléchir, et pourquoi pas de prévoir un court séjour en France. Pourquoi n'irait-elle pas passer Noël à Sein? Pour retrouver les siens, se rapprocher d'eux. Elle pourrait rester auprès de sa mère, renouer avec son frère et épauler Morgan. Quelques semaines de trêve pour faire plaisir à sa famille et se réconcilier avec elle-même. Et surtout ne rien regretter. Elle n'avait pas répondu non, elle n'avait pas non plus accepté. Elle donna encore un long baiser à Ethan. Elle s'apprêtait à sortir de la tente quand Awa fit irruption, l'air affolée.

— Ethan, il faut que tu viennes! Le bébé de Camara arrive et ça se présente mal!

Le médecin suivit la jeune Africaine vers une case où plusieurs femmes se pressaient. Il fit sortir tout le monde, ne gardant qu'Awa avec lui. Maëlys observa la scène de loin et retourna vers le chantier. Silla l'attendait, un sourire jusqu'aux oreilles. Elle comprit qu'ils touchaient au but. Elle leva la main droite et fit avec ses doigts bandés le signe de la victoire. Silla éclata de rire, ses yeux brillaient de bonheur. Maëlys songea qu'elle avait là la plus belle des récompenses, la plus émouvante aussi. Elle n'avait rien connu d'aussi heureux depuis une éternité. Elle n'était qu'à deux pas du puits, quand elle entendit Ethan hurler son prénom. Elle fit demi-tour et le rejoignit en courant. Dans la petite maison de terre, allongée sur une natte, Camara était au plus mal.

— On la transporte au dispensaire, ordonna Ethan. Tu vas me donner un coup de main pour la suite.

— C'est quoi, la suite ?

— Prends ses pieds, on la hisse sur le brancard.

Ils emmenèrent Camara sous la tente du médecin et la déposèrent sur la table d'examen.

— Awa, va chercher de l'eau et fais-la bouillir ! Maëlys, fiche-moi dehors tous les curieux !

— Babacar veut rester auprès d'elle ! C'est son mari !

— Non. Babacar patientera dehors comme les autres. Je n'ai pas besoin d'un mec dans les pattes, qui risque de tomber dans les pommes et m'emmerder. Appelle Silla, ordonne-lui de garder l'entrée. Je veux du calme.

Elle obéit. Le grand Noir rappliqua, se posta devant le dispensaire. On ne discutait pas les ordres du docteur.

— Enfile une blouse propre et des gants, dit Ethan à Maëlys en fouillant dans son armoire. Sors un drap propre, glisse-le sous son bassin.

— On fait quoi, là ?
— Une césarienne, j'en ai peur.
— Non ! Je sors. Je ne suis pas médecin.
— Ce n'est pas la première fois que tu m'aides.
— Pas pour un truc pareil.
— Regarde ta montre et commence par mesurer l'espacement des contractions.

Il n'avait pas besoin de cette information, il voulait simplement la faire taire. Il écarta doucement les jambes de Camara, la rassura, il ne faisait que l'examiner. Ses doigts mesurèrent la dilatation du col de l'utérus. Son geste confirma ce qu'il pensait. C'était bon, mais le bébé se présentait par le siège et il ne pouvait pas sortir. Ethan n'avait pas de quoi faire une échographie, ni de monitoring pour l'assister. Il posa son stéthoscope sur la poitrine de la future maman, puis sur son ventre. Le travail devait être commencé depuis plusieurs heures, la pauvre femme était épuisée. Quant au cœur de l'enfant, son rythme s'accélérait dangereusement. Il badigeonna de Bétadine le ventre de Camara, prépara une seringue qu'il remplit d'un anesthésiant local, puis sortit un scalpel d'un étui stérilisé.

— Je te dis ce que tu dois faire, murmura-t-il à Maëlys. Tu me suis, et tout ira bien. Je n'ai pas de quoi l'endormir. Je vais anesthésier son bas-ventre. Tu la maintiens afin qu'elle remue le moins possible. Tu te tiens prête à saisir le bébé dès que je te le demande.

Maëlys recula, tétanisée.

— Tu en as vu d'autres, alors ne fais pas l'effrayée. Bouge-toi, ou le petit va mourir, et Camara aussi.

Il avait parlé tout bas, les dents serrées. Elle fit ce qu'il attendait d'elle, détournant le regard. Camara ne sentit même pas l'incision horizontale pratiquée par Ethan juste au-dessus de son pubis, elle s'était évanouie. Du bout des doigts, le médecin sépara tous les plans anatomiques. Quand il rencontra l'utérus, il fit une seconde incision. D'une pression de la main, il parvint à guider la sortie de l'enfant.

— Prends le petit, dit-il à Maëlys après avoir coupé le cordon ombilical.

Celle-ci était comme scotchée contre la table, incapable de se mouvoir, fixant cette petite chose gluante.

— Prends-le ! hurla Ethan. Retourne-le ! Il ne respire pas. Fais quelque chose ! Je vais perdre le bébé et la mère si tu ne m'aides pas. Awa, étale une serviette propre sur l'autre table ! Et toi, pose le petit dessus sur le ventre et tape-lui dans le dos.

Il parlait tout en continuant à s'occuper de Camara. Après l'extraction du placenta et des membranes, il sutura l'utérus avec un fil résorbable. Puis, il rapprocha les chairs et la peau qu'il attacha avec des agrafes. La technique pouvait sembler un peu barbare, on ne l'utilisait plus guère en France car les femmes pouvaient se reposer après l'accouchement, mais en Afrique, le congé de maternité n'existait pas et il savait très bien que Camara allait vaquer à toutes ses occupations d'ici à deux ou trois jours. Pas question de courir le moindre risque que la plaie s'ouvre. Il passait une compresse de désinfectant quand le bébé poussa son premier cri. Le miaulement lui arracha un sourire. D'un mouvement du bras, il essuya son front dégoulinant de sueur sur sa blouse, priant pour que la mère survive aussi. Camara remua enfin une jambe. Il soupira de soulagement et se retourna vers Maëlys. Elle était en larmes. Il songea qu'il ne l'avait jamais vue pleurer, même dans les moments les plus durs. Il s'approcha d'elle et l'embrassa dans les cheveux.

— Il vit grâce à toi.

— Elle ! murmura-t-elle.

— Tu as raison, c'est une fille !

En quelques secondes, il noua le cordon ombilical et s'empara du bébé qu'il posa sur la poitrine de sa mère.

— Je vais te perfuser, annonça-t-il à Camara en nettoyant le creux de son coude. Pour hydrater ton corps, te redonner des forces. Tu pourras allaiter ton bébé, mais je vais te garder ici disons trois jours. Awa, tu peux préparer une bassine avec l'eau bouillie ? On va attendre qu'elle refroidisse, puis on lavera la petite. Tu feras également une toilette à la mère, s'il te plaît. Et appelle Babacar. Il peut venir maintenant.

Ethan revint vers Maëlys.

— Tu es crevée, murmura-t-il en ôtant ses gants avant de les jeter dans un sac. Tu devrais sérieusement songer à rentrer en France et passer un peu de temps avec les tiens. Quelques semaines en Bretagne pour faire la paix avec toi-même et… reprendre des forces. J'ai besoin de toi, ici.

— J'y penserai. Je peux regagner la fosse ?

— Évidemment.

Il lui donna une légère claque sur les fesses et la regarda s'éloigner. Silla la suivit, fidèle comme une ombre. L'effervescence régnait autour du puits.

— Tu veux descendre pour les derniers coups de pioche ? demanda Marco à Maëlys. On t'attendait.

Elle comprit que l'eau était là, toute proche. Elle enroula une corde autour de sa taille. L'émotion étranglait sa gorge. Martin vérifia que le mousqueton était bien accroché. Silla eut à peine le temps de lui poser un casque sur la tête, elle était déjà prête à descendre. Au fond du trou, la pierre était humide. Elle la caressa lentement, puis agrippa l'outil entre ses doigts bandés et frappa. D'abord, ce fut un mince filet qui s'écoula d'une fissure. Puis, au troisième coup de pioche, l'eau contenue sous pression jaillit. Pour la seconde fois en quelques heures, Maëlys sentit les larmes couler sur ses joues. Elle cria et sentit qu'on la tirait vers le haut. Les yeux rivés vers le fond, elle regarda le précieux liquide monter, puis emplir le puits…

La nouvelle se répandit comme une traînée de poudre et bientôt, tout le village accourut. Marco hissa Maëlys hors du puits et la serra dans ses bras. Il la relâcha en voyant Ethan arriver. À l'horizon, le soleil s'abaissait. Bientôt, il disparaîtrait totalement. La soirée ne fut que chants, danses et rires, au son du djembé et de la kora. Les femmes s'étaient parées de leurs plus beaux atours. On avait sorti les grands boubous, les jolis bijoux. Les jeunes filles avaient tressé leurs cheveux et les avaient parés de perles en bois aux multiples couleurs. Hommes et femmes, Noirs et Blancs, firent la fête. Ils partagèrent un énorme plat de riz agrémenté de quelques tomates, de piments et de morceaux d'agneau grillés pour l'occasion. Le chef de la communauté proposa de donner enfin un nom au village. À l'unanimité, les autochtones votèrent pour « Eau »… Ce ne serait pas banal sur une carte. Quant à Babacar, il annonça que sa fille s'appellerait Maëlys. Quand les festivités prirent fin, l'équipe de Martin s'attarda autour du feu avec Maëlys et Ethan. Le médecin sortit une bouteille de rhum et ils partagèrent un verre. Puis Ethan repartit vers le dispensaire pour s'assurer que Camara allait bien. La petite était nichée contre le sein de sa mère et respirait paisiblement. Awa dormait près d'elles, étendue sur une natte… Babacar avait également déroulé la sienne de l'autre côté du lit de camp sur lequel Camara reposait.

Tranquillisé, Ethan rejoignit le bivouac. Il entraîna Maëlys vers sa tente, sous le regard de Marco partagé entre haine et chagrin. Ils allaient encore faire l'amour, il la garderait dans ses bras toute la nuit. Il la caresserait, l'embrasserait, la ferait crier de plaisir. Marco s'empara de la bouteille de rhum et la vida. Ses compagnons se turent. Depuis plusieurs mois, tous avaient compris que Marco était éperdument amoureux de Maëlys et qu'il souffrait. Mais le cœur de Maëlys était pris. Aveuglée par Ethan, elle n'avait rien remarqué.

6

Maëlys posa sa bêche, saisit une gourde et avala une gorgée d'eau tiède. Elle regarda autour d'elle. Martin, Amadou et Awa s'activaient avec leurs pioches et leurs pelles. Plus loin, Emma, Marco et M'Baétir ramassaient les cailloux, arrachaient les racines. Quelques gamins les aidaient, emportaient les seaux, les vidaient plus loin, les rapportaient, puis recommençaient inlassablement leur va-et-vient. Il faisait près de 34 degrés. Le soleil cognait sur les chapeaux, brûlait les visages. Le vent les assoiffait un peu plus. L'harmattan soufflait depuis trois jours. Chaud, sec, chargé de poussière, cet alizé continental venu du Sahara rendait l'atmosphère étouffante. La lumière était intense malgré la brume de chaleur qui limitait la visibilité à une dizaine de mètres, parfois moins… Personne ne se plaignait. Si Maëlys ne proposait pas de s'arrêter, ils travailleraient jusqu'à la tombée de la nuit.

— On devrait faire une pause, suggéra-t-elle en se tournant vers Silla.

Il fit la moue et haussa les épaules.

— Comme tu veux.

— Si ça te contrarie, on poursuit.

— On a presque fini. Je n'ai pas envie d'abandonner.

— Alors on continue, sourit-elle. Moi aussi, j'ai hâte de la voir, notre rizière. C'est tout de même un projet de folie !

— Tout est folie avec toi… En même temps, je suis sûr que Dieu aime ta folie, qu'Il la protège, qu'Il est favorable à ce que tu nous entraînes sur ton chemin. Car il ne nous arrive que de bonnes choses depuis que tu es parmi nous.

Le villageois s'accroupit, saisit le manche de sa daba et reprit son travail. Il fallait labourer le sol pour l'aérer. À coups de bêche, Maëlys faisait surgir de gros blocs compacts qu'on aurait pu prendre pour des rochers. La terre était dure comme le ciment tellement elle était desséchée. Il fallait la rendre meuble pour en tirer quelque chose, première étape de préparation du lopin. Autour d'eux s'étendaient des champs au repos sur lesquels quelques têtes de bétails broutaient les herbes, rares et maigres, des champs dans lesquels on planterait du mil et du sorgho quand viendrait la saison des pluies. En attendant, grâce à l'eau du puits, Maëlys avait décidé de lancer la riziculture. L'irrigation allait permettre de cultiver cette céréale précieuse et nourrissante qu'on pouvait récolter toute l'année. Un territoire avait été délimité, creusé, encadré. Des petits canaux étaient prêts à apporter l'eau jusqu'à la rizière. Une sorte de bassin à sec dans lequel tous s'acharnaient à retourner la terre, à en ôter ce qui pourrait empêcher la croissance du riz. Maëlys avait fait venir les semences d'Inde, une variété à cycle moyen. Si le périmètre irrigué était correctement mis en valeur, on pourrait espérer deux, voire trois récoltes par an. Le travail avançait assez vite, le semis pourrait s'effectuer avant la fin de l'année. Pour la première fois de sa vie, Silla verrait du riz pousser en saison sèche... L'idée le réjouissait. Pourtant, il avait peur. Peur du jour où la Française partirait et où il se retrouverait seul pour tout organiser sans bénéficier de ses judicieux conseils. Leur amie française connaissait mieux que quiconque ce qu'on pouvait tirer de ce sol. C'était comme si elle était née là, comme si la nature lui soufflait ce qu'elle attendait de l'homme. Parfois, il se demandait si elle n'aimait pas l'Afrique plus que tout le reste. Il l'avait vue un jour goûter la terre, en prendre une poignée et la porter à ses lèvres, la malaxer et l'avaler en murmurant des mots qu'il n'avait pas compris. Quand il l'avait questionnée, elle lui avait montré ses jambes couvertes de piqûres d'insectes.

— Quand nous sommes arrivés ici, j'ai oublié de suivre le rituel, avait-elle expliqué. Au Sénégal, lors d'un de mes tout premiers voyages, on m'a appris que le Blanc qui débarque doit manger la terre pour qu'elle le protège et prononcer cette phrase : « Terre d'Afrique, je te mange avant que tu me manges ! » Eh oui, tu vois, je suis une toubab initiée !

Il l'observait levant la bêche, fendant le sol d'un solide coup de pied. Elle était la toubab la plus africaine qu'il n'ait jamais rencontrée ! Il n'ignorait pas qu'elle avait vu le jour en France où elle avait passé les vingt-cinq premières années de sa vie, mais c'était à peu près tout ce qu'il savait d'elle. Elle ne parlait jamais de son existence là-bas, ni de sa famille. Parfois, elle évoquait ses études quand elle voulait leur transmettre « un de ses trucs », comme elle disait. La veille encore, elle l'avait étonné. Elle était allée à Bamako d'où elle avait rapporté des fruits et des légumes, des outils, des seaux, des bassines, et les fameuses semences de riz enfin arrivées d'Asie ainsi que trois bacs à compost qu'elle avait assemblés en quelques minutes. Puis elle avait réuni les enfants afin de leur expliquer l'utilité de ce nouvel aménagement. On placerait si possible les bacs à l'ombre. On y mettrait un peu de tout. Des feuilles mortes si on en trouvait, des brindilles, bien qu'elles soient déjà très recherchées pour faire le feu, et surtout des déchets de cuisine. Il y en avait peu, en Afrique. Dans les villages, on ne perdait rien, désormais on utiliserait tout. Les quelques épluchures, le thé, et même les coquilles d'œuf qu'on réduirait en miettes. On apporterait de l'humidité pour faciliter la décomposition. Il suffirait d'arroser un peu chaque jour et de remuer le tout régulièrement. L'engrais naturel serait utilisé pour mettre en valeur une parcelle destinée à une petite production de légumes. Les enfants avaient bien écouté Maëlys, puis ils avaient foncé dans la brousse à la recherche de tout ce qui pouvait se décomposer… Un gosse avait même ramené la carcasse d'un petit rongeur. Maëlys avait insisté sur la nécessité de se concentrer sur les déchets végétaux.

Le soleil amorçait sa descente vers l'horizon quand ils parvinrent au bout de leur tâche. Satisfait de sa besogne, Silla souriait de nouveau. Ils regroupèrent les outils et regagnèrent les cases. Maëlys rêvait à la douche qu'elle ne tarderait pas à prendre. Depuis que le village avait son puits, chacun pouvait utiliser deux grands seaux d'eau pour la toilette. Les hommes avaient fabriqué une cabine rudimentaire qu'ils avaient équipée d'une poire. Le premier seau permettait de se mouiller et de se savonner tout en se brossant les dents, le second de se rincer. Maëlys avait décidé elle-même ce quota. Si l'eau était à portée de main désormais, elle n'était pas une ressource inépuisable. Et, comme souvent, c'était aux enfants qu'elle s'était adressée en premier pour faire passer le message. Suivre de bonnes règles d'hygiène, mais toujours préserver la nature.

Devant le dispensaire, quelques gamins attendaient. Ils rirent en la voyant arriver. Elle jeta un coup d'œil sous la toile. Ethan était occupé avec une patiente. Elle fit demi-tour, marcha jusqu'à sa tente, attrapa une serviette éponge, un morceau de savon et un tee-shirt propre. La douche était libre, elle s'y glissa. Elle se frotta énergiquement, se débarrassant de la terre et de la sueur qui collaient à sa peau. Quand elle sortit de la cabane de bois, Marco était là, appuyé contre le tronc d'un vieux baobab. Elle lui trouva l'air triste.

— Ça va, Marco ? demanda-t-elle en jetant sa serviette sur une corde.

Il acquiesça, alors qu'il avait envie de hurler le contraire, de dire qu'il allait mal, qu'il n'en pouvait plus de la désirer autant, de souffrir de la voir dans les bras d'un autre. Elle lui fit un petit signe de la main et ne lui prêta pas davantage attention, s'empressant d'aller retrouver Ethan qui semblait enfin libéré de ses obligations.

— On s'occupe de tes mains ! déclara-t-il.

Elle ronchonna mais le suivit. Lorsqu'il retira les pansements, il eut une moue satisfaite.

— C'est bien, dit-il. La cicatrisation est presque achevée. Ce soir, tu laisses tes mains à l'air libre. Demain, par précaution, je te referai un bandage. Il ne faudrait pas les massacrer de nouveau ! N'est-ce pas, madame la chef de chantier ?

Elle éclata de rire et il l'embrassa.

— Ça fait un moment que tu ne m'as pas parlé de ta famille. Quelles sont les nouvelles ?

Maëlys soupira. Elle aurait aimé discuter d'autre chose, mieux, ne pas parler et se laisser câliner.

— Corentin, Morgan et ma mère ont accepté d'accueillir un Irlandais à la maison. Il cherchait un hébergement sur l'île, chez des autochtones, pour découvrir la vie sur Sein et écrire un roman. Au début, ma mère a un peu tiqué. Elle ne voulait pas d'un étranger dans la maison. Elle avait bien songé à réhabiliter un petit bâtiment qu'on a au fond du jardin pour le louer à des hôtes, mais pas à recevoir du monde chez elle. Finalement, elle a cédé, Morgan lui ayant fait remarquer qu'elle ne pouvait pas se permettre de cracher sur une petite rentrée d'argent supplémentaire.

— C'est tout ?

— Morgan a enfin avoué son homosexualité et ma mère l'a très mal pris. Elle ne veut pas rencontrer sa compagne. Évidemment, ma sœur est désespérée. Voilà le résumé de la situation. Tu as encore du rhum ? Je prendrais bien un petit verre ! Si tu as des citrons verts et du sirop de canne, on pourrait préparer un daïquiri...

— Et de la glace pilée tant qu'on y est ! Une paille, peut-être ? Tu te crois au Club Med ? ironisa-t-il. Un besoin de détente dans un palace ?

— Pas du tout. Je suis très bien, ici. J'avais juste une petite envie !

— Je t'offre un rhum si tu cesses de me prendre pour un idiot et que tu me racontes tout sans éluder le plus important, comme tu sais si bien le faire quand tu veux me cacher quelque chose.

— Ma mère va mal, lâcha Maëlys, et ce n'est pas Morgan qui est en cause. Juste après la mort de mon père, elle a commencé à ressasser le passé, les vieilles légendes de Sein, naufrageurs et compagnie. Je te passe les détails.

— Ah non, justement, j'aimerais bien les connaître, ces détails.

— On en a pour la nuit !

— Pas grave, puisqu'on va la passer ensemble.

— Je te préviens, tu vas basculer dans la quatrième dimension.

— Où tu vas, je vais !

— Ma mère pense que les décès de la famille sont le tribut à payer pour nos ancêtres. Il paraît qu'ils allumaient des feux pour dérouter les navires et les faire s'échouer afin de pouvoir piller les épaves. Il leur arrivait aussi de tuer les survivants. Elle souhaite racheter ces péchés. À deux reprises, elle s'est mutilée pour offrir son sang. La première fois sur la poitrine, la seconde au coude. Après ce second incident, mon frère et ma sœur ont compris qu'il se passait quelque chose de grave. Des gens de l'île l'ont retrouvée un matin près de la chapelle Saint-Corentin, le bras entamé par une large estafilade. Elle était trempée, sanglante et inconsciente. Ils l'ont emmenée chez le médecin. Quand elle a repris conscience, elle délirait complètement. On devait honorer les sirènes de la plage, les Marie Morgane étaient malfaisantes parce que les Sénans avaient trop souvent fait le mal, sans parler de notre famille qui était maudite. Elle a soutenu que d'autres pêcheurs allaient mourir, ensorcelés par ces méchantes fées. Elle a dit aussi avoir vu une créature qui ressemblait à une sirène et avoir entendu sa prophétie. Tout comme la ville d'Ys a disparu il y a des siècles, Sein serait également engloutie. Par son sacrifice rituel, elle a expliqué qu'elle voulait nous mettre à l'abri, mon frère, ma sœur et moi.

Ethan était effaré. Son côté rationnel lui faisait dire qu'Yvonne Kersanton avait perdu les pédales, et en même temps il était happé par ces contes anciens qui venaient se greffer sur le présent et l'histoire des Kersanton. Quand il y réfléchissait, voir mourir en mer trois membres d'une même famille en moins de trois ans était un terrible destin. S'il refusait de croire en une quelconque malédiction, il était tout de même choqué par les révélations de Maëlys.

— Ton frère et ta sœur vont bien. Toi aussi, fit Ethan pour se rassurer.

— C'est là que ça se corse.

— Ah, souffla Ethan en passant une main sur son front, je pensais que tu m'avais raconté le pire !

— Je n'ai pas fini. Ma mère a exigé de Corentin qu'il cesse de pêcher. Évidemment, il n'en a pas l'intention, mais pour l'apaiser il n'a pas pris la mer pendant trois jours. Il se trouve qu'il est tombé malade le troisième jour. La grippe. Ce qui a affolé ma mère, tu imagines, d'autant que deux personnes âgées venaient d'en mourir sur l'île. Elle s'est sauvée. Heureusement Morgan s'est aperçue très vite de son absence. Ils l'ont récupérée au bout de la jetée. Elle criait des incantations, peut-être se préparait-elle à un nouveau sacrifice. Le vent était violent. Une bourrasque aurait pu l'emporter, la faire tomber à l'eau. Elle s'en est bien tirée, mais…

— Mais ? répéta Ethan, les yeux écarquillés. Pardonne-moi, je t'ai coupée. Je crois que je suis passé au-delà de la quatrième dimension !

— Quelques jours plus tard, quand Corentin est allé un peu mieux, Morgan et lui ont pris le bateau pour se rendre à Audierne. Corentin avait accepté de rencontrer Margaret. Enfin, façon de parler car il la connaît déjà, du moins en tant que bouquiniste puisqu'elle emploie Morgan de temps en temps dans sa boutique. Lors du voyage de retour, l'*Enez Sun* a été couché par une lame de fond. Il a pris une énorme déferlante à tribord avant de se retrouver sur le flanc. Le bateau était à l'entrée de l'île quand ça s'est passé. Les passagers ont été projetés contre la rambarde, et devine quoi ? Les deux seules personnes qui sont tombées à l'eau ont été Corentin et Morgan ! Les membres de l'équipage ont lancé des bouées. Un ligneur en pêche dans les parages est intervenu, il a embarqué un des matelots de l'*Enez Sun* et ils sont allés recueillir Morgan. Corentin a été rattrapé par le bateau de sauvetage de l'île. Le médecin les a aussitôt pris en charge, ils ont été hélitreuillés vers l'hôpital de Brest d'où ils sont ressortis le lendemain.

Maëlys se tut. Bouche bée, Ethan se gratta la tête, frotta ses cheveux presque rasés sur son crâne bruni par le soleil. Elle se pencha vers lui et l'embrassa. Ce fut comme si ce baiser le réveillait.

— J'ai besoin de boire, dit-il en lui prenant son verre de rhum qu'il vida d'un trait.

— Je t'avais prévenu.

— Maëlys, tu te rends compte du drame que vit ta famille ? Tu ne peux pas les laisser ainsi. Toi, tu as l'esprit clair. Tu peux aider ta mère à reprendre pied et ressouder les liens entre vous. C'est bientôt Noël. Je sais que c'est dur pour toi d'envisager de rentrer, mais au moins, fais-le pour eux. OK, tu les sécurises en leur envoyant de l'argent, mais ce n'est pas suffisant. D'ailleurs, toi-même tu le dis. Ta mère a besoin de tous ses enfants. De Morgan, de Corentin… et de toi. La folie la guette, elle a encaissé trop de chocs. Tu pourras la rassurer, lui apporter ton appui. Si tu ne veux pas qu'elle sombre davantage, tu n'as pas le choix. Va voir ta famille !

Maëlys se mordit les lèvres. Ethan avait raison. Elle avait beau essayer de prendre toutes ces histoires de loin, les siens étaient vraiment dans la détresse et elle ne pouvait plus faire comme si de rien n'était.

7

Maëlys fit tourner la clé dans la serrure et entrouvrit la porte. Elle marcha sur la pointe des pieds comme si elle pénétrait dans une maison inconnue. Elle posa ses deux gros sacs sur le dallage et s'avança dans la pénombre, sans songer à allumer la lumière. Elle se dirigea vers la baie vitrée du salon en tâtonnant, actionna la commande du volet qui remonta lentement. Et la mer apparut… Maëlys recula et se laissa tomber sur le canapé. Une partie de la baie d'Audierne s'étalait sous ses yeux. À gauche, au bout de la jetée, le phare, à droite, Esquibien et l'embarcadère de Sainte-Évette, et, amarré un peu à l'écart à cause de la marée, l'*Enez Sun*.

Demain, elle monterait à bord de ce bateau et rejoindrait Sein. Une heure de traversée, une heure à longer les falaises du cap Sizun, à naviguer au large de la pointe du Raz et du phare de la Vieille. Une heure en tête à tête avec cette mer qu'elle détestait. Elle ferma les yeux. Les couleurs du Sahel ravivèrent ce paysage honni. Elle voyait maintenant le village, le sourire de Silla, celui d'Awa, et puis Ethan dont les baisers et les caresses lui manquaient déjà. En dehors de leur parcours professionnel commun, ils n'avaient jamais fait aucun projet. L'éloignement lui avait fait entrevoir les choses autrement. Dans quelques mois, dans un an tout au plus, leur mission au Mali s'achèverait. Ils reviendraient en France, repartiraient peut-être pour une autre destination, mais rien ne disait qu'on les enverrait dans le même pays. Tout dépendait des besoins de l'IRD, le personnel étant affecté selon les urgences. Elle savait qu'ils risquaient d'être séparés, et cette pensée l'angoissa soudain. Elle avait envie d'une vie avec lui. Oserait-elle lui en parler lorsqu'elle le retrouverait ?

Elle ouvrit les paupières et se retrouva à nouveau face à la mer. Le ciel s'était teinté de rose tandis que le soleil se couchait. Le temps était bien calme pour un mois de décembre... Elle actionna la commande du volet pour le redescendre et, du bout du pied, appuya sur l'interrupteur de son vieux lampadaire halogène. Elle revint vers l'entrée, augmenta le thermostat, entendit la chaudière se déclencher. Pas question de passer la nuit sans chauffage. Dans sa chambre, elle ouvrit l'armoire et en sortit un gros pull. Le contact de la laine la fit tressaillir. Il y avait des lustres qu'elle ne s'était pas autant couverte. Elle tourna en rond dans la maison, ne sachant que faire. Dans la cuisine, elle ouvrit les placards où traînaient quelques boîtes de conserve. Elle attrapa des raviolis, les fit chauffer et les mangea à même la casserole. Elle regarda sa montre. 18h30... La soirée serait longue. Elle se coucha sans se déshabiller, s'empara de son ordinateur portable, se connecta sur Skype, contacta Ethan qui répondit immédiatement. Elle ne vit plus que sa peau hâlée et déjà un peu burinée, ses lèvres qui s'ouvraient sur de jolies dents blanches lorsqu'il lui parlait. Derrière lui, elle pouvait distinguer la toile du dispensaire, l'armoire dans laquelle il rangeait son matériel... Soudain, elle regretta d'avoir cédé. Que faisait-elle sur cette terre qui n'était plus la sienne? Un mot d'Ethan suffirait pour qu'elle fasse demi-tour aussitôt. Mais il lui répéta une fois encore combien il était important qu'elle épaule sa famille. Elle acquiesça comme une enfant à qui on a fait la morale. Quand ils coupèrent la conversation, elle se décida à appeler Morgan. Elle n'avait prévenu personne de son retour en France, sans doute parce qu'elle n'en avait jamais été certaine. Une vague envie de décamper l'étrangla une nouvelle fois alors qu'elle attendait que Morgan décroche.

—Je suis à Audierne, lâcha-t-elle dès qu'elle entendit la voix de sa sœur. Demain matin, je prendrai le bateau pour Sein.

Elle avait tout craché d'un coup, sans même prendre le temps de dire bonjour, afin de ne pas avoir la tentation de fuir... À l'autre bout du téléphone, il y eut des cris, des mots bafouillés, de l'incompréhension, puis de la joie. Maëlys rentrait et elle n'avait pas averti la famille! Morgan, entre rires et pleurs, jura qu'elle serait sur le quai pour l'accueillir. Pour couper court à la conversation, Maëlys prétexta que la batterie de son portable était déchargée et raccrocha. Elle n'avait qu'un désir: dormir. Elle s'enroula dans la couette, chercha le sommeil, mais les chiffres lumineux du réveil la dérangeaient. Elle se retourna pour ne plus les voir, se disant qu'elle n'était plus habituée à autant de confort et de place. Il y avait longtemps qu'elle n'avait pas dormi dans un vrai lit, mais elle n'y trouva aucun plaisir. Entre le bien-être et la liberté, son choix était fait. Ici, en Bretagne, c'était la prison. Elle n'aspirait qu'à retrouver au plus vite sa tente, son matelas de trois centimètres et son duvet, les bruits de la brousse, l'odeur de la terre et Ethan. Elle saisit un oreiller et le cala contre sa poitrine en l'entourant de ses bras.

Lorsqu'elle se leva, elle se demanda si elle avait vraiment dormi ou somnolé. Elle sortit de son sac des vêtements propres et se dirigea vers la salle de bains. La douche lui parut d'un luxe inouï, presque indécent. Le gel glissa dans sa main, parfumé et onctueux. Elle revit sa cahute de fortune au Mali, les seaux d'eau froide, se rappela l'odeur fade du savon de Marseille avec lequel elle se frictionnait la tête et le corps. Elle aimait cette existence rustique, être en communion avec la nature. Tout était simple, là-bas, modeste et sans fard. Elle ferma les yeux comme pour chasser ces images qui la harcelaient, et resta longtemps sous le jet pour laver son esprit et faire disparaître ces souvenirs qui déchiraient son cœur.

Enroulée dans une serviette après s'être séchée, elle se sentit enfin prête. Prête au retour sur Sein. Elle regarda sa montre. Il lui restait encore deux heures à tuer avant l'embarquement. Dans le salon, elle fit le tour de la bibliothèque et choisit trois bouquins. Ils lui tiendraient compagnie si le temps était long. Elle ferma la maison d'un tour de clé en espérant ne pas y remettre les pieds. Quand elle quitterait Sein, après les fêtes, elle filerait directement à Paris et prendrait le premier avion pour Bamako. Elle respira un grand coup, hissa un de ses deux sacs sur son dos, l'autre sur son épaule, et elle sortit. Elle longea le trottoir qui menait jusqu'à Esquibien, passa par les guichets de Penn ar Bed pour acheter son billet, enregistra ses bagages qu'elle regarda partir avec d'autres paquets. L'*Enez Sun* était au bout du quai. L'équipage chargeait le fret disposé sur des palettes à l'aide d'un treuil. Elle regarda autour d'elle, les passagers n'étaient pas nombreux à faire le voyage. Un matelot leur fit signe, ils pouvaient monter à bord. Alors qu'elle s'installait, elle crut reconnaître un visage familier parmi les marins mais elle fut incapable de retrouver son nom. Elle s'emmitoufla dans son caban, resserra son écharpe de laine.

L'*Enez Sun* quitta enfin l'embarcadère. L'odeur du gasoil lui retourna l'estomac. Elle n'avait pas déjeuné et l'envie de vomir se fit encore plus violente. Elle monta sur le pont extérieur, là où les touristes de l'été s'installent. Les embruns chatouillaient son nez et elle se surprit à sourire tandis que la navette s'éloignait du port. Sous ses yeux, des paysages volontairement oubliés défilaient. Elle avait enfoui ces images au plus profond d'elle-même et il avait suffi de quelques minutes pour que tout lui revienne en mémoire, comme si elle n'était jamais partie. Elle reconnut la pointe de Lervily, puis celle de Penn an Enez qui s'ouvrait sur l'anse du Cabestan, la pointe de Castel, et enfin l'anse du Loc'h. Le ciel était clair et dégagé. Bientôt, la pointe du Mouton se découpa dans le paysage, puis celle de Plogoff. Elle devina qu'ils dépassaient Pors Loubous, le port aux oiseaux, un endroit que l'on disait peuplé de fantômes, surtout à la morte saison. L'été, avec les barques, les couleurs éclatantes des portes des cabanons, l'endroit était un havre de paix apprécié des pêcheurs et des quelques touristes qui profitaient du calme de la crique. La navette poursuivit sa route vers le nord. Le cap Sizun, majestueux, entrait dans la mer comme s'il allait y disparaître. Soudain, le vent se fit plus fort et de gros nuages noircirent le ciel. On approchait du raz de Sein. Maëlys serra les dents en fixant la mer comme si elle était face à son pire ennemi. Le roulis fit tanguer le bateau alors qu'il amorçait sa courbe en dépassant le phare de la Vieille.

— Jamais plus tu n'auras un des miens, murmura Maëlys, écrasant ses mâchoires l'une contre l'autre.

Les rafales étaient plus fortes. Elle se redressa comme pour défier l'océan, laissant les embruns tremper son visage. Le raz de Sein avait quelque chose d'étrange, à la fois fascinant et horrible. Elle l'avait remarqué de nombreuses fois. On quittait Audierne sous le soleil, on arrivait à Sein sous le soleil, mais il y avait toujours le passage de ce fichu raz, avec le vent qui ballotait les bateaux et cette mer qui grossissait, formait des rouleaux prêts à avaler les embarcations qui s'aventuraient dans les parages, à les claquer contre les écueils de la pointe, à les déchiqueter, à abandonner quelques débris dans la baie des Trépassés. Puis le calme revenait soudain, comme par miracle.

Entre le bleu de l'Iroise et le bleu du ciel, Sein se révéla enfin. Le cœur de Maëlys se serra, il était trop tard pour reculer. L'*Enez Sun* dépassa Kilaourou, un îlot qu'on pouvait atteindre à pied à marée basse, puis la grande digue, entra enfin dans l'avant-port et accosta à Men Brial. Maëlys, indifférente à la manœuvre, repéra une silhouette au bout du quai. Sa sœur. Ses premiers pas sur l'embarcadère furent chancelants. Le retour l'éprouvait davantage qu'elle ne l'aurait voulu. Elle vit Morgan écarter le cordon qui servait à maintenir le flot des passagers, surtout les touristes en été, puis se précipiter à sa rencontre. Maëlys sentit que des lèvres embrassaient ses joues, que deux bras la serraient, et pria pour que l'étreinte dure encore. La tête lui tournait, elle était à deux doigts de défaillir. Morgan prononçait des mots qu'elle ne comprenait pas. Elle les entendait mais elle était incapable de leur donner un sens. Morgan riait maintenant, la pressant toujours contre son cœur. Enfin, elle s'écarta, recula pour regarder sa sœur.

— Tu pleures, Maëlys !

Celle-ci essuya ses joues du revers de la main, mais les larmes continuèrent à dévaler le long de son visage et de son cou sans qu'elle puisse les arrêter. Elle ne savait pas si c'était de joie ou de désespoir. Elle fixa un instant le phare de Men Brial tandis qu'on déchargeait les bagages et le fret sur le quai. Elle repéra ses sacs. L'envie de fuir, de remonter sur l'*Enez Sun* l'étrangla de nouveau. Mais Morgan l'attirait déjà, une main dans la sienne, la traînant presque. Maëlys la suivit, elle avait les jambes en coton. Elles attrapèrent les sacs de voyage, empruntèrent le quai des Paimpolais puis s'engagèrent dans la ruelle du Coq-Hardi. Même si le ciel était dégagé et le fond de l'air très frais, il n'y avait pas âme qui vive dehors. Maëlys en fut soulagée. Elle n'avait pas envie de croiser une tête familière, encore moins de bavarder… Pas encore, pas maintenant. Morgan poussa la porte de la maison, s'engouffra à l'intérieur et referma derrière Maëlys. Celle-ci prit une longue inspiration. Elle retrouvait les odeurs de son enfance. Celle du poisson, inévitable dans une demeure de pêcheurs, des meubles fraîchement cirés, des légumes qui mijotent lentement sur le feu. Dans la cuisine, sa mère préparait une tarte. Elle laissa tomber son rouleau à pâtisserie dès qu'elle aperçut sa fille, essuya ses mains sur son tablier et vint à sa rencontre. Elle la prit dans ses bras et la serra longuement contre elle sans dire un mot. Quand elle s'écarta enfin, elle repoussa les mèches de cheveux blondes qui noyaient le visage de Maëlys et la contempla.

— Mon Dieu ! Comme tu es belle ! Et qu'il est bon de te revoir enfin ! J'ai bien cru que jamais, tu…

— Je suis là, maman, la coupa Maëlys.

Elle se pencha pour embrasser sa mère qu'elle dépassait largement d'une tête et respira son parfum. Elle n'en avait pas changé. C'était toujours le *N° 5*, de Chanel, cette fragrance inimitable que son mari lui avait offerte la première fois vingt ans plus tôt, à l'occasion de Noël. Un cadeau merveilleux qu'elle avait jugé hors de prix mais qui l'avait comblée de bonheur. À partir de cette époque, elle avait définitivement abandonné son eau de toilette bon marché et attendait chaque année son flacon préféré qu'Alain ne manquait jamais de lui offrir. La seule touche de luxe qu'elle s'autorisait, à laquelle son époux avait ajouté, quelques années plus tard, pour fêter un anniversaire de mariage, un solitaire. La bague n'avait jamais quitté son annulaire gauche, à côté de son alliance, un simple anneau en or jaune.

— Ta peau a de belles couleurs ! s'extasia Yvonne. Comme un touriste qui a passé des heures à se faire bronzer sur la plage.

— C'est à peu près ça, sourit Maëlys. Je vis sous le soleil et sur le sable… Mais pas à la plage !

— Je sais tout ça, et je sais aussi que tu bosses dur pour aider ces gens qui manquent de tout. Ils ont de la chance de t'avoir. Et moi, je suis contente de te retrouver enfin. Tu restes combien de temps avec nous ?

Maëlys sentit l'émotion la broyer. C'était la question qu'elle redoutait et qu'elle aurait voulu éluder. Elle avait dit à Ethan qu'elle passerait tout le mois de décembre à Sein et qu'elle regagnerait le Mali après le Jour de l'an. Mais quatre semaines… Malgré le bonheur de revoir sa mère, elle étouffait déjà dans la chaleur de cette petite cuisine familiale. Et elle détestait cette île alors que l'Afrique, c'était l'espace et la liberté. L'Afrique, c'était l'amour. Le visage d'Ethan passa devant ses yeux. Il lui manquait tellement.

— Alors, dis-moi, tu es là jusqu'à quand ? insista Yvonne.

— Je ne sais pas encore, mentit Maëlys. Une dizaine de jours. J'aviserai en fonction des nouvelles que je recevrai du Mali.

En une phrase, elle avait raccourci son séjour à Sein des deux tiers. La contrariété déteignit sur le visage de sa mère. Elle s'en voulut de lui faire mal, mais elle devait dépasser cet éternel sentiment de culpabilité. Après tout, si elle parvenait à rester quinze jours au lieu de dix, sa mère finirait par s'en contenter. De toute façon, la séparation serait déchirante. L'œil noir, Yvonne reprit son rouleau à pâtisserie, jeta de la farine sur la pâte qu'elle étala sur le plan de travail. Maëlys l'observa. Sa mère avait vieilli. À moins de 50 ans, ses paupières étaient usées par le chagrin. Deux fils et un mari perdus, c'était dur à porter pour une femme… Et peut-être qu'elle venait d'alourdir sa peine en lui annonçant déjà son départ alors qu'elle venait à peine d'arriver…

— Viens, murmura Morgan en tirant sa sœur par le bras, on va monter tes sacs. On dormira ensemble, si tu veux. Tu te souviens qu'on loue une chambre à un Irlandais ?

— Oui, c'est vrai ! Où est-il, ce mec ?

— Parti tôt ce matin, comme tous les jours. Tu le verras ce midi. La plupart du temps il prend ses repas avec nous, et quand il ne mange pas à la maison, il nous avertit.

— Il est sympa ?

Morgan haussa les épaules. Elle paraissait ne pas avoir d'opinion sur le sujet. La présence de l'Irlandais représentait avant tout une petite rentrée d'argent. L'hiver s'annonçait, avec les tempêtes à venir et les journées sans pêche, le salaire de Corentin ne suffirait pas pour les nourrir. L'Irlandais payait son gîte et son couvert. Ça n'était pas négligeable. Elle ouvrit la porte de la chambre. Maëlys s'arrêta net sur le seuil. Les deux lits, les chevets, l'armoire et la commode… Rien n'avait été déplacé. Seul un ordinateur portable, des CD et un paquet de vêtements en tas sur une chaise témoignaient de la présence de Morgan.

— Tu ne sembles pas ravie, s'inquiéta Morgan.

— Je suis troublée. Retrouver la maison, c'est…

— Douloureux ?

— C'est ça. Il manque papa, Yan et Malo. Maman a l'air bizarre, comme transformée, et… j'ai l'impression d'étouffer.

Morgan regarda sa sœur d'un air navré. Elle avait tant espéré ce retour, imaginé des retrouvailles dans la bonne humeur et la joie.

— Quand Corentin rentrera de la pêche, si tu veux, on ira faire un tour ensemble. On te parlera de maman. Pour le moment, allons la rejoindre à la cuisine. Son moral est en dents de scie, mais elle est heureuse que tu sois là même si elle ne le manifeste pas.

Maëlys acquiesça. Elle saisit un des CD posés sur le lit et montra un album de U2.

— On l'écoutera ce soir ?

— On l'écoutera ! approuva Morgan en souriant. Et on chantera cachées sous nos couettes !

— Et toi tu me raconteras Margaret.

Les yeux de Morgan s'illuminèrent.

— Oui, chuchota-t-elle. Je te la présenterai samedi. On ira à Audierne.

— Avec plaisir.

8

Ce déjeuner du dimanche traînait en longueur et Maëlys commençait à s'ennuyer. Comme d'habitude, Gwen avait tout organisé à merveille. La jeune femme était ailleurs. Physiquement présente mais l'esprit à des milliers de kilomètres. Ethan lui manquait, elle avait un besoin fou de sa tendresse, un besoin fou d'Afrique, d'espace et de soleil. Sur Skype, chaque face-à-face avec le médecin réveillait ses souffrances. Elle aurait bouffé l'écran pour pouvoir l'embrasser, le sentir contre elle tant le désir était fort.

Son regard s'égara sur la table, fit le tour de la jolie vaisselle posée sur la nappe rouge en coton damassé, se posa sur chacun des invités. Gwen semblait ravie. Penché sur l'épaule de Corentin, son fils Frédéric lui murmurait quelque chose à l'oreille. Erwan et sa mère discutaient avec Morgan et Yvonne. Liam, le romancier irlandais que Gwen avait bien sûr invité, répondait poliment à chacun quand une question lui était adressée. Maëlys se concentra sur lui. Après une semaine de cohabitation, elle n'était pas parvenue à le cerner. Sans qu'elle sache pourquoi, il lui arrivait même d'être mal à l'aise en sa présence. En même temps, il devait se sentir un peu comme elle sur cette île. Étranger, visiteur de passage…

— Tu restes pour les fêtes, n'est-ce pas, Maëlys ?

La voix de Gwen avait résonné dans la pièce. Les conversations cessèrent et tous les yeux se tournèrent vers la jeune femme. Elle déglutit, gênée, et ne répondit pas. Si elle s'en tenait à ce qu'elle avait annoncé à sa mère, dans deux jours elle quitterait Sein, dans trois elle serait dans l'avion, direction Bamako, et après quelques heures de taxi-brousse sur une piste poussiéreuse elle serait dans les bras de l'homme de son cœur.

— Elle ne reste pas, lâcha Yvonne, les dents serrées. Elle a du travail, là-bas en Afrique.

Maëlys se tourna vers sa mère et perçut sa colère, sa détresse aussi. Des années qu'elle n'avait pas vu sa fille… et celle-ci pensait déjà à s'évader.

— Qui prend du café ? demanda Gwen, espérant faire diversion.

Elle s'en voulait d'avoir lancé un sujet aussi épineux. Elle tapota l'épaule de Maëlys.

— Tu me donnes un petit coup de main ?

La jeune femme acquiesça et suivit Gwen dans la cuisine.

— Ainsi, tu pars déjà ?

— Tu sais, j'avais prévu de ne passer qu'une dizaine de jours près de maman. Tout le monde m'attend, au Mali !

— Si je comprends bien, rétorqua Gwen, la prochaine fois qu'on te reverra, ce sera pour l'enterrement de ta mère. Si tu daignes faire le voyage…

Maëlys reposa le sucrier et affronta le regard furieux de Gwen, qui la toisa à son tour.

— Je vais te dire le fond de ma pensée, ma fille. Tu ne serais pas venue, ça n'aurait pas été plus mal. Tu passes ici vite fait, une escale en quelque sorte.

Tu as vu l'état de ta mère ? Tu as vu le nombre de comprimés qu'il faut lui faire avaler tous les jours ? Anxiolytiques, antidépresseurs, somnifères... Tu n'as donc pas saisi la gravité de la situation ? Ta mère est au bord d'un gouffre, celui de la folie. Et tout danger n'est pas écarté. Elle ressasse légendes et croyances à longueur de journée, et je peux te dire qu'elle n'a pas renoncé à son idée de sacrifice pour vous sauver. Je le sais, le médecin m'a répété ce qu'elle lui avait dit. Tu ne crois pas qu'elle mérite que tu restes un peu auprès d'elle ? Au moins jusqu'à Noël, ce n'est pas la mer à boire. Elle a perdu deux fils et un mari. C'est trop, même pour un esprit tout à fait sain. Ta sœur, ton frère et moi faisons ce que nous pouvons pour l'aider à reprendre pied. C'est trop te demander de prolonger ton séjour deux semaines de plus ? Ne serait-ce que pour nous épauler à ton tour. Pour que nous ayons des souvenirs à lui rappeler quand tu repartiras, comme les bons moments passés auprès du sapin. Pour lui prouver qu'elle n'est pas seule, que sa famille tient à elle et que ses enfants désirent qu'elle s'accroche à la vie.

Maëlys baissa le regard et contempla le carrelage. Gwen venait de lui asséner ce que les autres pensaient sans doute sans oser le lui dire.

J'ai du mal à être ici, avoua-t-elle. Ce n'est pas que je n'aime pas maman, c'est cette île que je déteste. Je m'y sens prisonnière. Elle me met à bout de nerfs, peut-être même qu'elle me fait peur. Je sais que c'est idiot, et moi probablement une ingrate.

Gwen vit les paupières de Maëlys se gonfler de larmes. Elle s'approcha pour la serrer contre son cœur.

— Je ne voulais pas te faire de mal, seulement te rappeler qu'on a besoin de toi. Ça fait longtemps que j'ai compris que tu n'étais pas chez toi, ici. Ça se voyait déjà quand tu étais gosse. Tu courais, tu faisais le tour de l'île, et tu revenais toujours déçue parce que tu n'avais pas trouvé de nouvel endroit à explorer. Quand la marée était basse, tu restais assise des heures sur la grève à observer l'eau qui reculait, attendant que la mer s'ouvre devant toi et te laisse un passage jusqu'au continent… Maintes fois, on t'a expliqué que c'était impossible. Et on te retrouvait face à la pointe du Raz, prête à galoper jusqu'à la côte. Miracle invraisemblable… Tu en pleurais de dépit. Je me souviens que ton père te prenait dans ses bras et te câlinait pour te consoler. Il te promettait un dimanche à Audierne, et toi, tu lui réclamais un dimanche à Quimper, bref, un lieu où tu ne verrais plus l'Iroise. Il te fallait de l'espace, de la terre, mais partout où tu regardais, tu ne voyais que la mer. Ta mère a toujours su qu'après tes études tu quitterais Sein pour réaliser tes rêves ailleurs. Mais jamais elle n'avait imaginé que tu partirais aussi loin. Il y a un sentiment que tu ne connais pas, celui de la douleur d'une mère qui voit son enfant partir. C'est comme si on t'arrachait un morceau du cœur. Tu ne peux pas t'en aller aussi vite. Je ne te demande pas de renoncer définitivement à cette Afrique que tu sembles tant aimer, mais simplement de donner à ta mère un peu plus de ton temps. Pour la sortir de sa détresse, pour panser son âme dévastée par le chagrin.

— D'accord, murmura Maëlys. Je partirai après Noël.

Elle frissonna en prononçant ces mots, calculant déjà le nombre de jours qu'il lui faudrait encore tenir. Reverrait-elle jamais le Mali et Ethan ? Un étourdissement la saisit et sa main chercha un appui sur la table. Gwen devina son désarroi, se reprocha un instant d'avoir été aussi dure avec elle. Tandis qu'elle posait des tasses sur les soucoupes, une idée illumina son esprit.

— Et si tu emmenais ta mère quelques jours sur le continent avant Noël ? Ça vous ferait du bien à toutes les deux. Morgan pourrait vous accompagner... Elle en serait ravie, je crois.

— À Audierne ?

— Oui. Dans ta maison. Vous pourriez vous promener, faire quelques achats à Quimper ou à Concarneau pour préparer les fêtes...

Maëlys étudia la proposition de Gwen. S'échapper de l'île sans toutefois s'éloigner de la mer, mais se délivrer tout de même...

— Il y a un problème, que fait-on avec l'Irlandais ?

— Liam pourrait venir prendre ses repas ici... Je m'occuperais de lui. Et de ton frère. Ça me ferait juste trois hommes à nourrir au lieu d'un. Ce qui, à mon avis, ne déplairait pas à mon grand dadais de Frédéric ! Corentin et lui s'entendent comme larrons en foire. Et Liam paraît les apprécier. Ils discuteront pêche, bateaux... et tempête ! C'est le grand dada de Liam. Il n'attend que ça, qu'il y ait une tempête, afin de la raconter dans son roman.

— Il est venu à Sein juste pour ça ?

— Non, bien sûr. Mais il n'est pas très loquace sur le sujet. C'est secret, un écrivain ! Bon, on va retrouver les autres et servir le café ?

Maëlys s'empara du sucrier et de la cafetière. Les visages se tournèrent vers elle lorsqu'elle entra dans le séjour. Morgan devina que Gwen avait dû profiter de leur aparté pour dire à Maëlys ce qui la démangeait, et la prier de rester jusqu'à Noël. Elle en fut soulagée. Elle admirait son aînée et la redoutait à la fois. Son parcours l'impressionnait, ses études, son métier, son investissement en Afrique malgré les dangers encourus, mais elle s'effrayait de la distance qu'elle était capable de mettre entre sa famille et elle. Elle les avait quittés sans un regret. C'est vrai qu'elle les avait toujours aidés financièrement quand ils avaient un souci, comme elle l'avait fait après le décès de leur père, mais pour le reste, elle se tenait loin. Même lorsqu'elle était auprès d'eux, comme aujourd'hui autour de cette table... Ce n'était pas par snobisme, mais plutôt comme si elle voulait couper tout lien avec l'île et les siens.

Yvonne exprima son désir d'aller au cimetière et le café fut pris rapidement. Elle s'y rendait presque tous les jours, toujours accompagnée. Morgan et Corentin ne la laissaient plus sortir seule tant ils craignaient un nouveau moment d'égarement. Ils veillaient sans cesse sur elle malgré ce que leur avait dit le médecin. Le traitement commençait à faire de l'effet. Yvonne ne se sauvait plus et ne se mutilait plus. Seul son regard empli de chagrin prouvait qu'elle n'était pas encore tout à fait remise. Mais n'est-ce pas normal de souffrir quand on a perdu l'homme de sa vie ?

— Je propose que nous allions tous au cimetière, lança Gwen.

Se tournant vers l'Irlandais, elle se reprit aussitôt.

— Évidemment, nous ne vous imposons pas cette visite, Liam.

— J'ai été heureux de partager ce repas de famille, je serai heureux de vous accompagner et de me recueillir sur la tombe de M. Kersanton que je n'ai pas eu la chance de connaître.

Maëlys fit une moue étonnée et se leva. Ils enfilèrent les manteaux et sortirent. Il était un peu plus de 16 heures, les dernières lueurs du jour s'estompaient déjà et le vent s'était levé. Le cimetière était vide. Le petit groupe se rassembla devant le caveau. Maëlys fixa son regard sur la pierre sous laquelle reposaient ses deux frères et son père. Elle ne ressentait rien. Pas de peine. Pas de regret. Rien. Le vide. Elle ne croyait pas à une quelconque vie après la mort. L'existence, c'était un temps sur un axe, de la naissance au décès. L'esprit s'en allait avec le corps. Tout ce qu'on pouvait dire sur l'âme n'était fait que pour rassurer les mortels. Mais ça n'était que foutaises. Les religions ont usé de l'argument pour que les hommes obéissent. La vérité, c'est que quand un cœur s'arrête de battre, tout est fini à jamais. Rien ne survit au défunt. À part les souvenirs, les paroles, les lettres, les photographies, tous ces objets qui permettent aux vivants de ranimer la flamme quand l'oubli menace.

Yvonne et Morgan pleuraient devant la tombe. Maëlys restait de glace, ignorant presque les noms familiers gravés dans le granit. Il n'y avait rien ici pour lui rappeler ses frères et son père. L'endroit était trop froid, trop dur. Ses larmes, elles avaient coulé lorsqu'elle avait retrouvé les boutons de manchettes de son père rangés dans le tiroir de sa table de chevet, un beau bijou en or et argent qu'il avait reçu de ses parents pour son mariage. Il ne les avait portés que pour les grandes occasions. Le jour où il avait épousé Yvonne, puis aux baptêmes et aux communions des enfants. Cette découverte ramena Maëlys des années en arrière, quand elle voyait arriver son père rasé de près et qu'il avait mis son unique costume. Il était beau avec sa chemise blanche et sa cravate, et pourtant si mal à l'aise ainsi tiré à quatre épingles. Aujourd'hui, elle comprenait pourquoi il préférait porter ses bottes, ses gros pulls et son ciré, les cheveux décoiffés par le vent, et arborant une barbe de trois jours. Les jeans délavés et les tee-shirts parfois défraîchis qu'elle enfilait en Afrique n'étaient-ils pas devenus sa tenue préférée ? Devant ce caveau, elle se trouva tout à coup guindée avec son pantalon noir, son chemisier et son pull trop sage, et sa tignasse blonde parfaitement lissée.

Le vrai chagrin n'était venu que lorsqu'elle avait vidé la dépendance au fond du jardin avec Morgan et Corentin. Il avait fallu trier et jeter pour que son frère puisse entreprendre les travaux qui permettraient de transformer le lieu en une jolie chambre d'hôte avec salle de bains privative. Dans une caisse, Maëlys était tombée sur une paire de méduses, ces sandales de plage en plastique que tous les gosses de l'île portaient en été. Elle avait reconnu les siennes. Des roses, les premières en couleur. C'était l'année de ses 10 ans. Son père les lui avait achetées sur le marché de Douarnenez. Elle se souvenait de sa fierté lorsqu'elle les avait montrées à ses amis à son retour sur l'île. À cette époque, les touristes étaient encore rares sur l'*Enez Sun* et il fallait aller sur le continent pour découvrir la mode. Elle avait été l'une des premières à porter ce nouveau modèle, tellement plus gai que l'ancien, d'un blanc jaunâtre peu élégant et dont le caoutchouc rigide coupait les orteils et donnait des cloques aux pieds. Émue, Maëlys avait sorti les sandales de la caisse et les avait remontées dans sa chambre pour les glisser dans son sac. Elle pourrait les ressortir de temps en temps pour les contempler, et peut-être alors que quelques larmes reviendraient brûler ses paupières à l'évocation de ce vieux souvenir.

Chacun se recueillait. Morgan et sa mère s'agenouillèrent devant le caveau et posèrent leurs mains sur la pierre. Maëlys se refusa à les imiter et resta légèrement en retrait. Liam, qui n'avait pas voulu troubler ce moment d'intimité familiale, s'était éloigné du groupe. La jeune femme l'aperçut remontant une allée. Il s'arrêtait parfois devant une tombe, ouvrait un calepin sur lequel il notait deux ou trois choses. Relevait-il des noms, des dates inscrits sur les stèles ? Si oui, pourquoi ? Elle n'eut pas le temps de se poser davantage de questions, tout le monde s'apprêtait à quitter le cimetière. Corentin la tira par la manche.

— Viens, on va faire un tour tous les deux. Morgan raccompagnera maman à la maison.

Maëlys leva un sourcil étonné. La nuit tombait. C'était plutôt étrange de proposer une promenade maintenant. Mais elle suivit son frère, soulagée de quitter ce cimetière où elle ne se sentait guère à l'aise. Ils traversèrent un dédale de petites rues, marchèrent jusqu'à la mer et s'arrêtèrent sur la jetée pour contempler le bateau orange de la SNSM amarré derrière la cale, au pied du phare de Men Brial qui gardait l'entrée du port. Dans l'obscurité de plus en plus dense, des éclats blancs, rouges et verts illuminaient la digue et plus loin les rochers. Maëlys soupira. Après Gwen, elle s'attendait à recevoir une nouvelle leçon.

— Le Mali, ce n'est pas seulement pour le boulot que tu es si pressée d'y retourner, n'est-ce pas ? murmura-t-il. Il y a quelqu'un, là-bas ?

Surprise par la question et par le ton doux de sa voix, Maëlys sentit des larmes gonfler ses paupières. Elle ne pouvait pas mentir à Corentin.

— Oui, un homme que j'aime éperdument.

— Tu n'es pas obligée de rester. Je ne veux pas qu'on t'impose ça. Si tu décides de partir avant Noël, je ne t'en voudrai pas. J'expliquerai à Morgan. Quant à maman, tu sais… Il y a des jours où…

Il n'acheva pas sa phrase, la gorge nouée par le désarroi.

— Je fêterai Noël avec vous, assura Maëlys en déposant un baiser sur la joue de son frère. Je partirai le 26.

Corentin entoura ses épaules de son bras et ils marchèrent jusqu'au quai des Paimpolais, puis ils s'engagèrent dans la ruelle menant à la maison, avec pour seul bruit le ressac de la mer.

9

Maëlys déposa un bouquet de houx au centre de la table puis s'éloigna afin de contempler le résultat. Tout était parfait. Elle ne se serait pas crue capable de composer une aussi jolie décoration, elle n'avait jamais eu l'âme d'une femme d'intérieur. Ses derniers Noël, elle les avait passés assise à même le sol autour d'un feu de bois, au son d'une kora, d'un tam-tam ou d'un djembé, à déguster un plat de riz enrichi de quelques morceaux de viande, parfois de poisson séché et de légumes. Ce soir, elle allait revivre un réveillon traditionnel. Elle s'en réjouissait, d'autant que la date de son départ approchait.

Mais qu'il était dur d'avoir une personne dans son cœur et de ne pas pouvoir être serrée dans ses bras… Pour ajouter à ce manque, depuis près d'une semaine elle ne pouvait presque plus communiquer avec Ethan. Sans doute un souci de réseau au Mali. La connexion sur Skype était devenue impossible et les mails qu'elle envoyait restaient sans réponse. Elle devait se contenter d'un SMS de temps en temps. Mais peu importait, le compte à rebours était enclenché et bientôt elle rejoindrait Ethan. Elle imagina un instant sa surprise et sa joie quand il la verrait débarquer au village avec une dizaine de jours d'avance. Elle rêva à leurs retrouvailles, aux petits cadeaux qu'elle lui offrirait, à leurs baisers, à leurs corps mêlés l'un à l'autre. Elle frissonna de désir tant ce sevrage d'amour lui pesait. Chaque parcelle de sa peau crevait d'abstinence, de sa nuque qu'il aimait embrasser à ses chevilles qu'il enserrait de ses doigts, en passant par ses seins qu'il caressait des nuits durant. Elle sentit la chaleur inonder son ventre et s'ébroua, reprenant ses esprits. Elle fit le tour de la salle à manger, vérifia que chaque chose était à sa place, comme Morgan le lui avait indiqué. Puis elle appuya sur l'interrupteur et les guirlandes du sapin qu'elle avait posées avec sa sœur s'illuminèrent, apportant une nouvelle chaleur à la pièce et renforçant l'atmosphère festive. Festive ? Était-ce le bon mot ? Que pouvait-on célébrer dans une famille comme celle des Kersanton ? Le réveillon risquait d'être morne et de faire souffrir davantage qu'il ne ferait plaisir. N'aurait-il pas été plus sage de laisser cette fête à ceux qui avaient encore de quoi se réjouir et de dîner tranquillement, comme n'importe quel soir, puis de se coucher en se souhaitant bonne nuit ? Maintenir la coutume risquait de faire remonter les souvenirs et de raviver les souffrances.

Morgan avait tenu à tous ces préparatifs et entraîné les siens dans son souhait de fêter dignement Noël. Grâce à Maëlys, elle avait obtenu que Margaret soit conviée. Son amour était arrivé par le bateau du jour et repartirait le 26, en même temps que sa sœur. Yvonne avait plié devant l'insistance et les arguments de Maëlys. Pour ne pas la heurter davantage, on avait décidé que Morgan irait dormir dans la chambre de son frère, tandis que Margaret s'installerait avec Maëlys. C'était un premier pas. Il en faudrait d'autres avant qu'Yvonne admette que sa fille aimait une femme... Et ce ne serait pas aisé, songea Maëlys en allumant les bougeoirs.

Le deuil avait profondément transformé Yvonne. Durant le petit séjour qu'elles avaient fait sur le continent suivant les conseils de Gwen, sa mère avait révélé des traits de caractère que ses filles ne lui connaissaient pas. Elle avait veillé sur son porte-monnaie comme si elle avait craint que ses enfants lui volent son argent, s'était montrée désagréable avec les vendeuses dans les boutiques, hargneuse avec un serveur au restaurant. Puis, à leur retour d'Audierne, il y avait eu un incident avec les Saint-Luan qu'elles avaient croisés sur le bateau. Que s'était-il passé ? Un regard appuyé, une bouche pincée et un air narquois sur le visage de l'héritière du clan ? Maëlys n'avait rien remarqué ni rien vu venir. Déchaînée, Yvonne s'était jetée sur Marie-Françoise et avait menacé de lui faire la peau si elle continuait à persécuter sa famille avec ses projets immobiliers. Elle l'avait aussi accusée d'être responsable de la mort des Kersanton fils et père. Morgan et Maëlys avaient dû la calmer et présenter leurs excuses, non sans penser que l'incident ferait le tour du village et que certains allaient encore crier à la folie d'Yvonne. Rentrée à la maison, Maëlys avait tenté d'obtenir des explications de sa mère. Marie-Françoise Saint-Luan l'avait-elle provoquée ? Pourquoi cette colère ? Yvonne avait fini par marmonner : « Un jour, je prendrai le fusil du vieux et je la descendrai. »

Le fusil en question était la vieille carabine rouillée du grand-père Kersanton, accrochée au-dessus de la porte d'entrée. Par précaution,

Maëlys avait interrogé son frère au sujet de cette arme. Elle n'avait pas servi depuis la Seconde Guerre mondiale et il n'y avait plus aucune munition pour la charger, lui avait expliqué Corentin. C'était le dernier souvenir d'un aïeul qui avait combattu dans la Résistance contre l'ennemi nazi. Rassurée sur ce point, Maëlys était néanmoins inquiète. Pourquoi sa mère se montrait-elle aussi vindicative à l'égard des Saint-Luan ? Perdue dans ses pensées, elle sursauta alors que Margaret franchissait la porte, une corbeille de pain dans une main, un beurrier dans l'autre.

— Une bien jolie table ! s'extasia-t-elle avec son accent anglais qu'elle n'avait pas réussi à gommer.

— Merci ! sourit Maëlys.

Elle aimait cette femme qu'elle trouvait intelligente, honnête, sympathique et très attentionnée envers Morgan. Si seulement sa mère pouvait cesser de lui manifester son animosité à chaque fois qu'elles se retrouvaient ensemble… Maëlys soupira. Il n'y avait qu'à espérer que tout se déroule au mieux pendant cette soirée de réveillon et qu'Yvonne aurait la courtoisie de ne pas agresser la fiancée de sa fille… Un volet claqua. Cette fois, ce fut Margaret qui fit un bond, manquant de laisser tomber le beurrier.

— Je crois qu'on va avoir droit à une belle tempête, murmura Maëlys. C'est l'Irlandais qui va être content ! Il attend ça depuis deux mois. Ce pourrait bien être pour cette nuit.

Margaret réprima un frisson. Elle détestait la pluie et surtout le vent. Ces tempêtes devaient être terribles sur cette île pleine de courants d'air. Instinctivement, elle leva les yeux vers le plafond.

— Pas de stress ! fit Maëlys. La vieille charpente craque, mais elle est solide. Elle a résisté à bien des tourments. En revanche, le bruit des rafales risque de vous empêcher de dormir... On fera la causette !

— La causette ! s'exclama Corentin. Il me semble que ça bavarde déjà beaucoup. Allez ! Les huîtres sont ouvertes ! On va pouvoir se régaler. Tu préviens Liam, Maëlys ?

Il déposa un énorme plat sur la table et repartit vers la cuisine tandis que sa sœur filait à l'étage chercher l'Irlandais. Lorsqu'ils pénétrèrent dans le séjour, Yvonne était déjà à table et Corentin remplissait les verres de vin blanc. Margaret attendait qu'on lui indique où elle devait se placer. À ses côtés, Morgan se frottait nerveusement les mains, n'osant prendre aucune initiative.

— Installons-nous ! ordonna Maëlys en souriant.

Elle s'assit à la droite de sa mère, Corentin à sa gauche, puis invita Liam à prendre place à côté d'elle. Margaret et Morgan se retrouvèrent côte à côte. Maëlys leur adressa un coup d'œil complice et leva son verre.

— Joyeux Noël ! s'exclama-t-elle. À nous ! À ceux qui nous manquent.

Les derniers mots s'étranglèrent dans sa gorge. Elle porta son verre à ses lèvres et songea qu'elle allait s'enivrer. C'était ce qu'elle avait de mieux à faire. S'enivrer et dormir. Dormir et oublier. L'air triste et égaré de sa mère la ramena à la raison. Pour mettre fin au malaise, Corentin se lança dans un long monologue sur les huîtres, se délectant de leur saveur, avant d'expliquer à Liam et à Margaret comment l'ostréiculture s'était développée sur Sein.

— Un grand défi qu'a osé relever un jeune couple il y a quelques années, conclut-il. Aujourd'hui, une partie des parcs à huîtres de Sein a bel et bien trouvé preneur ! Et le mari est un Sénan ! Les activités de l'île vont peut-être enfin reprendre. En tout cas, ces belons sont exquises.

Tous opinèrent de la tête, cherchant à poursuivre la discussion.

— Il leur a fallu bien du courage, ajouta Morgan. Ce jeune couple a tout de même vécu plusieurs mois dans une ruine. Certes, ils avaient de l'électricité mais pas l'eau courante. Trouver à se loger sur l'île est un vrai problème.

— Bientôt, on ne sera plus chez nous, marmonna Yvonne. On ne saura plus où habiter et il faudra partir.

— Mais non, maman, intervint Corentin. Ce qui est à nous reste à nous.

— Les Saint-Luan nous prendront tout ! cria-t-elle.

— Corentin a raison, renchérit Maëlys, qui avait senti que sa mère allait faire une nouvelle crise. Ils n'auront rien de ce qui nous appartient. Tu me fais confiance ?

Elle lui prit la main et la caressa doucement. Yvonne se calma, au grand soulagement de Morgan. Sa sœur avait une sacrée force de conviction pour parvenir ainsi à calmer leur mère.

— Il n'arrivera rien, chuchota Maëlys. Même quand je serai loin, il n'arrivera rien. Je veillerai sur vous. On ne vous fera aucun mal. Tu me crois ?

Une nouvelle fois, Yvonne hocha la tête, enfin tranquillisée.

— J'ai vu que trois hommes avaient repris un autre élevage d'huîtres plus récemment, ajouta Liam.

Morgan, Corentin et Maëlys se tournèrent vers lui, conscients qu'il avait senti lui aussi le péril et qu'il cherchait à rediriger la conversation vers un sujet léger.

— Oui, enchaîna Corentin. Ils ont installé leurs tables à l'abri d'un cordon de galets, dans une crique à l'abri des vents. Du moins, ils l'espéraient, mais en novembre dernier, au premier coup de tempête, tout a été emporté. Du coup, ils ont fixé les tables avec une chaîne. Maintenant, ça tient. Une ancienne cale va être restaurée pour qu'ils puissent accéder plus facilement au parc. Pour le moment, les gars transportent les poches d'huîtres sur le dos. C'est pas un p'tit boulot !

— Je suppose que l'huître de Sein est plus chère que... qu'ailleurs, dit Liam.

Il avait hésité sur le dernier mot, l'écorchant de son accent. Il trébuchait parfois sur le vocabulaire, même s'il avait rapidement progressé et enrichi son lexique. Aujourd'hui, il pouvait participer à presque toutes les discussions.

— Pas pour nous. Mais pour ceux du continent, oui ! Il faut compter cinquante pour cent de plus pour un même calibre. Mais nos produits valent bien leur prix. Ici, pas la moindre trace de nitrates, de pesticides ou de métaux lourds. Au départ, les ostréiculteurs de Sein ont craint que leurs huîtres soient un peu trop salées puisqu'il n'y a pas de mélange entre eau de mer et eau douce, comme dans la plupart des parcs. Finalement, il n'en est rien. La salinité de la mer baisse avec la température. L'été dernier, au plus chaud, l'eau était à 15 degrés. Nos huîtres sont inimitables. Leur chair est raffinée, iodée, avec ce petit goût sauvage que l'on ne trouve nulle part ailleurs.

— Quelle fierté !

— On ne peut pas ne pas l'être. Être Sénan, c'est tellement…

— Différent.

— Oui.

— J'avais remarqué. C'est la raison pour laquelle je suis venu sur l'île. Pour écrire quelque chose d'inédit. Il y a à la fois tant de douceur et de violence, ici. Les éléments naturels offrent un curieux mélange de sensations.

— Côté sensations, vous allez être comblé, intervint Maëlys. Le vent a sérieusement forci, je crois que vous allez vivre votre première vraie tempête.

Liam leva la tête, inquiet du bruit venant de la charpente qui grinçait de plus en plus. Margaret frémit. Sous la table, elle sentit la main de Morgan tapoter sa cuisse pour la rassurer. Elle n'osa pas répondre à son geste affectueux. Si Yvonne les surprenait, sa colère serait inévitable. Pour le moment, elle semblait calme, mieux valait ne pas la heurter. Le repas s'acheva tranquillement. À minuit, juste après avoir dégusté la bûche aux poires que Margaret avait apportée du continent, chacun ouvrit son cadeau. Personne n'avait été oublié. Morgan nota avec plaisir que sa mère avait retrouvé le sourire. La première fois depuis des semaines. La venue de son aînée lui avait fait du bien. Corentin servit le champagne, il y eut encore une heure de bavardages autour du sapin, puis chacun monta se coucher.

Margaret s'endormit très vite malgré le bruit du vent dehors, sans doute un peu sonnée par l'alcool. Maëlys éteignit la lumière, soulagée de ne pas devoir faire la conversation. Vers 7 heures du matin, elle fut réveillée par une énorme déflagration. Un volet s'était détaché sous le souffle d'une bourrasque. Les gonds avait été arrachés et pendaient encore sur les côtés. Privés de protection, les carreaux de la lucarne vibraient.

— Je ferais bien de descendre, dit-elle à Margaret dont le regard effaré traduisait l'inquiétude. Et vous aussi. Allez donc prendre un petit café à la cuisine.

La chambre étant sous les combles, Maëlys se souvint que son père leur demandait toujours de ne pas y demeurer quand la météo était violente. Elle enfila un pull et un jean puis dévala l'escalier. Au rez-de-chaussée, elle se heurta à Liam. Lui aussi avait déserté son lit.

— Où allez-vous ? demanda-t-il alors qu'elle chaussait des bottes.

— Voir si je peux récupérer le volet arraché !

— Attendez-moi.

— Pas le temps.

Elle passa un ciré et sortit. La pluie dégringolait tellement fort qu'elle eut l'impression qu'on lui assénait un coup sur la tête. Le vent la plaqua un instant contre le mur et elle dut calmer sa respiration. Le jour se levait sous un ciel couvert de gros nuages noirs. Dans la pénombre, elle distingua le volet échoué un peu plus loin sur les pavés. Elle courut le ramasser, le corps courbé pour se protéger des rafales. Un morceau d'ardoise se fracassa à ses pieds, probablement arraché d'un toit voisin. Elle fit demi-tour et s'engouffra dans la maison au moment où Liam, encapuchonné dans une parka, passait la porte.

— Que faites-vous ? hurla-t-elle.

— Je vais voir la mer. J'attends ce moment depuis des jours !

— Vous êtes malade !

Elle laissa tomber le volet dans la cuisine et ressortit aussitôt. Liam filait déjà dans la ruelle. Elle l'appela trois fois, lui ordonna de faire demi-tour. Il n'entendait rien. Elle accéléra le pas et le rattrapa sur le quai des Paimpolais. Des vagues géantes se fracassaient contre la jetée et explosaient dans un bruit terrible, noyant le quai, avant de se briser une seconde fois sur les façades des maisons.

— Venez ! cria Maëlys qui saisit Liam par la manche. Il faut se mettre l'abri !

— Non ! Je veux voir le spectacle. Je veux aller de l'autre côté. Vers le phare de Men Brial.

— N'importe quoi !

Il se dégagea et longea les maisons. Elle refusa de l'abandonner et courut derrière lui. La pluie fouettait leurs visages. Des torrents d'eau de mer déferlaient sur la chaussée, atteignaient leurs mollets. Le courant les faisait vaciller, menaçait de les emporter. Au loin, le navire de la SNSM, ancré dans l'avant-port, tanguait comme un bouchon sur l'eau.

— C'est magnifique !

— Vous êtes dingue ! Il faut partir !

Il tourna la tête et répondit par la négative. Il voulait s'imprégner de toutes les sensations violentes. Le bruit était terrible, le fracas des vagues sur la terre assourdissant. Le vent le fouettait à l'en décapiter et il lui fallait lutter pour garder les yeux ouverts. La pluie mélangée aux flots entrait par sa bouche et son nez, le faisant suffoquer. Mais il refusait de faire demi-tour. Il voulait graver dans un coin de sa mémoire les senteurs iodées des algues, les couleurs de la mer qui prenait toutes les teintes, du blanc de l'écume au gris ardoise en passant par le vert du bronze, et celles du ciel qui virait du gris au noir. Il enregistrait la force du vent, évaluait les efforts qu'il devait fournir pour se maintenir derrière le petit muret de béton et ne pas se laisser emporter par le courant.

Une déferlante s'abattit sur les bureaux de la compagnie Penn ar Bed. La porte s'ouvrit brutalement. L'eau envahit le local et, presque aussitôt, des papiers et des cartons furent emportés par le reflux. Deux types en combinaison de pompier arrivèrent et tentèrent de refermer la porte. En apercevant Liam et Maëlys, ils leur hurlèrent quelque chose en levant les bras au ciel. Maëlys ne comprit rien à leurs aboiements couverts par le vacarme de la tempête, mais elle se douta qu'ils leur ordonnaient de dégager.

— On ne peut pas rester ! vociféra-t-elle.

Liam obtempéra. Ils reculèrent jusqu'à une ruelle et restèrent appuyés contre le mur d'une bâtisse pendant quelques minutes.

— Je n'avais jamais rien vu d'aussi… puissant ! déclara Liam après avoir repris son souffle.

— Et moi, personne d'aussi imprudent, grogna Maëlys. Il fait froid. Rentrons.

Trempés jusqu'aux os, ils regagnèrent la rue du Coq-Hardi.

— Vous m'avez fichu une sacrée trouille ! s'exclama Morgan en se jetant contre sa sœur.

— Notre invité voulait voir la tempête, marmonna Maëlys, il a eu sa dose. Idem en ce qui me concerne. Joyeux Noël !

Elle se tourna vers Liam. Ses cheveux mi-longs tournicotaient en boucles folles sur ses épaules. Ses taches de rousseur ressortaient sur sa peau blanche qui avait rosi sous la fraîcheur du vent, de la pluie et des embruns, lui donnant bonne mine. Elle le dévisagea comme si elle le remarquait pour la première fois tandis qu'il ôtait ses bottes, des rangers noirs dont les lacets montaient sur le mollet.

— Vous êtes un drôle d'écrivain, dit-elle en attrapant la serviette que lui tendait Morgan pour éponger ses cheveux. Je pensais que les écrivains étaient de vieux rats de bibliothèque vivant scotchés à leur bureau, devant leur clavier et leur écran, emmitouflés dans une couverture avec des pantoufles de pépère aux pieds.

— Vous oubliez la tasse de café et le cendrier plein de mégots ! Disons que je suis un romancier… aventurier !

— Indiana Jones en mission sur l'île de Sein, murmura Maëlys, narquoise.

— Presque ! Je n'ai pas de fouet mais une imagination débordante qui n'a besoin que d'un peu de carburant pour décoller.

10

Morgan consulta sa montre et songea que l'avion qui avait emporté Maëlys ne tarderait plus à se poser à Bamako. Elle regarda les boîtes à thé. Lequel choisir ? Elle se décida pour un thé noir et sortit trois tasses. Quand tout fut prêt, elle rejoignit sa mère et Liam dans le salon avec le plateau et le déposa sur la table basse. Liam s'empressa de se lever, s'empara de la théière et fit le service.

— Yvonne me racontait quelques légendes, dit-il à Morgan. Nous voyagions dans l'imaginaire.

Morgan fronça les sourcils. Sa mère était plus calme depuis quelques jours, comme si la tempête de Noël l'avait apaisée et que le vent avait emporté avec lui ses dernières colères. Elle espérait que cette conversation n'allait pas la replonger dans ces maudits délires qui l'avaient tant perturbée après la mort de son époux. Elle avait vu le médecin le matin même, il lui avait confirmé qu'Yvonne allait mieux. La dépression s'éloignait, il avait diminué les doses d'anxiolytiques et d'antidépresseurs. La venue de Maëlys lui avait fait du bien. Quoi de mieux pour une mère durement éprouvée que d'être entourée de ses trois enfants ? Morgan aurait préféré changer de sujet, mais sa mère s'était déjà engouffrée dans la brèche ouverte par l'Irlandais.

— Tout ne relève pas de l'imaginaire, assurait-elle. Certains faits inexpliqués sont bien réels. Quand vous irez sur le continent, si l'occasion de pousser jusqu'à Crozon se présente, Liam, faites un tour à Camaret-sur-Mer. Vous y apprendrez que la ville est jumelée avec Rocamadour, une cité médiévale du Lot. L'histoire est intéressante. Les liens entre les deux villages ont été tissés au XIIe siècle par le curé de Camaret lors de son pèlerinage à Rocamadour. À son retour, il a fait bâtir une chapelle cernée par la mer appelée Notre-Dame-de-Rocamadour. Ce fut une nouvelle étape pour les pèlerins venus du Nord qui allaient prier la Vierge noire dans le Lot. Depuis, on vénère à Rocamadour la statue mariale qui protège des naufrages en mer. De nombreux marins attestent avoir prié Notre-Dame-de-Rocamadour au plus fort de la tempête et avoir eu la vie sauve. La cloche, nichée sous la voûte de la chapelle, et dont le carillon n'est actionné par aucun mécanisme, ne s'ébranle que pour signaler qu'un naufragé a trouvé le salut ! Étrange, non ?

— Vous me donnez envie d'aller à Camaret, fit Liam après quelques instants de silence. Et pourquoi pas à Rocamadour ? J'ai besoin de mon ordinateur !

Il alla chercher son PC dans sa chambre et revint deux minutes plus tard. Il posa l'ordinateur sur la table basse et l'alluma, veillant à orienter l'écran devant Yvonne. Il promena ses doigts sur le clavier, une première carte apparut sur l'écran, où il put localiser Camaret. En voyant la seconde s'afficher, il eut une moue déçue.

— Je ne pensais pas que Rocamadour était aussi loin. Ce ne sera pas aisé de faire un aller-retour dans la journée.

— À mon avis, c'est impossible, intervint Morgan. D'autant que vous êtes soumis aux horaires du bateau qui fait la navette entre l'île et le continent. Mais vous pouvez peut-être envisager un court séjour dans le Lot.

L'Irlandais se tut, songeur. Son regard dériva vers la fenêtre et s'arrêta sur la haie d'hortensias taillés pour l'hiver. Cette plante, si jolie en été avec ses fleurs bleues ou roses, devenait bien laide quand la belle saison était finie. Un élément du décor à ajouter dans son manuscrit. Il sortit un petit carnet de sa poche de pantalon et y nota quelques mots. Ses yeux s'égarèrent de nouveau vers le jardin et se posèrent sur un coin de ciel gris. Maëlys avait raison, c'est l'hiver qu'il faut venir à Sein pour savoir si on l'aime. Découvrir l'île sans fard comme on découvre une femme sans maquillage le matin après l'amour. La contempler dans tout ce qu'elle a de fragile. Le soir de la tempête, il s'était demandé comment ce petit morceau de terre pouvait résister ainsi aux assauts du vent, de la pluie et des vagues. Autant de délicatesse et de force réunies sur deux kilomètres de long et quelques dizaines de mètres de large... Lui, l'Irlandais habitué à endurer la rigueur du climat dans son pays, l'austérité des paysages avec ses rochers et ses falaises qui défient le temps, était séduit par ce bout du monde qui émergeait à peine au-dessus de la mer. En allant à la pointe de l'île pour y admirer les levers ou les couchers de soleil, il avait vu les mille teintes dont se parait l'Iroise. Comment Maëlys pouvait-elle vivre si loin de son pays ? Comment pouvait-elle revendiquer avec autant de force qu'elle détestait Sein et la mer alors que ses propos hurlaient tout le contraire ? Il avait formulé à voix haute ces interrogations et se reprocha aussitôt sa maladresse. Le visage d'Yvonne s'était fermé. Morgan affichait un air contrarié.

— Je suis désolé, lâcha-t-il, je suis un idiot. Je me mêle de choses qui ne me concernent pas.

Il se leva avec l'intention de se retrancher dans sa chambre, jugeant que c'était ce qu'il avait de mieux à faire. Yvonne l'arrêta d'un geste.

— Maëlys..., murmura-t-elle, n'a jamais été comme les autres. Peut-être parce qu'elle est l'aînée. Peut-être parce que pendant deux ans nous n'avons eu qu'elle, mon mari et moi. On lui a beaucoup donné. C'est injuste pour les enfants qui viennent après, mais c'est ainsi. Le premier bébé dans un couple a ses parents pour lui tout seul. Nous avions du temps pour elle. Son père partait des journées entières à la pêche. Lorsqu'il rentrait, il ne s'occupait que de sa fille. C'était son grand bonheur. Et elle le lui rendait bien.

Yvonne se tut, essuya une larme sur sa joue. Morgan la dévisagea longuement. C'était la première fois depuis des semaines qu'elle lui voyait un visage humain. Sa colère et sa folie s'en étaient allées. La vie allait reprendre comme avant, et peut-être qu'Yvonne accepterait Margaret.

— Maëlys aimait la vie ici quand elle était enfant, reprit Yvonne. Mais elle a toujours trouvé l'île trop étroite à son goût. Elle avait une joie de vivre énorme, elle adorait ses frères et sa sœur. Elle paraissait heureuse... Puis il y a eu les études, la découverte d'un autre univers. Et surtout la mort de son frère Yan, le jumeau de Morgan. C'est à partir de ce moment que Maëlys a fui Sein. Avec son métier, c'était facile. Elle n'a pas choisi la porte à côté. Il fallait qu'elle soit loin, qu'elle mette de la distance entre elle et la mer. Alors elle a opté pour le cœur de l'Afrique, la terre, le soleil brûlant et la quête de l'eau, à des milliers de kilomètres de l'océan. Cependant, en abandonnant Sein elle nous quittait aussi. On ne le lui a jamais reproché, son père et moi. Elle nous manquait mais on ne disait rien. On avait compris que sa survie était en jeu. On préférait la savoir à l'autre bout du monde, mais épanouie. Je ne crois pas qu'elle déteste Sein, la mer, je crois plutôt qu'elle cherche à s'en protéger. Je n'ai pas mal de la savoir si loin. Je n'ai plus mal. C'était le seul moyen de la revoir sourire à la vie. Vous avez noté comme son séjour ici lui a semblé pénible ? Pas vis-à-vis de nous... Mais parce que quand elle est sur l'île, elle a le sentiment d'être prisonnière.

— Maman, tu imagines n'importe quoi ! s'exclama Morgan.

— Je n'imagine rien. J'ai vu la détresse dans ses yeux. Je n'ai rien dit mais j'ai vu. Moi aussi j'étais enfermée dans un monde... Pas le même, mais à chacun ses geôles... Si j'avais pu, je l'aurais moi-même remise dans un avion !

Morgan leva les yeux vers la pendule. Si le vol n'avait pas eu de retard, Maëlys était arrivée sur sa terre d'adoption. Pourvu qu'elle y soit heureuse et s'y sente en liberté. Puisque leur mère la comprenait, puisqu'elle n'en souffrait pas plus que ça.

*

Un souffle chaud et poussiéreux saisit Maëlys dès qu'elle sortit de l'aéroport. Elle posa à terre deux gros sacs et ajusta sur ses épaules les sangles de celui qu'elle portait dans le dos. Elle était chargée comme une mule. Elle rapportait de multiples cadeaux pour Ethan, les copains de l'ONG et les villageois avec lesquels elle était très liée. Elle avait également profité du voyage pour faire une provision de médicaments et de produits de soin destinés au dispensaire d'Ethan. Et, bien sûr, elle avait acheté une bonne bouteille de rhum qu'ils boiraient ensemble pour le réveillon du nouvel an, ainsi que des biscuits salés pour l'apéritif, une denrée rare au Mali. Les Européens seraient ravis. Elle sourit en pensant à la surprise qu'elle allait leur réserver de débarquer dix jours plus tôt que prévu.

Elle serait sans doute restée à rêvasser quelques minutes supplémentaires si un gamin d'une dizaine d'années ne l'avait pas tirée par la manche de sa chemise en agitant sous son nez un paquet de Marlboro. Il lui demanda si elle avait besoin de cigarettes. Elle lui fit signe que non et il disparut aussitôt à la recherche d'un autre acquéreur. Elle fouilla dans la poche de son pantalon baroudeur, en sortit des lunettes de soleil et les mit sur le nez pour protéger ses yeux du vent de sable. Elle regarda la rue, le parking, l'endroit grouillait de vie. Elle entendait les coups de Klaxon et parfois des grossièretés sorties de la bouche des chauffeurs de taxi qui étaient prêts à se battre pour une place ou pour un client. Et puis elle distingua d'autres bruits. Ceux d'une foule bigarrée et sonore qui proposait aux touristes fraîchement débarqués des colifichets, des fruits, des écharpes multicolores… des airs de musique où se mêlait la traditionnelle kora avec d'autres instruments venus d'Occident. Elle respira et se détendit, elle était enfin de retour chez elle. L'île de Sein quittée quarante-huit heures plus tôt lui sembla à des années-lumière. Fini les ciels gris. Au revoir l'humidité. Adieu la mer pour seul horizon. Elle eut tout juste un léger pincement au cœur en pensant à sa mère, à son frère et à sa sœur qu'elle avait laissés sur le quai. Ils étaient si tristes. Elle s'en était un peu voulu d'avoir abrégé la séparation, se hâtant de monter à bord de l'*Enez Sun*. Elle s'était à peine retournée pour les regarder, se contentant de leur faire un vague signe de la main. Même le terrible relent de gasoil qui polluait l'air durant la traversée ne l'avait pas incommodée, tant elle était pressée de s'éloigner de Sein. Elle ne partait pas, elle se sauvait…

À Bamako, elle renouait avec sa terre, avec sa vie. La seule fausse note dans le paysage était la présence de militaires français et maliens qui, armes au poing, assuraient la sécurité autour de l'aéroport. Depuis quatre ans, les troupes françaises présentes au Mali étaient principalement regroupées dans le nord du pays et à l'est. Leur camp de base se trouvait à l'aéroport de Gao, une zone toujours très fragile. Il arrivait encore que les militaires lancent des opérations coup de poing afin de maintenir la pression, de saisir des armes et d'empêcher les troupes terroristes de mener des actions d'envergure. Dans la capitale, les hommes se préoccupaient de maintenir la sécurité du pouvoir en place, celle des ambassades, en ce qui concernait la France, de protéger la

Mission de coopération de défense. L'aéroport était un endroit clé dont il ne fallait pas laisser les rebelles s'emparer...

Le corps de Maëlys fut parcouru d'un frisson et la peur la saisit pendant quelques secondes, comme si elle pressentait un danger imminent. Elle se secoua et attrapa ses sacs. La fatigue et le stress avaient eu raison de ses nerfs. Elle ne devait pas s'inquiéter, Bamako et sa région étaient sécurisées. Certes, les combats n'étaient pas terminés, l'armée française venait d'ailleurs de tuer quatre membres d'un groupe armé qui avait ouvert le feu dans le nord du Mali, près de la frontière algérienne non loin de Boughessa. Les soldats avaient saisi deux mitrailleuses lourdes, deux lance-roquettes, quatre fusils d'assaut et des centaines de munitions. Mais la guerre n'était plus aux portes de la capitale. Les djihadistes tenaient encore quelques zones perdues aux frontières septentrionales et orientales du pays, échappant au contrôle de l'armée malienne et française ou des troupes de l'ONU, et menaient parfois des attaques meurtrières visant les militaires ou les civils. La force Barkhane et ses trois mille cinq cents hommes n'en avaient pas terminé avec leur mission au Sahel...

Elle chassa ces mauvaises pensées de son esprit, jeta un coup d'œil sur sa droite et repéra la navette qui devait l'emmener à l'hôtel. Il était trop tard pour prétendre rejoindre le village ce soir. Passé 13 heures, les taxis-brousse pour le nord se faisaient rares. Elle dormirait à Bamako et partirait tôt le lendemain. Économe, elle avait choisi une chambre pas trop chère dans un établissement nommé *Le Baobab*. Elle laissa un grand type charger ses bagages dans le van blanc et rouge et s'installa sur l'une des banquettes. Il n'y avait que trois passagers à bord. Le Mali n'était plus un pays attractif pour les touristes… Il y avait neuf kilomètres entre l'aéroport et l'hôtel. Le trajet lui parut long. Ils croisèrent des véhicules de l'armée et elle sentit une fois de plus son estomac se nouer. Qu'est-ce qui avait donc changé en trois semaines ? Rien… Elle s'affolait inutilement ! Son voyage à Sein l'avait perturbée, les retrouvailles avec sa famille l'avaient bouleversée plus qu'elle ne l'avait imaginé. Une petite pointe de culpabilité vint la titiller alors qu'elle songeait à sa mère. Elle l'avait abandonnée encore une fois…

— Je déjante ! murmura-t-elle pour elle-même.

Elle venait d'aboutir à cette conclusion lorsque le chauffeur s'arrêta dans la cour de l'hôtel. À la réception, elle attrapa la clé de sa chambre et commanda un taxi pour l'aube. Plus tôt elle serait à la gare routière, plus elle aurait une chance de trouver un taxi-brousse qui la conduirait vers le nord. Elle déposa ses bagages, ressortit aussitôt et se rendit à l'arrêt du bus. À bord, elle eut conscience qu'on l'observait. Une femme blanche voyageant seule dans les transports en commun, ce n'était pas si courant que cela. Sa présence suscitait des interrogations. Un tout petit garçon aux grands yeux d'ébène toucha sa main, peut-être pour vérifier que cette silhouette au teint clair n'était pas un mirage. Elle lui sourit et lui rendit sa caresse. La mère de l'enfant sembla se détendre. Maëlys soutint son regard, l'air de vouloir lui dire qu'elle ne lui voulait aucun mal. Elle savait combien le poids de la colonisation pesait encore dans les mémoires. L'homme blanc n'avait pas fait que du bien en Afrique, et il fallait du temps pour gagner la confiance des autochtones. Elle descendit avant que le bus ne franchisse le pont du Roi-Fahd. Le spectacle du fleuve la saisit, comme à chaque fois.

Le Niger s'étendait en un large ruban au centre de la capitale. Quelques îlots de verdure émergeaient ici ou là. Des pirogues accostaient sur les berges, d'autres repartaient. C'était le rendez-vous des caravaniers du fleuve, ces commerçants qui sillonnaient le Niger de Gao à Bamako, vendaient, échangeaient leurs marchandises à chaque escale. C'était aussi le lieu où les femmes se retrouvaient pour laver le linge. Elles arrivaient souvent avec un bébé sur le dos ou dans le ventre, les bras chargés d'une énorme bassine. Maëlys s'arrêta pour admirer ces Africaines si courageuses, infatigables, portant sur leurs épaules la vie de familles entières sans jamais se plaindre. Elles frottaient les vêtements, bavardaient et riaient en même temps, tandis que leurs petits, âgés de 2 ou 3 ans à peine, les suivaient dans leurs déplacements et jouaient, s'éclaboussaient en poussant des cris. De l'autre côté du fleuve, à quelques centaines de mètres de là, c'était les collines du Mandingue, le palais présidentiel, les immeubles de bureaux modernes qui côtoyaient de modestes maisons en torchis. La modernité croisait la tradition sans autre choc que celui de l'apparence. Maëlys soupira de bonheur. Elle était rentrée chez elle, sur cette terre où elle n'était pas née mais qui était devenue la sienne.

11

Le minibus Peugeot cahotait sur la piste cabossée, faisant tanguer sa cargaison à chaque ornière. Il ralentit, peina à monter la colline pourtant peu élevée. À l'intérieur, les bavardages cessèrent. Parviendrait-on au sommet de la pente ? Le paysage avait changé, devenait de plus en plus sec au fur et à mesure qu'on s'éloignait du delta intérieur du Niger. Le soleil et le vent brûlaient la terre, desséchaient la maigre végétation – des buissons d'épineux et des herbes rases. Maëlys essuya son front dégoulinant de sueur puis glissa la main dans son dos et se frotta les reins. Ils étaient douloureux. Ce soir, elle aurait les vertèbres en miettes. Elle songea à une publicité pour amortisseurs qu'elle avait vue à la télévision lors de son séjour en France. Si un jour le Mali instaurait le contrôle technique, il y aurait là de quoi faire fortune…

Ils étaient partis vers 8 heures du matin avec une bonne heure de retard, quand le véhicule avait été complet, et ils n'avaient pas dû parcourir plus de cent kilomètres alors qu'il était presque midi. C'était tout le charme du taxi-brousse… On ne prenait la route que quand tous les sièges de la voiture étaient occupés et le toit chargé au-delà du raisonnable. On ne dépassait guère les cinquante kilomètres à l'heure sur les routes goudronnées et on tombait à trente sur les pistes. Le voyage était peu coûteux mais lent. Folklorique aussi, mieux valait avoir l'estomac bien accroché ! Il n'était pas rare de se retrouver avec un mouton entre les mollets ou une poule perchée sur son épaule… Les gens transportaient parfois des morceaux de viande emballés d'un simple papier journal et il arrivait que le sang dégouline sur les chaussures.

La fraîcheur du matin avait disparu, Maëlys avait l'impression de mijoter à feu doux dans le véhicule bondé. Les odeurs de transpiration l'incommodaient. La poussière pénétrait par tous les orifices, le nez, les oreilles. Le sable craquait sous ses dents. Elle glissa les doigts dans ses cheveux et frotta son crâne qui la démangeait. Fermant les yeux, elle savoura à l'avance le plaisir de la douche qui l'attendait au village, si rustique fût-elle… Elle avait hâte d'arriver. Elle jeta un coup d'œil à sa montre. Avec un peu de chance, elle toucherait au but juste avant la tombée de la nuit. Pourvu que la pause-déjeuner, qui ne tarderait plus, ne soit pas trop longue. Le chauffeur allait certainement stopper près d'un marché où on leur proposerait du riz et du mouton aux oignons parsemé de mouches. De quoi alimenter une bonne gastro ! Elle se contenterait du pain qu'elle avait acheté en quittant l'hôtel et glissé dans son sac avant de monter dans ce cercueil ambulant. C'était tout cela, l'Afrique. Les couleurs, le soleil, la chaleur… mais aussi les odeurs pestilentielles, le manque d'hygiène et l'omniprésence du danger.

Il y eut soudain des cris et la fourgonnette s'arrêta. Maëlys regarda autour d'elle, inquiète, se demandant pourquoi le taxi-brousse stoppait au milieu de la piste, au milieu de nulle part. Elle se retourna, ne distingua rien d'autre que le nuage de poussière laissé par les roues de la Peugeot. Tout le monde s'agitait en se donnant des coups de coude pour se rassurer. Le nombre de passagers autorisé était largement dépassé. Le toit croulait sous le chargement des bagages plus ou moins bien attachés par des tendeurs, des cordes, voire même de simples bouts de ficelle. Les enfants se mirent à pleurer, réveillant les bébés qui braillèrent à leur tour. Un type descendit de la camionnette et leva les bras en hurlant des mots que Maëlys ne comprit pas. L'air affolé du type lui fit peur. Le bruit caractéristique des pales d'un hélicoptère résonna. Elle reconnut le vert kaki des engins de l'armée et frémit, serrant les poings pour contenir son épouvante. Se pouvait-il qu'il y ait des combats dans ce coin ? On disait pourtant que les Touaregs avaient signé un accord de paix avec le gouvernement, ce qui avait isolé les djihadistes dans le nord. Instinctivement, Maëlys rentra la tête dans les épaules pour se protéger. Le cœur battant, elle écouta le vacarme alentour, des bruits familiers qu'elle n'avait jamais oubliés, les mêmes qu'elle avait entendus dans le village où elle travaillait près de Tombouctou, quand il avait été attaqué… Les premières rafales des fusils mitrailleurs avaient fauché quelques villageois, tous s'étaient alors jetés au sol, mordant le sable. Tremblante de trouille, elle était restée à terre, les mains collées sur ses oreilles, pour ne plus entendre le terrible cliquetis des armes. Combien de temps s'était-il écoulé ? Elle l'ignorait. Des heures… Elle se souvint qu'elle n'avait pas bougé, avait écouté les pas des hommes qui se rapprochaient. Elle les avait entendus hurler des ordres auxquels elle ne comprenait rien. Elle avait senti le souffle chaud d'un cocktail Molotov lancé sur une case non loin d'elle. Puis, il y avait eu le bruit assourdissant d'engins qui manœuvraient à l'entrée du village, ensuite celui d'un hélicoptère... Elle avait alors compris que l'armée arrivait et que, peut-être, ils seraient sauvés. Rester couchée, ne faire qu'un avec la terre. Visage plaqué au sol, elle avait avalé du sable. Elle n'arrivait plus à maîtriser les mouvements de ses jambes qui sursautaient involontairement. Elle avait pleuré, implorant Dieu de toutes ses forces. Où était Ethan ? Au dispensaire, sans doute. Avait-il pu trouver un abri ? Qu'on les sauve ! Ils n'allaient pas mourir là... C'était trop tôt. Ils n'étaient pas au bout de leur existence. Ils avaient encore des choses à accomplir... Jamais elle n'oublierait ces instants de frayeur, son cœur battant à tout rompre, le sang affluant à ses tempes. Et puis soudain, le calme était revenu. Était-elle morte ? En route vers le Ciel ? Déjà au Paradis ? Quelqu'un l'avait secouée et lui avait demandé si elle allait bien. Elle s'était relevée, ébahie d'être encore en vie. Elle avait aperçu Ethan venant vers elle avec un môme dans les bras. Les militaires leur avaient ordonné de prendre quelques affaires. On les avait évacués avec la population...

Ce cauchemar venait de resurgir, là, dans ce taxi-brousse. Elle se calma lorsqu'elle réalisa que l'hélicoptère n'avait fait que survoler la piste et continué son chemin. Elle finit par comprendre pourquoi ils s'étaient arrêtés. Deux valises et un ballot de linge s'étaient détachés du toit et étaient tombés sur la piste. Deux jeunes se dépêchèrent d'aller récupérer les paquets qu'ils hissèrent sur le véhicule et amarrèrent de leur mieux. Le chauffeur redémarra enfin. Maëlys ne parvint pas à se détendre complètement, à retrouver ce sentiment de plénitude et de bonheur qui l'avait saisie la veille au soir, quand elle était allée marcher le long du Niger. Un mauvais pressentiment l'étouffait.

La Peugeot fit encore trois arrêts et se vida de quelques passagers. Peu avant 17 heures, ce fut au tour de Maëlys de descendre. Alors qu'elle récupérait ses bagages, une nuée de gosses se précipita vers le taxi-brousse. Lorsqu'ils reconnurent Maëlys, ils se mirent à piailler de joie en sautillant autour d'elle. Ils voulaient l'aider à porter ses sacs. L'un d'eux lui proposa de l'eau. Surexcités, ils parlaient tous en même temps, pressés de lui raconter les événements qui s'étaient passés durant son absence. Ils avaient réussi à produire du compost, on avait acheté trois nouveaux moutons pour le troupeau et des cartons de cahiers et de stylos avaient été livrés. Ils provenaient de France, offerts par une école qui leur proposait un jumelage sous le parrainage de Martin et de l'ONG. Le vacarme des enfants alerta les adultes. Bientôt, les femmes délaissèrent leurs besognes et les rejoignirent. Maëlys dut ralentir le pas et serrer les mains qui se tendaient vers elle. Elle échangea quelques mots avec Awa. Nul doute que son retour faisait plaisir à tous. Elle promit qu'elle ferait le tour des cases dès le lever du soleil le lendemain, espérant ainsi échapper à cet accueil presque trop chaleureux. Je ne partirai plus jamais, songea-t-elle en admirant le ciel qui rougissait à l'ouest. Elle s'approcha des tentes occupées par les Français et la troupe s'éloigna enfin. Marco courut à sa rencontre, un sourire illuminant son visage jusqu'aux oreilles. Il l'aida à se délester du gros sac qui écrasait ses épaules. Il fut bientôt rejoint par Martin.

— On ne t'attendait pas maintenant ! s'écria ce dernier. Tu ne devais pas rentrer après le jour de l'an ? Tu aurais pu prévenir !

Son air embarrassé contraria Maëlys.

— Prévenir ? Envoyer un faire-part, peut-être ? Cache ta joie ! aboya-t-elle. Je n'attendais pas de comité d'accueil avec fleurs et coupe de champagne, mais je pensais que vous seriez au moins contents de me revoir rentrer plus tôt.

— Nous sommes très contents ! assura Marco. C'est juste qu'on aurait aimé…

— Si tu nous avais avertis, on serait venus te chercher à Bamako ! ajouta Martin. Je voulais faire une fête pour ton retour. Tant pis. Ravi que tu sois de nouveau parmi nous. Tu nous as manqué.

Maëlys le regarda. Il avait l'air sincère, préoccupé aussi. Elle s'intéresserait à ses soucis plus tard. Pour le moment, elle n'avait qu'une hâte : retrouver l'homme de sa vie.

— Ethan est au dispensaire ? demanda-t-elle en déposant ses bagages devant sa canadienne.

— Oui, répondit Marco.

— Non ! fit Martin.

— Faudrait savoir ! Bon, je vais bien le trouver de toute façon.

— Attends ! Je voudrais…

— Plus tard.

— Faut que je te dise un truc.

— On parlera tout à l'heure, Martin.

Il l'observa tandis qu'elle s'éloignait d'un pas décidé, et grimaça.

— Merde ! râla-t-il.

— T'espérais quoi ? La retenir pendant huit jours ? grogna Marco. Elle l'aurait de toute manière appris un jour ou l'autre !

Maëlys n'était plus qu'à une dizaine de mètres du dispensaire. Silla l'arrêta et ils se saluèrent chaleureusement.

— Ethan est là ? demanda-t-elle en montrant du menton la case du médecin.

Les yeux de Silla se fermèrent. Il aurait fait n'importe quoi pour lui épargner la douleur qui ne manquerait pas de la frapper. Son impuissance le rongeait et il décida de ne pas la lâcher. Au même moment, deux bambins blonds comme les blés sortirent de la cabane en courant, suivis par une jeune femme qui riait. Ethan apparut juste après. Apercevant Maëlys, il s'arrêta net. Il blêmit sous son bronzage et ses traits se figèrent. Il bafouilla quelques mots incompréhensibles puis, comprenant que Maëlys ne tarderait pas à se jeter dans ses bras, il s'avança vers elle, la saisit par les épaules et lui donna deux bises sur chaque joue.

— Maëlys, heureux de te revoir ! On ne t'attendait pas si tôt. Je te présente ma femme, Claire.

Il dit encore quelque chose, mais Maëlys n'entendait déjà plus rien. Sa vue s'était brouillée, ses oreilles bourdonnaient, elle ne tenait plus sur ses jambes. Elle sentit deux mains solides la rattraper juste avant qu'elle ne s'effondre.

— Il faut aller te reposer, Maëlys, murmura Silla de sa grosse voix. Le voyage t'a fatiguée.

Il prit la jeune femme par les aisselles et la souleva aussi aisément qu'un baluchon tant elle était légère. Son regard noir fixa Ethan durant quelques secondes, pire qu'un reproche. Le médecin détourna la tête, gêné. Silla s'éloigna, tenant Maëlys dans ses bras. Martin et Marco l'attendaient. Ils l'aidèrent à installer la jeune femme dans sa tente.

— Je vais chercher les femmes, murmura Silla. Elles veilleront sur elle.

Il revint quelques minutes plus tard accompagné de Rokia et d'Awa. Les deux femmes entrèrent dans la canadienne et entreprirent de déshabiller Maëlys, puis allèrent chercher de l'eau pour lui faire un brin de toilette. Le corps de la jeune femme était aussi mou qu'une poupée de chiffons, ses yeux s'entrouvraient à peine, sa respiration était saccadée. Très vite, elle déclara une forte fièvre. Martin alla chercher Ethan et ne le lâcha pas des yeux tandis que le médecin l'examinait. Il n'y avait rien à faire, selon lui, à part lui administrer un peu de paracétamol, lui donner à boire, la rafraîchir et la surveiller.

Pendant plus de vingt-quatre heures, Maëlys ne perçut rien de ce qui se passait autour d'elle. Ouvrir ses paupières lui était presque impossible. Quand elle tentait de se relever, son crâne lui semblait si lourd qu'il retombait immédiatement. Dans son délire, des images se télescopaient. Elle se voyait à Bamako, au bord du Niger. Sa mère et sa sœur arrivaient sur une pirogue, elle les aidait à débarquer sur la berge. C'était des retrouvailles pleines de joie. Ethan la rejoignait, la prenait par le cou et l'embrassait. Puis ils remontaient jusqu'à une petite maison de terre, et quand elle ouvrait la porte, deux enfants en sortaient…

C'est sur cette vision qu'elle reprit conscience deux jours plus tard. Ces bambins étaient bien réels, cette femme aperçue le jour de son arrivée aussi. La femme d'Ethan ? Comment avait-il pu lui cacher ça ? Elle ne comprenait rien. Elle tenta de remettre en ordre les pièces du puzzle. La fin de ses études et son entrée à l'IRD, les circonstances de sa rencontre avec Ethan. Ils s'étaient tout de suite bien entendus, partageant des valeurs communes et surtout cette envie de vouer leur existence à ceux qui n'avaient rien. Ils avaient travaillé ensemble à Paris, étaient partis en Afrique pour rejoindre l'ONG où on les avait affectés. Et ils étaient devenus amants, comme si ça coulait de source, ils partageaient déjà tout… Quel épisode de l'histoire avait-elle manqué ? Qu'est-ce qu'elle n'avait pas vu ? Faisait-elle un mauvais rêve ? Elle était malade, il n'était pas impossible que son esprit embrumé par la fièvre lui joue de mauvais tours. Bientôt, elle se réveillerait et tout redeviendrait comme avant.

Après trois jours passés sous la toile de sa canadienne à recevoir les bons soins de Rokia et d'Awa, Maëlys put enfin se lever et sortir. Elle fit quelques pas, eut un étourdissement et dut poser ses fesses sur une caisse en bois qui servait de tabouret. C'était la fin de la journée, l'heure où le soleil ne brûlait plus et où il faisait bon profiter de ses rayons qui rasaient la terre. Elle regarda longuement autour d'elle. Les femmes allumaient les feux qui allaient servir à cuisiner le repas du soir et autour desquels on se réunirait quand la nuit serait tombée. Les gosses jouaient, riaient. Les plus grands revenaient des champs. Maëlys songea à tous les travaux qu'elle avait entrepris ici. La rizière, le potager… Demain, si ses forces le lui permettaient, elle irait voir où on en était. En trois semaines, les travaux avaient dû avancer. Elle se leva. Encore un peu chancelante, elle s'appuya contre un tronc d'arbre pour ne pas tomber. Il était inutile d'espérer aller plus loin. Awa arriva en courant en lui faisant de grands signes.

— Pourquoi t'es-tu levée ? lui reprocha-t-elle gentiment. Ce n'est pas prudent. Il fallait attendre ! Ou appeler ! Va te rallonger.

Maëlys acquiesça et fit demi-tour. Elle dut se courber pour entrer dans la tente. C'est à ce moment-là qu'elle les aperçut. Ethan, la femme et les deux enfants. Son cœur se serra. Bien qu'encore sonnée, elle ne rêvait pas. L'homme de sa vie lui avait menti. Et il avait vraisemblablement menti aussi à l'autre. Cette autre qu'il avait présentée comme étant son épouse… Une nausée la secoua. Elle se jeta sur son duvet. Si seulement elle pouvait tout effacer. Tout effacer pour ne plus souffrir.

12

— N'insiste pas, Martin, dit Maëlys en poursuivant le tri des papiers, ma décision est prise, je ne resterai pas. C'est déjà compliqué pour moi ! Tu es capable de l'entendre, non ? J'ai seulement besoin que tu m'accompagnes à Bamako. Ou alors je demanderai à Marco. Sinon, je me débrouillerai !

Elle parlait sans lever la tête, mettant d'un côté ses cartes et ses dossiers personnels, de l'autre les affaires dont elle n'avait plus besoin et qu'elle donnait au village. Après deux jours passés à tenter de comprendre et à pleurer, anéantie de chagrin et de douleur, elle avait tant bien que mal repris ses activités. Toujours avec l'impression de porter sa croix. Elle ne pouvait pas faire un pas sans rencontrer Ethan, ou alors sa femme et les enfants. Ils ne resteraient plus longtemps, d'après ce que Marco lui avait rapporté, mais leur départ ne changerait rien. La relation était brisée entre elle et Ethan, irréparable. Elle était écartelée entre des sentiments contradictoires. Elle l'aimait, certes, mais il l'avait trahie. Impossible de lui pardonner ce mensonge par omission. Être à ses côtés lui déchirait le cœur, pour cesser de souffrir il lui fallait mettre de la distance entre eux. Elle avait décidé de tout quitter, d'abandonner le projet, elle n'avait pas d'autre solution.

Cette idée, elle l'avait longuement ressassée. Plus jamais elle ne pourrait travailler avec Ethan, le croiser en se comportant comme si rien ne s'était passé. Elle rejoindrait Bamako, se rendrait à l'ambassade de France et dans les différents bureaux de coopération. Elle demanderait à l'IRD si on pouvait l'affecter sur une autre mission. Au Mali ou ailleurs. Et si on n'avait rien à lui proposer dans l'immédiat, elle prendrait son billet de retour pour la France et attendrait qu'une autre opportunité se présente. Des programmes d'aide, il y en avait dans le monde entier. L'essentiel était qu'elle s'éloigne d'Ethan.

— On n'a pas fini, plaida encore Martin. Comment va-t-on y arriver sans toi ? Il y a beaucoup de choses qu'on ne sait pas faire. C'est toi le génie, dans cette affaire, ton plan est un peu fou mais il tient la route !

Ne pouvait-il pas se taire et la lâcher ? Que croyait-il ? Qu'elle ne culpabilisait pas ? Elle s'en voulait de les abandonner ainsi. Mais c'était la seule façon de sauver sa peau. Elle se rassura en songeant que le plus gros était fait. Sa présence n'était plus indispensable. Elle observa les villageois qui allaient et venaient, ramassaient les pierres dans les champs, bêchaient sans relâche pour rendre la terre meuble. Non, on n'avait plus besoin d'elle. Un bouillon d'images l'éclaboussa. Son arrivée ici, les journées à travailler au soleil, le puits qu'il avait fallu creuser, ses mains abîmées, et l'eau qui avait enfin jailli... Elle cligna des paupières pour cacher ses larmes.

— Tout est calé, répondit-elle doucement à Martin. Tu n'as plus qu'à poursuivre ce qui est commencé. L'eau est là, une partie des champs est ensemencée.

Il y a même du riz en croissance. Veille à ce que les pieds restent bien dans l'eau et il n'y aura pas de souci. Silla a très bien saisi le fonctionnement de l'irrigation, il transmettra son savoir aux autres. On n'aura plus jamais faim, ici. Même le potager est prometteur. En revanche, tu devras veiller à ce que tout soit rapidement clôturé. Ce serait idiot que les animaux se nourrissent avant les hommes !

— On plantera des pieux dès demain. La palissade fera barrage aux bêtes et au sable.

— C'est parfait, dit Maëlys.

Elle eut un pincement au cœur en songeant aux efforts accomplis dont elle ne verrait pas le résultat. Elle n'assisterait pas à la première récolte de riz, ni à aucune autre… Partir était l'unique moyen de survivre au chagrin qui la ravageait. Si elle s'attardait, elle allait sombrer. À bien y réfléchir, le pathos n'était pas son truc. Elle préférait se faire violence une bonne fois pour toutes, un peu comme on arrache un pansement d'un coup sec. Demain, elle serait loin. Elle pourrait alors souffler et pleurer tout son soûl sans se cacher. Libérer les larmes qu'elle contenait ici parce qu'elle n'était jamais seule, parce qu'il y avait toujours quelqu'un pour venir s'asseoir à côté d'elle, lui parler, poser une main sur son épaule. S'enfuir et laisser sa peine s'évader. Puis elle pourrait redémarrer.

Elle attrapa son ordinateur portable, le rangea dans sa housse et jeta un œil autour d'elle. Un tas de vêtements était posé sur un pliant de camping. Il lui fallait encore choisir ce qu'elle emporterait.

— Je reviens te voir tout à l'heure, grommela Martin.

Elle voulut lui répondre, quand elle aperçut Ethan qui marchait vers elle d'un pas ferme. Elle comprit que son arrivée avait fait fuir Martin. Comment cacher son trouble ? Sa tristesse ? Elle décida qu'elle ne lui parlerait pas. Le vent s'était à nouveau levé, embrumant l'atmosphère d'une nappe jaune formée de minuscules grains de sable en suspension. Ce nuage offrit à Maëlys un excellent prétexte pour chausser ses lunettes. Il ne devait rien lire en elle, rien percevoir de son émotion. Elle attrapa une chemise, la leva pour la plier, y repéra un trou dans une manche, la roula en boule et la jeta dans un panier en feuilles de palmier tressées. Rokia serait ravie de récupérer son linge et d'utiliser le tissu pour coudre de nouveaux vêtements ou raccommoder ce qui pouvait l'être.

—Je te dois des excuses et une explication, murmura le médecin.

Des excuses… Le mot était faible. Elle serra les dents. Quel alibi allait-il lui servir pour justifier son comportement ? Il se balançait d'une jambe à l'autre, indécis, tandis qu'elle continuait à trier ses affaires et à mettre dans un grand sac de voyage ce qu'elle voulait emporter.

—Quand je t'ai rencontrée, reprit-il tout bas, j'étais à mille lieues de penser ce qui allait arriver entre nous. Dès qu'on a commencé à travailler ensemble, il s'est formé autour de nous une sorte de bulle, un cocon protecteur où il n'y avait de place que pour nous deux. Tu n'évoquais jamais ta famille, alors je n'ai pas mentionné la mienne. J'ignore pourquoi. On restait des heures au bureau, on y venait même le week-end, comme si on n'avait rien de mieux à faire dans notre existence. Pourtant, j'étais déjà marié à Claire et les enfants étaient nés. Mais il y a eu ce départ en Afrique avec toi… Toi et ton sourire, toi et ton fichu caractère, toujours prête à foncer. Et puis ton intelligence, ton humour, ta fraîcheur… et surtout ce sentiment que nous avions tout à partager. Je crois que je t'ai voulue dès que je t'ai vue.

—Tu n'as pas besoin de te défendre, fit-elle sèchement, coupant court à la discussion. Ce qui est fait est fait.

—Je souhaiterais simplement que tu me comprennes.

—Parce que tu voudrais que je cautionne ton attitude et que je te pardonne ? rugit Maëlys. Fiche-moi la paix, et débrouille-toi avec ta conscience !

—C'était une évidence tous les deux. Toutes ces heures passées à travailler côte à côte… Tous ces projets… Tout te passionnait, tu y mettais tant d'ardeur, et moi je n'avais jamais eu la chance de partager autant avec quelqu'un. J'avais des étoiles dans les yeux, dans le cœur et dans la tête. C'était trop tard pour reculer. J'étais fou de toi et je ne pouvais plus rien t'avouer sous peine de te perdre. Notre vie ici, en Afrique, m'a laissé croire que je pourrais te rendre heureuse sans peiner Claire et les garçons. Séjourner les trois quarts de l'année en Afrique me permettait d'être avec toi. Rentrer en France me donnait l'occasion de retrouver ma famille.

—Cette double vie est terminée !

—Je ne l'ai pas voulue.

—Parce que tu crois que je l'ai voulue, moi ? Tu imagines le choc, quand je suis revenue ?

—Ça ne devait pas se passer comme ça.

— Évidemment ! Tu me prends pour une buse ? Je suis rentrée plus tôt que prévu et j'ai fichu tes plans à l'eau. Si j'étais revenue après le nouvel an, je n'aurais rien su. Car je suppose qu'ici, personne ne m'en aurait parlé, et toi, tu m'aurais accueillie la bouche en cœur. Je comprends maintenant pourquoi tu tenais tant à ce que j'aille voir ma famille ! Pas difficile non plus de deviner pourquoi j'avais tant de mal à te joindre. J'ai songé qu'Internet déconnait, mais pas du tout, Monsieur était occupé ailleurs. T'es un sacré menteur. Maintenant, si tu veux bien, casse-toi de là. C'est ce que tu peux faire de mieux. Je boucle mes bagages, et demain, je dégage.

— Je ne veux pas que tu partes. Je t'aime.

— Tu m'aimes ? Les bras m'en tombent… J'en rirais presque si ta femme n'était pas au milieu de tout ça.

Elle lâcha le jean qu'elle était en train de plier et s'approcha de lui. Ses traits s'étaient durcis.

— Tu m'as trompée, mais elle aussi. Tu peux t'estimer chanceux qu'elle ne soit pas au courant. Si je me tais, ce n'est pas pour te protéger mais parce que je ne veux pas la faire souffrir, elle. Et pourtant, Dieu sait que ça me démange ! Tu nous as manipulées, elle et moi. Je devrais d'ailleurs peut-être la mettre en garde.

— Ne lui dis rien, je t'en prie.

— Tu me connais assez pour savoir que je ne le ferai pas. Comment ai-je pu être aussi stupide ? Comment n'ai-je rien vu ? Je crois que c'est ça qui me mine le plus. Depuis que je suis arrivée, j'ai repassé dix fois le film de notre histoire dans ma tête. Je nous revois à Paris, préparant notre départ pour le Mali.

Des mois de travail côte à côte, et toutes ces soirées que tu venais passer chez moi. Ça aurait été si simple de m'avouer dès le départ que tu avais une famille. Je ne t'aurais pas regardé de la même façon et il ne se serait rien passé. L'amour rend aveugle... et con !

Elle se tut, se rendant compte qu'elle avait largement dépassé les limites qu'elle s'était fixées. Elle s'était promis de ne pas s'emporter, et voilà qu'elle se laissait aller à des reproches dignes d'une scène de ménage. Elle fit appel à ce qui lui restait de dignité, serra les mâchoires à s'en mordre les gencives et s'empara d'une chemise qu'elle rangea au fond de son sac. La discussion était close.

— Tiens, fit-elle en relevant le menton, j'aperçois ta femme et tes fils. Tu devrais aller les rejoindre. J'aimerais finir tranquillement de faire mes bagages.

Ethan hésita quelques secondes, fit demi-tour et partit retrouver les siens. Maëlys les vit s'éloigner avec soulagement. Son tee-shirt noyé de sueur collait à son dos. Elle se laissa tomber au pied du vieux baobab et ferma les yeux pour oublier. Mais elle était incapable d'effacer Ethan de ses pensées. Elle sentait le parfum de sa peau, sa barbe rugueuse qui se frottait à ses seins le matin au réveil. D'un geste naturel, elle resserra les cuisses. Elle avait beau se montrer dure et distante avec lui, elle ne l'oublierait pas de sitôt. Il avait été son double, l'homme d'une passion partagée et un merveilleux amant. Quand il l'enlaçait, la nuit, dans la fraîcheur de la tente, tout son être papillonnait, chaque parcelle de son corps vibrait sous ses caresses. Elle avait connu d'autres hommes avant lui. Assez pour savoir qu'il était rare de rencontrer deux fois dans sa vie un partenaire aussi parfait. Elle sentit une main se poser sur son épaule et sa poitrine se gonfla. Elle se pencha, comme pour répondre à un baiser.

— Marco ! s'exclama-t-elle, presque déçue.

Elle s'en voulut de cet instant d'égarement. N'était-elle donc attirée que par le sexe ? Aurait-elle pu tout oublier et pardonner à Ethan simplement parce qu'il savait l'emporter au paradis ? Elle se détesta d'avoir eu ce moment de faiblesse.

Marco s'assit à côté d'elle.

— Je crois que j'étais à deux doigts de m'assoupir, dit-elle pour excuser son attitude.

— Tu es très belle quand tu t'endors. Tu es toujours belle.

Elle éclata de rire, rattrapa quelques mèches de cheveux et refit rapidement son chignon, déjà prête à se lever. Il la retint par le poignet.

— Ne te sauve pas. Je dois te parler. J'aurais dû le faire plus tôt.

Elle fit la moue, se doutant que Martin l'avait envoyé en émissaire pour essayer de la retenir.

— Tu es… Je suis…

À sa voix peu assurée, elle perçut le danger et décida de l'écarter sans essayer de se justifier.

— On est tous désolés, fit-elle. Et le mot est faible me concernant. Je sais que ni toi ni personne ne pouvait m'avertir de ce qui se passait. Ce n'est pas de votre faute et je ne vous en veux pas. C'est une affaire entre Ethan et moi. Malheureusement, je sais que ma décision de partir va impacter tout le monde.

— C'est pas ça… Je veux dire… Je t'aime.

Ça y était, il avait enfin exprimé ce qu'il retenait en lui depuis des mois.

— Ce n'est pas nouveau, poursuivit-il. Avant, il m'était impossible de te l'avouer. Tu ne vas pas partir, n'est-ce pas ? Dis-moi que ce n'est pas vrai et que tu as réagi sous l'effet de la colère ? Je serai là pour toi. Ethan est un salaud. Moi, je saurai t'aimer.

Maëlys le dévisagea. Qu'imaginait-il ? Qu'il pourrait remplacer Ethan ? Elle contint la violence qui menaçait de déborder.

— Je pars, déclara-t-elle. Ni toi ni personne ne me retiendra.

Elle s'échappa avant qu'il ne puisse lui répondre. Elle ne voulait plus rien entendre. Sauf les rires des enfants et le souffle du vent.

13

Maëlys ôta ses lunettes et frotta ses paupières avant de les reposer sur son nez. Pas d'erreur, le thermomètre affichait bien 41 degrés.

— Record de chaleur à Bamako, murmura-t-elle en posant son stylo. Il ne manquait plus que ça !

Elle essuya ses mains moites sur son jean, bâilla à s'en déboîter la mâchoire tout en regardant le vieux ventilateur qui ne brassait que de l'air chaud en faisant un ramdam du diable. Elle aurait pu choisir un hôtel avec la clim, quitte à payer un peu plus cher, mais les établissements luxueux la rebutaient. Pas de regret ! Une goutte de sueur glissa sur son front depuis la racine de ses cheveux et s'écrasa sur l'enveloppe où elle venait d'inscrire une adresse. L'encre se dilua, formant un pâté peu élégant. Agacée, elle froissa le papier et le jeta à la poubelle. Elle remit l'écriture de son courrier à plus tard. Était-il raisonnable de s'obstiner à travailler dans ces conditions alors que son corps engourdi fonctionnait au ralenti ? Derrière les persiennes, les rues étaient vides. On s'aventurait le moins possible sous ce soleil de plomb. Comme chaque jour, passé midi, tout le monde restait à l'abri dans les maisons. Il n'y avait pas un souffle de vent. Bamako se réveillerait au coucher du soleil, quand l'air serait plus frais.

Pour le moment, la ville était comme endormie, seuls deux ou trois chiens errants venaient parfois troubler le silence par leurs aboiements.

Maëlys ouvrit le minibar et le referma aussitôt. Elle avait déjà vidé toutes les bouteilles d'eau minérale, il ne restait que de l'alcool et des sodas dont le goût sucré ne la tentait pas du tout. Elle renonça à commander une boisson à la réception. La veille, on lui avait apporté un thé glacé qu'elle avait failli vomir. Il était tiède… Elle chaussa une paire de tongs et descendit. Au coin de la rue, l'épicerie d'Abdoulaye Aboubacar était ouverte jour et nuit. La devanture orange, jaune et bleu de ce « supermarché du monde », comme l'indiquait l'enseigne, informait qu'on trouvait de tout, et dans toutes les quantités. Ce n'était pas tout à fait faux. On pouvait aussi bien y acheter une cuillère à soupe d'huile qu'un sac de riz de cinquante kilogrammes, deux feuilles de papier toilette ou un régime de bananes importées de Guinée.

Coiffé d'un couvre-chef traditionnel, habillé d'un long boubou bleu clair, le grand-père d'Abdoulaye, El Hadj Assane Dembélé Aboubacar, était assis en tailleur à l'entrée de la boutique, figé comme une statue. El Hadj était son titre, conféré par le pèlerinage accompli à La Mecque. Son chapelet de prières dans la main droite, il égrenait les perles de bois, répétant inlassablement la formule consacrée : « *Subhan Allah, Alhamdoulilah, Allaou Akbar.* » « Gloire en Allah, Louange en Allah, Allah est grand. » Il la réciterait quatre-vingt-dix-neuf fois… Ainsi s'écoulaient les journées de ce vieil homme au regard opaque, blanchi par le temps, à la bouche édentée et au corps usé.

— *As salam alikoum*, murmura Maëlys en passant près de lui.

— *Wa alikoum salam*, madame la Française, répondit-il tout bas.

Elle sourit, songeant qu'il l'avait reconnue à sa voix. La veille, en bavardant avec lui, Maëlys avait tout appris de sa vie. Il avait connu l'Afrique de l'Ouest française, l'AOF. Il avait été mobilisé dès le début de la Seconde Guerre mondiale pour se battre aux côtés des Alliés. Il ne connaissait pas exactement son âge. Un peu moins de 100 ans, prétendait-il. Si certains de ses souvenirs étaient flous, si sa vue s'en était allée, il avait encore en mémoire les images de sa jeunesse chez les tirailleurs. Il avait quitté son village malien pour Dakar, au Sénégal, où il avait embarqué à bord d'un des deux bateaux en partance pour Bordeaux. Il en était revenu des années plus tard, l'esprit marqué par les images atroces des combats, le cœur lourd d'avoir vu périr des compatriotes mais fier d'avoir participé à la libération de l'Europe. Quand était arrivé le temps de l'Indépendance, il avait regretté d'être traité comme n'importe quel décolonisé. Lui, l'homme qui avait abandonné sa terre pour voler au secours de la mère patrie. Tout en se racontant, il avait soulevé le col de son boubou, laissant apparaître une tunique blanche sur laquelle était épinglée sa Légion d'honneur. Il l'avait caressée, mais cachée aussitôt. Maëlys avait cru deviner des larmes dans ses yeux vides.

Abdou roupillait, affalé sur le comptoir, la tête entre les bras. Maëlys déposa quelques pièces devant lui, lui demanda deux bouteilles d'eau fraîche et des oranges. Flapi, il leva les doigts, lui faisant signe de se servir. De retour à l'hôtel, elle nota que le réceptionniste ronflait également. Il faut dire qu'il n'était guère dérangé, les touristes étaient peu nombreux. Le pays restait une destination non recommandée et les ambassades déconseillaient vivement les séjours au Mali. Mis à part quelques voyageurs d'affaires et deux ou trois mordus de l'Afrique, des baroudeurs à la recherche d'exotisme et de sensations fortes, l'hôtel était loin d'être complet. À peine un quart des chambres était occupé alors que janvier était la meilleure saison pour découvrir le pays. Privé d'une ressource touristique certes modeste mais non négligeable, le Mali demeurait l'un des dix États les plus pauvres de la planète. C'était entre autres pour cette raison que Maëlys s'accrochait à ce pays et à son peuple. Ici, elle était utile.

Elle regagna sa chambre et boucla la porte derrière elle. Elle se débarrassa de ses tongs d'un coup de pied, ôta son jean qui collait à ses cuisses et se laissa tomber sur le lit. Elle décapsula l'une des deux bouteilles et but à longues gorgées pour essayer d'étancher sa soif. Elle se releva pour consulter sa messagerie. Aucune nouvelle de l'IRD ou de l'ambassade. L'angoisse commençait à la gagner. Elle était à Bamako depuis près de deux semaines, et rien à l'horizon… Elle avait annoncé à l'IRD qu'elle avait abandonné la mission en cours, mais sans donner aucune explication. Le directeur lui avait demandé de rentrer à Paris. Elle avait rétorqué qu'elle souhaitait être affectée ailleurs au Mali. Ce à quoi il avait logiquement répondu qu'étant donné la situation dans le pays, il y avait peu de chances que sa requête soit entendue. Quatre jours plus tard, il l'avait rappelée pour lui proposer une mission à Vanuatu, en Océanie. Une espèce de fourmi semait la désolation dans les champs et un ingénieur agronome était requis pour tenter de sauver la part des récoltes qui pouvait l'être.

— Tu veux m'envoyer dans cette île paumée au milieu du Pacifique ? Je ne peux pas. C'est impossible.

C'était tout ce qu'elle avait trouvé à dire. N'importe où, mais pas sur une île… N'importe où, mais loin de la mer… Depuis cette fin de non-recevoir, elle s'attendait à ce qu'un ordre lui commande de prendre le premier avion pour Paris.

Elle s'assit devant la petite table qui faisait office de bureau, reclassa ses papiers, sortit une nouvelle enveloppe, y griffonna une adresse et se releva, incapable de se concentrer. Elle fit les cent pas dans la chambre, allant de la fenêtre à la porte de la salle de bains. L'inactivité lui pesait. L'incertitude de son avenir encore plus. À l'ambassade, où elle s'était rendue plusieurs fois, elle avait demandé à consulter la carte sur laquelle on répertoriait les missions de coopération françaises sur le territoire malien. Elles étaient devenues rares et de nombreux coopérants avaient été rapatriés. Restaient les ONG. Elle ne désespérait pas d'être intégrée à l'une de leurs interventions. Elle avait repéré un groupe travaillant à Gao pour le compte d'une aide humanitaire destinée plus particulièrement aux enfants. Le plan qu'elle avait en tête visait à développer une agriculture pérenne pour nourrir la population menacée par la famine. Il fallait œuvrer pour le peuple malien, et surtout avec lui. Nul besoin d'aller forer le sol sur plusieurs dizaines de mètres de profondeur pour trouver l'eau à Gao. Elle était à portée de main, le Niger traversait la région. Là-bas, elle pourrait développer la culture du riz flottant et aider à préparer de nouveaux champs. Le projet, s'il était retenu, nécessiterait des bras et de l'argent pour financer l'outillage et les semences. Elle devrait bien sûr entreprendre des démarches, dont l'IRD pourrait s'occuper. Mais Maëlys doutait que son directeur soit partant. Elle avait donc préparé deux dossiers, l'un destiné au ministère malien de l'Agriculture, l'autre à la Mission multidimensionnelle intégrée des Nations unies, la Minusma. Dans ses recherches, elle avait lu qu'un programme de financement pour une ferme agricole près de Gao était en cours. On y développait l'agriculture, la pêche et l'élevage. En occupant utilement la population autour d'activités de maraîchage, d'aviculture et de pisciculture, la Minusma espérait ainsi éloigner la jeunesse de la tentation de rejoindre la rébellion touareg et les groupes armés se réclamant de mouvements djihadistes qui saignaient le pays et répandaient la terreur. Le projet permettait également d'augmenter et de diversifier les produits alimentaires présents sur le marché de Gao en accroissant la production locale.

Maëlys était certaine de pouvoir apporter sa collaboration à ce programme. Sans trop d'espoir, elle avait envoyé un mail à Arturo Valdivia, une de ses vieilles connaissances à l'ONU, pour l'avertir de sa requête. S'il se souvenait d'elle, peut-être accepterait-il de lui donner un coup de piston… Elle s'étendit de nouveau sur le lit et renversa sa tête sur l'oreiller, rassurée d'avoir plusieurs pistes possibles. Il n'y avait plus qu'à envoyer ses courriers et à patienter. Si une requête parvenait à l'IRD par le biais d'une instance officielle, le directeur l'examinerait avec sérieux et y répondrait favorablement. Elle s'en persuada, continua de rêvasser, puis finit par s'endormir, les paupières alourdies par la chaleur.

Elle se leva en sursaut, réveillée par des coups frappés à sa porte. Elle enfila son jean et alla ouvrir. Ethan ! Elle n'eut pas le temps de repousser la porte qu'il l'avait bloquée du bout du pied.

— Il faut qu'on parle !

— Je n'ai rien à te dire.

— Laisse-moi entrer.

Elle s'écarta pour le laisser passer. Allaient-ils rejouer la même scène qu'au village une quinzaine de jours plus tôt ? Une chose était certaine, il était toujours aussi craquant. Elle baissa les yeux vers le tapis qui recouvrait le carrelage pour éviter de le regarder et elle se força à se rappeler que cet homme était un menteur. Un menteur et un salaud. Mais… un beau mec. Un amant qu'elle connaissait sur le bout des doigts, qui n'ignorait rien d'elle et savait l'emmener au septième ciel.

— Qu'est-ce qui t'amène ? demanda-t-elle pour mettre fin à ses dangereuses divagations.

— Je suis venu te prier de revenir au village. Moi sans toi, c'est impossible. Et l'inverse est valable aussi.

— Voilà qui est bien présomptueux, dit-elle en croisant les bras.

Elle le fixa, attendant de plus amples explications, détaillant son visage, les fossettes sur ses joues, sa peau burinée, ses lèvres… Elle s'égarait de nouveau.

Allait-il lui dire combien il regrettait son attitude, lui annoncer qu'il divorçait, qu'elle comptait plus que tout au monde et qu'il ne voulait qu'elle ? Son cœur se pinça de jalousie. Non seulement elle l'aimait toujours, mais elle le voulait encore. Était-elle prête à lui pardonner ? La colère était toujours là, mais sa retraite à Bamako, les longues heures de solitude, d'incertitude et d'hésitation l'avaient fragilisée. Ne pouvait-il pas la serrer contre lui, l'embrasser à l'en étouffer ? Son visage se détendit.

— Alors, tu es prête à rentrer avec moi ? murmura-t-il, rassuré. Ça serait formidable. Le directeur de l'IRD s'interroge. Il aimerait savoir ce qui s'est passé. Évidemment, je n'ai rien raconté de notre… différend.

Elle se figea. Un différend ? Il n'était donc pas venu pour elle, mais parce qu'il avait besoin d'elle. Il n'était pas venu pour lui crier qu'il l'aimait. Elle se moqua silencieusement de sa propre stupidité. Elle aurait cédé à tout pour quelques heures d'amour avec lui. Ce fameux désir de la chair qui, en trois secondes, rend un être si vulnérable et si bête au point d'en oublier les rancœurs, la souffrance aussi… Elle aurait pu se jeter dans ses bras, le prier de la caresser et se donner à lui. Pauvre folle ! Sa naïveté la fit sourire.

Certain d'avoir gagné la partie, Ethan s'interrogeait malgré tout. Elle avait capitulé plus vite qu'il ne l'aurait cru. Il avait pensé que la partie ne serait pas facile, peut-être même aurait-il été contraint de s'installer à Bamako quelques jours pour arriver à ses fins, et voilà qu'elle se rendait déjà. Il avait dû beaucoup lui manquer. Sa poitrine se gonfla, il se détendit et posa ses fesses au bord du lit. Maëlys regarda sa main glisser sur ses épaules, ses bras, main qui ne tarderait plus à se poser sur sa cuisse. Elle l'arrêta d'un geste brusque.

— Il n'y a pas de différend entre nous, Ethan, fit-elle en se levant. Il y a une femme. Ta femme ! Comme je la plains… Je t'ai tellement aimé que j'ai été à deux doigts d'effacer de ma mémoire tout ce qui s'est passé, jusqu'à oublier que tu étais marié… J'ai failli céder à la tentation de me blottir contre toi et de fléchir devant des mots que tu sais rendre si doux. Quelle bécasse je suis ! Dégage !

Elle joignit le geste à la parole et ouvrit la porte. Le médecin ne chercha pas à la convaincre une nouvelle fois. Ses yeux clairs brillaient de colère et n'exprimaient aucune tendresse. Il sut que la partie était perdue et sortit. Maëlys referma derrière lui le cœur battant, mais elle était soulagée d'avoir résisté.

Elle retourna vers la petite table et fit bouger la souris de son ordinateur portable. L'écran de veille s'alluma aussitôt. L'icône de la messagerie indiquait que de nouveaux courriers étaient arrivés. Elle ouvrit la boîte de réception et faillit hurler de joie en découvrant la réponse qu'elle attendait. L'IRD lui accordait la possibilité de rejoindre Gao et de participer au projet de l'association humanitaire. Son ordre de mission arriverait bientôt à l'ambassade de France de Bamako où elle pourrait le récupérer avec les autorisations nécessaires pour voyager dans le pays. Elle partirait dans une dizaine de jours avec un convoi de denrées destinées aux populations de l'est de l'État malien, convoi qui serait placé sous la sécurité de l'armée française. Sur place, elle apporterait son savoir-faire aux paysans afin de mieux mettre en valeur le terroir agricole, notamment par l'utilisation de l'irrigation. Il était indispensable de gérer correctement l'eau sans la gaspiller et de protéger les jeunes enfants, dont certains étaient orphelins, la guerre ayant avalé leurs parents. Il s'agissait, précisait également le mail, de veiller à ce que cette région du Mali ne soit plus affamée afin qu'elle ne retombe pas entre les mains des extrémistes. Un post-scriptum rappelait le caractère exceptionnel de cette affectation qui n'excéderait pas six mois. Six mois... pensa Maëlys en rassemblant ses cheveux qu'elle noua sur sa nuque. Comment mettre en place quelque chose de convenable et de durable en si peu de temps ? Elle haussa les épaules, songeant qu'elle aviserait une fois qu'elle serait là-bas. Que croyaient-ils, les décideurs parisiens ? Que l'on faisait pousser du riz d'un simple claquement de doigts ? Il faudrait qu'elle négocie de nouveau. Son existence était faite de tractations pour obtenir du temps, de l'argent, et parfois des bras.

Elle ouvrit le second mail. Il venait d'Arturo Valdivia. Il ne l'avait pas oubliée ! Elle l'avait rencontré les premiers mois où elle travaillait à l'IRD, à l'occasion d'un colloque organisé à Rome par la FAO, l'Organisation des Nations unies pour l'alimentation et l'agriculture. Arturo était le bras droit du directeur, mais aussi un homme de terrain. Maëlys avait tout de suite apprécié le Chilien. Ils avaient beaucoup parlé de leur métier, et pendant deux semaines ils ne s'étaient pas quittés. Jeune débutante, Maëlys avait été impressionnée par cet homme passionné, débordant d'énergie, prêt à se donner sans compter, qui connaissait tout le monde et accordait de l'importance à tous les projets qui étaient présentés. Ils ne s'étaient jamais revus, mais peu importait puisqu'il se souvenait d'elle.

« Che, chica linda ! Muchacha *de Bretagne !*
Je suis heureux de vous lire. Vous n'êtes guère loquace, mais j'ai cru comprendre qu'il y avait urgence à vous éloigner de la mission où vous travailliez jusqu'alors. Un antagonisme entre collègues ? Un chef qui n'aurait pas su amadouer votre petite tête de mule ? Ou alors auriez-vous brisé un cœur ? Ça, je le crois volontiers ! Je me souviens qu'à Rome, vous faisiez déjà tourner les têtes ! Suite à votre demande, j'ai contacté votre directeur à l'IRD. Il était contrarié, m'a dit que vous étiez sans doute un des meilleurs ingénieurs de l'institut, mais le plus exigeant et le plus capricieux ! Je sais que vous êtes obstinée et parfois indocile, mais j'ai du mal à vous imaginer en petite fille gâtée !
Trêve de plaisanterie. L'Afrique meurt de faim. Le spectre de la famine plane sur l'Afrique de l'Est. La catastrophe frappe la Somalie et le Soudan. La situation est inquiétante en Éthiopie, en Ouganda, au Kenya, et dans une moindre mesure en Tanzanie. Depuis trois ans, la sécheresse s'abat sur ces régions dont certaines, comme la Somalie et le Soudan, souffrent de crises politiques graves. Les populations vivent dans l'insécurité, sous la menace de rebelles. Elles doivent en plus affronter la faim. Vingt millions de personnes sont en danger, d'après l'ONU. Vous imaginez bien que la priorité est de

les nourrir. Pour les programmes agricoles, on verra plus tard. Le secrétaire général de l'ONU a déclaré le branle-bas de combat face à cette tragédie, appelant la communauté internationale à prendre des décisions pour des actions concrètes afin d'éviter la catastrophe. Bref, il faut réagir avant que les gens ne succombent à la famine, comme en 1980 en Éthiopie ou en 2011 dans la Corne de l'Afrique. Nous avions alors déploré pas loin de trois cent mille victimes. Mais aujourd'hui, la situation semble bien plus préoccupante qu'en 2011. La sécheresse concerne une région qui dépasse largement les frontières de la Somalie, et ce pour la troisième année consécutive. Elle ravage les cultures et tue les dernières têtes de bétail. Plus qu'aucun autre, ce continent est frappé par le réchauffement climatique et par les phénomènes météorologiques El Niño et La Niña. Deux appels ont été lancés pour lever des fonds afin de récolter un peu plus de huit cents millions de dollars, mais des désaccords pointent déjà le bout de leur nez. Certains agents humanitaires craignent que cet argent finisse dans les poches de responsables corrompus. C'est pourquoi il nous faut un accès direct aux populations, ainsi qu'une logistique. Et aussi des puits, des méthodes agricoles adaptées pour les années à venir. Pour le moment, il nous faut nourrir les hommes. Ensuite, j'aimerais votre concours pour lancer les projets qui nous permettraient de travailler autrement qu'avec une politique de survie et d'urgence. M'autorisez-vous à rappeler l'IRD pour leur demander s'ils accepteraient de vous détacher auprès de nos services ? Cela vous plairait-il ? Vous seriez ainsi à l'écart de vos équipes

habituelles. Car, si j'ai bien saisi, c'est un problème de personne, disons une incompatibilité d'humeur qui vous pousse à abandonner votre poste actuel. Vous avez quelques semaines pour réfléchir à ma proposition. Pour l'heure, je m'apprête à rejoindre l'est de l'Afrique et je m'attends au pire. S'il pouvait se mettre à pleuvoir en avril-mai, une partie de la population serait sauvée... Mais les experts sont pessimistes. La pluie ne viendra peut-être qu'en juillet. Ou pas du tout. La sécheresse pousse les gens vers les camps de déplacés qui ceinturent les grandes villes. Les prix des denrées alimentaires ont explosé, les conditions d'hygiène sont lamentables, l'eau potable manque. On court au désastre. On a déjà noté une recrudescence des cas de choléra dans le Nord de la Somalie.
Vous qui travaillez à partager votre savoir-faire, vous savez que l'avenir des peuples n'est pas dans la distribution de nourriture mais dans la mise en place d'agricultures vivrières pour remplir les ventres vides. C'est dans ce but que je souhaiterais vous placer dans l'une de mes équipes. Mais il y a un problème de taille : la sécurité. Ces régions sont encore ravagées par la guerre. Des groupes alliés à Al-Qaïda contrôlent les campagnes, empêchant les organisations humanitaires d'approcher la population. Parfois, ce sont des commandos armés incontrôlables, aux alliances mouvantes, qui bloquent les accès à certaines zones. On finit par ne plus pouvoir identifier qui se bat contre qui. Aujourd'hui, on largue des vivres par avion sans aller sur place, on assassine plus de bébés que la

pauvreté n'en décime avec notre lait en poudre parce que les femmes le mélangent à des eaux souillées… On en revient à l'eau. J'ai dans l'idée de créer une cellule spécialement dédiée à cette région d'Afrique de l'Est. Je veux des hommes de terrain, des spécialistes capables de creuser des puits, d'imaginer des aménagements hydrauliques, de transformer les méthodes agricoles pour les adapter à un contexte d'aridité permanent. Ce sont des mutations coûteuses. La FAO peut y participer. Ce sera plus intelligent que d'attendre les pépins et de ravitailler en dernier recours.
Si vous avez des idées, gardez-les précieusement.
Je reviens vers vous très vite.

Votre dévoué Arturo

PS : pas de nouveau caprice auprès de votre directeur, sinon je ne réponds plus de rien ! »

Maëlys relut le mail et son visage s'éclaira. Elle irait là où on aurait besoin d'elle. Alors pourquoi pas en Afrique de l'Est s'il était trop compliqué de rester au Mali et si l'IRD pouvait la raccrocher à des missions de l'ONU ? Elle attendrait. Nul doute qu'Arturo lui donnerait des nouvelles et qu'il ferait tout pour l'aider.

14

— Maëlys a quitté Bamako pour Gao ! s'exclama Morgan en agitant sa tablette sous le nez de son frère.

Corentin venait de relever le courrier et semblait contrarié.

— Elle t'a envoyé des nouvelles ? demanda Yvonne sans remarquer l'air ennuyé de son fils.

— Oui, à l'instant ! Un mail dans lequel elle explique qu'elle a enfin été affectée sur une mission. D'où son départ vers Gao.

Yvonne hocha la tête et s'empara d'une cocotte en fonte. Elle la remplit d'eau, la posa sur la cuisinière et y jeta une poignée de gros sel. Elle éplucha un oignon, l'éminça, posa son couteau et s'essuya les mains dans un torchon.

— C'est où, Gao ? murmura-t-elle.

Le visage de Morgan s'éclaira. Il y avait longtemps que sa mère ne s'était pas intéressée au travail de Maëlys. Quand on parlait d'Afrique, Yvonne bouchait ses oreilles, refusant d'en apprendre davantage. Morgan s'empressa d'aller chercher un atlas et de l'ouvrir à la page du Mali. Du revers de la main, elle balaya quelques miettes sur la toile cirée et posa son livre sur la table.

— Regarde ! Ici, c'est Bamako, la capitale du Mali. On remonte le fleuve Niger, on passe Mopti, et voici Gao.

— C'est loin ?

— De nous, oui. Quelques heures d'avion ! Mais…

— Gao ! s'écria Corentin en relevant la tête comme s'il se réveillait. Gao, il n'y a pas la guerre, là-bas ? J'ai vu un truc là-dessus à la télé. Je ne me souviens plus très bien.

Morgan haussa les épaules. La guerre au Mali durait depuis des années. Maëlys l'avait évoquée à plusieurs reprises mais cela ne l'avait jamais empêchée de mener jusqu'au bout ses projets.

Yvonne continuait à observer la carte. Elle avait repéré l'échelle et comptait les kilomètres qui séparaient Gao de Bamako. Le pays était immense. Peu de noms de villes étaient indiqués sur la carte, mais elle se dit qu'il devait bien y avoir des villages dans ces vastes étendues. Ses doigts couraient sur le papier en suivant le tracé du Niger.

— Je sais où j'ai entendu parler de combats ! reprit Corentin. C'est dans le journal que Liam a rapporté hier.

— Il est dans le salon, sur le fauteuil.

Corentin revint avec l'édition du *Monde* datée de la veille. Liam achetait deux ou trois quotidiens par semaine, jamais les mêmes, afin de perfectionner son français. Le plus souvent, son choix s'arrêtait sur *Ouest-France* dans lequel il aimait piocher des informations locales, son dictionnaire toujours à portée de main. Et quand un Kersanton était à côté de lui, il réclamait volontiers une explication supplémentaire. La richesse du vocabulaire français ne cessait de le surprendre.

— Voilà l'article ! Un soldat français a été tué dans la nuit de mercredi à jeudi au Mali. Le journaliste parle d'un accrochage avec des terroristes lors d'une opération dans le sud-est du pays.

— Au sud-est ? répéta Yvonne en fixant la carte.

— Oui. Dans la région frontalière avec le Burkina Faso, à deux cents kilomètres au sud de Gao. Les soldats de la force Barkhane étaient au côté de militaires maliens et burkinabés quand un véhicule blindé léger a subi une attaque aux explosifs. Les blessés ont été évacués. Le détachement a ensuite été pris sous le feu de tirs directs et un jeune soldat a été mortellement touché…

Le regard figé sur la carte, Yvonne n'écoutait déjà plus. Deux cents kilomètres, c'était loin et en même temps si près de l'endroit où se trouvait Maëlys. Sa fille était-elle en sécurité ? Mesurait-elle les dangers ? Yvonne serra les mains et se tordit les doigts. Le sang affluait à ses tempes. Morgan s'empara rageusement du journal et le colla contre la poitrine de son frère.

— Range-moi ça ! Et la prochaine fois, boucle-la !

Corentin comprit sa bêtise. Sa mère allait mieux, c'était incontestable, mais elle restait fragile. Il n'aurait jamais dû évoquer ce drame devant elle. Quel idiot ! Il avait agi sans réfléchir. Certes, Maëlys travaillait dans une région à risques, mais l'armée française était là pour veiller sur les civils, du moins il l'espérait. Il tourna en rond à la recherche d'un autre sujet de conversation mais ne trouva rien à dire. Il baissa les yeux et son regard se fixa sur la lettre qu'il avait relevée au courrier. Un problème de plus. Il la fourra dans une poche de son jean, ce n'était pas le moment d'ajouter un nouveau motif au stress. Si Maëlys avait été auprès d'eux, tout aurait été plus simple. Pourquoi n'avait-elle pas fait comme tout le monde, pourquoi n'était-elle pas restée sur l'île ?

Yvonne était retournée à ses casseroles, l'air absente. Morgan rangea sa tablette et mit le couvert. On n'entendait plus que le tic tac de la pendule et l'eau qui commençait à bouillir dans la cocotte. L'arrivée de Liam fit diversion. Il accrocha sa parka et ôta ses bottes. Ses joues étaient rouges d'avoir été fouettées par le vent. Il salua chacun comme il le faisait à chaque fois qu'il réapparaissait en fin de journée. Mais il ne se retira pas dans sa chambre comme il avait coutume de le faire et s'attarda sur le seuil de la cuisine, l'air embarrassé.

— Vous semblez préoccupé…, remarqua Morgan.

Il fit non de la tête alors que ses yeux disaient oui.

— Si vous avez un souci, dites-le-nous et on pourra peut-être vous aider, insista-t-elle. N'est-ce pas, maman ?

Yvonne sursauta. Elle n'avait rien suivi, ses pensées encore tournées vers Maëlys. Corentin invita Liam à s'asseoir.

— Je m'affole peut-être inutilement, dit l'Irlandais, mais il y a eu un… incident. Ce soir, après le retour de la navette, je suis allé boire une bière au bar avec Bertrand Le Goff. On a fait le voyage d'Audierne à Sein ensemble. On a parlé de la vie sur l'île. Après que le bateau a accosté, je l'ai suivi chez Brigitte pour continuer notre conversation.

On s'est assis à une petite table au fond de la salle pour être tranquilles et on a commandé deux Guinness. Il y avait du monde au comptoir, ça parlait fort. Bertrand m'a raconté la construction du phare de la Vieille, puis il a évoqué cette loi des « emplois réservés » qui avait été mise en place après la Première Guerre mondiale. Ainsi, l'île avait embauché deux gueules cassées pour s'occuper du phare, mais ils étaient bien trop handicapés pour résister à un emploi aussi physique. J'étais en train de noter ces détails sur mon carnet, quand un type s'est approché de notre table. Au début, je n'ai pas compris ce qu'il disait. Il parlait trop vite pour moi. Bertrand lui a ordonné plusieurs fois de se taire, mais l'autre a continué. C'était un des fils Saint-Luan. Je ne sais pas lequel, ils se ressemblent tellement que je n'arrive jamais à savoir qui est qui. Il a fini par s'éloigner. J'ai alors demandé à Bertrand ce qu'il voulait. Bertrand m'a répondu que ça ne me regardait pas et nous sommes sortis du pub. Pressé de rentrer, il m'a salué, moi je suis resté un moment sur le quai des Paimpolais à observer la marée. Le fils Saint-Luan est arrivé et m'a questionné sur mon roman. J'ai expliqué que ça prenait forme, j'avais une intrigue, des personnages, mais n'avais encore rien écrit. Et là, il m'a dit : « Demande donc à Yvonne Kersanton ou à son amie Gwenn Linguer de te raconter l'histoire du bébé volé. Elles nous mangeront bientôt dans la main toutes les deux. » Ça veut dire quoi, « manger dans la main » ? C'est une menace ? Le fils Saint-Luan avait le regard si méchant. Vous aviez déjà évoqué cette famille devant moi et j'avais bien compris que ces gens-là étaient vos ennemis.

Yvonne blêmit et, chancelante, s'appuya sur le bord de l'évier. Morgan réagit la première, bondit vers sa mère, l'attrapa sous les bras et la força à s'asseoir.

— Qu'est-ce que c'est que cette nouvelle histoire ? hurla-t-elle. Ils vont encore nous emmerder longtemps ? Bois un peu d'eau, maman, reprit-elle doucement. Respire profondément. Tu vas t'allonger sur le canapé.

Elle approcha un verre de ses lèvres et lui fit avaler quelques gorgées d'eau fraîche. Liam dansait d'un pied sur l'autre. Il avait semé le trouble et regrettait d'avoir raconté son aventure. Corentin déglutit et tâta sa poche. L'enveloppe y était toujours, bien cachée.

— Tu attends quoi pour me filer un coup de main ? rugit Morgan.

Elle avait entrepris de mettre sa mère debout pour la conduire jusqu'au séjour. Corentin vola au secours de sa sœur. Ils déposèrent Yvonne sur le canapé et couvrirent ses jambes d'un plaid.

— Appelle le médecin !

— Non, murmura Yvonne, pas de médecin. Pas ce soir. On verra demain.

— D'accord, mais dans ce cas, tu restes tranquille. Je vais m'occuper du dîner.

— Je peux vous être utile ? intervint Liam.

Morgan lui adressa un sourire reconnaissant.

— Vous voulez bien rester à côté d'elle pendant que je termine de préparer le dîner ? Corentin, tu viens m'aider ? Il faut éplucher les pommes de terre.

Il obéit, suivant sa sœur sans dire un mot. Elle poussa la porte derrière eux.

— C'est quoi, cette connerie de bébé volé ? T'es au courant ? Pourquoi tu ne dis rien ? On ne va tout de même pas laisser les Saint-Luan nous pourrir l'existence ! Merde, fais quelque chose ! Parle !

Corentin baissa les yeux et sortit la lettre qu'il tendit à sa sœur sans dire un mot. C'était un courrier officiel émanant de l'avocat des Saint-Luan. Il conviait les Kersanton à venir le rencontrer à son étude à Concarneau le samedi suivant afin de régler « à l'amiable » une affaire de terrains usurpés par leur famille aux Saint-Luan. Si les Kersanton refusaient ce rendez-vous, l'affaire serait portée devant le tribunal.

— Mais qu'est-ce que c'est que ce nouveau délire ? vociféra Morgan.

Elle rabaissa tout de suite le ton, se rappelant que sa mère était dans la pièce voisine.

— On n'a jamais piqué de terres ! Ni aux Saint-Luan ni à quiconque. Ou alors j'ignore tout des nôtres. Papa a évoqué des dizaines de fois les différends qu'il a pu avoir avec les Saint-Luan, mais jamais il n'a été question de terrains. Ce n'est qu'un sale coup de plus pour nous mettre la pression afin qu'on leur cède nos parcelles ! Tu crois que ça aurait un rapport avec ce bébé volé dont le fils Saint-Luan a parlé ce soir à Liam ?

— J'en sais rien, répondit Corentin, une main appuyée sur son estomac.

Depuis des mois, il souffrait de douleurs sous les côtes qui se faisaient plus vives quand survenait un problème. Comme si on le poignardait. Il avait parfois la respiration coupée et restait plié en deux.

— Je vais chez les Saint-Luan ! décréta Morgan. Je veux savoir ce qu'il en est. Je demanderai à voir Jean-Paul et Marc-Antoine puisque j'ignore lequel des deux a harponné Liam. Il va bien falloir qu'ils me donnent une explication claire à propos de ce vol de lopins et de ce bébé qu'on aurait retiré à ses parents.

Elle enfila un ciré et noua une écharpe autour de son cou. Corentin sortit de sa torpeur.

— N'y va pas. Pas maintenant. Il faut d'abord qu'on éclaircisse quelques points. Et puis… je t'ai caché quelque chose.

Laissant sa sœur les bras ballants, il monta dans sa chambre, revint à la cuisine avec une feuille de papier pliée en quatre. Il la déplia, sous les yeux ébahis de Morgan.

« LES KERSANTON, LES LINGUER ET COMPAGNIE VONT DEVOIR PAYER, SINON, TOUTE LA VERITÉ SUR L'AFFAIRE DU BÉBÉ VOLÉ SERA ÉBRUITÉE. IL EST TEMPS DE CRACHER AU BASSINET. »

Morgan se laissa tomber sur une chaise. Les lettres avait été découpées dans un journal et collées sur une feuille de papier. Le papier n'était pas signé, mais de toute évidence la menace venait des Saint-Luan puisqu'elle corroborait les propos tenus par l'un des fils à Liam. La famille de Gwen était concernée, elle aussi… Mais qu'est-ce que c'était que cette histoire ?

— Pourquoi avoir planqué ce courrier ? Tu nous mets encore plus dans la merde. Tu l'as reçu quand ?

Corentin n'avait pas d'excuse. Il n'avait voulu affoler personne, et en premier lieu sa mère. Il avait vu un soir qu'on glissait un papier sous la porte. C'était peu après le nouvel an. Il l'avait ramassé et avait aussitôt ouvert. Mais il faisait nuit et il n'y avait déjà plus personne dans la ruelle. Le contenu du message l'avait abasourdi. Il l'avait dissimulé dans sa table de nuit, et comme il ne s'était rien passé ensuite, il avait presque oublié cette affaire.

— J'ai pensé que c'était une vacherie sans importance. Une de ces méchancetés dont on fait parfois les frais sans aucune raison. On n'a pas que des amis sur l'île, je le sais bien, mais tout de même… Et puis cette histoire de bébé volé, j'avoue que je ne comprends pas. Comme maman allait mieux, j'ai imaginé que c'était une nouvelle fois pour nous fragiliser.

Morgan opina de la tête. Des sornettes, cette accusation de bébé volé… Les Saint-Luan avaient bel et bien trouvé une nouvelle combine pour leur chercher des poux. La trêve avait été de courte durée. Avant toute chose, il fallait faire la lumière sur cette affaire de terrains spoliés. Leur mère avait certainement une opinion sur le sujet. Le souvenir, peut-être, d'une vieille querelle qui aurait abouti à un partage de terres. Ou un pari perdu par l'un des protagonistes. Ou alors une dot…

— On ne va pas ennuyer maman maintenant, bien que ça me démange de l'interroger. J'ai la trouille qu'elle rechute et se remette à délirer. Tu as vu son malaise quand Liam a raconté l'incident ? Laissons-la tranquille pour le moment. Demain, j'irai chez Gwen, je parviendrai bien à lui soutirer quelques infos.

— La connaissant, tu vas devoir les lui arracher.

— Peu importe. Il faut que les langues se délient. Si nos ancêtres ont commis des erreurs, ce n'est pas à nous d'en faire les frais ! Allons dîner. Et après avoir mis maman au lit, on sortira tous les papiers de papa. On ne sait jamais, on pourra peut-être y piocher des choses qui nous auraient échappées…

15

Morgan n'avait pas fermé l'œil de la nuit et avait fini par sortir du lit alors que le jour n'était pas levé. Pendant de longues minutes, elle avait tourné en rond dans sa chambre. Comment passer le temps sans faire de bruit et réveiller la maison ? Son regard tomba sur le livre posé sur la table de chevet, un bon polar, mais elle n'avait pas envie de lire. Ou plutôt elle ne s'en sentait pas capable. La trame était compliquée, un vrai travail de dentellière qui demandait de la concentration si on ne voulait pas perdre le fil.

Son cerveau était en ébullition, son corps en effervescence comme s'il réclamait de l'exercice. Elle songea qu'elle aurait volontiers vidé sa bibliothèque, dépoussiéré les étagères et classé les ouvrages qu'elle avait lus récemment et qui n'avaient pas encore trouvé leur place parmi les autres. Mais il n'était pas 6 heures. Si Corentin était déjà debout, sa mère et Liam dormaient encore… Frustrée, elle retourna s'asseoir dans son lit. Le dos calé contre l'oreiller, son ordinateur portable posé sur ses cuisses, elle écrivit un long mail à Maëlys, lui relatant les événements de la veille. Elle se relut, effaça la moitié de son texte. Inutile d'affoler sa sœur avec ces problèmes. D'autant plus que tout était flou. Maëlys lui réclamerait des explications qu'elle serait incapable de lui fournir. Elle n'avait donc laissé que les passages évoquant la vie à Sein et ses questions sur la mission qui avait amené Maëlys à Gao. La région était-elle aussi chaotique que voulait bien le dire la presse ? Pouvait-elle donner régulièrement des nouvelles afin de rassurer la famille ? Son message envoyé, elle reprit le carton dans lequel Corentin et elle avaient entassé les papiers et les photos de leur père. Elle les tria une nouvelle fois, mais elle ne trouva rien qui puisse la renseigner sur une quelconque affaire de terrains.

Il était presque 7 heures. Elle avait entendu Corentin partir et jugea qu'elle pouvait descendre. Elle se prépara du café et avala une tartine de pain debout contre l'évier, rongée par l'impatience. Elle fila à la salle de bains, prit une douche et s'habilla. Ses cheveux étaient encore trempés lorsqu'elle quitta la maison. Cinq minutes plus tard, elle était sur le quai des Français-Libres et frappait à la porte de la maison de Gwen. L'amie de sa mère était réveillée depuis longtemps. Sur l'île, on n'était pas habitué à paresser au lit. Les femmes, même si elles restaient au foyer, se levaient en même temps que les maris et les fils pour préparer le petit déjeuner avant qu'ils n'aillent rejoindre leurs collègues au port. Elle avait enfilé une veste polaire par-dessus son pull et était en train de préparer une pâte à crêpes. Elle invita Morgan à s'asseoir et lui offrit un bol de café, puis reprit sa cuillère en bois et mélangea vigoureusement farine, lait et beurre fondu pour éliminer les grumeaux. Elle attendait que Morgan se décide à parler, bien consciente que sa venue n'était pas une visite de politesse et que la jeune femme avait quelque chose d'important à lui dire.

— Que se passe-t-il ? demanda-t-elle devant le silence de Morgan. Un souci avec ta mère ? Elle ne va pas bien ? Que puis-je faire pour t'aider ?

— Me dire la vérité.

— La vérité ? La vérité sur quoi ?

Gwen écarta le saladier, se servit un café et prit place en face de Morgan.

— La vérité sur des terrains que nos deux familles auraient fauchés aux Saint-Luan, la vérité aussi sur un bébé qui aurait été volé.

Morgan fixait Gwen droit dans les yeux. Cette dernière soutint son regard sans ciller mais tarda à répondre.

— Encore des fables qui circulent, lâcha-t-elle enfin.

— Des fables ? Pourquoi est-ce que j'ai la désagréable impression que tu me mens ? Tu as réfléchi avant de me répondre, comme si tu voulais me cacher quelque chose.

— Commence par ravaler tes accusations ! marmonna Gwen. Je ne suis pas une menteuse. Les ragots, ici, c'est une habitude. On cause sur le dos des autres, et quand on n'a plus rien à se mettre sous la dent, on invente. Alors oublie, ce n'est qu'une nouvelle campagne de calomnies destinée à affaiblir ta mère. On n'a jamais piqué une seule terre. Ni ma famille ni la tienne. Le cadastre est compliqué à déchiffrer, parfois illisible, mais chacun sait à qui telle ou telle parcelle appartient. Et celles dont on ne connaît pas le propriétaire, personne n'y touche ! Il y a toujours eu des heurts, c'est vrai, en particulier avec les Saint-Luan, mais personne n'a jamais spolié personne. Ou alors c'était il y a des siècles, et là, sinon que nos ancêtres n'étaient pas des tendres, je ne vais pas pouvoir éclairer ta lanterne. La vie sur l'île était rude. Tu connais l'histoire des naufrageurs, ceux-là qui pillaient les cargaisons et tuaient l'équipage quand il y avait des survivants... Et quand par hasard on trouvait un petit, on ne l'égorgeait pas, on le ramenait sur l'île et on l'élevait avec les autres. Mais c'était rare, et ça m'étonnerait que ces gamins aient pu garder des souvenirs du carnage. Et entre naufrageurs, ça devait aussi assassiner sec! À l'époque, on se débarrassait sans le moindre scrupule des gêneurs, les gourmands surtout. Oui, le sang a dû couler pour s'approprier de la terre, comme il a dû couler pour les femmes. Parce que j'imagine que ces rustres devaient s'arracher les plus belles. Sur un territoire aussi étroit, les rivalités étaient exacerbées. Mais tout ça, c'était il y a des lustres.

Gwen se tut, trempa un morceau de sucre dans son café et le porta à sa bouche.

—Je te parle d'un passé plus récent, insista Morgan en soupirant. De ces histoires entre familles après la Seconde Guerre mondiale. France libre, France occupée, collabos, résistants... Peut-être que certains ont profité de la pagaille pour voler quelques mètres carrés de terrain à des îliens.

—Non! On l'aurait su.

—Alors explique-moi pourquoi les Kersanton se retrouvent accusés!

—Pfff! C'est des conneries!

—Et cette convocation chez l'avocat des Saint-Luan, c'est une connerie?

Morgan sortit le courrier et le mit sous le nez de Gwen. Celle-ci le parcourut plusieurs fois.

— « Régler à l'amiable un problème de terrains usurpés… » N'importe quoi ! Ils ont dû lui graisser la patte, à ce baveux, pour qu'il accepte d'envoyer une lettre pareille. On aura tout vu. Ils ont un sacré culot. Mettre une affaire entre les mains de la justice… Encore faudrait-il qu'il y ait des preuves !

— Parce qu'il se pourrait qu'il y en ait, si on fouille un peu ? Qu'on découvre quelque chose de louche ?

— Mais non ! C'est de l'intimidation.

— C'est étrange. Je t'écoute, et j'ai l'impression qu'en voulant me rassurer tu cherches à te rassurer aussi. Tu n'es pas comme d'habitude, Gwen.

Celle-ci attrapa la cafetière et emplit de nouveau les bols. Morgan l'observait. Gwen avait l'air contrariée. Ses paroles pleines de certitudes ne collaient pas avec cette expression ennuyée.

— Tu te fais un film, dit-elle calmement. Tes parents n'ont dépossédé personne. Tout ça, c'est du vent. Allez chez l'avocat si vous avez du temps à perdre, mais ne mets pas ta mère dans la combine. Elle n'a pas besoin de ça. Ta famille a toujours été honnête. Il n'y a pas l'ombre d'un doute là-dessus. Quand ton père avait un problème avec quelqu'un, il était plutôt du genre à le régler avec des coups de poing, comme tous les hommes ici. Jamais nos gars ne se sont faits de crasses entre eux. En revanche, une bonne bagarre à la sortie du bistrot, oui ! Quelques mots doux échangés au comptoir, quand les esprits étaient un peu échauffés par l'alcool, et hop, on se bastonnait sur le quai. Laisse donc tomber ces cancans.

Gwen sourit et se leva. Elle reprit la préparation de sa pâte à crêpes, cassa des œufs et les mélangea avec le reste. Puis elle sortit un torchon propre et le posa sur le saladier.

— Si ça vous fait plaisir, venez donc, ta mère, Corentin et toi manger les crêpes avec nous ce soir. Et Liam aussi, bien sûr.

— Je ne suis pas venue chez toi pour que tu nous invites à dîner, rétorqua Morgan d'un ton incisif. Ni pour t'entendre raconter de vieux souvenirs sur mon père. Ça me touche, mais ce n'est pas le moment. Je veux des réponses à mes questions.

— Je t'ai répondu ! Que te dire de plus ?

— Tu n'as rien répondu sur l'histoire du bébé volé !

— Parce qu'il n'y a rien à répondre. On nage en pleine fiction. Le nouveau feuilleton de l'été sur TF1 !

Gwen éclata de rire, mais cette bonne humeur sonnait faux. Morgan comprit qu'elle n'obtiendrait rien en la prenant de front. Il lui faudrait ruser pour qu'elle délie sa langue. Peut-être en jouant sur la corde sensible. Et la corde sensible, chez Gwen, c'était Yvonne. Morgan préféra garder cette carte pour la fin.

— La fiction dépasse parfois la réalité, murmura-t-elle. Un des fils Saint-Luan a attrapé Liam à la sortie du bar, hier soir. Il lui a parlé de toi, de maman et d'un petit qui aurait été kidnappé…

— Mon Dieu ! On frise la démence ! Comment peux-tu ajouter foi à de telles balivernes ? Tu me dis que Liam sortait du bar. À mon avis, il avait trop bu. Ici, les hommes se laissent souvent aller après le boulot.

— Sauf qu'il n'avait rien d'un mec ivre quand il est rentré. Maman était tellement bouleversée par ce qu'il a raconté qu'elle en a fait un malaise. Tu crois vraiment que ce malaise serait arrivé sans raison ? Tu vas soutenir qu'elle est folle ?

Gwen remua la tête en signe de dénégation. Jamais elle n'irait prétendre que son amie de toujours était cinglée. Elles s'étaient connues enfants sur les bancs de l'école, elles avaient tout traversé côte à côte. Une amitié faite de respect, de fidélité, de gratitude et d'entraide. Car s'il y avait eu de bons moments dans leurs existences respectives, il y avait eu aussi les coups durs. Ceux qui vous font prendre dix ans en quelques jours.

— Liam a mal compris, fit-elle en passant une main dans ses cheveux pour replacer une mèche derrière l'oreille. Il ne maîtrise pas bien notre langue. Certaines subtilités lui échappent. Il n'aurait pas dû rapporter ces propos idiots.

— Arrête ! hurla Morgan en tapant du poing sur la table. Arrête !

Elle n'en pouvait plus des mensonges, des tabous et des non-dits. Elle songea à Maëlys. Elle avait bien fait de fuir. Quand on se connaît trop bien, on finit par se jalouser. On déblatère sur les uns et les autres, et, au final, cette promiscuité devient nocive. Elle se ressaisit. Il lui restait une carte à abattre.

— Et ça ? dit-elle en mettant la lettre anonyme sous les yeux de Gwen. J'imagine que toi, tu n'auras pas de difficultés pour comprendre ce message… Lis à haute voix !

Gwen décrypta silencieusement les mots, puis les répéta avec lenteur, d'un ton presque monotone.

— Que veux-tu que je te dise ? C'est une menace. Une stupide menace et une accusation non fondée. On pourrait rester là à discuter et à se disputer pendant des heures que je ne saurais pas te donner d'explication. C'est absurde et méchant. Si c'est l'œuvre des Saint-Luan, ils sont encore plus tordus que je ne l'imaginais.

Morgan se leva. Gwen était une adversaire redoutable, qui avait réponse à tout. Que voulait-elle cacher ? Était-ce grave au point de taire la vérité à la fille de sa meilleure amie ?

— Bien, fit Morgan en se raclant la gorge. Puisque je n'obtiendrai rien de toi, je vais aller voir les Saint-Luan. Peut-être qu'eux m'en diront un peu plus. Et j'interrogerai ma mère puisqu'elle est également concernée.

Gwen serra les dents et retint Morgan par le bras.

— Continue comme ça et tu vas la tuer, ta mère ! C'est ça que tu veux ?

Sans répondre, Morgan dégagea violemment son bras et sortit. Arrivée sur le quai, elle avait la mine défaite et était au bord des larmes. C'était la première fois qu'elle se disputait avec Gwen. Morgan l'adorait comme on peut adorer une tata qui vous a gâtée depuis l'enfance. Elle souffla bruyamment et se tourna vers la mer. Les vagues clapotaient doucement sur la jetée. Le temps était calme, plutôt gris. L'air était humide, le ciel légèrement brumeux. Morgan frissonna et resserra le nœud de son écharpe. Que devait-elle faire ? Comment démêler les fils de cette histoire si personne ne lui confessait la vérité ? Ne serait-ce qu'une bribe, un indice qui la mettrait sur la voie. Alors qu'elle s'engageait dans la ruelle du Coq-Hardi, elle vit Liam sortir de la maison. Il s'arrêta pour l'attendre.

— Je suis navré, dit-il. Hier soir, j'aurais dû me taire. Je ne voulais pas faire souffrir votre maman, elle est si fragile.

— Ce n'est pas votre faute.

Elle se força à lui sourire mais renonça à lui montrer les lettres. Peut-être lui confierait-elle toute l'aventure plus tard. Pour le moment, mieux valait se limiter à une querelle ridicule qui divisait deux familles depuis plusieurs générations.

— Les Saint-Luan et les Kersanton ne se sont jamais aimés, expliqua-t-elle. Une sorte de guérilla insulaire qui a parfois des… résurgences ! Je suis désolée qu'on vous ait mêlé à tout ça.

— Les Saint-Luan vous en veulent, n'est-ce pas ?

— Ce sont des enfantillages, minimisa-t-elle. D'anciennes rancœurs. J'irai les voir et on règlera tout ça. Vous ne serez plus importuné.

— Vous vous méprenez. Je ne crains pas ces gens. En revanche, je m'inquiète de ce qu'ils pourraient vous faire, à vous et aux vôtres. N'allez pas les voir seule. Le fils, hier soir, avait le visage tellement… cruel.

— Je serai prudente.

— Prenez garde à vous !

— C'est promis.

— Je ne veux pas qu'on vous fasse du mal. Vous, les Kersanton, vous êtes devenus un peu comme ma famille, ici.

Cette bienveillance eut raison de Morgan. Margaret lui manquait, il y avait des semaines qu'elle ne l'avait pas vue. Ses nerfs lâchèrent et elle éclata en sanglots.

16

Le printemps était enfin là. Corentin et Morgan n'avaient toujours pas obéi à la convocation de l'avocat mandaté par les Saint-Luan. Il n'y avait eu aucun courrier de rappel, aucune autre lettre anonyme. Gwen et Morgan s'étaient revues plusieurs fois, jamais en tête à tête. Elles faisaient bonne figure, n'abordant aucun sujet fâcheux. Yvonne avait eu un passage à vide, une petite rechute vers la dépression vite enrayée grâce à un traitement approprié. Il flottait dans l'air une atmosphère paisible, le vent s'était tu et la température radoucie, le thermomètre pouvant monter jusqu'à 15 degrés les après-midi. Malgré ce climat tempéré et un certain retour au calme dans son existence, Morgan restait oppressée. Elle avait beau se dire qu'elle s'était emportée au sujet des terrains et du bébé, des interrogations revenaient sans cesse. Elle aurait aimé avoir l'opinion de Maëlys, mais l'éloignement ne facilitait pas le dialogue. Elle avait d'ailleurs décidé de ne pas mettre sa sœur dans la confidence. Du moins pas tant que la trêve durerait. Mais si la guerre reprenait, il faudrait bien qu'elle la mette au courant.

Elle s'était cependant confiée à Margaret lors d'un de ses séjours à Audierne. L'Anglaise avait dédramatisé la situation et s'était rangée à l'avis de Gwen. Ces cancans n'étaient pas à prendre au sérieux. Ce n'était qu'une vieille rancune entre deux familles dont la jalousie était le moteur. Seul un saut dans le passé permettrait de comprendre pourquoi cette querelle perdurait. Le motif était peut-être devenu totalement insignifiant avec les années, et l'antagonisme réapparaissait à l'occasion.

— Tu n'as vraiment aucune raison d'être inquiète, avait conclu Margaret. Ne pense plus à cela. Ces racontars ont dû meubler quelques soirées d'hiver, ils vont s'évanouir maintenant que les beaux jours reviennent. Votre île, c'est comme un microcosme. Vous vivez quasiment en autarcie, les sentiments et les passions s'y déchaînent plus fort qu'ailleurs, c'est tout. Un peu comme les tempêtes ! Oublie, mon cœur, oublie.

Elle avait pris Morgan dans ses bras, l'avait embrassée. Les tracas s'étaient envolés comme par magie et elles avaient vécu trois merveilleuses journées et des nuits encore plus belles. Pourtant, dès son retour sur l'île, Morgan fut de nouveau parcourue de sensations désagréables. Elle avait tenté de s'occuper pour oublier et entrepris de refaire la peinture de la petite maison au fond du jardin. Elle s'était dit que si elle tenait le rythme, elle pourrait louer la chambre d'hôtes avant l'été. Frédéric, le fils de Gwen, avait réalisé les premiers travaux. Corentin avait ensuite amené l'eau et l'électricité, puis son copain était revenu pour l'aider à couler la chape de béton au sol et poser un joli carrelage gris. Ils avaient également monté des cloisons entre la chambre et la salle de bains dans laquelle ils avaient installé douche, lavabo et W.-C. Le gros œuvre terminé, Morgan et son frère avaient garni les murs de plaques de plâtre pour isoler la pièce. Même Liam venait donner un coup de main, quand des matériaux arrivaient du continent et qu'il fallait les transporter jusqu'à la rue du Coq-Hardi. Il avait annoncé qu'il louerait volontiers le gîte. Plus les mois s'écoulaient, plus il prenait goût à la vie sur Sein. L'isolement lui convenait, la vie au grand air aussi. Surtout, il appréciait les Kersanton qui avaient su respecter son intimité tout en l'intégrant à la famille. Il en avait fini de son travail de recherches et s'était mis à l'écriture de son roman. Il aurait pu rentrer en Irlande, mais il ne se décidait pas à partir. Les mots fusaient, les pages s'accumulaient. Il n'avait jamais connu cette déferlante d'inspiration et autant de facilité pour composer. Parfois, les idées jaillissaient si vite qu'il lui aurait fallu quatre mains, deux écrans et deux claviers pour éponger le flot de son imagination. Cette impatience l'amusait. Bref, l'île était un endroit rêvé pour un auteur.

Morgan posa son rouleau et observa son travail. Elle allait devoir donner une seconde couche de peinture. Les plaques de plâtre avaient absorbé la première par endroits, laissant des traces disgracieuses. Elle nettoya ses mains et abandonna son chantier. En ce premier jour des vacances de printemps, il y avait un spectacle qu'elle n'aurait manqué pour rien au monde. Elle prit le chemin qui longeait la côte. La mer avait retrouvé sa couleur vert céladon. Elle était si claire par endroits qu'on distinguait les rochers au fond et les algues qui semblaient danser dans l'eau. Elle consulta sa montre. Il était près de midi. L'*Enez Sun* n'allait plus tarder. Elle marcha jusqu'à l'embarcadère, s'assit sur le parapet et guetta le bateau. Elle le contempla au loin, puis le regarda faire sa manœuvre tandis qu'il accostait à Men Brial. Une cargaison de vacanciers débarqua du bateau, des citadins en mal d'exotisme venus pour la journée. Ces touristes ne survivraient même pas deux jours sur l'île ! pensa Morgan, amusée par leur allure. Certains, chaussés de simples sandalettes, allaient vite regretter de ne pas avoir emporté de bonnes chaussures de marche. L'île était petite, mais si on voulait en faire le tour, il ne fallait pas s'attendre à déambuler sur des plages de sable fin. D'autres, des promeneurs-baroudeurs un peu plus aguerris, avaient songé à se munir d'un pull et d'une parka. En une heure, si le vent tournait, on pouvait perdre une dizaine de degrés…

Une femme en chapeau apparut sur la passerelle de l'*Enez Sun*, une écharpe voltigeant autour du cou, des lunettes de soleil sur le nez. Telle une star, elle ignora la main que lui tendait un homme d'équipage qui voulait l'aider à descendre. Elle trébucha sur un pavé et se tordit la cheville. Quelle idée de porter des escarpins ! songea Morgan. La silhouette s'approcha de l'embarcadère en boitillant.

Quand Morgan reconnut Marie-Françoise Saint-Luan, ce fut pour elle comme une douche froide. Elle se leva d'un bond et fila chez elle en courant. À peine rentrée, elle s'aperçut qu'elle avait oublié d'aller à l'épicerie pour acheter le pain. Elle resta un moment le dos plaqué contre la porte, reprenant son souffle. Elle regarda sa montre, laissa filer dix minutes avant de ressortir, priant pour ne pas croiser Marie-Françoise. Elle savait qu'elle ne pourrait pas continuer longtemps à se cacher et à chercher mille ruses pour éviter cette famille. Elle devait agir. Plutôt que de risquer une rencontre fortuite qui la mette mal à l'aise, elle décida de se rendre chez les Saint-Luan après le déjeuner. Elle fut silencieuse pendant tout le repas et ne fut pas plus loquace lorsque que sa mère lui demanda où elle allait en la voyant se lever de table alors qu'elles n'avaient pas encore pris le dessert. Elle répondit seulement qu'elle serait de retour dans une petite heure.

Son cœur se pinça alors qu'elle frappait à la porte de la propriété des Saint-Luan, l'une des plus belles et plus vastes demeures de l'île, située sur le quai des Français-Libres. Natou, qui travaillait au service de la famille depuis toujours, lui ouvrit. Étonnée de tomber sur Morgan, la vieille femme, encore alerte malgré son embonpoint, hésita à la faire rentrer, l'invita finalement à la suivre à la cuisine.

— Ils sont à table, dit-elle. Je vais les prévenir. Tu patientes deux minutes ? lui demanda-t-elle, un sourire aux lèvres.

Morgan soupira. Il y avait au moins un visage ami dans ce foyer. Des ramequins et une pile d'assiettes traînaient dans l'évier. Ici, on devait changer le couvert pour chaque plat, comme pour les grandes occasions, sauf que chez les Saint-Luan, la fête, c'était chaque jour de la semaine. Une bouteille vide traînait sur la table. Natou a dû transvaser le vin dans une carafe, se dit Morgan. C'est plus chic…

— Ils ont terminé, annonça la vieille employée qui revenait avec un plateau de fromages sur les bras. Tu peux y aller.

Morgan inspira une grande goulée d'air et pénétra dans le séjour. La pièce n'avait rien d'un logis de pêcheur. Meubles anciens, bibelots, vitrines occupaient l'espace. Marie-Françoise trônait sur un fauteuil recouvert d'un tissu de velours que Morgan trouva très laid.

— Natou, file ! Je te donne ton après-midi, ordonna sa patronne. Morgan, que fais-tu là ? demanda-t-elle abruptement à la jeune femme. C'est chez l'avocat que nous sommes censées nous retrouver. Une invitation à laquelle vous n'avez d'ailleurs pas daigné donner suite.

— C'est à ce sujet que je suis venue, riposta Morgan avec aplomb.

Garder son calme, ne surtout pas se laisser impressionner. C'était certainement ce que Marie-Françoise espérait en la laissant debout, la toisant de son air supérieur.

— Terrains volés, enfant volé, je veux des explications ! enchaîna Morgan. Je ne comprends rien à tout cela.

— Idiote ! Tu ne vaux pas mieux que tes parents.

— Restez polie, je vous prie, et n'essayez pas de me prendre de haut. Pour commencer, cessez de me tutoyer !

Marie-Françoise fit la moue. Durant quelques secondes, elle lissa ses sourcils avec ses doigts. Ses ongles étaient parfaitement manucurés, ses mains bardées de bagues serties d'énormes pierres précieuses. Tout dans l'apparence, songea Morgan.

— Comme tu le sais, reprit Marie-Françoise, appuyant sur le « tu » comme pour la défier, j'ai dans l'idée de faire bâtir un hôtel à Sein. Je n'en fais pas de secret, tout le monde est au courant. J'ai proposé à certains îliens d'acheter leurs terres sur la route du phare. Notamment à ta famille qui s'obstine à refuser de vendre. Ça fait des années qu'avec l'aide de mon notaire et de mon avocat j'épluche le cadastre et les archives des Saint-Luan. Et par hasard, nous avons retrouvé un document qui atteste que vous nous avez volé des terres. Je vous somme donc de nous les restituer.

— Comme ça ? Vous rigolez ? Et de quels documents parlez-vous ?

— Je ne plaisante pas. Si tu n'arrives pas à convaincre ta mère et ton frère de nous céder ce qui nous revient de droit, on ira au tribunal. Et je peux t'assurer qu'on gagnera.

— Et c'est quoi, cette histoire de gamin enlevé ?

Marie-Françoise éclata de rire. Morgan sentit une soudaine bouffée de chaleur l'envahir, la faisant rougir jusqu'aux oreilles, puis une sueur froide lui glacer le dos.

— Un enfant enlevé ? Mon Dieu, mais c'est pire que ça ! Tu ignores donc tout ? Parlons de ton père. Tu crois qu'il a toujours été un homme parfait ? Un bon époux pour ta mère ? Je vais te raconter une histoire qui ne devrait pas te laisser indifférente. Il y a trente ans, alors que tes parents venaient de se marier, ton père m'a accordé ses faveurs. Tu piges ? À peine les noces célébrées, ta mère était déjà cocue !

Morgan pâlit, recula, puis, toutes griffes dehors, fonça sur Marie-Françoise qui se mit à crier. Ses fils accoururent et empoignèrent Morgan par les bras pour empêcher une nouvelle attaque.

— Elle est un peu sanguine, fit Marie-Françoise en replaçant une mèche de ses cheveux. Tenez-la, que j'en finisse.

— Je ne veux rien entendre de plus sur mes parents ! hurla Morgan. Taisez-vous ! Ne les salissez pas et laissez-moi !

Elle gigotait comme un cheval indocile, tenta de mordre un des fils qui renforça son emprise. Marie-Françoise se leva.

— Calme-toi ! hurla-t-elle, et écoute-moi bien. Tu ne veux pas savoir qui sont réellement tes parents ? Peu importe. Ça ne change rien à ce qui a été, que tu le veuilles ou non. Laissons ces vieilles histoires de côté. J'ai une proposition à te faire. Mon fils Jean-Paul est en âge de se marier. Toutes les jeunes femmes de l'île partent un jour ou l'autre sur le continent, quant à celles du continent, elles refusent de venir vivre ici. Le deal est simple : tu épouses Jean-Paul, tu apportes en dot vos terres, et j'enterre la hache de guerre. Je m'y engage. Crois-moi, tu ne seras pas perdante. Tu entres dans notre famille, nous faisons construire l'hôtel dont je rêve depuis des années, tu m'assistes à la direction de l'établissement, avec Jean-Paul bien sûr, et vous héritez de l'affaire quand je partirai.

Morgan se calma, comme abasourdie. Les yeux écarquillés, elle dévisageait Marie-Françoise. Avait-elle bien tout compris ? Jean-Paul la contemplait, salivant déjà. Il avait toujours trouvé cette fille à son goût. Il bénit sa mère d'avoir eu une aussi riche idée. De son côté, Marc-Antoine serrait les dents, visiblement contrarié. Son aîné passait toujours avant lui. Pourquoi sa mère n'avait-elle rien dit le concernant ? Quelle place était-il censé occuper quand l'hôtel serait ouvert ? Et elle ne lui promettait pas de femme, à lui.

— Et moi, cracha-t-il, je me la mets derrière l'oreille ? Je la veux bien, Morgan ! Jean-Paul pourrait très bien se marier avec Maëlys.

Sa mère le fusilla du regard.

— Maëlys ne vit pas ici, tu le sais bien.

— Fais-la revenir ! Débrouille-toi ! Tu parviens toujours à tes fins.

— Non. Maëlys, c'est impossible. Je suis certaine que tu trouveras une fille tôt ou tard. Notre projet va bien attirer quelques donzelles sur l'île. Morgan, tu réfléchis, et vite ! Je te donne une semaine et tu reviens me voir avec ta réponse.

La jeune femme resta muette. Les deux hommes la tenaient toujours. Elle avait l'impression d'être un morceau de viande que l'on se prépare à partager. Elle jeta un œil vers Jean-Paul et tourna la tête, dégoûtée.

— Je vous abandonne, déclara Marie-Françoise qui s'était levée de son fauteuil. Amusez-vous bien ! Ah, mes fils, c'est une gougnotte, montrez-lui donc ce qu'est un homme !

Morgan parut se réveiller. Elle s'agita pour se libérer des poignes qui enserraient ses bras comme des étaux et jeta quelques coups de pied dans les tibias des deux hommes.

— Tiens-la bien ! ordonna Jean-Paul à son frère. Je veux savourer cette mise en bouche au maximum. Si tu m'aides, je t'en laisserai un peu.

En deux secondes, Morgan se retrouva allongée sur le tapis. Marc-Antoine avait relevé ses bras qu'il maintenait avec ses genoux. Jean-Paul écarta ses jambes et plaqua une main sur sa bouche pour l'empêcher de crier. Elle songea au Christ crucifié.

L'envie de se débattre compensa sa faiblesse. Elle se mit à gigoter dans tous les sens. Quand Jean-Paul vit qu'elle s'épuisait et baissait la garde, il s'allongea sur elle. Elle sentit ses doigts qui parcouraient son corps, souillant sa peau, ses seins et son ventre. L'odeur infecte qui se dégageait de ce type, un mélange d'eau de toilette et de transpiration, lui donna la nausée. Elle eut une pensée pour Margaret, s'efforça de ne retenir que la tendresse de ses caresses et de ses baisers ou les notes florales et vanillées de son parfum pour ne pas sombrer, tenter de se soustraire aux assauts du monstre qui l'avilissait. Son impuissance eut raison de sa volonté. Les larmes gonflèrent ses paupières et les sanglots s'étouffèrent dans sa gorge à l'en étrangler. Elle pria pour que ce soit la fin, tandis que ses agresseurs redoublaient d'ardeur et riaient. Elle appela la mort, secouée de hoquets et de tremblements. Soudain, sa respiration se coupa et elle s'affaissa, molle comme une poupée de chiffons.

— Fais gaffe ! Elle va crever ! aboya Marc-Antoine.

Jean-Paul écarta sa main, libérant ses lèvres. Elles étaient bleues. Bleues sur un visage livide. Il la secoua. Il vit sa poitrine se soulever. Puis il se pencha de nouveau sur elle pour l'embrasser. Elle ouvrit les yeux, se redressa et vomit, crachant un long jet puant sur la face de son assaillant. Il recula, tandis que son frère lâchait ses bras. Elle respira un grand coup et se releva d'un bond. Elle réussit à attraper un vase et le brisa sur la tête de Marc-Antoine. Un tesson de porcelaine à la main, elle bondit sur Jean-Paul et lui donna un coup au visage, provoquant une longue estafilade sur la joue droite, du sourcil au menton. Il pissait le sang. De grosses gouttes rouges dégoulinaient sur sa chemise ouverte et sur son torse dénudé. Il fixait Morgan d'un air ébahi. Morgan profita de ce répit pour remonter son pantalon. Elle enfila sa veste, abandonnant son sous-pull et son soutien-gorge en lambeaux sur le tapis. Marc-Antoine réagit le premier.

— Il faut l'empêcher de se sauver ! beugla-t-il. Barre-lui la route !

Jean-Paul ne broncha pas et regarda d'un air éteint son sang qui tombait sur le tapis. Marc-Antoine courut jusqu'à la porte. Morgan brandit devant lui le morceau de porcelaine qu'elle tenait toujours à la main. Il la laissa passer. Cette fille venait de défigurer son frère, il n'avait pas envie de subir le même sort.

Arrivée dans la rue, Morgan tournoya sur elle-même comme si elle cherchait son chemin. Elle ne savait plus où elle était. Elle aperçut la digue de Port-Caïc sur sa droite, l'embarcadère de l'autre côté. Vite ! Marc-Antoine était déjà sorti de la maison, prêt à lui sauter dessus. Elle jeta un œil sur sa gauche et se mit à courir. Un peu plus loin, sur le quai des Français-Libres, elle ne vit même pas Liam qui, les bras levés, lui faisait de grands signes. Il s'étonna de la voir détaler comme si elle avait le diable aux trousses. Elle bouscula quelques promeneurs, faillit même faire tomber le père Pouzané qui tournicotait entre les touristes à l'affût d'une pièce ou d'un billet. Elle courut jusqu'à la rue du Coq-Hardi et ne s'arrêta qu'une fois le verrou de la maison bouclé. Elle s'appuya un instant contre la porte de l'entrée pour reprendre son souffle. Le cauchemar ne s'évanouirait donc jamais…

Sa mère s'affairait dans la cuisine. Elle était incapable de lui parler, ni même d'affronter son regard. Pas maintenant. Elle s'enferma dans la salle de bains et se glissa sous la douche. Elle se savonna sans ménagement, se frotta le corps vigoureusement, comme pour arracher sa peau que ces deux hommes avaient salie. Elle resta longtemps sous le jet, oubliant que sur l'île, on économisait l'eau, mais elle devait épurer tout son être… Elle revit la face des deux brutes au-dessus d'elle et se mit à pleurer. Quand enfin elle sortit de la douche, elle jeta ce qui restait de ses vêtements à la poubelle, enfila un peignoir et monta dans sa chambre en sanglots. Elle ferma les volets et la fenêtre. Il était à peine 17 heures, le jour avait encore de belles heures devant lui en ce début d'avril ensoleillé, mais elle ne voulait plus voir cette lumière indécente qui appelait au renouveau et à la joie de vivre. Elle ne voulait plus se voir. Ni entendre les exclamations joyeuses des enfants dans la ruelle. Elle voulait se terrer. Mourir… Ce serait le seul moyen d'oublier.

17

— Attention !

Maëlys s'écarta juste à temps. Le sac de sel s'écrasa à dix centimètres de ses pieds, soulevant un énorme nuage de poussière.

— Oh, j'ai eu chaud ! dit-elle en s'essuyant le front avec un bout de son tee-shirt.

— Désolée, je n'ai pas fait gaffe. J'ai surtout présumé de mes forces. Je pensais pouvoir le décharger.

— Je t'avais dit de m'attendre. Je t'aurais donné un coup de main. Ça pèse cinquante kilos, ce truc.

Pétronille sauta du pick-up et frotta ses reins douloureux. Elle se pencha pour attraper deux coins du sac tandis que Maëlys saisissait les deux autres. Elles hurlèrent un « ho hisse » de concert et soulevèrent le sac pour le mettre dans la brouette.

— Allez ! À la réserve, et je suis tranquille pour six mois !

— J'espère davantage, maugréa Maëlys.

Elle accompagna Pétronille jusqu'à la maison et elles entreposèrent le sel dans le cagibi contigu à la cuisine, où toutes les provisions étaient rangées. Elles installèrent le sac sur une caisse de bois afin qu'il ne soit pas en contact avec le sol. Excités, les gamins piaillaient autour d'elles. Elles les chassèrent gentiment.

— As-tu révisé tes tables de multiplication, Fatoumata ? gronda Pétronille.

Le petit ange à la peau noire cria un « non » sonore, éclata de rire et partit rejoindre les autres en courant.

— C'est bon de les voir heureux, murmura Maëlys.

— Ils le sont, je crois. Je fais ce que je peux pour. Et j'ai l'impression que depuis que tu es là, ils le sont encore plus. Tu leur apportes un peu… d'exotisme ! Mais j'ai peur de ce qu'ils deviendront lorsqu'ils me quitteront. J'ai peur que la guérilla les rattrape ou que les djihadistes les enrôlent et qu'ils perdent cette liberté d'aller et venir, de vivre, tout simplement. C'est pour ça que je me bats. Je voudrais tant les préserver.

— Quoi qu'il advienne, tu auras fait ton maximum. On ne parviendra jamais à sauver tous les enfants soldats embrigadés par les groupes armés, même si de temps en temps on arrive à en récupérer un. Comme le petit Cheik que tu as soustrait aux griffes de son tortionnaire, cette ordure qui a abusé de lui…

— Cheik ne parle toujours pas. Il est traumatisé.

— Donne-lui le temps. Vous allez vous apprivoiser l'un et l'autre. Il ne tente plus de s'enfuir, c'est déjà un gros progrès.

— Tu as raison. Il faudrait que nous soyons cent, voire mille pour récupérer tous ces gamins. Entre les rebelles du Nord et les djihadistes, les mômes sont coincés. Surtout, ils sont incapables de se défendre. Et si certains sont enlevés, d'autres sont vendus par leur famille ou le responsable de leur école. C'est abominable.

— Tu oublies ceux qui rejoignent les groupes armés de leur propre chef, attirés par l'argent et par une vie qu'ils imaginent pleine d'aventures. Tout ce que nous pouvons faire, c'est leur prouver qu'ils se trompent. Que l'existence, la vraie, est ici. Que l'école et l'agriculture peuvent leur donner beaucoup mieux que traîner un fusil trop pesant pour eux. Que nous pouvons les conduire vers un monde d'adultes sans violence. Tout ça sans leur faire miroiter la richesse et la facilité.

Pétronille approuva, le dos courbé comme si le fardeau était trop lourd à porter. Il fallait avoir la foi pour secourir une dizaine d'âmes quand des centaines d'autres étaient en péril. Maëlys consulta sa montre et se mordit les lèvres. Elle aurait dû rapporter le pick-up depuis près d'une heure. Giacomo allait râler. Mais elle ne pouvait se résoudre à partir en abandonnant Pétronille à ses idées noires.

— Tu voulais qu'on déplace le baquet pour le bain des enfants. On y va ? proposa-t-elle pour divertir son amie.

— Une autre fois. Je t'ai déjà trop retardée.

Maëlys insista. Elles sortirent dans la cour, une sorte de patio où, hélas, le bassin était à sec et toutes les plantes et les fleurs crevées depuis longtemps. Maëlys avait vu des photos prises à cet endroit dix ans plus tôt, une oasis de verdure au cœur de l'orphelinat. Il n'y poussait plus que des broussailles aux branches noueuses et sèches. À la force des bras, les deux femmes amenèrent le baquet sous la fenêtre de la cuisine.

— Merci ! s'exclama Pétronille en ajustant son voile qui avait glissé. Ça sera plus commode pour le remplir ! J'en avais marre de porter les seaux d'eau. Un p'tit coup pour nous rafraîchir après l'effort ?

Maëlys approuva. Elle alla elle-même chercher une bouteille d'eau dans le vieux réfrigérateur. Elle remplit deux verres et en tendit un à son amie.

— Tchin !

— À la nôtre ! Ah, ce goût de Javel, je ne m'y ferai jamais !

— Il faut traiter l'eau, sinon…

— Je sais. Un jour, on dégustera un bon blanc, c'est promis, et on chantera des chansons paillardes en se roulant sous la table !

— Des chansons paillardes ? Tu n'y penses pas ? Dieu ne me le pardonnerait pas.

— Dieu te pardonne tout, je crois, il n'est pas très partial… Il t'excuse même d'avoir voulu m'assassiner avec ton sac de marchandise.

— C'est bon de te voir sourire et plaisanter ! Quand on s'est rencontrées, je me demandais si ça t'arriverait un jour. Je me disais que tu avais dû dérouiller pour être aussi méfiante et réservée.

Pétronille passa une main sur la tête de Maëlys qui répondit par un nouveau sourire. C'était vrai, elle avait souffert. Quand elle avait quitté Bamako, elle s'était demandé si elle n'avait pas commis une erreur en abandonnant le village où ses amis étaient restés. Peut-être s'était-elle emportée un peu trop vite contre Ethan… Elle n'aimait pas cette solitude imposée à son cœur et son corps. La chasteté lui pesait. Chaque parcelle de sa peau réclamait Ethan. Elle avait encore parfois une envie viscérale de lui. Elle aurait voulu sentir son sexe glisser entre ses jambes, s'ouvrir pour l'accueillir. La nuit, elle s'éveillait en nage et éperdue de désir. Un désir que ses mains et ses doigts ne parvenaient pas à rassasier. Insatisfaite, frustrée, elle était furieuse d'être ainsi soumise à des pulsions charnelles. Tant d'autres choses lui manquaient, ses conversations avec Ethan, la bienveillance de Silla, tous ces moments passés avec les amis de l'ONG et les villageois. Elle ne verrait pas les enfants grandir, elle ne verrait pas le riz pousser et les légumes du potager sortir de terre… À son arrivée à Gao, pendant deux semaines, elle avait été ravagée par le remords et les regrets. Ils s'étaient atténués au fil du temps et s'effaçaient lentement, comme une blessure se cicatrise. C'était surtout grâce à Pétronille.

Pétronille était la dernière sœur franciscaine présente à Gao. En 2013, quand les événements avaient pris mauvaise tournure dans la région, que la ville s'était trouvée encerclée par les rumeurs de la guerre et qu'on avait entendu les premières détonations, sa communauté avait déménagé vers Sikasso. Sœur Pétronille Bellac n'avait pas voulu fuir. Elle était restée pour s'occuper de l'orphelinat catholique, se doutant bien qu'elle aurait très vite de nouveaux petits pensionnaires à héberger puisque les combats faisaient un carnage parmi les civils. Elle ne s'était pas trompée. En quatre ans, elle avait recueilli une trentaine de gosses. Certains avaient eu la chance de retrouver un oncle, une tante ou un grand frère et étaient partis. Ce n'était pas le cas des onze enfants qui étaient restés à l'orphelinat. Pour eux, il n'y avait pas d'autre refuge possible. Ils étaient mieux auprès de la religieuse que dans la rue où ils seraient condamnés à la mendicité. Ou pire. Parmi ces enfants, il y avait un bébé qui n'avait pas six mois et un petit qui marchait à peine. Les autres avaient entre 2 et 12 ans. Pétronille était leur mère, leur institutrice, leur médecin. Elle n'avait pas d'autre choix que de se battre pour sauvegarder ce qui restait de l'établissement, aujourd'hui une bâtisse délabrée, situé non loin du fleuve à la sortie de la ville. Les gamins les plus grands lui donnaient un coup de main pour assurer le quotidien et entretenir les locaux, mais ce rafistolage ne suffisait pas. Le toit s'en allait par lambeaux. On avait remplacé les tuiles manquantes par des bouts de tôle, de bois ou de carton. La plupart des fenêtres n'avaient plus de carreaux. Les volets ne tenaient plus. Dans les dortoirs, le carrelage était abîmé et les sanitaires fuyaient. Sœur Pétronille avait posé des bassines sous les lavabos afin de récupérer l'eau et d'éviter une inondation permanente. Les lits des pensionnaires étaient défoncés, les matelas crevés, mais les draps étaient toujours d'une blancheur immaculée. Ils étaient changés chaque vendredi. Tous les enfants partaient alors faire la grande lessive avec Pétronille au bord du fleuve.

C'est là que Maëlys avait fait la connaissance de son amie, attirée par une horde de gamins qui, brosses à la main, frottaient le linge sous les ordres d'une sœur à l'allure pour le moins étonnante. Si elle portait encore le voile qui cachait ses cheveux et ne dévoilait que l'ovale de son visage, elle n'avait rien d'une religieuse avec sa chemise blanche rentrée dans son pantalon de treillis beige resserré aux chevilles et ses Dr. Martens noires dont le cuir était considérablement amoché. Sa voix tonitruante résonnait sur la berge du fleuve. Pétronille semblait avoir fort à faire pour tenir son petit monde, mais les enfants étaient obéissants et surtout joyeux. On savonnait les vêtements, les draps, les serviettes, sans oublier de s'arroser copieusement ! Maëlys en avait fait les frais. S'approchant du groupe, elle avait reçu une bassine d'eau sur la tête. Devant son air ahuri, le coupable s'était enfui en courant. Pétronille l'avait cueilli au vol, lui intimant de présenter ses excuses... Depuis cette rencontre mémorable, Maëlys accordait chaque jour un peu de son temps à Pétronille et aux enfants. L'orphelinat étant voisin de la ferme dans laquelle elle travaillait, elle se partageait entre ses activités dédiées à l'association humanitaire où elle avait la charge de développer le périmètre cultivé et l'irrigation, et la tribu de la sœur franciscaine.

— Il reste quelques courses à décharger ! On termine ? suggéra Maëlys en posant son verre dans le vieil évier dont l'émail avait sauté. Il faut que je rapporte le pick-up à son propriétaire.

Le véhicule appartenait à Giacomo Popoli, un photographe italien qui squattait une chambre à la ferme. Ce baroudeur arpentait la région depuis près de quatre ans, cherchant toujours à s'approcher des zones de combat pour saisir les images les plus spectaculaires. Il espérait ainsi réaliser *la* photo qui le rendrait riche et célèbre. Il vivotait pour l'instant, revendant sans état d'âme ses clichés à des chaînes de télé ou à des journaux qui publiaient les images les plus sanglantes pour faire monter l'Audimat ou doubler leurs tirages. Dès qu'il entendait parler d'une embuscade, d'une escarmouche, d'une explosion, il fonçait. Parfois, il était stoppé par un bataillon de soldats français qui l'empêchait de se rendre où il voulait. Pour éviter ces barrages, il empruntait des chemins de brousse et franchissait les lignes ennemies, revenant de ses dangereuses escapades en exhibant fièrement ses clichés. Maëlys détestait Giacomo Popoli. D'emblée, elle l'avait trouvé suffisant, arrogant, dégoulinant de condescendance. Mais il lui avait fallu composer avec lui. Il était l'ami d'un des membres de l'association humanitaire auprès de laquelle l'IRD avait détaché Maëlys pour quelques mois. Surtout, il était le propriétaire du pick-up ! Une vieille Ford d'une solidité comme il n'en existait plus. La jeune femme en avait besoin pour venir en aide à Pétronille, alors elle faisait abstraction de la puanteur intellectuelle du bonhomme et se bouchait les oreilles pour ne pas l'entendre se vanter de ses exploits.

— Oui, déchargeons le reste des courses, acquiesça Pétronille.

Elles firent un nouveau voyage avec une brouette remplie de sacs de riz, de mangues et d'œufs.

— Je vais me débrouiller pour te trouver des poules, annonça Maëlys alors qu'elles rangeaient les provisions. Tu auras ainsi des œufs frais tous les jours, ça te reviendra moins cher que de les acheter. Les poules mangent les déchets ménagers, notamment les épluchures. Avec un petit peu de grain, ce sera parfait. Je demanderai un coup de main à Hassane et Abdou pour faire un enclos. Ils sont assez grands pour ce boulot.

Pétronille leva des yeux pleins de gratitude vers Maëlys. Elle était fatiguée, ces dernières années avaient été les plus éprouvantes de son existence, mais Dieu lui avait envoyé Maëlys. Une jeune femme tonique dont l'humanité et la bienveillance naturelles, sans pitié déplacée, la réconfortaient et la rassuraient quand les doutes la taraudaient. Oui, elle avait fait le bon choix en restant à Gao. Oui, Dieu avait été bon d'avoir placé Maëlys sur son chemin.

— Des poules ? Ce serait merveilleux ! Mais je n'ai pas d'argent pour les payer.

— Qui t'a parlé de les payer ? Je te dégoterai quelques pondeuses, ne t'inquiète pas pour le reste. Je vais aussi retourner un lopin de terre derrière la cuisine pour y faire un potager. Salades, melons, tomates, haricots… Avec le chemin, on a un accès direct au fleuve d'où on pourra apporter de l'eau et arroser. Les enfants se chargeront de cette corvée. Il faut que vous soyez le plus possible autosuffisants afin que tu n'aies pas à compter tes pièces en te demandant comment tu vas nourrir ta troupe. Je vais aussi planter un manguier. Ça pousse tout seul, ici !

Pétronille posa un pouce sur le front de Maëlys et y traça le signe de la croix.

— Tu penses que tu pourrais aussi me trouver un peu de lait ? murmura-t-elle. C'est pour les plus petits. Ça m'ennuie de les priver de produits laitiers. Manquer de calcium à cet âge, ça ne fera pas des adultes costauds.

— Je t'en amène demain, d'accord ? Là, il faut que je rapporte le pick-up à l'autre pignouf sinon il va me faire une scène !

Pétronille hocha la tête en souriant. Elle aussi n'appréciait pas beaucoup l'Italien. Maëlys grimpa dans le véhicule, agita un bras pour saluer Issouf et Amadou qui lui faisaient de grands signes en guise d'au revoir. Il lui fallut dix minutes pour parcourir le kilomètre de piste qui séparait l'orphelinat de la ferme. La piste était parsemée de pierres, elle roulait au pas. Ce n'était pas le moment d'exploser un pneu ou le réservoir. Elle évitait les nids de poule, de véritables ornières auxquelles le châssis de la camionnette n'aurait pas résisté si elle était passée à pleine vitesse. Quand elle parvint dans la cour, Giacomo l'attendait, assis sur un bidon d'essence.

— Putain ! T'étais partie faire le tour du monde ou quoi ? rugit-il en arrachant la clé des mains de Maëlys.

— Je suis désolée, fit-elle en contenant sa colère. J'avais deux ou trois bricoles à faire pour Pétronille.

— Tu m'avais dit : « les courses et je rentre ! »

— On est allées acheter le sel et tout le reste des provisions, puis j'ai traîné avec les enfants. Navrée, vraiment. Je veillerai à être à l'heure la prochaine fois.

Elle soupira de soulagement. L'Italien ne lui avait pas signifié qu'il n'y aurait pas de « prochaine fois » ! Elle se dirigea vers sa chambre au rez-de-chaussée de la ferme. Le photographe la poursuivit de ses reproches jusqu'à la porte.

— Je croyais que tu étais pressé ! lâcha-t-elle.

Elle serra les dents. Elle aurait mieux fait de se taire plutôt que d'essayer de se justifier. Mais si elle se mettait l'Italien à dos, il ne lui prêterait plus le pick-up. Giacomo ignora le sarcasme, alluma une cigarette, faisant claquer un joli briquet qui avait dû lui coûter les yeux de la tête, puis replaça une mèche de cheveux sur son front. Il ne ménageait pas ses efforts pour se donner des allures de beau gosse, et il était loin d'être laid.

— Je te donne tout de suite de l'argent pour ton plein de carburant, dit-elle en sortant des billets d'une poche de sa chemise.

— Laisse tomber, c'est cadeau.

Elle insista, soucieuse de ne rien lui devoir.

— Ça te dirait d'aller dîner chez Koundji Do ?

Ainsi, il lui proposait d'aller manger en ville avec lui… Quel présomptueux ! pensa Maëlys. Il la regardait d'un air gourmand. Sans doute devait-il imaginer qu'elle serait un excellent dessert après les brochettes et le mil… Paradoxalement, Giacomo attirait la jeune femme. Silhouette élancée, chevelure de jais, peau mate légèrement cuivrée par le soleil, il était beau garçon. Toujours propre, soigné, discrètement parfumé, c'est sûr qu'il ne manquait pas de charme et devait faire chavirer bien des cœurs. Maëlys devait parfois se faire violence pour ne pas céder à ses avances. Pourtant, elle n'aimait pas les hommes tels que Giacomo, sûrs d'eux et méprisants, mais elle avait tellement envie d'un corps contre le sien. Elle s'en voulut d'avoir de telles pensées, ce n'était pas le moment de se fourvoyer en conjectures sexuelles et en tergiversations inutiles.

— Un autre jour, peut-être. Je suis sale, fatiguée. Je vais me doucher, avaler un bol de riz, et au lit ! À demain.

Les deux derniers mots restèrent coincés dans sa gorge. Elle regrettait déjà son refus. Elle s'enferma dans sa chambre, sentit ses seins qui pointaient sous son soutien-gorge et son sexe humide de désir. Elle maudit cette fierté débile qui l'avait empêchée de s'offrir un moment d'égarement.

18

— Sans engrais chimique, ça ne poussera pas !

Maëlys se retourna vers Abdou. Il avait la mine renfrognée et semblait découragé.

— Si ! Tu vas voir ! Tu n'as pas idée des surprises que la terre peut réserver. Dans cette région, les sols sont arides et fragiles. Utiliser des intrants chimiques les rend encore plus vulnérables qu'ils ne le sont déjà. Il faut développer la production de compost. Avec ce produit naturel, vous enrichirez le sol et obtiendrez de belles récoltes. Tu me fais confiance ?

Il acquiesça, mais elle sentit qu'il n'était pas convaincu. Depuis qu'elle travaillait dans cette ferme, Maëlys avait fort à faire. Il fallait développer le maraîchage et la culture de céréales, donc préparer le terroir, ce qui n'était pas une mince affaire avec des adolescents à qui elle devait sans cesse répéter que seule cette solution pourrait assurer leur survie et le développement de la région. Elle se heurtait souvent à leurs préjugés. Des préjugés importés d'Occident qui valorisaient une agriculture mécanisée, utilisant des produits chimiques pour engraisser les champs et les protéger des insectes.

— Tu sais, en Europe on privilégie de plus en plus la culture bio. Pour avoir des légumes qui ont un bon goût et surtout pour préserver la santé. Dans les campagnes, les paysans changent petit à petit leur façon de mettre en valeur les terres.

—Nous, ce qu'on veut, c'est ne plus avoir faim. Vous, les Français, vous ne savez pas ce que c'est que d'avoir un ventre vide. Vous avez de l'argent. Vos préoccupations ne tournent pas autour d'un bol de riz. Vous achetez des maisons, des voitures, des vêtements, des télévisons, des téléphones, des ordinateurs... Tandis que nous, chaque jour c'est la même question qui revient : comment gagner quelques pièces pour nourrir la famille ?

Maëlys déglutit. Ce n'était plus seulement une divergence d'opinion, mais l'aveu d'un profond ressentiment à son égard, à la limite de la haine. Elle baissa la tête, cherchant la réponse qu'elle allait bien pouvoir donner à l'adolescent. Abdou avait tort et raison à la fois. Elle lui expliqua que les gens ne mangeaient pas tous à leur faim en France, que la pauvreté existait aussi dans son pays et que certaines familles n'avaient même pas de toit.

—Mais je suis d'accord avec toi, conclut-elle, votre situation est bien pire. C'est pourquoi je suis là, pour partager avec vous ce que j'ai appris à l'université. Oh, je ne suis pas un génie, mais j'espère que mon savoir-faire, si modeste soit-il, vous permettra de mieux vous alimenter et à l'avenir de dégager un excédent de production que vous pourrez vendre afin de gagner quelques billets et d'améliorer le quotidien. Un progrès en amène un autre, tu sais...

Elle se tut, espérant l'avoir amadoué. Abdou était têtu. Elle l'avait déjà noté un jour où elle donnait un cours sur la nécessité de trier les déchets et de récupérer certaines ordures ménagères afin d'en faire du compost. Il l'avait systématiquement contredite alors qu'il n'y avait rien à discuter, rejetant ses propositions à coups d'arguments qu'elle aurait pu briser en deux mots. Elle s'était bien gardée de le faire. Abdou était parmi les jeunes les plus fragiles. Il avait déjà tenté de rejoindre un groupe de rebelles et il avait fallu toute la force de persuasion de son père pour qu'il accepte de venir travailler à la ferme. Maëlys devait sans arrêt négocier avec lui. Elle y laissait du temps et de l'énergie, mais elle n'avait pas le choix si elle voulait apprendre à ces adolescents à travailler la terre. Si elle l'avait pu, elle leur aurait hurlé qu'il y avait plus à gagner à cultiver son jardin, comme l'avait écrit Voltaire, qu'à jouer à la guerre une Kalachnikov en bandoulière sur la poitrine. Elle se retint une fois encore d'exprimer le fond de sa pensée. Elle n'était pas là pour faire un cours de philosophie sur la liberté et la tolérance, même si ça la démangeait. Elle aurait aimé sortir ce jeune homme de cet obscurantisme qu'elle percevait en lui, mais elle n'en avait pas le droit. Elle avait une mission à mener à son terme et il ne fallait pas quitter les clous.

Elle se tourna vers le reste du groupe, consciente que son échange avec Abdou avait été suivi de près par les autres. Elle devait user de diplomatie mais aussi asseoir sa position, l'avait avertie le responsable de la ferme, le frère du directeur de l'organisation humanitaire qui finançait le projet. C'est elle qui dirigeait les travaux, personne ne devait contester ses décisions. Son rôle était d'autant plus délicat qu'elle était une femme. Ces jeunes garçons balançaient entre tradition et islam radical, se retrouver sous son autorité était inconcevable pour certains. Qu'une femme les regarde dans les yeux était à la limite du supportable. Qu'elle s'habille comme un homme et porte des pantalons était inadmissible. Qu'elle montre ses cheveux impensable. Maëlys était en lutte permanente avec plusieurs jeunes à la ferme. Une bataille sourde faite de coups d'œil mauvais qu'elle ne voulait pas voir et d'insultes qu'elle ne voulait pas entendre. Une sorte de guerre d'usure dont elle espérait sortir victorieuse, avec notamment le soutien de ceux qui n'avaient pas été happés par l'idéologie sexiste véhiculée par l'islam radical, heureusement majoritaires dans le groupe dont elle avait la charge. Elle travaillait sans faiblir, une main de fer dans un gant de velours… Il y avait une chose dont elle ne doutait pas, c'était son obligation de réussir. La réussite force le respect.

— Je propose que nous retournions la terre afin de l'aérer, dit-elle en s'emparant d'une bêche, puis nous creuserons des micro-cuvettes pour y concentrer l'eau et la fumure, ou le compost quand nous en aurons assez. Cette méthode porte un nom que vous connaissez tous, la culture en zaï. Vous avez sûrement déjà vu vos anciens la pratiquer.

Elle se tut, mesurant son effet. Faire appel à la tradition et au savoir-faire des ancêtres était bien perçu en Afrique. Le « Vieux », nom affectueux que l'on donne au plus âgé de la famille en signe de respect, est vénéré et écouté pour la somme des connaissances qu'il a emmagasinées durant son existence. Elle constata avec plaisir que plusieurs garçons s'étaient emparés d'une bêche pour l'imiter, aussitôt suivis par deux jeunes femmes qui venaient d'intégrer le groupe. Ne restait que trois réfractaires. Maëlys se baissa, ramassa un outil et le tendit à Abdou.

— Tu es plein de force, le complimenta-t-elle. Aide-nous, s'il te plaît.

Il obtempéra puisqu'elle le priait. La jeune femme se garda de manifester sa satisfaction devant lui pour ne pas le blesser. En moins de trois heures, la parcelle fut retournée. Les jeunes cassèrent ensuite les blocs de terre séchée et les égalisèrent à coups de râteau. Tous peinaient à la tâche, la sueur avait plaqué les cheveux sous les chapeaux et dégoulinait sur les visages, brouillant la vue. Quand le lopin eut pris l'allure d'un champ, ils creusèrent les cuvettes à l'aide de dabas, des pioches au manche court et courbé. Il fallait s'accroupir et se relever sans cesse. Un boulot à se broyer les os. À midi, la chaleur était devenue trop écrasante et Maëlys décréta qu'il était l'heure de la pause. Elle les réunit tous dans le hangar, à l'abri du soleil.

— Vous avez fait du bon travail ! les félicita-t-elle avec sincérité. On a bien avancé. Si on s'y remet demain matin, on devrait avoir terminé de préparer les zaï en fin de journée. Traditionnellement, ces micro-cuvettes sont utilisées pour cultiver les céréales, le sorgho par exemple. Comme la ferme ne dispose pas d'assez de terrains pour des projets trop ambitieux, je vous propose donc de couper notre lopin de terre en deux. Un terroir pour la céréaliculture, l'autre pour le maraîchage. Les micro-bassins seront réservés au mil ou aux légumes. L'important est que tout soit prêt avant la saison des pluies. Même si nous avons la chance de disposer de l'eau du Niger, nous serons bien contents de pouvoir profiter de l'humidité. Ne pas perdre l'eau, elle est si précieuse...

Elle se tut, consulta sa montre et libéra ses « élèves ». Elle regagna son bureau, un réduit aménagé à côté de la cuisine-réfectoire où quelques tables avaient été installées pour gérer la paperasserie. Elle s'empara du cahier de bord et y nota les travaux de la matinée. Le document était à la disposition de tous. On pouvait s'informer de l'avancement du projet et y noter des doléances. Chaque soir, après le bilan de la journée, le responsable de la mission ajoutait dans le cahier ses propres remarques ou y inscrivait des demandes particulières, voire des idées échangées. On ne pouvait se fier au seul outil informatique. L'électricité n'était pas fournie de manière continue et Internet subissait de nombreuses coupures. Le papier et le crayon restaient les deux moyens les plus sûrs de rassembler et communiquer les informations au sein de la ferme.

Dans la case qui lui était réservée, Maëlys ajouta : « *Commande des semences à faire. Voir le comptable. Planter des haies, si possible des arbres autour du champ pour maintenir l'humidité. Y a-t-il un budget de prévu pour cela ? Voir le comptable. Installer des ruches. Est-ce envisageable ? Voir le comptable.* » Elle eut une mimique amusée. L'intendant de la ferme dirait encore qu'elle était exigeante ! Elle repoussa le cahier et resta un instant à rêver, le stylo coincé entre les dents. Ici, les Bambaras, comme d'autres ethnies ailleurs, avaient depuis longtemps démontré leurs aptitudes pour l'apiculture. Pour que la production de miel soit valorisée, il suffirait de quelques ruches munies de cadres amovibles pour remplacer les traditionnels casiers en paille ou en terre d'où il n'était pas aisé d'extraire la cire, le miel, la propolis et la gelée royale. Elle cogitait, échafaudant son projet, et n'entendit pas la porte s'ouvrir derrière elle.

— *Estan echando una siesta ?*

Elle sursauta, se retourna et bondit.

— Arturo ! Comme je suis heureuse de vous voir !

— Et moi, donc !

Il écarta les bras, l'accueillit contre lui et se laissa donner deux grosses bises sur chaque joue. Soudain gênée, la jeune femme se recula. Elle était couverte de terre et de poussière, elle avait transpiré comme un bœuf alors que son visiteur portait un superbe polo blanc sur un jean impeccable.

— Vous êtes toujours aussi jolie ! sourit-il. Comment allez-vous ?

Elle ignora la question et retourna l'interrogatoire. Qu'est-ce ce qui l'amenait au Mali ?

— Ah, petite curieuse ! s'exclama-t-il. Je suis venu pour vous. Il y a trop longtemps que je n'ai pas eu le plaisir de vous contempler.

Elle rougit sous la couche de saleté qui lui couvrait le visage et se félicita qu'il ne puisse pas le deviner. Il était toujours débordant d'énergie, et délicieusement beau. Elle calcula son âge. Il lui sembla se souvenir qu'ils n'avaient pas tout à fait vingt ans d'écart. Arturo devait donc approcher de la cinquantaine. Malgré le temps, il avait conservé un corps svelte et n'avait pas perdu ses cheveux. C'est tout juste s'ils grisonnaient sur les tempes. Son visage était marqué par quelques rides près des yeux mais sa peau était ferme, ses traits bien dessinés. Surtout, il avait conservé ce regard sombre, pétillant et malicieux qui l'avait tant séduite lors de leur première rencontre.

— L'examen est fini ? s'enquit-il alors qu'elle le détaillait.

Elle sentit une nouvelle fois le feu empourprer ses joues et lui tendit une chaise pour retrouver sa contenance.

— Je ne vous fais pas languir plus longtemps. Voici les raisons de ma visite, lâcha-t-il. Comme je vous l'ai dit dans mon mail il y a plusieurs semaines, j'ai effectué tout un périple en Afrique de l'Est. J'ai parcouru la Somalie, le Soudan, l'Éthiopie, et j'y ai vu partout la même désolation. Les crises politiques, cumulées à la sécheresse, sont en train de décimer les populations. Affrontements, trois années sans pluie, vous pouvez imaginer… Bien que l'ONU ait mis en route un programme d'envergure pour nourrir les ventres vides, on n'évitera pas la catastrophe. Près de vingt millions de personnes sont en danger de mort. Plus rien ne pousse dans les champs qu'on ne distingue même plus des étendues désertiques, les greniers sont vides, il ne traîne pas un grain de céréale. Sur place, je n'ai vu que des troupeaux décharnés, j'ai croisé des gosses qui n'ont même plus la force de crier qu'ils ont faim. Et si vous baissez les yeux pour ne pas croiser leurs regards sans vie tant c'est insoutenable, c'est pour voir d'autres mômes qui gisent à terre parce qu'il n'ont plus la force de se lever et attendent que cesse leur calvaire, que la nuit les emporte pour toujours. À cet âge, j'étais insouciant, je riais, je jouais… Eux n'ont droit à rien, pas même à une seconde de légèreté.

Arturo baissa la tête pour cacher ses yeux embués de larmes. Maëlys ne l'avait jamais vu aussi sérieux, aussi triste, aussi désabusé. Que lui dire ? Comment éviter les platitudes après une telle confession ? Comment le sortir du découragement ? Arturo lui épargna la réponse.

— Je n'étais pas venu pour me plaindre, reprit-il en reniflant. Voyez-vous, je voudrais qu'on mette en place une stratégie pour coincer tous les corrompus de ces pays, des prédateurs qui prennent les peuples en otage, utilisent la famine comme moyen de pression pour asseoir leur domination sur les populations pauvres. Je sais, mon vœu est utopique, cependant, je reste persuadé qu'il faut d'abord régler la question politique, assainir les gouvernements africains avant de songer à lutter contre la sécheresse. Je le dirai à New-York la semaine prochaine quand je ferai mon rapport à la tribune de l'ONU. Quoi qu'il en soit, pour le moment, je vais tenter de mener jusqu'au bout ma mission en essayant de limiter les dégâts. L'expression est ignoble s'agissant de gens qui meurent de faim. Accessoirement, je pourrais aussi prier le ciel pour que la pluie tombe, mais avril se termine et on ne voit toujours rien venir.

— Si vous êtes venu jusqu'à moi, c'est que vous avez une idée derrière la tête. Mais je préfère vous prévenir, en ce qui concerne la pluie, je ne connais aucune danse cherokee capable de réaliser ce miracle…

Son air grave s'effaça et il retrouva le sourire.

— Je suis venu car j'avais vraiment envie de vous revoir ! N'Djamena-Gao, c'est un saut de puce en avion. C'était l'occasion ou jamais. Je suis rarement sur le terrain, trop souvent dans un bureau, à Rome ou ailleurs. Et pour ce qui est de faire appel à vos compétences, j'aurais pu le faire par mail.

— Dites-moi tout de même comment je pourrais vous aider.

Si la priorité était de livrer des vivres dans les pays touchés par la famine, Arturo pensait toujours à son idée de créer une cellule qui puisse intervenir autrement que dans l'urgence. La FAO en avait la capacité financière. Il songeait à réunir des spécialistes en agriculture vivrière et raisonnée en milieu aride, des agronomes capables de réaliser des aménagements hydrauliques à taille humaine pour irriguer les champs. Des gens de terrain. Il ne voulait ni bureaucrates ni projets pharaoniques. Si la mission convenait à Maëlys, il contacterait l'IRD pour obtenir son détachement sur deux ou trois ans.

— Le problème, conclut-il, c'est qu'il faut du temps pour mettre la machine en marche. Des mois, voire une année... Vous allez devoir patienter. Or il me semble que vous étiez pressée de quitter l'IRD. Que s'est-il passé avec vos collègues ?

Maëlys baissa la tête. Elle n'avait pas envie de répondre à cette question. Elle ne voulait pas évoquer Ethan. Elle s'était montrée inconséquente, elle avait fui son poste pour une querelle personnelle, parce que son amant lui avait menti. Elle n'avait pensé qu'à elle, pas au devenir du projet, ni à celui des villageois. Arturo insista.

— Un vilain caprice. Je ne suis pas fière de moi, murmura-t-elle.

— Mais un caprice motivé par de bonnes raisons, non ?

Elle haussa les épaules. Pourquoi remuer les souvenirs ? Elle voulait profiter de l'instant présent, du bonheur qu'elle éprouvait de retrouver Arturo. À la ferme, elle n'avait pas trouvé de véritable ami. Elle n'avait que Pétronille, à l'orphelinat voisin.

— Vous restez combien de temps ? demanda-t-elle. Je voudrais vous montrer mon travail et vous faire découvrir le coin.

— Je repars demain.

— Déjà ?

— Hélas, oui !

Sa déception n'était pas feinte. Maëlys déglutit et esquissa une grimace. Il la trouvait encore plus ravissante quand elle faisait la moue.

— Le responsable de la ferme a eu la gentillesse de mettre une chambre à ma disposition pour ce soir et de m'offrir le couvert. Nous pourrions dîner ensemble.

— Vous ne pouvez vraiment pas prolonger votre séjour de deux ou trois jours ? Le patron de la FAO ne vous accorde-t-il donc pas de vacances ? plaisanta-t-elle.

Il sourit. C'est vrai, il y avait bien longtemps qu'il n'avait pas pris de congés.

— Ce n'est pas prévu.

— Dommage…

— On m'attend à Rome, puis à New York. Il y a vingt millions de bouches à nourrir en urgence, n'oubliez pas. Je ne peux guère m'accorder de temps libre, vingt-quatre heures, c'est déjà beaucoup.

Argument imparable auquel Maëlys était incapable de répondre. Au risque de paraître maladroite, elle n'insista pas.

19

— Vous n'êtes pas allé au Nigeria alors ? demanda le directeur de la ferme.

— Non, répondit Arturo, reposant sa cuillère à côté de son assiette. Je suis attendu à New York. Je ne dispose pas d'assez de temps pour parcourir l'ensemble des États touchés par la famine. J'ai envoyé quelqu'un sur place pour nous faire un rapport fiable.

Il attrapa la carafe d'eau et remplit son verre. Assise à sa droite, Maëlys n'avait pas dit trois mots depuis le début du repas. Que lui arrivait-il ? Ils avaient passé l'après-midi ensemble, elle s'était montrée gaie, volubile. Elle lui avait présenté le groupe de jeunes dont elle avait la charge et montré les travaux en cours, elle avait parlé avec enthousiasme de ses projets. Il lui avait dit en plaisantant qu'il serait désormais incollable en culture zaï et en apiculture. En fin de journée, il l'avait accompagnée à l'orphelinat où il avait fait la connaissance de Pétronille. Maëlys avait apporté cinq packs de lait à la religieuse qui avait sauté de joie en la pressant de questions. Comment se les était-elle procurés ? À quel prix ?

— Tombés du ciel ! lui avait répondu Maëlys. Ça ne devrait pas te surprendre, toi qui es croyante !

En riant, la sœur avait menacé son amie du châtiment divin. Puis elle avait engagé une longue conversation avec Arturo. Elle lui avait dit combien elle appréciait Maëlys, si disponible, généreuse et désintéressée, mais si têtue ! Il avait compris qu'une véritable amitié liait les deux femmes et s'était amusé à les écouter parler. L'une, ingénieur agronome, pétillait d'intelligence et maniait la pelle avec l'aisance d'un cantonnier. L'autre, femme d'église et missionnaire, coiffée d'un voile mais portant pantalon et chemise aux manches retroussées comme un paysan, s'occupait d'une ribambelle d'enfants dans une demeure en ruines de l'époque coloniale. Elle avait voué sa vie à Dieu mais était prête à tuer si jamais on s'en prenait à l'un de ses gosses. Il n'était pas étonné qu'elles s'accordent aussi bien. Toutes deux étaient des fonceuses, avec cette volonté et cette insouciance qui vous permettent d'arriver à tout. Elles formaient un tandem à la fois déconcertant et touchant.

Lorsqu'ils étaient revenus à la ferme pour le dîner, Arturo avait été happé par les membres de l'équipe dirigeante. Tout le monde voulait lui parler. Les questions fusaient depuis qu'ils étaient passés à table, c'est à peine s'il avait touché à son assiette.

— J'imagine que ce que vous avez vu en Somalie, au Soudan et en Éthiopie vous suffit pour dresser un constat réaliste du drame qui se prépare, reprit le responsable de la ferme.

— Hélas, oui, soupira Arturo. Le pire est à craindre, la catastrophe humanitaire est inévitable. Reste à espérer que nous pourrons…

— L'amoindrir ? La contrôler ?

— En quelque sorte, oui. Nous avons besoin de quatre milliards de dollars pour enrayer la famine dans les régions concernées. Un appel a été lancé à l'ensemble de la communauté internationale. Des ONG sont sur place. En Somalie, j'ai rencontré des médecins et des bénévoles d'Action contre la faim particulièrement inquiets. L'assèchement des points d'eau entraîne des mouvements de population importants. Les migrants vont vers des villages ou des villes où il y a encore de l'eau, mais pas en quantité suffisante. La ressource est limitée, la pression s'accentue. Dans le Nord du pays, c'est la désolation. Au bord des routes, des carcasses de bétail pourrissent sur des dizaines de kilomètres. Les organisations humanitaires ne peuvent pallier tout. Action contre la faim a ouvert plusieurs centres à Mogadiscio et traite la malnutrition aiguë des enfants de moins de 5 ans. Le nombre des admissions est en constante augmentation depuis des mois. L'état de santé des enfants qui arrivent dans ces centres est de plus en plus dégradé. Et il n'est pas question pour cette ONG de nourrir les plus âgés. Elle n'en a pas les moyens.

— Soigner les petits si les mères meurent, à quoi bon ? intervint Giacomo.

— Remarque pertinente, répondit Arturo au photographe. On aide d'abord les plus vulnérables. Il faut faire des choix, aussi terrible cela soit-il. Les familles somaliennes le font elles-mêmes de leur côté. Sauver tel enfant plutôt que tel autre. N'est-ce pas encore plus cornélien ? Action contre la faim n'oublie pas les femmes enceintes. Elles sont prioritaires.

— Bref, un carnage ! Et pour moi un bon reportage en perspective !

Arturo releva un sourcil étonné vers Giacomo et poussa une sorte de grognement traduisant son mécontentement. Sa fonction lui interdisait de voler dans les plumes du photographe, mais il n'aimait pas ces ordures qui gagnaient du fric sur la misère des autres.

— Cela mérite surtout la décence et le respect envers ceux qui ne pourront être secourus. Les médias ne m'intéressent que s'ils peuvent nous donner un coup de main, notamment en sensibilisant l'opinion publique. S'ils ne sont là que pour remuer la merde, une fosse à purin suffit.

Quelques gloussements moqueurs fusèrent autour de la table. Giacomo se renfrogna. Il s'était fait moucher en public. Touché dans son amour-propre, il repoussa son assiette et attrapa un fruit, tentant de se composer un air supérieur et indifférent.

— Souhaitons, reprit Arturo, que la communauté internationale prenne conscience des enjeux et apporte rapidement des réponses ! Si vous le permettez, ajouta-t-il en reculant sa chaise, je vous abandonne. La journée a été longue et je pars demain à l'aube. Vous m'accompagnez, Maëlys ?

Elle sursauta, surprise, se leva et le suivit.

— Je ne vous avais jamais vue aussi muette, chuchota-t-il en sortant du réfectoire.

— Quand je n'ai rien à dire, je me tais.

— Oh, on est d'humeur chafouine ?

— D'humeur cha quoi ?

— Chafouine ! Grognon, si vous voulez. Vous ne connaissez pas ce mot de la langue française ?

Il éclata de rire devant sa mine boudeuse. Ils traversèrent la cour et se dirigèrent vers le fleuve, éclairés par le faisceau d'une lampe torche et la lune étincelante dans le ciel étoilé. On distinguait plus loin les lumières du centre de Gao, seule partie de la ville à être éclairée et, à l'horizon, celles de l'aéroport et des campements militaires de la France et de l'ONU.

— Vous êtes telle que dans mon souvenir, poursuivit-il. Une gosse brillante qui s'enflamme quand tout lui va. Mais une môme butée qui ronchonne dès que quelque chose lui déplaît.

— Et vous, vous aimez qu'on vous passe de la pommade ! Vous auriez dû vous voir ce soir. Un roi et ses courtisans ! Le numéro deux de la FAO en visite à la ferme de Gao, au centre des conversations ! Je n'aurais pas été là, vous ne l'auriez même pas remarqué. Aux oubliettes, Maëlys !

— Ah, nous y voilà ! Jalouse, vous êtes jalouse !

— N'importe quoi ! Je voulais… Oh, et puis merde ! Je ne voulais rien d'autre que bavarder avec vous.

— Dommage que vous ayez zappé la discussion, vous auriez eu votre mot à dire. Mais ça me chagrine que vous imaginiez que j'ai pu vous oublier, j'en suis désolé. Allons, ne boudez plus, petite fille !

— Cessez de me prendre pour une gamine ! J'ai 30 ans, et il y a belle lurette que je me débrouille toute seule.

— Ça, je le sais. Ne faites pas la gueule ! Ce soir, je me devais tout de même d'être poli et de répondre à chacun.

— Vous avez raison, la politesse est l'apanage des rois. Je vous souhaite une belle nuit.

Elle tourna les talons et planta Arturo au milieu du chemin, à une centaine de mètres du fleuve, en contrebas d'une légère pente. Déconcerté par son attitude, il resta sans bouger à contempler le large ruban noir sinuant sous le ciel étoilé. Pris de remords, il fit brusquement demi-tour et rattrapa Maëlys au moment où elle allait entrer dans sa chambre. Une ampoule pendouillait sur le mur de la bâtisse, diffusant une lumière jaunâtre. C'était suffisant pour qu'il devine son visage.

— Qu'est-ce que j'ai raté ? demanda-t-il en agrippant son poignet. Je sens que j'ai loupé un truc avec vous, mais j'ignore quoi.

— Trop tard ! rugit-elle. À cette heure, les gosses filent au lit ! Je prends mon doudou et je vais au dodo.

— Arrêtez… Si je vous ai vexée, pardonnez-moi. Dites-moi ce qui vous blesse à ce point. Faisons la paix puisque nous serons amenés à travailler ensemble.

— C'est sans importance. Vous avez raison, je suis capricieuse. C'est à moi de vous présenter des excuses.

Il la fixa. Elle mentait, il l'avait contrariée.

— Ne perdons pas de temps, cessez de me raconter des salades. Je vous ai déplu et je veux savoir pourquoi.

Elle hésita, la gorge nouée. Elle ferma les paupières et songea à Ethan. Il n'avait pas été son premier amant, évidemment, mais son premier amour, oui. L'homme de sa vie ? Elle l'avait sans doute cru à un certain moment.

— Vous ne me déplaisez pas, murmura-t-elle. Je pensais que vous l'aviez compris. Vous me fascinez, et…

Elle approcha sa main et caressa sa joue. Il recula.

— Je pourrais presque être votre père !

— Vous ne l'êtes pas.

Elle accentua la pression de sa main sur sa nuque, le forçant à baisser la tête. Bouche entrouverte, elle le provoquait. Il ne broncha pas mais ne pouvait pas ignorer son souffle. Elle attrapa ses lèvres. Il fit une tentative de repli.

— Je suis bien trop vieux pour vous.

— Vous parlez trop, surtout. Chut…

Elle attira le Chilien dans sa chambre. Le faisceau de sa lampe torche laissa entrevoir un intérieur rudimentaire. Un petit lit, une table de chevet, un bureau, une chaise, des étagères sur lesquelles elle avait entassé vêtements, produits de toilette et livres. Devant la fenêtre sans carreau mais équipée d'une moustiquaire, elle avait punaisé un drap de bain qui faisait office de rideau. Il n'y avait qu'une seule prise dans la pièce, où elle avait branché le chargeur de son ordinateur. Elle le retira et le remplaça par une vieille lampe de chevet.

— Ambiance tamisée, sourit-elle. Bon, d'accord, c'est pas le *Ritz*.

Arturo ne se déridait pas, figé devant la porte. Elle le poussa sur le lit.

— C'est une bêtise, dit-il en s'asseyant.

— Certainement. Un péché, peut-être ? J'irai en confession chez Pétronille.

Elle lui ôta son polo, fit passer son tee-shirt par-dessus sa tête, dégrafa son soutien-gorge et se colla à lui. Peau contre peau.

— Profitons de cet instant, murmura-t-elle. Profitons de ce soir, parce que demain…

Il sut qu'elle avait raison et l'enlaça. Il n'y aurait pas de demain pour eux. Du moins pas ensemble. Leurs routes se sépareraient dès l'aube. Elle fit sauter les boutons de son jean, glissa une main sur son bas-ventre, perçut le sang qui affluait dans son sexe et frémit, réprimant son désir. Elle avait envie de le croquer comme de croquer la vie. Il y avait des mois qu'elle ne s'était pas sentie aussi détendue, autant dans sa tête que dans son corps. Arturo se décontracta, acheva de la déshabiller en la parcourant de caresses et de baisers. Il libéra ses cheveux qu'elle avait relevés en chignon et y enfouit son nez. Il respira la bergamote, la vanille, le jasmin, la rose et des notes orientales qui le saisirent aux tripes. Il prit le temps d'admirer sa silhouette, la finesse de la taille, la rondeur des hanches et des fesses, et puis cette cambrure si harmonieuse au niveau des reins. Toutes les formes qu'il n'avait fait que deviner jusqu'alors. Il empoigna ses seins et elle se pencha un peu plus en arrière. Il posa ses lèvres au creux de ses cuisses, excita son sexe à petits coups de langue, se délectant de l'entendre gémir. Il eut l'impression d'exister de nouveau. Après les journées terribles qu'il avait passées en Éthiopie, en Somalie et au Soudan, hanté par l'odeur de la mort, les visages décharnés des gosses se traînant au bord des routes car leurs jambes ne les portaient plus, il sentit à nouveau la vie et relégua les scènes d'horreur au plus profond de sa pensée. Maëlys était la vie, il n'y avait plus qu'elle, sa peau, son parfum et le goût de sa salive. Une vague d'ivresse le submergea. Il eut envie de la posséder entièrement. Il s'appliqua à lui donner du plaisir au point de songer qu'elle ne pourrait plus jamais faire l'amour sans penser à lui. Un instant, il pensa qu'elle avait déjà eu des amants, qu'elle en aurait d'autres, et il en fut chagriné. Une pointe de jalousie avait titillé son cœur, sa fierté d'homme, et il redoubla d'attention. Il la sentit frémir sous lui. Elle l'embrassa goulûment, il lui rendit ses baisers encore plus sauvagement. Leurs mains se joignirent, leurs doigts s'enlacèrent tandis que leurs corps ondulaient au même rythme. Lorsqu'elle cria, il put à son tour se laisser aller. Affalé sur sa poitrine, il entendait battre son cœur. Ils demeurèrent longtemps collés l'un à l'autre, à l'étroit dans le petit lit, dans la moiteur de la chambre.

Ils avaient dû s'endormir. Maëlys se retourna, le sexe d'Arturo se dressa de nouveau, gonflé par le désir. Depuis combien de temps n'avait-il pas fait l'amour ? La question l'amusa. Elle glissa ses mains entre ses jambes et ses caresses expertes le brûlèrent au plus profond de son intimité. Il l'immobilisa, attrapa ses poignets qu'il maintint au-dessus de sa tête et la pénétra encore une fois. Il allait et venait en elle, lentement d'abord, puis plus rapidement, ralentissait le rythme dès qu'il percevait que son souffle s'accélérait et qu'elle effleurait le plaisir, puis il la laissait redescendre de son nuage. Frustrée, elle le mordait et il recommençait le jeu, la dominant pour la conduire exactement où il voulait. Elle finit par le prier de la laisser jouir. Il se plia à sa requête avec délice. Quand son corps tressaillit, qu'elle cria, il poussa un long gémissement et s'abandonna en se répandant en elle. Dans la chambre à peine éclairée, il sourit.

Maëlys le poussa et se retrouva sur lui. Elle le regarda sans prononcer un seul mot. Il était encore plus beau que dans son souvenir. Du bout de son index, elle caressa son visage, redessina chacun de ses traits. Pour les ancrer dans sa mémoire. Pour que ses mains se rappellent la douceur de son regard, la rugosité d'une barbe naissante. Pour que ses yeux se souviennent du contour de ses lèvres, de ses ridules sous les yeux. Il se laissait faire, ne se lassant pas de la regarder, ému par son air sérieux et soucieux, bouleversé de percevoir chez elle une souffrance sur laquelle il ne pouvait mettre aucun nom. Il ne l'interrogea pas tandis qu'elle continuait à le parcourir de ses doigts. Ne pas briser le charme de l'instant. Même s'il ne savait rien d'elle. Même s'il était dévoré de questions. La femme qu'il tenait dans ses bras était à mille lieues de celle qu'il avait traitée comme une enfant tout à l'heure. Elle capta son regard fixé sur elle et cette inspection la gêna. Elle se pencha sur lui, l'embrassa, joua avec sa langue, faisant courir ses mains sur son ventre, s'arrêtant quelques secondes sur son sexe, s'éloignant de nouveau. Puis elle referma ses cuisses autour de lui et à son tour, elle lui fit l'amour. Il aurait voulu ne jamais s'échapper de cette douce prison.

Quand elle entendit au loin l'appel du muezzin pour la première prière du jour, Maëlys sut qu'Arturo n'allait pas tarder à s'en aller. Elle se força à ne plus y penser et ferma les yeux. Arturo se pencha sur elle pour l'embrasser, la caressa de la main en suivant la courbe de ses hanches, puis il se leva sans faire de bruit pour ne pas la réveiller. Il enfila ses vêtements, se retourna pour la regarder. Elle sommeillait, avait le visage détendu, comme épanoui. Il s'approcha du lit, glissa une main dans ses cheveux. Ils avaient la douceur de ceux d'un enfant. Mais c'était bien une femme qu'il avait tenue dans ses bras toute une nuit. Il n'avait pas rêvé. Une femme qui s'était offerte et lui avait fait l'amour sans tabou, d'une façon si naturelle qu'il n'y avait rien eu d'impudique. Il prit ses affaires et se dirigea vers la sortie. Lorsqu'il tourna la clé dans la serrure, il se demanda ce qu'il ferait si jamais elle s'éveillait. Le prierait-elle de rester ? Il déglutit et se sauva. Il ne voulait pas connaître la réponse…

Maëlys guetta le bruit de la porte et se redressa dès qu'il fut parti. Elle appuya son dos contre le mur rugueux et ferma les yeux. Vivante. Elle était vivante. Parce qu'elle avait aimé et qu'elle avait été aimée en retour. Elle sentait encore le poids du corps d'Arturo sur elle, les sensations merveilleuses qui l'avaient parcourue pendant ces heures volées au temps. Elle était enfin délivrée d'Ethan. Devait-elle regretter de ne pas avoir dit à Arturo qu'il était un amant fantastique et combien il l'avait rendue heureuse ? Ils n'avaient pas échangé un mot de toute la nuit. Elle l'avait voulu ainsi. Pas de questions. Faire l'amour sans promesse ni serment. Elle n'avait pas voulu savoir s'il était marié, si quelqu'un l'attendait quelque part. Demeurer libre. Choisir, et ne plus subir…

20

Margaret passa une main sur le front de Morgan, caressa sa joue. La jeune femme se rétracta immédiatement, rejeta ces doigts qui la touchaient et se recroquevilla au fond du lit. Ses yeux exorbités exprimaient un sentiment indicible. Peur ? Panique ? Folie ? L'Anglaise ravala ses larmes. Corentin lui donna une petite tape sur l'épaule. C'était tout ce qu'il parvenait à faire pour la consoler.

— Pourquoi tu ne m'as pas contactée avant ? J'étais morte d'inquiétude. Elle ne répondait plus au téléphone, ni à mes SMS, je savais que quelque chose n'allait pas. Je n'ai pas osé venir parce que ta mère… Si tu m'avais prévenue plus tôt, on n'en serait peut-être pas là. Pardon, je dis n'importe quoi. Oublie mes reproches, ils sont idiots. Le chagrin me fait perdre la tête. Que lui est-il arrivé ? Quelle est cette maladie ?

— Je suis désolé de t'avoir tenue à l'écart, s'excusa Corentin. On n'a pas pensé que c'était grave au début. Quand j'ai compris que je ne m'en sortirais pas tout seul, j'ai réussi à faire admettre à ma mère que Morgan avait sans doute besoin de ta présence.

Depuis plus d'un mois, la jeune femme n'était plus la même, ou plutôt elle n'était plus *elle-même*, expliqua Corentin à Margaret. Tout avait commencé un soir. Il rentrait de la pêche et sa mère semblait très soucieuse. Morgan était couchée, fiévreuse. Il était monté la voir. Elle tremblait, claquait des dents, était incapable de parler. Le médecin était passé le lendemain. Il semblait décontenancé et avait diagnostiqué une grippe à défaut d'autre chose.

— Au bout d'une semaine, la fièvre est tombée, dit Corentin. Nous étions soulagés. Morgan ne délirait plus mais elle dormait tout le temps. On la réveillait pour lui faire avaler une soupe, un yaourt... Dix jours se sont écoulés ainsi. On a préféré faire revenir le médecin.

Le praticien avait jugé Morgan affaiblie mais en voie de rémission. La grippe était mauvaise cette année, son corps avait lutté. Ainsi avait-il expliqué sa fatigue et son besoin de dormir. Mais les jours passaient et la convalescence se prolongeait anormalement. Le médecin avait alors prescrit, sur une très courte durée, un traitement destiné à sortir Morgan de sa léthargie, une de ces molécules que l'on donne aux patients souffrants de narcolepsie. Il fallait qu'elle ouvre l'œil. La pilule avait eu un certain effet, Morgan pouvait rester éveillée pendant quelques heures. Mais elle ne parlait pas et refusait de quitter sa chambre. Quand Corentin avait tenté de la lever pour l'emmener prendre l'air dans le jardin, elle s'était débattue comme un diable et il avait renoncé à la perturber davantage.

— Elle m'a laissé un sacré souvenir, dit-il en montrant les griffures sur son cou.

Margaret leva un sourcil étonné. Jamais son amie n'avait manifesté quelque violence que ce soit devant elle. Et cette brusque aphasie, comment l'expliquer ? Ce n'était pas Morgan. Ça ne lui ressemblait pas.

— Écoute, Corentin, chuchota-t-elle, je ne veux pas te vexer. Je sais que ta mère et toi avez fait de votre mieux pour Morgan, mais je crois qu'elle devrait voir quelqu'un d'autre que le médecin de l'île. Je veux bien admettre qu'elle a eu la grippe, bien que nous soyons en avril. Je veux bien admettre aussi que son épuisement est lié à cette maladie qui pompe toutes les défenses. Mais la perte de la parole, non. Ça n'a rien à voir. J'ai peur que ce soit plus grave qu'on ne le pense.

— Que doit-on faire ?

— Il faut l'emmener voir un spécialiste au CHU de Brest. Regarde-la. Si je tends la main vers elle, elle se replie dans son coin. Comme si j'allais lui faire du mal… On ne peut pas la laisser dans cet état.

Corentin ne répondit rien. Il avait voulu se convaincre que tout rentrerait très vite dans l'ordre, mais au fond de lui, il savait que Margaret n'avait pas tort. On ne perdait pas l'usage de la parole sans raison. La grippe n'en était pas une. Qu'était-il arrivé à sa sœur ? De quoi souffrait-elle ? Autant de questions qui restaient sans réponse. La meilleure solution était de consulter un professeur compétent. Mais il allait devoir en discuter avec sa mère. Il savait qu'elle repousserait toute initiative venant de Margaret. Elle ne l'avait accueillie qu'à contrecœur parce que Gwen et Corentin lui avaient rabâché que sa venue ne pouvait être que positive pour Morgan. Restait un second problème, et il était de taille : Morgan se laisserait-t-elle emmener à Brest et accepterait-elle d'être examinée par un spécialiste à l'hôpital ?

— Je n'en peux plus. Je vais faire un tour, déclara-t-il au bout d'un moment. Je reviens pour le dîner. Tu ne la quittes pas ?

— Je ne bouge pas d'un pouce, bien sûr.

Il avait envie d'aller boire un verre, d'oublier Morgan et tous les soucis, de retrouver ses copains, Frédéric Linguer en premier lieu. Le fils de Gwen était son meilleur pote. Auprès de lui, il pourrait vider son sac, hurler sa colère. Et même pleurer.

Margaret tenta à nouveau d'approcher sa main de celle de Morgan. La jeune femme se rétracta une fois de plus, son amie n'insista pas. L'amour de sa vie était comme un petit animal sauvage apeuré. Comment l'apprivoiser ? Ses yeux firent le tour de la pièce. Deux énormes bibliothèques remplies de livres occupaient tout un pan de mur. Certains étaient empilés devant ceux en rayon pour gagner de la place. Elle sourit, reconnaissant des titres qu'elles avaient achetés ensemble, d'autres qu'elle lui avait offerts. La lecture les avait rapprochées. Pourrait-elle encore être la magicienne de leur complicité ? Margaret se leva, parcourut les étagères et choisit deux livres. Elle ôta ses chaussures, s'installa sur le lit en veillant à ne pas toucher Morgan. Elle ouvrit l'un des ouvrages, *Orgueils et Préjugés*, de Jane Austen, et commença à le lire à haute voix.

Elle relevait parfois la tête et jetait un œil sur Morgan, espérant que ce grand classique de la littérature anglaise réveillerait sa mémoire, qu'elle se souviendrait de ce jour où elles en avaient lu des passages ensemble et où Morgan s'était moquée de ces jeunes femmes dont l'unique ambition était de faire un beau mariage, avant de saisir l'universalité de l'œuvre et de comprendre que ce roman entraînait le lecteur bien au-delà d'une simple histoire de mariage et d'alliances. Margaret lut pendant des heures. Lorsqu'elle s'arrêta, sa gorge était sèche et sa bouche déshydratée. Elle ferma le livre et le posa sur la couette, à proximité de la main de Morgan. Elle la regarda fixement, cherchant un signe de sa part, une réaction, si petite fût-elle. Peu avant le dîner, Liam vint toquer à la porte. Il passait chaque soir, s'asseyait un instant pour raconter à Morgan sa journée. Il l'informait de l'avancée de son manuscrit. Certains jours, il ne sortait pas et il restait à écrire des heures entières, enfermé dans sa petite chambre juste en dessous de celle de Morgan. Il repéra l'un des ouvrages qu'avait sélectionnés Margaret et le feuilleta.

— *L'Albatros*, Baudelaire… J'aime cet auteur, mais ses poèmes sont un peu trop subtils pour moi. Le vocabulaire me manque pour que je puisse saisir le sens de toutes les images. Cependant, j'aime la musique.

— La musique des mots…

— Oui, c'est ça, dit Liam en tendant le recueil à Margaret.

Elle en lut trois poèmes avant de refermer le livre en soupirant.

— Elle n'a toujours pas parlé ?

— Pas un mot. Rien.

— Elle me semble un peu plus détendue. Moins apeurée.

Il semblait ennuyé, n'osant pas poursuivre.

— Vous savez quelque chose ? l'interrogea Margaret. Vous savez ce qu'elle a ?

La question embarrassa l'Irlandais qui estimait que les problèmes de la famille ne le regardaient pas. En même temps, il était consterné de voir ce qui arrivait à Morgan. Il s'entendait bien avec elle. Quand il avait débarqué sur l'île, elle avait été son chaperon. Elle lui avait fait découvrir chaque ruelle, chaque maison de Sein, les petits chemins qui parcourent la lande sur la route du phare, le port, les pêcheurs... Elle lui avait aussi expliqué les marées et indiqué les endroits dangereux. Il se souvenait de sa première promenade à Kilaourou, ce petit morceau de terre couvert de rochers qui redevenait îlot à mi-marée. Elle n'avait pas voulu le laisser y aller seul. La plus grande prudence s'imposait. Elle lui avait aussi prêté des bouquins dans lesquels il avait puisé de nombreuses informations, et les premières fois où il s'était rendu à Audierne et à Douarnenez elle l'avait accompagné. Elle s'était montrée agréable et disponible. Il appréciait sa compagnie tout comme il appréciait d'être logé chez les Kersanton. S'il commençait à se mêler de leurs affaires, il risquait de se les mettre à dos. Mais il pouvait peut-être se confier à Margaret... Il hésita un instant, puis se lança.

— Le jour où elle est tombée malade, je l'ai vue sur le quai des Français-Libres. Elle courait comme si on la pourchassait.

— Quelqu'un la suivait ? bondit Margaret.

— Non. Je ne crois pas. Je lui ai fait signe, je l'ai appelée. Elle n'a rien entendu et a détalé comme un lapin.

— Pour échapper à qui ?

— Je n'en suis pas tout à fait sûr, mais il me semble qu'elle sortait de la maison des Saint-Luan.

Elle m'avait dit qu'elle avait l'intention d'aller les voir. Je lui avais recommandé d'être prudente. Sur le moment, j'ai pensé qu'elle leur avait finalement rendu visite et que ça s'était mal passé. Je n'en ai parlé à personne. Quand le médecin est venu la première fois, c'était pour la grippe. Enfin, c'est ce qu'il a pensé à ce moment-là, alors je n'ai pas fait le rapprochement. Ça m'est venu plus tard, lorsqu'elle s'est réveillée… et qu'elle ne communiquait plus. C'est une mauvaise famille, les Saint-Luan. Des gens bizarres. La mère comme les fils.

Il se tut. Les doigts de Morgan s'étaient rétractés sur le drap. C'était la première fois qu'il la voyait réagir. Le geste n'avait pas échappé à Margaret. Elle se pencha vers son amie.

— Que s'est-il passé, mon cœur ? Les Saint-Luan t'ont fait du mal ?

Morgan frémit et se replia sur elle-même. Elle avait les yeux hagards, serrait les lèvres.

— Il ne faut pas répéter ce que je viens de vous raconter, fit Liam. Les Kersanton détestent les Saint-Luan, et je ne crois pas qu'ils tolèreraient qu'un étranger s'occupe de leur querelle.

— Je sais qu'une haine tenace oppose les deux clans. Morgan m'en a parlé lors d'un de ses passages à Audierne. Elle semblait inquiète. J'ai minimisé les événements. Je voulais la rassurer.

Margaret s'en voulut de ne pas l'avoir écoutée sérieusement, et surtout de ne pas avoir mesuré le danger. Mais ce n'était plus le moment d'avoir des remords. Il fallait agir.

— On pourrait en causer avec Corentin et laisser Mme Kersanton à l'écart, suggéra-t-elle.

L'Irlandais approuva et se leva pour sortir. Yvonne venait de les appeler pour le dîner et il n'aimait pas la faire attendre. Margaret préféra rester au chevet de Morgan. Corentin lui apporta un plateau un peu plus tard dans la soirée.

Les jours suivants, Margaret demeura auprès de sa jeune amie. Elle passa des heures à lire à haute voix pour susciter l'intérêt de la malade. Morgan ne parlait toujours pas mais ne cachait plus ses mains et se les laissait caresser quand l'Anglaise y posait les siennes, glissant doucement ses doigts du poignet jusqu'au bout des ongles. Margaret n'osait pas aller plus loin, déposer un baiser sur son front ou sa bouche, bien qu'elle en fût dévorée d'envie. Et quand Yvonne montait s'asseoir au chevet de sa fille, Margaret s'effaçait car elle sentait que sa présence l'importunait. Elle descendait alors à la cuisine, ou au jardin si le temps le permettait.

Les tractations entre Corentin et Yvonne pour que Morgan soit emmenée à Brest furent compliquées, mais la mère de Morgan finit par se rendre à l'évidence : l'état de sa fille ne s'améliorait pas, il fallait l'hospitaliser. Le médecin de l'île leur facilita la tâche en organisant son transport avec l'hélicoptère de la Sécurité civile. On gagnerait du temps et on infligerait moins de stress à Morgan. Margaret l'accompagnerait et resterait auprès d'elle le temps de son séjour à l'hôpital. Avant de quitter l'île, l'Anglaise revint à la charge au sujet des Saint-Luan, se confiant à Corentin. Il haussa les épaules. Oui, c'étaient des emmerdeurs. Toujours à leur chercher des poux. Il n'y avait pas eu de nouvelle convocation de l'avocat, ni de nouvelle lettre anonyme. Rien depuis le soir où Liam s'était fait interpeller par l'un des fils en sortant du bar.

— Pourquoi Morgan serait-elle allée chez les Saint-Luan ? demanda Margaret. Liam pense l'avoir vue sortir de leur maison, comme par hasard le jour où elle est tombée malade.

— Liam se trompe. Elle me l'aurait dit. Elle n'avait aucune raison d'aller chez eux. Elle les déteste.

Margaret était partie avec cette réponse en tête. Elle la ruminait encore tandis qu'elle patientait dans le couloir de l'hôpital. On avait emmené Morgan pour des examens avant qu'elle ne soit vue par le psychiatre. Cette nouvelle attente la rongeait. Quand ce dernier l'invita enfin à le rejoindre dans son cabinet, elle soupira de soulagement. Mais l'apaisement fut de courte durée. Morgan souffrait d'un violent traumatisme, lui expliqua le médecin. L'origine de ses troubles restait inconnue. Elle refusait de parler, ce qui compliquait et ralentissait le processus de diagnostic. Elle était dans un état de stress post traumatique, ce qui laissait à penser qu'elle avait subi un choc ou des violences.

— Des violences ? sursauta Margaret.

— La violence n'est pas forcément physique. Elle peut être morale. Incompréhension, malveillance…

— Parce que nous sommes homosexuelles ?

— Je ne sais pas. Mais il ne faut pas écarter cette hypothèse. Elle a pu être victime de propos traumatisants. Ce qui est certain, c'est qu'elle est gravement perturbée. Il faudra du temps.

— Et si c'était une maltraitance physique ?

— Que voulez-vous dire ?

— Rien. Une idée comme ça. Je n'ai pas de preuve. Ce qui m'inquiète, c'est que j'aie autant de mal à l'approcher. Je ne peux même pas la toucher.

— Nous l'avons remarqué nous aussi. Les examens neurologiques ont été compliqués. Même les prises de sang. Maintenir son bras a été un exercice de rodéo. Je n'écarte pas votre théorie. Cependant, elle n'a aucune ecchymose, aucune marque qui pourrait laisser penser qu'elle a reçu des coups.

— C'était il y a plus d'un mois. Elle n'a pas quitté sa chambre depuis…

— Je dois établir une relation de confiance avec elle. Mais encore faudrait-il lever le blocage de la parole. Ça sera long, vous comprenez ? J'ai demandé à voir sa famille.

— Elle n'a plus que sa mère et son frère. Et une sœur, mais elle est en Afrique. Ils ont vécu beaucoup de drames. La mort du père il y a quelques mois, la perte de deux frères auparavant, dont le jumeau de Morgan. C'est extrêmement lourd à porter.

— Je parlerai de tout ça avec sa mère, ne vous inquiétez pas. Vous repartez ?

— J'ai pris une chambre en ville afin de pouvoir venir la voir chaque jour.

— Bien. Une dernière question, quels sont vos rapports avec la famille ?

— Je m'entends bien avec son frère. C'est plus compliqué avec la maman qui a du mal à m'accepter, mais c'est mieux qu'avant. Morgan et moi ne sommes plus obligées de nous cacher désormais.

Le psychiatre eut un sourire fatigué. Comme il était difficile de faire évoluer les mentalités !

Comme il était difficile aux parents d'homosexuels d'admettre qu'il était préférable de voir leur enfant heureux avec le partenaire de son choix plutôt que de le retrouver pendu au bout d'une corde, défenestré, empoisonné par une overdose de médicaments. Insultes, violences, discriminations et incompréhension familiale… Le taux de suicide était quatre fois plus élevé chez les homosexuels, en particulier chez les jeunes. Combien de fois avait-il vu dans son cabinet des pères brailler qu'ils n'avaient pas pu mettre au monde un « pédé » ? Ils ne se rendaient même pas compte que la simple utilisation de ce mot était un véritable coup de poignard pour celui qui l'entendait. Au XXIe siècle, l'homophobie faisait encore des ravages. Un mois plus tôt, il avait reçu dans son service un jeune homme dont les parents avaient fait appel à un prêtre pour exorciser le « Mal » lorsqu'ils avaient découvert que leur fils fréquentait un homme…

— Courage, dit le médecin en raccompagnant Margaret. Ne baissez pas les bras. C'est en vous qu'elle puisera ses forces.

21

Le sécateur à la main, Margaret trancha trois branches de lilas. Elle enfouit son nez dans les fleurs blanches.

— Les fleurs préférées de mon mari, murmura Yvonne derrière elle. Nous avons planté cet arbre il y a trente ans. Il était haut comme trois pommes et je me suis demandé s'il pousserait ou s'il allait crever. Ici, sur l'île, certaines variétés de plantes ne tiennent pas le choc. L'air marin ne doit pas leur plaire. Mais ce lilas a tenu. Il fleurit toujours très tard, beaucoup plus que sur le continent. Vous voyez, il nous a fallu attendre les derniers jours de mai pour assister à l'éclosion des boutons.

Margaret se retourna et sourit à la mère de Morgan. En un mois, leur relation avait changé. Yvonne ne voyait plus Margaret comme une ennemie, prenant même du plaisir à passer quelques moments avec elle. Elle avait compris que son amour pour Morgan était important et qu'il devait être préservé. Elle ne le discutait plus, même si au fond d'elle-même elle imaginait difficilement le côté intime et charnel de cette relation. Par respect pour Yvonne, pour ne pas la heurter ou la chagriner, les deux jeunes femmes veillaient à ne faire aucune démonstration d'affection en sa présence. Aucun geste qu'elle aurait pu trouver déplacé. Cette pudeur avait rassuré Yvonne qui commençait à admettre l'amour qui unissait ces deux êtres. Si Morgan trouvait le bonheur dans cette relation, c'était l'essentiel.

— Profitez de cette belle journée, dit-elle en regardant le ciel. La pluie va revenir et j'ai peur qu'elle s'installe pour longtemps. Juin sera pourri.

— Si la météo est mauvaise, je reprendrai les travaux d'aménagement de la chambre d'hôte. Les murs ne sont pas impeccables, je vais ajouter une couche de peinture. Je pense que Morgan a envie de s'y remettre elle aussi. Elle m'avait dit qu'elle voulait poncer les volets.

Yvonne approuva. Sa fille retrouvait goût à la vie. Depuis son retour à la maison, une semaine plus tôt, elle allait mieux. Elle avait retrouvé la parole, ne restait plus enfermée dans sa chambre et venait partager les repas avec les autres. En revanche, elle refusait encore de sortir dans la rue, d'aller marcher sur le quai ou de se promener sur l'île. Le psychiatre avait donné des consignes. Il ne fallait pas la brusquer, elle avait fait des progrès, la suite viendrait en son temps.

Cette évolution était l'œuvre conjointe du traitement reçu à l'hôpital et de toute l'attention que lui portait son entourage. Yvonne était particulièrement redevable à Margaret qui était venue rendre visite à Morgan tous les jours durant son hospitalisation. Alors quand sa fille avait quitté le CHU de Brest, c'est tout naturellement qu'elle lui avait proposé de venir s'installer sur l'île. Elle pourrait demeurer chez les Kersanton aussi longtemps que durerait la convalescence. L'Anglaise ne s'était pas fait prier. Elle pouvait bien s'accorder quelques semaines avant de retourner à Audierne. Elle rouvrirait sa boutique juste avant l'été. Avec l'afflux des touristes en juillet et août, elle savait qu'elle ferait un bon chiffre d'affaires et pourrait renflouer les comptes… Et si la vie reprenait son cours comme avant, Morgan viendrait la retrouver sur le continent. Chaque week-end, peut-être.

Pour le moment, elle profitait de son temps libre pour la dorloter et se rendre utile. Yvonne avait presque l'impression d'avoir une fille de plus à la maison. Même si elle se défendait d'avoir de l'affection pour l'Anglaise, elle l'appréciait de plus en plus, lui découvrant des qualités. Les deux femmes avaient beaucoup de points communs. Margaret avait fait de longues études littéraires, elle avait enseigné en Angleterre avant de devenir bouquiniste. Elle ne dénigrait pas non plus les travaux manuels. Elle avait ainsi entrepris de se lancer dans la confection de doubles-rideaux pour la chambre d'hôte. Elle avait récupéré chez Gwen plusieurs pièces de tissus multicolores qu'elle avait découpées en petits carrés de taille identique et assemblées en patchwork avant de coudre une doublure pour masquer les fils. Le résultat était étonnant. Et joli. Du coup, Yvonne avait eu envie de se remettre à la couture. Elle irait faire un tour au marché à Douarnenez, ou à Audierne, pour y acheter une toile de coton épaisse afin de recouvrir les coussins défraîchis des fauteuils du salon de jardin. Si elle recevait des touristes durant l'été, il fallait rendre la petite cour plus accueillante afin de leur donner le désir de s'y poser, comme de prendre le petit déjeuner à l'extérieur si la météo était clémente.

— Où puis-je trouver un vase pour le lilas ? demanda Margaret.

— J'en ai un qui fera l'affaire. Venez.

Elles rentrèrent dans la maison au moment où Morgan descendait l'escalier. Elle s'était habillée, coiffée. Seuls sa mine pâle et son visage un peu triste traduisaient encore l'enfermement des semaines passées.

— Je vais chez Gwen, annonça-t-elle.

— On t'accompagne, sourit Yvonne, heureuse de voir sa fille manifester le désir d'aller marcher et de voir du monde.

— Non, j'y vais seule.

— Seule ?

Morgan avait refusé de sortir depuis son retour de Brest, et voilà qu'elle décidait brusquement de se rendre chez Gwen. Les deux femmes s'étonnaient de cette soudaine décision mais n'osèrent rien dire. Peut-être Morgan aspirait-elle à se débrouiller seule. Le médecin avait dit de veiller sur elle, pas de la surprotéger.

Gwen fut tout aussi surprise quand elle ouvrit la porte et découvrit Morgan sur le seuil. Elles ne s'étaient pas revues depuis leur discussion houleuse où elles s'étaient quittées contrariées.

— Je présume que tu n'es pas venue là sans une bonne raison.

Devant l'air déterminé de Morgan, Gwen sentit qu'il était inutile de tourner autour du pot. Elle la fit entrer et Morgan la suivit jusqu'au salon. Gwen l'invita à s'asseoir dans le canapé tandis qu'elle s'installait dans le fauteuil lui faisant face.

— Je suis venue chercher la vérité, soupira Morgan. Cette vérité que tu n'as pas voulu me dire. Cette vérité que je suis allée réclamer chez les Saint-Luan.

— Tu es allée chez les Saint-Luan ? Quand ?

— Peu importe. Je t'écoute.

Gwen remua ses fesses comme si elle était mal assise, croisa et décroisa ses jambes en contemplant ses pieds. Aucune position ne semblait lui convenir. Morgan la dévisageait, le regard fixé sur une veine qui battait à son cou. Signe d'un affolement que Gwen peinait à dissimuler.

— Je dois te rafraîchir la mémoire ? susurra Morgan. Te rappeler que mon père a trompé ma mère alors qu'ils étaient jeunes mariés ?

Gwen se remit à gigoter sur son siège. Pourquoi fallait-il que ce soit elle qui lui parle de cette vieille histoire ? Mais qui d'autre aurait pu le faire sans travestir la réalité ? Yvonne, bien sûr. Elle respira un grand coup. Sa vieille amie avait assez souffert, elle avait droit à la paix.

— Ça remonte à plus de trente ans, lâcha Gwen, le regard perdu dans les méandres de sa mémoire. Ton père, ta mère et moi, on était les meilleurs amis du monde. On a fait les quatre cents coups sur l'île. On formait un véritable trio, auquel s'ajoutaient parfois deux ou trois copains. Nous étions inséparables, toujours d'accord. On se soutenait et on ne cafetait jamais quand l'un de nous faisait une bêtise. Car on a fait quelques vilaines farces ensemble, parfois dangereuses, mais ça se terminait toujours bien. Je crois que s'il y avait eu un pépin, nous aurions assumé tous les trois. Et puis un été, Marie-Françoise a débarqué sur l'île. Elle habitait à Concarneau, ses parents étaient des amis des Saint-Luan. Cette année-là, les Saint-Luan avaient invité toute la famille à venir passer des vacances dans leur résidence secondaire sur l'île, cette belle demeure que tu connais. Un héritage de famille à ce qu'il paraît. Eux aussi habitaient à Concarneau, mais ils s'installaient à Sein tout juillet-août. Nous, on ne savait pas ce que c'était les vacances. Avec nos pères pêcheurs, ça n'existait pas. Pour nous, l'été, c'était juste des semaines sans école. Alors on profitait à notre manière de notre morceau de terre. C'était la première fois qu'on voyait Marie-Françoise. Une jeune fille joliment habillée, parfumée, impeccablement coiffée, et dont les cheveux ne sentaient pas le poisson comme les nôtres... À l'époque, tu sais, le rationnement en eau était plus strict qu'aujourd'hui, alors le shampooing, c'était uniquement le samedi.

— Viens-en aux faits !

— Non, tu me demandes des explications, je te les donne ! Si tu veux comprendre, tu dois tout savoir. On avait 15 ans. On allait sur nos 16... Je crois que ton père a été retourné dès qu'il a vu Marie-Françoise. À côté d'elle, ta mère et moi étions transparentes, il nous avait toujours connues... On était comme ses frangines. Je crois qu'il n'avait même pas remarqué que nous devenions des jeunes filles, avec nos petits seins qui commençaient à pointer sous nos vieux chandails, ni que ta mère ne le regardait plus de la même façon... Marie-Françoise n'était pas moche. Pas jolie non plus... Elle était grande, svelte, avait une taille bien faite, mise en valeur par des vêtements à la mode qu'elle avait en quantité. Surtout, elle était nouvelle, ici, c'est aussi bête que cela. Différente de nous. Tu piges, ça ? Elle avait de longs cheveux blonds, toujours bien démêlés, tandis que nous, on ne ressemblait à rien parce que nos mères, très occupées, fauchaient nos tignasses à coup de ciseaux quand il y avait trop de nœuds. Marie-Françoise venait de la ville, elle n'était pas farouche. Je peux te dire qu'elle avait l'art et la manière d'hypnotiser les garçons avec ses moues suggestives et ses mimiques qu'elle n'arrêtait pas de faire avec sa bouche. Des tas de trucs dont ta mère et moi on n'avait même pas idée ! On traînait beaucoup à l'Ouest de l'île, vers le phare et la chaussée… On escaladait les rochers, on prenait souvent des gamelles et on éraflait nos coudes, nos genoux. Les filles comme les garçons. Pas Marie-Françoise. Elle tendait toujours sa main et demandait de l'aide. Ton père n'était pas peu fier de la servir. Je ne sais pas quand ça a commencé entre eux, ni comment. Mais un jour, c'était en août, on les a vus s'embrasser. Ta mère en a été meurtrie. Elle aimait ton père depuis toujours, en silence, et lui ne voyait rien. Elle a passé le reste des vacances chez elle et n'est pratiquement plus sortie. C'est à ce moment-là que je me suis rapprochée de Paul-Henri, mon futur mari. Il était un peu plus vieux que nous. Il avait déjà son propre bateau de pêche, son équipage. Il était gentil. À la fin de l'été, j'étais officiellement sa fiancée. Nos familles avaient prévu le mariage pour le printemps suivant. À la fin des vacances, Marie-Françoise est bien sûr repartie sur le continent. Nous aussi. On a repris le chemin du lycée. Ton père, qui avait pris 16 ans, n'a pas poursuivi ses études. Paul-Henri l'a embauché et il est devenu pêcheur comme les autres. À la Toussaint, les parents de Marie-Françoise sont revenus sur l'île. On a bien vu qu'il se passait des choses bizarres, mais on ignorait alors ce qui se tramait.

Gwen s'arrêta, envahie par une étrange sensation. Ce retour dans le passé était à la fois agréable et douloureux. Elle repassait le film de leur jeunesse aujourd'hui enfouie sous des années d'existence. Une jeunesse insouciante et heureuse, mais emplie de gravité. Et si courte. Elle se leva, fouilla dans le bahut et sortit une boîte en fer de galettes *La Trinitaine* dont la décoration était effacée par endroits. Elle l'ouvrit, en sortit un paquet de photos et le posa sur la table.

— Elles datent de cette époque. Tu devrais pouvoir nous reconnaître. Enfin, je crois. Tant d'années se sont écoulées…

Morgan saisit ces clichés d'un autre temps, les examina quelques secondes, repéra son père, sa mère, puis les reposa sur la table d'un air détaché.

— Si tu terminais ton histoire, Gwen, dit-elle d'un ton las.

— J'espérais te mettre la puce à l'oreille avec ces souvenirs.

Morgan fronça les sourcils. Qu'aurait-elle pu remarquer de particulier ? Elle n'avait pas envie de jouer aux devinettes.

— Parle, ordonna-t-elle sans toutefois hausser le ton. J'ai besoin de savoir. Pour m'en sortir.

À son tour, Gwen eut faim de questions. Personne n'avait compris ce que la jeune femme avait pu endurer en dehors de sa mauvaise grippe. Pour perdre ainsi les pédales et être internée pendant plusieurs semaines en psychiatrie, il avait dû se passer quelque chose de grave. Mais ce n'était pas le moment de se montrer curieuse.

—Je te disais donc que Marie-Françoise et sa famille étaient revenues sur l'île à la Toussaint et qu'il s'était passé des choses bizarres. Il y a eu en fait une sorte de marchandage entre les parents de Marie-Françoise, les Saint-Luan, les parents de ton père et ceux de ta mère. Évidemment, nous les jeunes, n'étions pas dans la combine. On a été informés de ce qui se tramait une fois que tout a été décidé.

—C'était quoi, ce marchandage ?

—Marie-Françoise était enceinte de ton père.

Morgan déglutit. Marie-Françoise lui avait effectivement dit qu'elle avait été la maîtresse de son père, mais il lui semblait que c'était après le mariage de ses parents, et non avant. Elle ne dit rien, attendant que Gwen poursuive son récit.

—L'accouchement était prévu au printemps de l'année suivante. À l'époque, la question d'un avortement ne se posait même pas. C'était une chose impossible chez les catholiques. Mais les parents de Marie-Françoise refusaient que ton père épouse leur fille. Tu penses, ce n'était pas un assez bon parti. Ils ont préféré arranger un mariage avec le fils Saint-Luan. Avec de l'argent en contrepartie, évidemment, compte tenu de la situation. Quant aux Saint-Luan, c'est aussi avec le fric qu'ils ont convaincu les parents de ton père et ceux de ta mère de célébrer au plus vite les noces de leurs enfants. Tout ça pour pouvoir leur refiler le petit à naître quand le temps serait venu. Ces gens-là ne souhaitaient pas garder un bâtard chez eux, tu comprends ? Ton père avait le choix entre prendre ce gamin ou le voir confié à un orphelinat.

— C'était pourtant la meilleure solution ! L'enfant aurait été adopté par d'autres !

— T'es sotte ! C'était tout de même son sang. Tu aurais fait quoi, toi, madame Qui-Juge-Tout-Et-Tout-Le-Monde ?

Morgan appuya ses coudes sur ses genoux et mit sa tête entre ses mains. On avait forcé ses parents à se marier, ce qui voulait dire qu'ils ne s'étaient pas unis par amour. Elle les avait toujours cru très épris l'un de l'autre. Avaient-ils joué la comédie ? Comment sa mère avait-elle pu élever le bébé de Marie-Françoise Saint-Luan ? Comment câliner un gosse qui était celui d'une autre ? Et cet enfant, qu'était-il devenu ?

— Si je comprends bien, mon père a épousé ma mère alors qu'il aimait une autre femme. Ils se sont retrouvés comment, Marie-Françoise et lui ? Et le petit, il est où ? Je ne pige plus rien. Quand j'ai discuté avec Marie-Françoise, d'accord, elle m'a dit que ma mère avait été cocue par mon père, mais elle ne m'a pas du tout parlé d'un flirt avant le mariage !

— Quand es-tu allée chez les Saint-Luan ? Je t'ai déjà posé la question, mais tu l'as éludée…

— On s'en fout ! Aujourd'hui, ce n'est pas ce qui compte. Tout ce que je vois, ce sont ces mensonges, ces mariages arrangés où l'amour ne signifie rien.

— Non, tu te trompes. Tes parents se sont mariés peu avant Noël. Je t'ai dit tout à l'heure que ta mère adorait ton père. Ton père, lui, a appris à l'aimer. Il s'est vite rendu compte que c'était Yvonne la femme de sa vie, qu'elle était mille fois plus charmante que cette peste de Marie-Françoise. Quelques mois après ces fameuses vacances de la Toussaint, fin avril je crois, quelqu'un a apporté le nouveau-né sur l'île et ta mère l'a accueilli comme s'il avait été le sien. Le fils Saint-Luan a épousé Marie-Françoise le mois suivant. La cérémonie a eu lieu ici, à Sein, suivie d'un grand vin d'honneur avec buffet et alcool à volonté. Les hommes ont bu toute la nuit. C'est ce soir-là que Marie-Françoise et ton père ont renoué. Mais pas pour longtemps ! Le fils Saint-Luan a vite senti le péril et a rembarqué Marie-Françoise sur le continent aussitôt après les noces. Comme tu le sais, elle n'est revenue que très récemment à Sein. Après la mort de son mari.

— Mon père était un sacré salaud, souffla Morgan. Si Saint-Luan n'avait pas bronché, il l'aurait sautée encore longtemps cette bourgeoise ?

— Ton père était un homme. Un peu trop de vin, une paire de nichons dans un beau soutien-gorge, un sourire appuyé, une jupe qui se lève et des cuisses qui se dévoilent... Dans ces cas-là, on perd vite la raison.

— Belle excuse !

— Je ne lui en cherche aucune. Mais c'est ainsi que sont les hommes.

— Et l'enfant ? murmura Morgan en levant des yeux rougis.

Elle avait déjà compris. Depuis de longues minutes, elle jouait à cache-cache avec la vérité, entretenant l'espoir qu'elle se trompait, que Gwen lui annoncerait autre chose que ce à quoi elle se préparait. Gwen reprit le paquet de vieilles photos, les regarda, en posa trois sous les yeux de Morgan qui laissa couler ses larmes. Gwen n'irait pas plus loin et garderait pour elle les mots que la jeune femme n'était pas prête à entendre.

22

Corentin ôta ses bottes en caoutchouc, Liam fit de même. Ils les posèrent sur le casier prévu à cet effet et accrochèrent leurs cirés dégoulinants à la patère. Liam secoua la tête. De fines goulettes s'écrasèrent sur le carrelage. Il s'ébroua encore, frotta sa tignasse et se mit à rire. Du bout du pied, il attrapa la serpillière qu'on laissait toujours près de la porte d'entrée les jours de pluie. Il essuya les traces d'eau sur le pavé.

— Laissez ça ! cria Yvonne depuis la cuisine. On passera un coup demain. Venez vous réchauffer. J'ai préparé du café et des crêpes pour le goûter ! On ne va pas dîner tout de suite, il est trop tôt. Vous allez choper la mort avec vos cheveux trempés. Quand vous déciderez-vous à les couper ? Quelle idée de les porter aussi longs ! Oh, lâchez cette toile à pavés !

— J'en ai pour deux minutes, répondit Liam qui terminait d'éponger le couloir.

— Vous avez passé un bon moment ?

— Superbe journée ! Grâce à Corentin.

— Superbe journée ? réagit Corentin. Avec ce temps ? On aurait dû faire cette sortie il y a deux mois. Quatre semaines de soleil tout un mois de mai ! L'été avant l'heure. Chez nous, c'est rare.

— Chez nous aussi, dit l'Irlandais. Le climat n'est guère différent.

Juillet commençait sous une météo aussi calamiteuse qu'elle l'avait été en juin. Il pleuvait tous les jours, le ciel restait couvert, ne laissant entrevoir aucun coin de bleu. Un couvercle nuageux s'était posé sur la Bretagne et, malgré le vent, rien n'y faisait pour qu'il se dégage. Pas même la marée. Corentin et Liam étaient partis tôt le matin pour une grande promenade en bateau autour de l'île. Ils étaient allés jusqu'au raz de Sein afin que Liam puisse goûter à quelques émotions fortes. Même par temps calme, à cet endroit les vagues étaient toujours impressionnantes et il fallait se cramponner pour ne pas tomber dans l'embarcation ou être emporté par les flots. Il avait pu admirer la pointe du Raz, son sémaphore, et Notre-Dame-des-Naufragés qui semblait si petite à cette distance. Il se promit de retourner voir la statue de plus près quand il irait sur le continent, peut-être à l'occasion des célébrations du Pardon de la sainte le dernier dimanche de juillet. Corentin l'avait conduit non loin du phare de la Vieille et de la tourelle de la Plate, puis ils avaient longé la baie des Trépassés. Au nord, ils avaient contourné la pointe du Van. Avec des jumelles, Liam avait admiré la presqu'île de Crozon et la pointe de Pen-Hir, prolongée par des rochers qu'on nommait les « Tas de pois ». Les explications de Corentin avaient agrémenté la balade. Liam n'avait pas manqué de noter sur son petit carnet tout ce qui pourrait nourrir son roman. Ils étaient revenus en contournant l'île par le nord et en suivant la chaussée de Sein, vingt-cinq kilomètres d'écueils granitiques balisés à l'ouest par le phare d'Ar-Men. De toutes ces nuances de gris dans le ciel et la mer, Liam avait encore puisé de la matière qui l'aiderait à dépeindre l'atmosphère qu'il voulait insuffler à son histoire. Le danger était là, tout proche mais insaisissable. On ne pouvait que le pressentir.

— Superbe journée ! répéta Liam en entrant dans la cuisine, l'esprit encore bouillonnant. J'ai vraiment apprécié cette balade. Je n'avais jamais longé les côtes d'aussi près depuis que je suis ici.

— Pas trop près, j'espère, parce que c'est dangereux, maugréa Yvonne.

— Corentin est très prudent. J'ai découvert des endroits que je n'avais vus que dans les livres. Vous auriez dû venir, Morgan ! On a bien ri.

Il se tourna vers elle. Elle émincait de l'ail, l'air concentrée sur sa besogne. Elle ne semblait pas avoir envie de parler, mais l'avait-elle entendu ? Elle était là sans l'être. Il n'insista pas.

— Je monte me changer, dit-il à Yvonne. Et je dégusterai volontiers un café et une crêpe avec vous.

Corentin entra à son tour dans la cuisine et embrassa sa mère et sa sœur. Morgan était pâle et avait le visage triste. Le départ de Margaret, sans doute. Avec le retour de l'été et l'arrivée des touristes, l'Anglaise avait regagné Audierne et rouvert sa boutique. Morgan avait du mal à supporter cette séparation, pourtant elle y était préparée... Il songea qu'elle avait en fait recommencé à aller mal *avant* que Margaret ne reprenne le bateau pour Audierne. Elle avait peu d'appétit et avait maigri, son teint était aussi gris que le ciel. Avait-elle un autre souci ? Faisait-elle une rechute ? Fallait-il rappeler le médecin ? Recontacter l'unité de psychiatrie du CHU ? Corentin était inquiet.

— Des nouvelles de Maëlys ? demanda-t-il.

— Pas aujourd'hui, répondit sa mère.

Il se tourna de nouveau vers Morgan. Elle continuait à couper son ail, ne s'intéressant absolument pas à ce qui se passait autour d'elle. Elle avait du mal à respirer, parvenait tout juste à avaler quelques goulées d'oxygène pour ne pas étouffer. Elle avait le sentiment d'être enterrée vivante avec son secret.

Elle avait regardé Margaret s'éloigner avec soulagement. Au moins, elle n'aurait plus la désagréable impression de lui mentir. Elle était tourmentée dans son corps, tourmentée dans sa tête, ravagée par les questions et les incertitudes. L'agression dont elle avait été victime chez les Saint-Luan l'avait dévastée. Plus le temps passait, plus le souvenir était cuisant. Et pas près de s'effacer. Elle n'avait rien révélé à son entourage, seul le médecin à l'hôpital était au courant. Et puis il y avait eu les révélations de Gwen qui avaient achevé de la saccager. Le secret était lourd à porter. Si lourd qu'elle regrettait d'avoir autant insisté pour le connaître. Comme ses frères et sa sœur, elle avait toujours adoré son père. Il était leur héros. Le grand pêcheur qui naviguait par tous les temps. Celui dont on guettait avec impatience le retour à la maison, qui avait une histoire fabuleuse à raconter le soir au dîner, quand la famille était enfin au complet. Aussi loin qu'elle se souvienne, il avait été aimant avec ses enfants, il n'avait jamais fait de différence entre eux. Il y avait de la place sur ses genoux pour chacun. On pouvait s'y bousculer, il ne râlait jamais. C'était la même chose avec sa mère, il s'était montré bon époux. Morgan n'avait pas oublié leurs regards complices dès l'instant où ils les envoyaient se coucher, savourant le plaisir de se retrouver seuls comme des amoureux. Son père avait toujours eu des gestes tendres avec Yvonne. Souvent, il posait la main sur sa nuque et la caressait du bout du pouce. Elle se souvenait aussi que sa mère lui tendait ses lèvres afin qu'il y dépose un baiser à chaque fois qu'il quittait la maison et partait en mer. Il y avait toujours eu entre eux cet accord quasi parfait. Quand un sujet les opposait, ils en discutaient sans élever la voix. Pas de disputes, pas de cris, pas de colères. Jamais de scène de ménage chez les Kersanton. Et si une légère brouille survenait, un terrain d'entente était vite trouvé et l'atmosphère s'apaisait. Quand parfois son père rentrait un peu éméché après avoir traîné au café avec ses potes au retour de la pêche, il n'avait jamais l'alcool mauvais. Il était bruyant, riait un peu trop fort, c'est tout. Yvonne en était agacée et lui demandait de se calmer, et lui allait se coucher sans broncher. Ce n'était pas ainsi dans tous les foyers. À l'école, une copine de Morgan arrivait souvent les yeux rougis et le visage bouffi. Quand il était ivre, son père devenait violent et battait sa femme. Il n'était pas rare de la croiser sur l'île avec un œil bleui, la lèvre gonflée ou la pommette amochée par un mauvais coup. Pas de ça, chez les Kersanton. Dans ces images du passé qui ne cessaient de défiler dans sa tête, Morgan ne voyait que l'image d'une famille heureuse. Un couple solide, amoureux, et des enfants épanouis. Comment était-il possible que son père ait pu aimer Marie-Françoise ? Comment avait-il pu retomber dans ses bras après son mariage et tromper Yvonne ? Marie-Françoise avait dû savoir s'y prendre pour l'ensorceler, l'exciter, éveiller ses désirs de mâle, pour qu'il en oublie sa jeune épouse. Cette femme avait toujours semé la désolation. Et elle continuait à le faire. C'était une peste, une traînée, une sal… Le couteau dérapa et entailla le doigt de Morgan. Durant quelques secondes, elle resta interdite, regardant le sang qui coulait à grosses gouttes sur la nappe en toile cirée.

— Reste pas plantée comme ça ! mugit sa mère. Passe ta main sous l'eau.

Qu'arrivait-il à sa sœur ? se demanda Corentin. C'était tout juste si elle entendait ce qu'on lui disait. Il s'approcha, plus inquiet de son indifférence que de son sang qui n'arrêtait pas de couler. Il ne pouvait pas la laisser dans cet état. Il devait agir avant qu'il ne soit contraint de la faire hospitaliser une nouvelle fois.

— La plaie est vilaine, constata-t-il. Il faut recoudre. On va chez le toubib.

Il ne lui laissa pas la possibilité de répondre et l'entraîna dehors. Le médecin posa trois points de suture sur la blessure. Il rassura Morgan. Ce n'était rien, elle serait gênée pendant quelques jours, elle devrait simplement ménager son doigt. Corentin se moquait éperdument de cette main amochée. Ce qu'il voulait, c'était être seul avec sa frangine et discuter. Impossible de rester dehors, la pluie tombait dru, formant un rideau devant eux. Il l'attira chez Brigitte. Il salua quelques têtes connues en entrant dans le café, écarta gentiment un ami qui voulait leur offrir un verre et alla s'installer au fond de la salle avec Morgan.

— Qu'est-ce qui ne va pas ? lui demanda-t-il sans détour. Qu'est-ce que tu as ?

— Je vais bien, répondit-elle un peu sèchement. Je suis un peu fatiguée, c'est tout.

— Ne me prends pas pour un con. Je vois tout de suite quand un truc cloche chez toi. Et ne me dis pas que c'est le départ de Margaret qui te met dans cet état. Il y a autre chose.

Morgan hésita longtemps, jouant avec son verre de limonade. Si elle se décidait à cracher le morceau se sentirait-elle pour autant libérée ? Moins seule ? Et pouvait-elle tout dire ? Ne fallait-il pas mieux morceler la vérité ? La livrer par bribes plutôt que de l'asséner d'un seul coup ? Elle ignorait comment s'y prendre.

— Je suis enceinte, lâcha-t-elle doucement.

Elle ferma les yeux et posa instinctivement une main sur son ventre.

— Enceinte ???

Abasourdi, Corentin répéta le mot plusieurs fois.

— Je ne pige pas tout. Tu sors avec un homme ? Qui est-ce ? Je croyais que Margaret... Enfin, je pensais que tu n'aimais pas les hommes !

— Margaret est la femme de ma vie.

Morgan ferma les yeux et frotta ses paupières. D'une voix atone, elle raconta ce qui lui était arrivé le jour où elle était allée chez les Saint-Luan. Elle n'omit aucun fait, parla sans manifester la moindre émotion, comme si elle narrait l'histoire d'une autre, comme si elle voulait se détacher de celle qu'elle avait été ce jour-là. Les phrases sortaient les unes après les autres, la libérant de l'étau qui l'avait empêchée de vivre et de respirer. Corentin l'écoutait sans ciller. De grosses larmes coulaient sur son visage.

— Fallait pas toucher à ma sœur, rugit-il, fou de rage. Je vais immédiatement chez les Saint-Luan et je bousille ces deux ordures !

— Attends !

Elle le rattrapa tandis qu'il se levait, les poings crispés, déjà prêt à frapper. Il renifla et essuya son nez d'un revers de manche.

— J'ai gardé le bébé, reprit-elle doucement. J'aurais pu me faire avorter à l'hôpital. Le médecin me l'a proposé dès qu'il m'a informée de ma grossesse. Je n'ai pas voulu. J'ai souhaité qu'il vive.

— Mais… pourquoi ?

— Je croyais qu'une IVG pratiquée suite à un viol devait être signalée à la police. En fait, j'ai pensé que l'hôpital me demanderait d'aller déposer une plainte contre les Saint-Luan. Tu imagines tout ce qui m'est passé dans la tête à ce moment-là ? Il aurait fallu témoigner, expliquer encore et toujours ce qui m'était arrivé. Et puis tous les îliens auraient été au courant. C'était finalement ce qui aurait été le plus dur à supporter pour moi. Je n'avais pas la force de mener ce combat. J'ai eu peur aussi de la réaction des Saint-Luan. Après tout, c'est moi qui suis allée chez eux au départ. Ils auraient pu se défendre en disant que je les avais provoqués.

— Qu'est-ce que tu es allée foutre chez eux ?

— Je voulais la vérité sur cette affaire de terrains et de bébé volé…

— Tu aurais pu donner cette raison aux flics !

— Non. La vérité, c'est que je n'aurais jamais dû me rendre chez ces gens. Je ne suis pas sûre par ailleurs que la police m'aurait crue. Tu imagines si on m'avait accusée d'avoir… cherché le mal ? Encouragé ce qui est arrivé ?

— Non, tu te trompes. Ce n'est pas ça, la justice. Il y a des preuves quand une femme est…

— C'est bien trop tard de toute façon. Il aurait fallu que je porte plainte tout de suite.

— Et la Marie-Françoise a laissé faire ? Quelle salope !

— Après m'avoir insultée, elle m'a laissée seule avec ses fils. J'ignore où elle est allée ensuite, dans sa chambre peut-être. Mais peu importe désormais, je ne veux plus y penser. Je suis enceinte de trois mois et je veux cet enfant. Et si Margaret y consent, nous l'élèverons toutes les deux.

— Elle n'est pas au courant ?

— Non. Je ne sais pas encore comment je vais le lui annoncer. J'ai été violée, Corentin. Violée… C'est la première fois ce soir que j'arrive à prononcer le mot.

Corentin serra les poings. Les Saint-Luan paieraient pour ça. Tôt ou tard.

— Ravale ta colère ! Inutile de gamberger, ça ne sert à rien. Moi aussi, j'ai ruminé. Mon cœur a crié vengeance pendant des semaines. C'est fini maintenant. Mais j'ai laissé un souvenir à Jean-Paul, une belle balafre sur la joue droite. À mon avis, elle ne s'effacera pas de sitôt. Je veux qu'il puisse chaque jour voir sa sale gueule devant le miroir.

— Je vais terminer de l'arranger sa sale gueule, comme tu dis. Et là, je peux te dire qu'il ne posera plus jamais les yeux sur un miroir. Sur personne !

— Calme-toi. Je ne veux pas que tu le blesses et encore moins que tu le tues. Mon frère n'est pas un criminel. Mon frère est un type bien. Tu es l'homme de la famille. Celui sur lequel mon enfant pourra prendre exemple, la figure masculine en quelque sorte. Et je compte sur toi pour nous le rappeler quand on s'écartera du rôle du père qu'il nous faudra assumer, Margaret et moi…

Corentin bougea la tête en tous sens. Il n'y croyait pas. C'était impossible. Sa sœur était folle.

—Tu n'as peut-être pas voulu avorter, mais il n'est pas envisageable que tu gardes cet enfant !

—Pourquoi ? Parce que deux femmes ensemble ne peuvent pas être de bons parents ? Nous ne sommes pas les premières et certainement pas les dernières. Je ne te pensais pas si réac !

—Ce n'est pas ça, Morgan ! Tu ne peux pas garder ce môme parce qu'il est le fruit d'un viol ! Parce qu'à chaque fois que tu vas poser tes yeux sur lui, tu verras son saligaud de père ! Parce que ce mioche est un Saint-Luan !

—Tais-toi ! hurla Morgan.

Elle gifla violemment son frère et quitta le bar en courant. Stupéfait, Corentin mit quelques instants à reprendre ses esprits. Il paya les verres et sortit. Morgan n'était pas sur le quai. Il courut et la rattrapa dans la rue du Coq-Hardi.

—Tu ne sais même pas lequel des deux est le père ! cria-t-il en la secouant par le bras. Je ne veux pas de ce bébé. Ce monstre ne fera pas partie de ma famille ! Jamais je ne serai son oncle. Je ne voudrai même pas voir à quoi il ressemble. Pourvu que tu le perdes ! Pourvu qu'il crève ! Tout, plutôt que d'élever chez nous le bâtard des Saint-Luan !

—Et Maëlys, hurla Morgan, tu souhaites aussi qu'elle crève, cette bâtarde ?

—Qu'est-ce que tu racontes ?

Pétrifiée par ce qu'elle venait de dire, elle mit sa main devant sa bouche. Mais c'était trop tard. Jamais elle ne pourrait gommer ce qu'elle venait d'inscrire dans l'histoire de leur famille.

23

— Hep ! Pas si vite, mon gars ! Tu n'aurais pas oublié quelque chose ?

Amadou se retourna et posa les mains sur les hanches en un geste de défi. Il jeta un œil autour de lui en faisant la moue.

— Non, je n'ai rien oublié.

— Et le matériel, je le range toute seule ?

Amadou soupira et fit demi-tour. La chaleur l'assommait. Il avait envie de se poser pour roupiller un peu. Fatoumata pouffa dans son coin.

— Dis donc, la pestouille ! s'écria Pétronille. Si tu emportais l'arrosoir pour le poser dans la remise au lieu de ricaner ?

La « pestouille » s'exécuta et partit en sautillant. Issouf s'agenouilla au pied du jeune manguier, tassa la terre et leva des yeux inquiets vers Maëlys.

— Tu es sûre qu'on lui a donné assez d'eau ?

— Oui, pour aujourd'hui c'est parfait. Le manguier, bien qu'originaire d'Asie méridionale, n'aime pas que ses racines baignent dans une eau stagnante. Tu l'arroseras demain. À moins qu'on ait la pluie… Tu as vu ces gros nuages plus loin ?

— La semaine passée, le ciel était tout noir et il n'est rien tombé.

— C'est vrai. Il a plu à cinquante kilomètres au sud. Mais je crois que cette fois sera la bonne.

Maëlys croisa les doigts dans son dos. Pétronille aperçut son geste et cria :

— Pas de superstition dans la maison de Dieu. Une bonne prière, plutôt !

— Tu t'y connais mieux que moi dans ce domaine ! On fête quel saint aujourd'hui, en dehors de saint Bastille ?

Issouf éclata de rire. On était le 14 juillet, une date que l'on connaissait bien dans cette ancienne colonie de la patrie des Droits de l'homme.

— On fête Camille et Wladimir ! rétorqua Pétronille en faisant mine d'être fâchée. Ça ne te ferait pas de mal de retourner un peu à l'église ! Et toi, Issouf, arrête de rigoler. Le Seigneur n'aime pas qu'on plaisante à Son sujet. Nous aurons de la pluie bientôt s'Il l'a décidé.

— Mes professeurs de climatologie et de météorologie seraient morts de rire s'ils t'entendaient. Dieu n'a jamais fait tomber la pluie, ni la neige, ni les sauterelles ou je ne sais quoi d'autre. Arrête d'apprendre ces âneries aux enfants. On est au cœur du Sahel, un milieu semi-désertique, avec une saison des pluies qui s'étale de juin à septembre à condition qu'il pleuve. À Gao, la présence du fleuve fait que l'on est moins sensible à la sécheresse, mais il suffit de s'éloigner de quelques kilomètres pour s'apercevoir que là-bas, les populations ont bien moins de chance que nous. La couverture nuageuse que nous observons au loin depuis plusieurs jours correspond aux dernières ramifications de la mousson africaine. Ce sont les vents humides de l'Atlantique qui apportent l'eau. Ici, nous aurons ce qu'il reste. Il n'y a aucune intervention divine dans tout cela ! N'est-ce pas, sœur Pétronille ?

—Sœur Pétronille te dit bien des choses ! Viens, Cheik, n'écoute pas cette hérétique ! lâcha la franciscaine en attrapant le petit qui était assis à ses pieds.

D'un geste agile, elle le monta sur ses épaules. Le gamin esquissa un sourire.

—Cheik sourit ! s'exclama Issouf. C'est la première fois ! Cheik sourit ! Venez voir !

Une joyeuse ribambelle entoura la sœur. Tous voulaient voir le visage du petit.

—C'est vrai qu'il a l'air heureux, constata Amadou. Bientôt, il nous parlera !

—Tu vois, fit Pétronille, s'adressant à Maëlys, Dieu est bon !

—Sans doute. Mais je persiste, c'est bien la mousson venant du golfe de Guinée qui nous apporte la pluie !

—Blasphématrice !

—C'est où, le golfe de Guinée ? interrogea Fatoumata.

—Va donc regarder sur la carte accrochée dans la classe ! lui suggéra Pétronille.

La franciscaine fit une grimace à Maëlys, qui lui tira la langue en retour. Pétronille se reprocha intérieurement de ne pas consacrer plus de temps à la géographie, préférant insister sur les matières comme le français, le calcul et l'histoire. L'Afrique avant l'arrivée des Blancs, la période coloniale, les indépendances… Les enfants connaissaient les océans, les continents, les grands fleuves d'Afrique et quelques massifs montagneux, mais c'était tout.

—Un peu moins d'éducation religieuse et plus de géo ! se moqua gentiment Maëlys, comme si elle avait deviné les pensées de son amie.

— Mais ils n'ont qu'une heure de catéchisme par jour !

— Un jour sur deux serait amplement suffisant ! J'ai deux ou trois bouquins intéressants sur les milieux naturels. On y explique la façon dont les hommes ont su mettre en valeur l'environnement. Ils te seront très utiles. Tu sais, on peut enseigner la géo ailleurs que dans une salle de classe.

— J'ai compris, sourit Pétronille en soulevant sa chemise plusieurs fois de suite pour s'éventer. C'est vrai que ces travaux pratiques dans le jardin sont très enrichissants !

Il faisait chaud. Bien que le soleil fût caché sous les nuages, l'air était étouffant. D'un geste nonchalant, Issouf ramassa sa pelle et la posa dans la brouette.

— Quand aurons-nous des mangues ? demanda-t-il à Maëlys.

— L'année prochaine, j'espère. Le manguier ne commence à produire des fruits qu'au bout de six ans. D'après ce qu'on m'a dit à la ferme, celui que nous avons planté date de quatre ou cinq ans. Si tu vois des fleurs apparaître en décembre ou en janvier, tu pourras récolter les fruits au printemps, et l'arbre donne jusqu'en août.

Issouf soupira. Pourquoi les mangues ne poussaient-elles pas aussi vite que le riz ?

— Avant de devenir ce bel arbre de deux mètres qui en mesurera peut-être un jour vingt-cinq, ce manguier était une petite graine. Je vais te montrer. Ça tombe bien, j'ai apporté des mangues de la ferme.

Elle en ouvrit une, détacha la chair du noyau qu'elle plaça sur une brique.

— On va laisser sécher ce qui reste de la pulpe pour éviter toute moisissure. Ce n'est pas très long. On déguste d'abord, on passera après à l'étape suivante !

Elle découpa les fruits et distribua les morceaux aux enfants. Elle s'amusa de les voir se délecter, la bouche et les doigts dégoulinant de jus. Elle attrapa Moussa qui jouait à ses pieds. Le petit s'agrippa à son cou. Âgé d'à peine 2 ans, il souffrait d'un retard de croissance. Sa jeune maman avait accouché prématurément et était morte le lendemain de sa naissance. Moussa avait fait ses dents plus tard qu'un bébé normal, il ne marchait pas depuis longtemps et ne prononçait pas plus d'une dizaine de mots. Mais il ne pleurait jamais, contemplait les autres en souriant et jouait en se contentant de peu quand les adolescents étaient occupés dans le jardin. Souvent, il s'amusait à creuser le sol à l'aide d'un vieux gobelet en plastique pour faire comme les grands. Il avait tout de suite adopté Maëlys. Dès qu'elle arrivait à l'orphelinat, il se glissait entre ses pattes et ne la quittait pas d'une semelle. Il ne l'ennuyait jamais, il aimait seulement rester à côté d'elle. Elle brossa ses mains sales et lui tendit un quartier de fruit. Il lâcha son cou, saisit le morceau de mangue, l'avala d'une bouchée et essuya ses mains sur le tee-shirt de sa protectrice.

— Moussa, le gronda-t-elle, cesse de te nettoyer avec mes vêtements !

Le petit éclata de rire et frotta ses lèvres contre sa joue.

— Quel coquin, celui-là ! Maintenant, je suis toute collante et je vais attirer les insectes !

— Tu vas lui manquer quand tu partiras, murmura Pétronille. Tout le monde va s'ennuyer sans toi…

La gorge de Maëlys se serra et son estomac se noua. Le temps filait et sa mission s'achevait dans quelques semaines. Quitter la ferme, c'était abandonner Pétronille, l'orphelinat et cette marmaille bruyante à laquelle elle s'était attachée. Elle n'avait que deux possibilités. Regagner la mission qu'elle avait abandonnée au nord de Bamako, ou bien rentrer en France et rejoindre le siège de l'IRD. L'idée d'être assignée à un travail d'études dans un bureau l'angoissait, mais jamais elle ne remettrait les pieds dans le village où Ethan travaillait. Si elle l'avait effacé de son cœur depuis sa merveilleuse nuit dans les bras d'Arturo, la blessure était toujours là.

— Il me reste deux semaines de congés à prendre avant mon départ prévu en août. Je les passerai ici, avec toi si tu veux bien m'accueillir.

— Tu ne préfères pas rentrer pour profiter des tiens ?

Maëlys grimaça. La perspective d'aller à Sein ne l'enchantait pas. Morgan ne lui donnait guère de nouvelles. La vie devait couler toute seule sur l'île, personne ne semblait l'attendre.

— Vous êtes également les miens, chuchota-t-elle.

Elle se leva brusquement, Moussa toujours accroché à elle. Elle tourna la tête pour échapper au regard de Pétronille et ravala ses larmes.

— Le noyau est bien sec, se reprit-elle. Nous allons l'envelopper dans du coton humide et le mettre dans un bol que vous poserez sur le rebord de la fenêtre de la cuisine. Avec cette chaleur et la luminosité, la germination sera rapide. Quand le germe montrera le bout de son nez, on le plantera dans la terre. Celle-ci doit être riche et le pot assez large. Une autre méthode consiste à ouvrir le noyau pour récupérer l'amande à l'intérieur puis à déposer celle-ci directement dans le sol, à environ trois centimètres de profondeur.

Amadou se jeta sur les noyaux qui traînaient par terre afin de tester ce que Maëlys venait d'expliquer.

— Ne semez pas les graines partout ! Bientôt, on va se retrouver au milieu d'une forêt de manguiers ! s'écria Pétronille.

— La croissance est rapide, reprit Maëlys. Très vite, vous verrez naître des bourgeons qui deviendront des feuilles d'un beau vert brillant. Au printemps prochain, vous pourrez retirer le plant du pot pour le mettre en terre. Choisissez bien l'endroit. Dans le prolongement de ce vieux margousier, par exemple. Votre manguier profitera de l'ombre de son feuillage quand le soleil tapera fort et ainsi il ne grillera pas. À condition de l'arroser régulièrement !

— Tu nous aideras à surveiller la croissance ? lança Issouf.

Maëlys eut un nouveau pincement au cœur. Elle avait annoncé aux enfants son départ prochain mais sans jamais préciser de date. Elle n'avait surtout pas voulu leur donner de faux espoirs en leur faisant croire qu'elle serait toujours là pour eux.

— Vous saurez très bien vous débrouiller sans moi, dit-elle.

— Tu ne pars pas maintenant ? s'inquiéta Fatoumata.

De grosses gouttes de pluie commencèrent à tomber, creusant des cratères dans le sol aride. L'événement dispensa Maëlys de réponse. Les gamins déguerpirent en piaillant. La jeune femme déglutit pour avaler le nœud qui enserrait sa gorge. Elle passa ses bras autour de Moussa et courut se réfugier sous le préau. Pendant plus de deux heures, assis sur de vieux bancs, les petits admirèrent le spectacle de la pluie, Maëlys et Pétronille à leurs côtés. Le ciel déversait des seaux d'eau, il y avait maintenant d'énormes flaques dans la cour. Pétronille n'était pas parvenue à retenir Amadou et Issouf qui étaient sortis de l'abri et s'amusaient à courir d'un arbre à l'autre. C'était à celui qui serait le plus trempé. Leurs jambes étaient couvertes de boue. La température avait baissé de quelques degrés, rendant l'air un peu plus respirable. Maëlys songea que les marigots allaient se remplir, qu'on puiserait moins d'eau dans le fleuve dans les jours à venir. Quand l'averse cessa et que les nuages se dissipèrent dans le ciel, laissant apparaître le soleil, une odeur particulière se dégagea du sol détrempé. Maëlys invita les enfants à respirer le pétrichor, ces effluves de terre mouillée et d'herbe qui respirent à nouveau. Elle pencha la tête. Moussa s'était endormi.

— Dépose-le dans son lit, murmura Pétronille.

— Non. Je ne veux pas le réveiller.

Elle était bien, assise sur le pavé du préau. Le gamin dormait à poings fermés, blotti contre sa poitrine. Instant de paix et de repos après une journée chargée. Elle consulta sa montre. Il était à peine 18 heures. Encore une trentaine de minutes et la nuit tomberait brusquement. Elle n'avait pas emprunté le pick-up de l'Italien, préférant venir à pied. Si elle avait été raisonnable, elle aurait déjà quitté l'orphelinat pour regagner la ferme en longeant le Niger avant que l'obscurité ne soit totale. Mais elle n'avait pas envie de se presser.

— Tu pourras me prêter une lampe de poche ? demanda-t-elle à Pétronille.

— Oui. J'ai justement changé la pile hier.

— Je te rapporterai ma lampe torche demain. C'est plus pratique et ça éclaire beaucoup mieux.

— Tu n'es pas obligée de me filer autant de choses. Tu donnes déjà beaucoup de toi et de ton temps.

— Bah ! L'un n'empêche pas l'autre. J'essaie simplement de t'apporter un peu plus de confort, de…

Une pétarade empêcha Maëlys de terminer sa phrase.

— Une moto ! s'exclama Issouf tout excité.

— Y a aussi un camion ! cria Fatoumata.

D'un bond, Maëlys fut debout. Son regard effaré croisa celui de Pétronille.

— Il faut rentrer, les enfants ! Vite, il faut rentrer !

Une partie de la troupe obéit et s'engouffra dans la cuisine comme une volée de moineaux. Maëlys aperçut Amadou de l'autre côté de la cour. Elle n'eut pas le temps de l'appeler, des coups de feu venaient de retentir. Elle se jeta au sol, manquant d'écraser Moussa qu'elle tenait toujours contre elle.

— À terre ! aboya-t-elle en direction des mômes. Ne bougez plus ! Pétronille, ça va ?

La sœur acquiesça. Cheik était blotti dans ses bras, terrorisé. Maëlys s'agenouilla et se tapit près de la porte restée entrouverte sans oser faire un pas de plus, paralysée par le claquement des armes à feu. Elle ne devait pas craquer. Pas en présence des enfants. Il fallait au contraire les calmer. Moussa ouvrait de grands yeux affolés. Elle caressa sa nuque, essayant de le rassurer. À quelques mètres, deux petites s'étaient réfugiées sous une table.

— Allongez-vous ! Visages plaqués au sol ! chuchota Maëlys.

Les tirs cessèrent. La jeune femme se demanda où étaient les assaillants. Peut-être faisaient-ils le tour du bâtiment. Allaient-ils les surprendre en entrant par l'autre côté ? Si ces dingues pénétraient dans la cuisine, comment réagiraient-ils lorsqu'ils se retrouveraient face à deux femmes blanches, dont une sœur de surcroît ? Ils allaient les flinguer, c'est sûr. Et les gosses ? Que feraient-ils aux gosses ? Elle eut envie de fermer les paupières pour ne plus penser, oublier, mais les sanglots des enfants lui rappelèrent qu'elle n'avait pas le droit de faiblir. Fatoumata avait bouché ses oreilles avec les mains, elle tremblait de tous ses membres, un liquide jaune et chaud coulait le long de ses jambes. Elle n'avait pu se retenir…

— Ils vont tuer Amadou, murmura Issouf. Dieu le punit parce qu'il n'a pas obéi.

— Qu'est-ce que tu racontes ! marmonna Maëlys. Il n'y a pas de punition divine, il n'y a que la folie des hommes. Où est Amadou ? Tu le vois ?

— Il était derrière l'arbre juste en face il y a une minute. Peut-être qu'il a grimpé dedans et qu'il se cache dans le feuillage.

Maëlys voulut donner Moussa à Pétronille. Terrifié, le petit s'accrocha à elle.

— Il faut que j'aille chercher Amadou ! lui souffla-t-elle à l'oreille.

Elle l'embrassa mais il s'agrippa encore plus fort à son cou.

— D'accord, on fait un câlin. Ensuite, tu restes avec Pétronille et Cheik. Je reviens vite. Je te le promets.

Le bruit d'une explosion la fit sursauter, puis le silence retomba. Elle releva légèrement la tête et interrogea du regard Pétronille. Les assaillants seraient-ils partis en pensant que l'orphelinat était désert ? Elle rampa vers la porte, Moussa toujours collé contre elle, et jeta un œil à l'extérieur. À une centaine de mètres sur la piste, un camion brûlait. Des hommes en noir, armés de fusils, s'approchaient de la bâtisse. Les assaillants étaient toujours là ! En commando ! Maëlys fixa Pétronille et vit sur ses lèvres qu'elle récitait une prière. Elle faillit lui ordonner d'arrêter, se tut finalement. Supplier Dieu de leur venir en aide, après tout, pourquoi pas, elles n'avaient rien qui puisse les protéger ni personne pour les défendre. Encore deux ou trois minutes et ce groupe d'hommes en noir serait là. Ils n'auraient plus qu'à vider leurs chargeurs et ce serait fini.

Les tirs reprirent. Plus nourris. Ne pouvant plus contenir leur peur, les enfants se mirent à pleurer.

— On va mourir ? demanda Issouf.

— Chut ! Non, on ne va pas mourir.

— Et Amadou ?

— Je vais le chercher, décida Pétronille.

Elle posa Cheik à terre et se leva.

— Non, pas toi ! Les enfants ont besoin de toi.

Maëlys ne lui laissa pas le temps de réagir. Elle tendit Moussa à Issouf, ignora les hurlements du petit et sortit. De là où elle était, elle ne voyait rien.

Elle longea le mur de l'orphelinat jusqu'à l'angle et aperçut Amadou de l'autre côté de la cour, assis au pied du baobab le dos collé au tronc. Il tremblait de peur. Elle courut jusqu'à lui. Il fallait faire vite. Il n'y avait aucun refuge à proximité immédiate, soit ils s'enfuyaient vers les berges du fleuve, mais ils seraient alors une cible facile à atteindre, soit ils retraversaient la cour pour se réfugier à l'orphelinat. Elle avait bien réussi dans un sens, ça pouvait marcher une fois encore.

— Amadou, écoute-moi. Tu me suis, d'accord ? On court le plus vite possible en baissant la tête et on rejoint les autres dans la cuisine. Tu es prêt ?

Maëlys regarda le bâtiment en face. Il y avait à peine une cinquantaine de mètres à parcourir. Une cinquantaine de mètres à découvert… Elle aspira une longue gorgée d'air, prit la main d'Amadou qui s'accrocha à elle. Les tirs fusèrent, une balle siffla aux oreilles de Maëlys. Elle trébucha, manqua de tomber mais réussit à retrouver l'équilibre. Les hommes n'étaient pas loin. Il lui sembla reconnaître le bruit d'un de ces affreux fusils mitrailleurs qui crachaient des dizaines de munitions en quelques secondes. Plus que quelques mètres et ils seraient à l'abri. Il y eut une nouvelle série de tirs. Elle poussa violemment le garçon vers la porte de la cuisine et se cambra sous la douleur. Elle eut l'impression qu'on lui arrachait le côté droit. Elle tourna sur elle-même, entrevit une énorme fleur rouge qui grossissait sur son tee-shirt. Elle entendit les enfants hurler.

— Les Français arrivent ! On ne va pas mourir ! cria Issouf.

Puis elle s'effondra sur la terre humide et ferma les yeux.

24

— Comment va-t-elle ?

— Mieux. Elle a eu beaucoup de chance. Enfin, si on peut dire…

— Pauvre gosse. Elle est si gentille. Elle a voulu sauver un des enfants pendant l'attaque.

Pétronille ? Pétronille, tu es là ? Je suis fatiguée…

Maëlys essaya d'ouvrir les yeux. En vain. Ses paupières étaient lourdes et elle n'avait qu'une envie : dormir. Il lui semblait avoir entendu son amie. Elle avait dû rêver. Elle voulut changer de position. Une violente douleur dans le bras et le côté droit l'en empêcha. Il y avait du monde autour d'elle. Des gens discutaient mais elle ne comprenait rien.

— Ne vous inquiétez pas, sœur Pétronille, elle va se rétablir, assura le médecin en posant une main sur l'épaule de la religieuse. Dès qu'elle sera sur pied, nous organiserons son rapatriement en France. Elle partira par route avec un de nos convois pour rejoindre le Niger. Le départ pour la France se fera depuis Niamey. Si je peux vous donner un conseil, vous devriez également partir. Quittez la région, vous n'êtes pas à l'abri ici.

— Je ne suis pas certaine que Maëlys souhaite rentrer en France. Quant à moi, il est hors de question que je parte. Ma place est ici, à Gao.

Le médecin leva un sourcil étonné. La franciscaine était une tête brûlée. Une imprudente ou une inconsciente. Ou les deux.

— L'infirmière ne m'a donné aucune information concernant ses blessures, reprit Pétronille. Vous pouvez m'expliquer ?

— Elle a reçu deux balles. La première a touché le bras, la seconde a traversé l'épaule. Quelques centimètres plus bas et le poumon était perforé. Votre amie est née sous une bonne étoile ! Elle s'en tire bien, croyez-moi. Elle est sous antalgique, elle ne souffre pas. Sauf si elle bouge ! La morphine la fait dormir. On a forcé un peu la dose ce matin et ajouté un léger sédatif. Elle se débattait tellement qu'on n'arrivait pas à faire les soins et à renouveler ses pansements. Elle réclamait Moussa, et aussi Arturo.

— Moussa est un des petits de l'orphelinat. Et... Arturo, dites-vous ?

— Oui, Arturo.

— Ah, je vois. C'est... Peu importe.

La sœur avait rougi, comme si elle avait dévoilé le secret d'une confession. Le praticien eut un sourire amusé. Ledit Arturo était sans doute le fiancé de cette Belle au bois dormant allongée dans ce petit lit de l'hôpital militaire de Gao.

— Et son front ? demanda Pétronille.

— Une blessure de rien du tout, même si elle a beaucoup saigné. Dans sa chute, votre amie a dû se cogner contre une pierre. Ne vous fiez pas à la taille du bandage.

— Vous pensez la garder longtemps ?

— Encore quelques jours. Le temps de s'assurer qu'il n'y aura pas d'infection. J'aimerais également qu'elle rencontre un de nos psychologues avant sa sortie. Elle a subi un choc, vous savez.

— Oui, évidemment. À l'orphelinat, les enfants font des cauchemars depuis deux nuits.

— Je vais vous envoyer un médecin. Une discussion avec un pédopsychiatre ne fera pas de mal à ces gosses. Eux aussi ont vécu un traumatisme.

— Merci, murmura Pétronille. Je peux rester à côté d'elle ?

— Tout le temps que vous voudrez. Si elle ne s'agite pas, on arrêtera les sédatifs. Elle devrait alors sortir rapidement du brouillard.

— J'ai quelques heures devant moi. Je vais attendre. Deux employés de la ferme où Maëlys travaille sont à l'orphelinat pour surveiller ma marmaille. Savez-vous si on a averti ses proches ?

— Le fameux Arturo ?

— Non, sa famille.

— Sans doute. Ne vous tracassez pas. Le ministère s'en occupe. Je vous abandonne, j'ai beaucoup de travail.

Il s'éloigna, hésita quelques secondes puis fit brusquement demi-tour.

— Je pourrais vous demander un service, ma sœur ? Nous avons parmi les blessés des chrétiens. Pas forcément pratiquants, mais croyants. Il y a un aumônier à l'hôpital, mais si vous pouviez échanger quelques mots avec ces hommes, je crois que ça leur ferait du bien. Pas forcément de religion. Les familles de nos patients sont loin, elles leur manquent d'autant plus qu'ils souffrent.

Le médecin déplaça un paravent et Pétronille put apercevoir une dizaine de lits.

— Étant donné le nombre de victimes, nous avons été obligés de les regrouper. Toutes les chambres sont occupées. Ça limite l'intimité, mais nous n'avions pas le choix.

— Je serai heureuse de pouvoir me rendre utile, ne serait-ce qu'en apportant un peu de réconfort.

Pétronille laissa Maëlys. Elle se glissa de l'autre côté du rideau de toile et se rendit au chevet d'un premier militaire. Il était jeune, guère plus de 25 ans. Sa jambe gauche était maintenue par une attelle accrochée au-dessus du lit, sa main gauche enveloppée dans un gros pansement. Il eut un sourire malheureux en voyant la franciscaine. Il l'invita à s'asseoir sur un tabouret à côté du lit. Pétronille se demanda comment elle allait pouvoir l'aborder. Difficile de commencer la conversation par des banalités. Peut-être ferait-elle mieux d'entrer tout de suite dans le vif du sujet. Les platitudes l'avaient toujours exaspérée.

— Je ne vous demande pas comment vous allez, dit-elle.

— Moins mal que certains de mes camarades, répondit le blessé en se tournant vers son voisin que l'on avait placé sous respiration artificielle. Les médicaments sont efficaces. Je ne souffre pas pour le moment.

— Dans votre corps, oui, mais dans votre tête, peut-être que…

Il acquiesça, la gorge nouée.

— On ne s'attendait pas à ça. Pourtant, on savait que ça pouvait arriver. Les djihadistes ont frappé fort. On m'a parlé de soixante-dix-sept morts et d'une centaine de blessés. Un carnage.

Les yeux du soldat s'emplirent de larmes. Pétronille commença à douter de l'utilité de sa mission. En pensant réconforter ce jeune homme, elle lui avait causé plus de chagrin qu'il n'en avait déjà.

— Je ne sais pas exactement ce qui s'est passé, on ne m'a rien dit. J'ignorais qu'il y avait autant de victimes, avoua-t-elle. Je ne voulais pas remuer le couteau dans la plaie, je suis désolée. Je vous laisse si vous préférez. Raviver les souvenirs n'est jamais bon dans votre cas.

— Non, je vous en prie, restez un peu. Pourquoi êtes-vous ici ?

— Je suis venue voir une amie. Elle est de l'autre côté de ce paravent. Les djihadistes sont passés par l'orphelinat dont j'ai la charge. J'y recueille des gamins qui n'ont plus personne pour s'occuper d'eux. Nous étions tous à l'abri à l'intérieur, sauf un gosse qui ne nous avait pas vus rentrer et était resté dans la cour. Mon amie est sortie pour aller le chercher et elle a reçu deux balles. Mais elle est hors de danger.

— Tout ceci me conforte dans l'idée que j'ai de ma mission. Ce que je fais a un sens, même si…

Il leva le bras gauche. Pétronille comprit qu'on l'avait amputé. La main tout entière ? Les doigts ? Elle n'osa pas l'interroger.

— La paix n'est pas pour demain, reprit-il, nous avons encore du travail. Même si pour moi tout est fini. En tant que sœur, vous devez penser que Dieu n'aime pas la guerre. Que c'est contre nature. Mais il faut bien que des hommes se battent pour en sauver d'autres. On a payé pour ça il y a deux jours. On est là pour protéger les femmes et les enfants, pour préserver la liberté de tous ces gens, ici. Cet attentat était destiné à nous faire peur. Des représailles en quelque sorte, pour qu'on renonce…

Le jeune homme raconta. Il était dans la cour de la caserne quand une voiture bourrée d'explosifs était entrée, se transformant immédiatement en boule de feu. Plus de six cents hommes étaient présents, essentiellement des Casques bleus de la Mission des Nations unies au Mali.

— La caserne de Gao est en fait un MOC. Ce dispositif est destiné à rétablir la confiance au sein de la population afin de relancer le processus de la paix.

— J'ignore la signification de MOC…

— Mécanisme opérationnel de coordination. Celui de Gao est le premier qui a été mis en place. Nous sommes là pour réunir sous un même uniforme des hommes qui hier encore s'entretuaient. D'anciens rebelles indépendantistes touareg, des milices progouvernementales et des forces armées maliennes. Ils forment les patrouilles qui circulent en ville et aux alentours pour assurer la sécurité de la population.

— Et vous, que faisiez-vous là ?

— On venait s'assurer que tout allait bien. Une visite de courtoisie en quelque sorte.

— Vous pensez que ce MOC est viable ?

— Je le croyais. Maintenant, j'en suis moins sûr. Je doute que des hommes venant d'horizons aussi différents puissent s'entendre. Protéger les autres, maintenir la paix et surtout oublier qu'ils étaient ennemis il n'y a pas si longtemps me semble difficile. Si Dieu est là pour veiller sur l'homme, alors pourquoi tout ce sang ? Tous ces cris, ces pleurs... Vous êtes sûre qu'Il nous protège ?

Il se tut, une grosse larme coula sur sa joue. Ce chagrin silencieux était encore plus cruel que s'il avait hurlé toute la colère qu'il avait en lui. Pétronille n'avait rien à lui répondre. Et surtout pas envie de lui mentir. Sa foi était toute concentrée sur l'aide qu'elle apportait aux enfants à l'orphelinat. Pour le reste, il y avait des jours où elle n'était plus certaine de rien. Elle attrapa la main valide du jeune homme et la garda dans la sienne. Ses yeux papillonnèrent un instant, puis ses paupières se fermèrent. Il était épuisé. Et emmuré dans son accablement. Impuissante, la religieuse s'éloigna et alla voir d'autres militaires. Ils lui tinrent les mêmes discours désabusés que ce pauvre soldat, ils affichaient le même abattement. Si les Français avaient été considérés comme des sauveurs par les populations locales après l'arrivée des djihadistes au moment de l'offensive de 2011-2012, certains les comparaient désormais à des « occupants ». Ces fameux MOC ne paraissaient guère solides. La défiance s'était installée au sein des unités. Jalousie entre gradés, revendications des soldes, tout ça avait fait naître un climat délétère qui pourrissait la mission des MOC. On était loin aujourd'hui de la réconciliation espérée. Et si les djihadistes ne menaçaient plus la sécurité de l'État malien, ils n'avaient pas rendu les armes.

Dans le regard de tous ces soldats alités on pouvait lire la même douleur. La franciscaine se sentit soudain démunie. Comment réconforter autant d'âmes et de corps meurtris ? Elle n'avait pas les mots pour cela. Elle retourna voir Maëlys. Elle était réveillée. Son sourire lui fit oublier la détresse et la souffrance des hommes de l'autre côté du paravent. Elle se pencha vers son amie pour l'embrasser.

— Qu'est-ce que je fais là ? demanda Maëlys en tentant de se redresser. Je suis à l'hôpital ?

— Ne bouge pas, tu vas souffrir sinon. Tu es à la base militaire de Gao. Tu as été blessée il y a deux jours.

Pétronille lui retraça l'attentat tel que le lui avait raconté le jeune militaire alité de l'autre côté du paravent. Les djihadistes restés à l'extérieur avaient même filmé l'explosion à l'aide de leurs téléphones et diffusé la vidéo sur les réseaux sociaux avant de prendre la fuite. Un carnage !

— Ensuite ils ont pris la piste qui mène à l'orphelinat. Manifestement, ils ignoraient que c'était un cul-de-sac. Les Français étaient à leurs trousses et ils ont pu les coincer. Tu as reçu deux balles en allant chercher Amadou. Tu te rappelles ?

— Oui, je me souviens. Amadou n'a rien eu ? Et toi ? Et les autres enfants ?

— Nous allons tous bien, ne t'inquiète pas. Quant à toi, promets-moi de te laisser soigner et de ne pas partir d'ici sans l'autorisation du médecin.

Maëlys fronça les sourcils. Il lui fallait ordonner ses idées, elles étaient éparpillées comme les pièces d'un puzzle renversé.

— Et Moussa ? s'écria-t-elle soudain. Je lui avais promis que je reviendrais très vite…

— Moussa va bien. Il t'attend. Je lui parle de toi. Le médecin m'a expliqué que tu avais prononcé son prénom pendant ton... délire ! Et celui d'Arturo aussi. Il y a quelque chose entre vous ?

Le sourire de Maëlys se fit énigmatique. Elle remua dans son lit et grimaça de douleur. Elle reposa sa tête sur l'oreiller, reprit son souffle.

— Tu ne dois pas t'agiter, gronda Pétronille. Reste tranquille. Alors, Arturo ?

— Je n'ai pas fait vœu de chasteté, chuchota Maëlys avec une mimique gourmande. Le reste, je ne peux pas te l'expliquer, vu ta... fonction !

— Tu n'as rien perdu de ton humour à ce que je vois ! Arturo et toi, vous...

— Arturo et moi, rien du tout ! La robe blanche, l'église et tout le tralala, n'essaie pas d'imaginer des choses qui n'ont pas lieu d'être. On a passé une merveilleuse nuit ensemble et ça s'arrête là.

— Il partage cette opinion ?

— Ce que tu es drôle ! Arturo est un homme occupé. Et puis il est peut-être marié !

Effarée, Pétronille mit sa main devant sa bouche.

— Tu plaisantes ? articula-t-elle.

— Bah, non ! J'ignore tout de lui. S'il a une épouse, des enfants... Je n'en sais rien et je ne veux surtout pas le savoir.

— Pourquoi ? Tu aurais dû lui poser des questions.

— Non. C'est bien ainsi. Pas de promesse. Pas de mensonge. Pas de jalousie. Pas de tiraillements. Pas de chagrin. On s'est fait du bien mutuellement. Du moins je le crois. Ça aurait été dommage de gâcher cet instant avec des paroles qui ne nous auraient menés nulle part. Arturo est chilien. Il a peut-être une femme au Chili. Il bosse la plupart du temps à Rome. Qui sait s'il n'a pas une maîtresse là-bas ? Qu'il ait des aventures avec d'autres Maëlys, ici ou ailleurs, quelle importance ?

— *Des* Maëlys ? C'est impossible. Moi, je n'en connais qu'une. Et cette Maëlys-là est unique. Personne ne lui arrive à la cheville.

25

Au loin, le muezzin appelait les fidèles à la première prière. Le jour allait bientôt se lever. Maëlys enfila un gros pull et sortit de sa chambre sans faire de bruit. Pétronille et les enfants dormaient encore. Comme chaque matin, elle emprunta le sentier qui descendait vers le fleuve. Avec les pluies qui tombaient régulièrement chaque fin d'après-midi depuis la mi-juillet, son lit avait grossi. De loin, le Niger semblait paisible, majestueux, mais dès qu'on s'approchait de la rive, on devinait les remous et les tourbillons. Les berges humides et verdoyantes regorgeaient d'insectes et de petits animaux. On ne les voyait pas, mais on pouvait entendre un bourdonnement dominé par le piaillement des oiseaux virevoltant d'un arbre à l'autre. Le fleuve donnait la vie, il la reprenait aussi. Dix jours plus tôt, deux jeunes s'y étaient noyés, un peu en aval de Gao. Ils étaient venus en groupe pour s'amuser sur la plage et se baigner. Alertés, les piroguiers-plongeurs avaient recherché les corps. L'un avait été retrouvé le jour même, l'autre le lendemain. Le drame avait bouleversé Pétronille qui avait renforcé sa vigilance lorsqu'elle venait au bord du fleuve avec les enfants, gardant sa marmaille à l'œil l'angoisse au ventre. Quand un gosse échappait à sa vue, elle s'époumonait et hurlait son prénom jusqu'à ce qu'il réapparaisse.

Maëlys attrapa une poignée de terre et la fit couler entre ses mains. Le limon jaune du fleuve se mélangeait à la terre rouge. Elle aimait ce contact. Cette sensation que la poussière file entre ses doigts comme un sablier égrène le temps. Ce temps qu'on ne peut retenir comme on ne peut dompter la terre et l'eau. Quoi qu'on fasse, on était soumis à la volonté des éléments. Elle soupira de bonheur, heureuse d'être en vie, heureuse d'être là même si l'avenir s'annonçait sous un ciel nuageux. Sa mission à la ferme était terminée et l'IRD n'avait pas renouvelé son contrat de coopération. Après l'attaque, elle n'avait plus eu aucun espoir de voir se prolonger son contrat au Mali. Son directeur n'avait pas compris qu'elle se soit opposée à son rapatriement. N'importe quelle personne sensée aurait accepté. Il était hors de question pour lui qu'un de ses employés mette ainsi sa vie en danger. Il l'attendait à Paris.

Maëlys avait joué sa dernière carte en posant les semaines de congés qui lui restaient pour demeurer avec Pétronille, comme elle le lui avait promis. Un sursis. Un bonus. Des jours déjà bien entamés. Bientôt il faudrait faire les valises, retourner à Bamako et embarquer dans un avion pour la France. Elle n'osait imaginer cet instant terrible où elle devrait dire au revoir à l'Afrique. Savoir que sa famille l'attendait ne la consolait pas. Elle les avait bien sûr rassurés lorsqu'ils avaient appris qu'elle avait été blessée. Elle les aimait, mais elle ne resterait pas en France. Pas encore. Son existence était là. Auprès du fleuve, les mains dans la terre.

Elle respira. Comme chaque matin depuis son installation à l'orphelinat, elle s'assit sur la coque d'une pirogue appartenant à un pêcheur qui habitait non loin de là. Elle aimait se réserver ce moment de calme et de solitude, quand Pétronille et les enfants dormaient encore. Elle restait là, guettant le moment où le soleil pointerait à l'horizon dans la clarté blanchâtre qui précède le jour, quand les températures étaient encore marquées par la fraîcheur de la nuit. Le spectacle était magnifique. Sans artifices, dépouillé. Rien que la nature, les couleurs, les odeurs. Un instant de paix où elle ne pensait à rien et demeurait dans la contemplation. Parfois, elle songeait à la journée écoulée, ou à celle qui s'annonçait. Aux activités qu'elle proposerait aux enfants. À la complicité qui l'unissait à Pétronille. Elle rêvait aussi d'Arturo, se rappelait le tourbillon des sens qui l'avait emportée une nuit durant. Magie du plaisir. Elle sentait son corps frémir, son ventre s'embraser, et elle serrait les cuisses pour emprisonner le souvenir. Arturo lui avait envoyé un long message après les événements, lui conseillant vivement de quitter Gao et lui recommandant la prudence. Il avait terminé sur ces mots : « *J'ajouterais bien la définition du mot sagesse… juste au cas où vous l'auriez oubliée. Je sais que ma* linda chica *ne m'écoutera pas. Je sais qu'elle n'en fera qu'à sa tête. Prenez grand soin de vous.* » Elle aimait ce vouvoiement qu'il continuait d'utiliser même si c'était totalement dépassé après la folle nuit qu'ils avaient vécue. Elle n'avait pas répondu à ce courrier. Plus tard, peut-être. Lui dirait-elle qu'elle abandonnait Gao contrainte et forcée ? Qu'elle n'avait pas encore quitté l'Afrique mais qu'elle cherchait déjà le moyen d'y retourner? Lui rappellerait-elle sa promesse de l'inclure dans son projet? Elle haussa les épaules. Elle n'avait pas envie de lui réclamer quoi que ce soit, ni de montrer son impatience. Il lui dirait une fois de plus qu'elle était capricieuse. Ce qui n'était pas faux... Certains jours, elle envisageait de démissionner et de mener sa vie ici, avec Pétronille. Plus d'obligations en dehors de l'éducation des enfants recueillis par la franciscaine. Plus d'attaches administratives. Plus de chef auquel il fallait obéir. Et plus de salaire... L'argument qui coinçait. Parce qu'elle continuait à envoyer à sa famille des versements réguliers pour aider aux dépenses du quotidien. Parce qu'elle achetait ainsi sa conduite et son éloignement, pour ne pas dire sa tranquillité d'esprit.

Elle contempla l'arc-en-ciel au-dessus du fleuve et oublia un instant tout le reste. Le rose se teinta d'orange, puis le soleil apparut à l'horizon. En quelques minutes, la température grimpa de plusieurs degrés, balayant la fraîcheur de la nuit. Les gouttelettes de rosée sur les herbes hautes séchèrent presque instantanément, le bruissement des insectes et le piaillement des oiseaux s'accentuèrent.

Maëlys quitta son banc de fortune. Les premiers pêcheurs arrivaient. Ils poussèrent les pirogues jusqu'à l'eau. Elle les regarda s'éloigner à grands coups de pagaie. Certains lançaient des filets. D'autres, qui avaient abandonné cette technique, relevaient leurs nasses déposées la veille dans le fleuve, vidaient les poissons dans un seau et remettaient les casiers à l'eau. Les changements climatiques, la persistance des sécheresses surtout, avaient transformé les traditions ancestrales. La baisse du niveau des eaux, constatée même en saison humide, avait fait disparaître certaines espèces de poisson. Celles qui restaient se reproduisaient moins vite. La faune n'était plus aussi abondante. Toutes les heures de travail passées sur le fleuve ne permettaient plus de nourrir une famille.

Un jeune homme arriva, descendit sur la berge, entra dans l'eau et s'immergea jusqu'au nombril. Armé d'un harpon, il avançait en frappant de temps à autre la surface avec son arme. Maëlys l'observa, se demandant s'il parviendrait à remplir son panier. Elle consulta sa montre, saisit une dernière poignée de terre qu'elle fit couler entre ses doigts, puis reprit le chemin de l'orphelinat. Pétronille et les enfants ne tarderaient pas à se réveiller. Dans la cour, elle aperçut un homme qui tournait autour du vieux Trafic Renault qu'elle avait acheté en quittant la ferme. Le véhicule était en bout de course, elle savait qu'elle ne pouvait pas le faire rouler pendant des heures, mais il lui était bien utile pour transporter les provisions lourdes et encombrantes qu'elle allait chercher à Gao et ses alentours. Maëlys avait songé qu'après son départ, cet utilitaire rendrait encore bien des services à Pétronille. Elle pressa le pas, ralentit en reconnaissant Abubakar, un jeune venu à la ferme pendant plusieurs semaines pour suivre ses cours. Le maraîchage et l'élevage l'avaient passionné. Maëlys se rappela qu'il avait été particulièrement attentif le jour où elle avait présenté son projet apicole. Il habitait désormais un village à la sortie de Gao et venait volontiers donner un coup de main quand il y avait des gros travaux à faire à l'orphelinat, moyennant quelques billets.

— Tu viens pour la toiture ? demanda Maëlys en souriant. C'est huit jours trop tôt ! Tu n'avais pas noté la date ? Je n'ai pas le matériel. Je vais faire un café. Tu en veux un ? Il y a du thé, si tu préfères.

Il ne broncha pas. Il n'avait pas l'air affable qu'elle lui connaissait habituellement et affichait une mine fermée, voire antipathique et méchante. Elle comprit trop tard qu'il n'était pas venu pour le bricolage. Trois hommes vêtus de noir et armés de fusils mitrailleurs surgirent derrière lui et la mirent en joue. Le bruit des armes qu'on recharge la bloqua sur place. Si elle se sauvait, ils n'auraient aucun scrupule à lui tirer dans le dos. Si elle restait… Si elle restait, elle préférait ne pas imaginer ce qu'ils feraient d'elle. Et Pétronille ? Et les enfants ? Elle devait engager le dialogue. Peut-être existait-il un peu d'humanité derrière les cagoules qui masquaient les visages de ces terroristes. Car elle en était certaine, elle était face à des djihadistes.

— Abubakar, nous n'avons rien ici, tu le sais.

Il demeura impassible, la fixant d'un œil mauvais.

— Ne faites pas de mal aux petits. Ils sont du même sang que vous. Ni à Pétronille qui est leur mère à tous.

— Ta gueule ! rugit-il.

Affolée, Maëlys recula d'un pas. Elle trébucha sur la racine d'un arbre et manqua de tomber. Elle ferma les yeux, songeant que sa dernière heure était venue. Qu'ils fassent vite ! Et que le Dieu de Pétronille l'aide à ne pas s'effondrer, elle ne voulait pas pleurer devant eux. Elle refoula les larmes qui gonflaient ses paupières. Elle vacillait sur ses jambes. Surtout ne pas fléchir. Elle attendit, tétanisée par la peur. Rien ne se passa. Elle ouvrit de nouveau les yeux et vit les hommes discuter entre eux. Elle ne comprenait pas un mot de leur conversation, mais à les voir s'agiter, elle comprit qu'ils n'arrivaient pas à se mettre d'accord. Elle se demanda si cette dispute lui serait favorable, ou pas. L'un des hommes éleva le ton. Elle pria pour que personne n'ait entendu ses cris depuis les chambres. Si les enfants se réveillaient et se mettaient à hurler, ces trois hommes armés feraient un carnage…

—File-moi les clés de ton camion ! aboya Abubakar.

Elle obéit et se sentit soudain soulagée. S'ils n'étaient intéressés que par cette antiquité sur roues, qu'ils la prennent et qu'ils aillent au diable. Mais son apaisement fut de courte durée.

—Viens, et obéis. Si tu fais une connerie, on bousille les gosses et la religieuse.

Un fusil pointé dans son dos, l'un des terroristes la fit avancer jusqu'à une voiture garée de l'autre côté de l'orphelinat. Maëlys ne put réprimer un gémissement quand il l'attrapa par le bras pour la pousser à l'arrière du véhicule. Ses plaies cicatrisaient à peine et son épaule restait très douloureuse. La Toyota démarra quand Abubakar les rejoignit avec le Trafic. Les deux véhicules prirent la piste, puis la RN 8 à la sortie de Gao. Maëlys était pétrifiée. L'orphelinat était hors de danger, mais elle ? Que prévoyaient-ils pour elle ? Elle regretta de ne pas être partie comme on le lui avait conseillé. Son entêtement la tuerait. À une vingtaine de kilomètres au nord de Gao, ils croisèrent une patrouille. Pendant quelques secondes, elle espéra qu'ils finiraient par être arrêtés par un barrage, nombreux dans la région.

Mais ils passèrent à chaque fois. Ils roulèrent ainsi pendant quatre heures. Arrivés aux abords d'un village, ils ralentirent. Maëlys essaya de calculer les kilomètres parcourus. Ils devaient approcher de Tessalit. La Toyota s'arrêta à la sortie du bled qu'ils venaient de traverser. Abubakar freina juste derrière eux. Maëlys songea que Pétronille avait forcément constaté l'absence du Trafic, mais il y avait peu de chance qu'elle ait donné l'alerte. Elle avait sûrement cru qu'elle était partie en ville faire des achats. Les trois hommes coiffés de turbans noirs bondirent hors du véhicule, armèrent leurs fusils et crièrent :

— *Allahu akbar !*

Un gosse se sauva en hurlant. Une rafale de mitrailleuse mit fin à sa course. Maëlys vit une tunique blanche marbrée de rouge voler dans les airs, puis elle entendit une femme gémir. Les coups de feu reprirent. Maëlys se recroquevilla sur son siège et plaqua ses mains contre ses oreilles. Elle ne voulait rien voir, rien entendre. Un homme l'empoigna et la fit sortir de la Toyota avec une telle violence qu'elle mordit la poussière. Elle se redressa péniblement. À dix pas d'elle, le gamin continuait à se vider de son sang, gisant sans vie sur le sol. Une vingtaine d'hommes, de femmes et d'enfants étaient agenouillés devant le corps, les bras croisés au-dessus du crâne. Un peu à l'écart, une jeune mère serrait un bébé sur sa poitrine. Personne n'osait lever les yeux.

— Enfile ça ! ordonna Abubakar en tendant un boubou à Maëlys.

C'était un joli vêtement coloré, comme en portent les Africaines dans les régions qui ne sont pas soumises à l'islam intégriste. Elle passa la robe sur son jean et son tee-shirt. Un terroriste poussa un mugissement de satisfaction. Sans doute son habillement à l'occidentale l'avait-il choqué. Il lui jeta une sorte de grand foulard. Elle comprit qu'elle devait couvrir sa tête. Tandis qu'elle s'exécutait, un des autres assaillants brailla quelques mots à un villageois et lui fit signe de le suivre. Le pauvre homme se leva sans broncher. Ils s'éloignèrent du groupe. Le troisième terroriste tendit alors un couteau à Abubakar et lui hurla un ordre. L'adolescent s'approcha de Maëlys, la toisa quelques instants, fit demi-tour et revint vers le groupe de prisonniers. Il les passa en revue en prenant son temps, et s'arrêta soudain devant une gamine. Elle ne devait pas avoir plus de 10 ans. Maëlys le vit hésiter quelques secondes, puis il abattit son couteau sur la petite et lui trancha la gorge d'un coup sec. La mère se précipita sur l'enfant en hurlant de terreur et de chagrin. Abubakar pointa aussitôt la lame de son poignard sur son cou. Les sanglots cessèrent d'un coup et la femme recula. Un spasme violent secoua Maëlys. Elle se courba en deux et vomit. Un coup de crosse lui arracha un cri qui la fit se relever. Elle sentit comme une source de chaleur irradier dans son dos. La plaie de son épaule s'était rouverte et du sang coulait. Le terroriste parti avec le villageois revint vers le groupe. Le pauvre homme traînait deux bidons remplis d'essence. Les deux hommes remplirent les réservoirs du Trafic et de la Toyota. L'un des terroristes, le chef semblait-il, lança une arme en direction d'Abubakar, qui l'attrapa à la volée et la leva vers le ciel. Puis il tira sans s'arrêter et vida le chargeur. La mitraillette fumait encore quand il la reposa contre sa jambe. Un air victorieux et la folie se lisaient sur son visage. Maëlys comprit qu'il avait gagné son arme en tuant la fillette. Le prix à payer pour être intégré au groupe. Il avait choisi d'assassiner cette gamine plutôt que la Française. Pourquoi avait-il décidé de l'épargner ? Pour en faire une monnaie d'échange ? Pour annihiler tout ce qu'il détestait en elle, sa condition de femme libre, son autorité, tout ce qui était interdit à la femme chez les musulmans intégristes ? Comment ce jeune avait-il pu basculer ainsi dans l'horreur, lui qui s'était montré si discret et si attentif lorsqu'il venait à la ferme, empressé de bien faire. Elle avait cru en lui, persuadée qu'il deviendrait un bon paysan, un chef de famille capable de subvenir aux besoins des siens. Là, elle avait devant ses yeux un homme chargé de haine, capable de massacrer un enfant et de cracher sur sa dépouille. Un dingue assoiffé de sang qui avait oublié le sens de la vie et marchait dans les flaques écarlates en ignorant les cadavres, s'agitant, sautant, clamant combien Dieu était grand… Dieu et son pouvoir incommensurable, qui avait transformé le plus doux des hommes en machine à tuer, sans âme ni cœur…

Le chef donna enfin le signal du départ, mettant fin à cet horrible spectacle. Maëlys fut de nouveau poussée à l'arrière de la Toyota. Elle eut un dernier regard vers les villageois alors que la voiture s'éloignait du village et prenait la route du nord. Elle se dit que personne ne lui viendrait en aide. Tôt ou tard, ces meurtriers en finiraient avec elle. Pourvu que ce soit le plus vite possible. Les otages finissaient toujours par être oubliés… Elle se cala sur la banquette arrière en se collant le plus possible à la portière, appuya son visage contre la vitre. Elle songea à sa mère, à Morgan et à Corentin qu'elle avait écartés de son existence. Elle ne les reverrait pas. Leur avait-elle dit qu'elle les aimait ? Non, jamais. Son cœur se serra, elle ferma les yeux et laissa ses larmes couler.

26

Morgan posa son pinceau et caressa son ventre. Bientôt, elle ne pourrait plus cacher sa grossesse. Bientôt, les pulls amples, les chemises ou les larges tee-shirts ne dissimuleraient plus cette jolie bosse. Bientôt, toute l'île serait au courant. Qu'imaginerait-on ? Qu'elle avait couché avec un homme dans le dos de sa compagne ? Qu'elle était allée aux Pays-Bas pour bénéficier d'une insémination artificielle que son statut d'homosexuelle ne lui permettait pas d'avoir en France ? Elle envisageait déjà tous les commentaires acerbes qui ne tarderaient pas à venir. Elle mit de nouveau la main sur son nombril et sourit. Elle saurait dépasser les cancans et les ragots. Il n'y avait qu'une seule chose qui la souciait : les Saint-Luan. Qu'allaient-ils comprendre ? Cette peste de Marie-Françoise était loin d'être une idiote. Et si elle décidait d'attribuer officiellement la paternité à l'un de ses fils ? Imposerait-elle de conclure un marché ? Et elle, Morgan, que choisirait-elle ? Le silence, plutôt qu'une accusation de viol ? L'histoire des deux familles se répétait…

— Maman n'est pas là ? demanda Corentin en arrivant dans le jardin.

— Elle est partie chez Gwen avec Liam. Il leur montre les photos qu'il a prises à l'Assomption. La procession avant la messe et la bénédiction de la mer à la sortie de l'église, près du Men Brial. Il voulait aussi avoir quelques renseignements sur la cuisson de certains fruits de mer et des recettes de galettes et de pâtisserie traditionnelle.

— Des recettes pour son polar ?

— Oui. Je crois même qu'il a l'intention de leur en lire un passage pour être sûr de la justesse de son ton.

— Elles vont être ravies de l'exercice. Les avantages d'héberger un romancier. Au moins, ça pimente les journées.

— Tu as raison. Liam est distrayant. Maman aussi l'apprécie.

— Que faisais-tu ?

— Je voudrais rajeunir ce banc, soupira Morgan en montrant un seau de peinture. Ce n'est pas gagné !

— Il faut d'abord faire sauter l'ancienne couche et tout décaper. Sinon, tu vas travailler pour rien.

Corentin observa un instant sa sœur. Elle était bien sérieuse et ce n'était sûrement pas ce banc à rénover qui la tourmentait.

— Il y a un problème ? Tu sembles inquiète.

Elle lui fit part de ses interrogations. Que ferait-elle si Marie-Françoise découvrait qu'un de ses fils était le père du bébé ?

— Ne stresse pas, dit-il. On te protégera. Ton enfant aussi. Personne ne vous fera de mal. Jamais. Je te le promets.

Il baissa la tête, les paupières gonflées de larmes par l'émotion. Il attrapa un couteau de peintre et s'approcha du banc. Il le retourna et commença à décoller la peinture. Morgan l'entendit renifler mais se garda bien de faire une remarque. Elle déposa un baiser sur sa tempe. Son frère n'avait pas l'habitude d'ouvrir son cœur, encore moins de dévoiler ses sentiments.

— Ce sera vite fait, assura-t-il en toussant pour éclaircir sa voix enrouée. Tu n'auras plus qu'à mettre une jolie couche de couleur.

Elle sourit, soulagée. Depuis la terrible scène qui les avait opposés début juillet, ils retrouvaient enfin leur complicité. Pendant des jours ils s'étaient observés comme chien et chat, au grand désespoir d'Yvonne qui n'entendait rien à leur fâcherie mais avait compris que c'était grave. Même Liam ne savait plus sur quel pied danser et il venait à table l'estomac noué. Corentin n'avait présenté aucune excuse malgré ses propos insultants. Morgan, elle, avait campé sur ses positions : elle garderait le bébé. Il y avait eu surtout le secret de la naissance de Maëlys qui s'était immiscé entre eux, véritable chape de plomb posée sur leur discorde. Il avait fallu un événement dramatique et inattendu pour bouleverser la donne. Le lendemain du 14 juillet, alors que la soirée était déjà bien entamée, deux gendarmes avaient frappé à la porte, ils étaient accompagnés par deux fonctionnaires envoyés par le ministère de la Défense. Ces derniers annoncèrent à la famille Kersanton que Maëlys avait été blessée suite à une attaque terroriste à Gao. Le choc avait été tel qu'Yvonne était restée sans réaction, comme si le ciel lui était tombé sur la tête. Corentin s'était ressaisi le premier, posant beaucoup de questions sur les circonstances de cette attaque, tandis que Morgan s'était contentée de savoir comment allait sa sœur. Des blessures sans gravité, avait répondu l'un des fonctionnaires. Si son état nécessitait des soins, elle ne devrait pas tarder à sortir de l'hôpital militaire de Gao qui l'avait prise en charge. Elle serait bientôt rapatriée en France. Passé le coup qui l'avait laissée sans voix, Yvonne était tombée dans le déni. Ces types se trompaient, il n'était rien arrivé à Maëlys. D'ailleurs, ils n'avaient aucune preuve de ce qu'ils avançaient. Sa fille allait bien, elle l'avait écrit à sa sœur, lui racontant combien elle était heureuse de voir de jeunes Africains se consacrer avec autant d'ardeur au travail de la terre. Morgan avait objecté que ce dernier message datait de la semaine passée, mais Yvonne n'avait pas écouté, reprenant la couture d'une housse de coussin comme si de rien n'était… De son côté, Corentin avait renoncé à toute explication. Mais par précaution, il avait appelé le médecin. Celui-ci avait expliqué que fuir une réalité, voire la nier, était une stratégie relativement simple pour lutter contre un traumatisme. Inconsciemment, pour se protéger, Yvonne refusait de croire que sa fille ait pu être blessée. Mais il n'y avait pas lieu de s'inquiéter. D'ici à quelques jours, elle finirait par admettre la réalité. La colère pourrait prendre le dessus mais, là encore, pas d'inquiétude, elle retomberait dès le retour de Maëlys. Le bonheur de retrouver sa fille lui ferait tout oublier. Problème : Maëlys n'était pas rentrée… Elle avait donné plusieurs fois de ses nouvelles, évoquant les soins prodigués par les infirmières et les médecins. Ses lettres étaient plutôt gaies et pleines d'humour. Elle décrivait ses plateaux-repas accompagnant ses mots d'un « miam » ou d'un « beurk » en fonction des menus. Elle s'amusait aussi des gentilles plaisanteries dont elle faisait l'objet de la part du personnel soignant, victime consentante car seule femme parmi tous les blessés. Lorsqu'elle avait quitté l'hôpital militaire, elle était retournée à la ferme. Quand Morgan lui avait demandé à quelle date était prévu son retour en France, elle avait répondu qu'elle souhaitait d'abord terminer sa mission, puis qu'elle solderait ses congés auprès de son amie Pétronille, une sœur franciscaine qui s'occupait d'un orphelinat à Gao. Morgan avait été consternée par la réponse. Corentin était entré dans une terrible colère.

— Les autres comptent plus que nous pour elle. Et je sais pourquoi ! Elle n'est pas de notre sang ! Avant de connaître la vérité, je ne savais pas expliquer son attitude. Maintenant, c'est clair !

— Chut ! Tais-toi ! Maman doit ignorer que nous sommes au courant. On pourrait la tuer.

— C'est Maëlys qui tue notre mère. Et ça fait trente ans que ça dure ! avait riposté Corentin.

— Tais-toi, je t'en prie. Tu peux m'insulter, continuer à me faire la gueule, mais protégeons maman.

La discussion s'était arrêtée là. Peu à peu, Corentin était revenu à de meilleurs sentiments avec sa cadette. Il avait renoué le dialogue et se montrait plus doux, plus tendre, plus attentionné. Puis il avait commencé à poser des questions sur le bébé dont il attendait la venue avec bienveillance, dissimulant son impatience derrière une pudeur toute masculine. Il aurait voulu cependant que Morgan se décidât à annoncer sa grossesse à sa mère. Ils n'étaient que deux dans le secret. Margaret, qui avait été partagée entre chagrin et bonheur en apprenant la nouvelle, et lui.

Il retourna le banc et continua de faire sauter la peinture à grands coups de couteau, y mettant toute sa force. Il lui suffisait de songer qu'il avait en face de lui l'un des gars Saint-Luan et sa colère se transformait en rage. Il leur aurait arraché la peau s'il l'avait pu. À défaut, il ôtait la vieille peinture du banc... Il épongea son front en sueur d'un revers de la main.

— Il fait lourd.

— La météo a annoncé des orages pour ce soir, répondit Morgan.

Elle leva les yeux vers le ciel assombri. Elle frissonna malgré la chaleur ambiante et enfila le vieux gilet qu'elle portait pour bricoler. Elle était sans doute la seule à avoir froid. Le thermomètre affichait 26 degrés, une température exceptionnelle sur l'île. On entendait les cris et les rires des enfants jouant sur la plage, au pied du quai du Paimpolais. Les touristes avaient envahi le sable dès la basse mer. Ils ne tarderaient pas à regrouper leurs affaires, l'heure du dernier bateau en partance pour le continent approchait.

— Tu devrais le dire à maman, maintenant, murmura Corentin sans lâcher son outil.

Morgan posa ses fesses sur un seau retourné. Elle le ferait, mais comment annoncer à sa mère qu'elle était enceinte sans raconter le viol dont elle avait été victime ? Un bruit interrompit sa méditation. Elle vit l'hélicoptère de la Sécurité civile s'approcher des côtes. Elle resserra les pans de son gilet sur sa poitrine.

— Probablement un baigneur qui a fait un malaise, supposa Corentin qui avait suivi le mouvement de l'appareil. Encore un touriste qui reste des heures à cramer sur sa serviette avant de se jeter à l'eau ! Parle à maman avant qu'elle ne s'en aperçoive elle-même. N'attends pas pour le faire, elle n'en serait que plus contrariée.

— Oui, je vais lui dire, chuchota Morgan qui n'avait pas trouvé de solution à son problème. J'ai tout de même peur du choc que je vais lui causer. J'aurais aimé que…

— Que quoi ?

— J'espérais un retour rapide de Maëlys. Je pensais qu'avec elle à la maison, tout serait plus facile.

— Mets-toi une bonne fois pour toute dans la tête qu'on ne peut pas compter sur elle ! Ce n'est pas une Kersanton. Elle n'est pas comme nous. Aurais-tu oublié qu'elle est la fille de cette chienne de Saint-Luan ?

— Ne crie pas, je t'en prie. Je n'oublie rien, mais Maëlys n'y est pour rien. Elle ne sait même pas qui elle est. Elle a toujours été un peu différente, c'est tout. Elle n'aime pas l'île, elle ne s'en est jamais cachée. On ne peut pas lui reprocher d'avoir menti à ce sujet. Elle a toujours voulu partir et elle l'a fait. Mais elle ne nous a jamais abandonnés. On ne vivrait pas aussi bien sans son argent.

— Son fric… Ça oui, elle sait le donner. J'aurais préféré qu'elle nous accorde un peu d'elle et de son temps.

— Moi aussi. Mais on ne peut pas effacer ce qu'elle fait pour nous. Sans ses virements, il y a belle lurette qu'on aurait vendu les terres sur la lande. On peut lui faire des reproches, mais il faut reconnaître sa générosité.

— Mouais... Tu la défends bien! Malgré tout, je persiste à dire qu'elle se fiche de nous.

— Non, elle tient à nous. Simplement, elle ne respire pas ici. Elle a besoin de se sentir libre, d'être ailleurs. L'île, c'est comme une cage pour elle.

— Pour moi aussi, parfois.

— Je...

Morgan ne put terminer sa phrase, quelqu'un avait sonné à la porte. Elle revint vers la maison, longea le couloir du vestibule jusqu'à l'entrée et ouvrit. Sur le seuil, deux gendarmes la saluèrent. Derrière eux se tenaient deux hommes en civil. Elle s'appuya contre le chambranle, prête à défaillir. Le cauchemar recommençait. Elle songea immédiatement à Maëlys. Il lui était arrivé quelque chose et c'était grave. Elle sentit des bras se glisser sous les siens. Quelqu'un l'aida à marcher jusqu'au séjour puis à l'asseoir sur un fauteuil. Elle ferma les yeux quelques instants. Corentin lui tendit un verre d'eau.

— Nous venons voir Mme Yvonne Kersanton, dit l'un des gendarmes.

Yvonne, qui venait de rentrer de chez Gwen avec Liam, s'approcha. Un des hommes en costume prit la parole. L'information tomba comme un couperet.

— Nous avons le regret de vous annoncer que votre fille Maëlys Kersanton est actuellement portée disparue au Mali.

À ce moment précis, des éclairs zébrèrent le ciel noirci et le tonnerre gronda à plusieurs reprises. Un torrent d'eau se déversa comme si on avait crevé les nuages d'un seul coup. Une mare se forma devant la porte-fenêtre du jardin restée ouverte. Personne ne bougea. Liam réagit le premier et alla repousser les battants. Yvonne s'assit, l'air un peu égarée. Pourtant, sa voix ne tremblait pas lorsqu'elle pria l'envoyé du ministère de tout lui raconter.

— Nous ferons tout ce qui est en notre pouvoir pour retrouver votre fille, madame. On la cherche. Des militaires et des enquêteurs spécialisés sont sur le terrain. Les ministères des Affaires étrangères et de la Défense coordonnent leurs personnels sur place pour…

— Vos histoires de ministres ne m'intéressent pas ! Je vous ai demandé de m'expliquer ce qui est arrivé.

— Nous avons acquis la certitude que votre fille Maëlys a été enlevée. Sa disparition a été signalée par sœur Pétronille Bellac il y a cinq jours, une franciscaine qui hébergeait votre fille dans son orphelinat depuis la fin de sa mission. Maëlys avait l'habitude de se lever tôt pour aller se promener, a-t-elle dit aux autorités, et elle revenait toujours de sa balade pour le réveil des enfants. Mais pas ce matin-là. Sa camionnette n'était pas dans la cour quand la religieuse a constaté son absence, toutefois elle ne s'est pas inquiétée outre mesure, Maëlys ayant coutume d'aller et venir à sa guise. Mais le soir, voyant que votre fille ne réapparaissait pas, elle a compris qu'il s'était passé quelque chose d'anormal et a alerté les autorités françaises sur place. Dans sa chambre, à l'orphelinat, on a retrouvé toutes ses affaires, y compris son ordinateur, son téléphone portable, son argent et ses papiers d'identité. La sœur a affirmé que jamais

Maëlys ne serait allée en ville sans son passeport. Les contrôles sont nombreux et vous devez pouvoir justifier de votre identité à chaque barrage. Les premiers éléments de l'enquête ont vite conclu à un enlèvement. Dans la même journée, un village au nord de Gao a été la cible d'une attaque. Les personnes interrogées ont parlé de trois hommes, les terroristes, mais aussi d'une femme, une Blanche que les assaillants traitaient comme un otage. La description qu'ils en ont faite laisse à penser qu'il s'agissait de votre fille.

— Une attaque… Comment ça ? murmura Yvonne.

— Une attaque de djihadistes. Ils s'en sont pris à la population.

— Il y a eu des morts ?

— Oui. Mais un témoin nous a affirmé que votre fille était indemne. Il a vu les terroristes la forcer à remonter dans leur voiture après l'attaque et selon lui, elle n'était pas blessée. Nos hommes recherchent actuellement son véhicule ainsi que celui de ses ravisseurs.

— Pourquoi Maëlys ? Elle qui aime tant le Mali et les gens là-bas…

— Ceux-là n'ont pas de cœur, madame, ils sont guidés par leur fanatisme religieux. Ou par d'autres raisons, peut-être, mais qui nous échappent. On ignore ce qui a pu motiver l'enlèvement de votre fille.

— Ils vont la tuer.

— Il faut garder espoir. L'enlèvement n'a pas été revendiqué.

— Que va-t-il se passer maintenant ? demanda Morgan.

— Les recherches continuent. Nous vous tiendrons bien sûr au courant de l'avancée de l'enquête.

— Au courant de quoi ? Pour nous dire quoi ? Que vous avez retrouvé son cadavre ? Que les recherches ne donnent rien et que sa disparition restera à jamais non résolue ?

— Soyez certaine que nous mettons tout en œuvre pour sauver votre fille et la rapatrier dans les plus brefs délais.

— C'est un cercueil que vous allez nous rapporter, murmura Yvonne.

Elle ferma les yeux, matérialisa le cimetière, le caveau où reposaient ses deux fils et son mari. Et vit le visage de Maëlys qui disparaissait lentement sous la pierre tombale…

27

— Alors, ton Irlandais, il part bientôt ? demanda Gwen.

— Non. Il a repoussé son départ, sourit Yvonne. Je ne sais pas si c'est parce qu'il se plaît ici ou par pitié.

— Ne dis pas n'importe quoi ! Liam se sent bien chez vous. Il a trouvé un cadre qui lui convient pour travailler. Tout le monde y trouve son compte. Il est d'une agréable compagnie, la location de la chambre te rapporte un peu de sous, et lui vous a adoptés !

— Peut-être...

Gwen terminait la préparation d'un flanc au tourteau. Yvonne la regardait en buvant son café. Elle annonça à son amie qu'elle était épuisée et préférait rentrer. Gwen ne la retint pas. L'annonce de la disparition de Maëlys trois jours plus tôt l'avait anéantie. Elle ne fermait plus l'œil de la nuit et semblait avoir abandonné tout désir de s'accrocher à des chimères. Gwen avait tenté de la réconforter, même si elle-même se disait qu'il y avait peu d'espoir qu'on retrouve la jeune femme. Il suffisait d'aller sur Internet, de consulter les nombreux articles évoquant les enlèvements au Mali pour comprendre que les otages étaient rarement rendus à leurs familles. Les intégristes kidnappaient... et tuaient. Gwen priait secrètement pour que Maëlys ne soit pas violentée. Si elle devait mourir, que ce soit le plus vite possible.

— À demain, dit Gwen en embrassant son amie.

— À demain, répondit laconiquement Yvonne.

Elle ferma la porte derrière elle, obliqua à gauche, traversa le village et prit la route du phare. Elle croisa un couple de touristes en balade avec leur petite fille qui trottinait derrière eux, se plaignant de ses sandalettes qui lui faisaient mal aux pieds. Avec ses longs cheveux blonds, elle lui rappelait Maëlys au même âge.

Le cœur d'Yvonne se serra. Elle s'écarta de la chaussée et s'engagea à travers la lande encore bien fleurie en cette fin d'août, un camaïeu de rose et de mauve qui illuminait le paysage. L'île semblait plus douce en cette saison. Yvonne marchait avec difficulté. Ses chaussures s'enfonçaient dans la terre humide et la boue collait aux semelles. Le ciel avait déversé des litres de pluie depuis l'orage et la terre n'était pas parvenue à tout absorber. Un tel déluge en plein été… Yvonne, elle, n'avait pas versé une larme ce soir-là lorsqu'elle avait vu arriver les gendarmes et les hommes du ministère. Elle n'en avait plus de toute façon. Elle avait eu son lot de malheurs. Mais perdre Maëlys était ce qui pouvait lui arriver de pire. Non pas que Corentin et Morgan ne comptaient pas pour elle, mais Maëlys était l'enfant *qu'on ne pouvait pas lui reprendre*. Elle avait juré à Alain qu'elle l'aimerait plus que tout autre et qu'elle la protégerait jusqu'à son dernier souffle.

Elle descendit vers la grève et s'assit sur une pierre à quelques mètres du rivage. Sous les rayons du soleil, la mer offrait une palette de couleurs évoluant du bleu au vert. Elle observa une nuée de mouettes et de goélands qui voltigeaient au-dessus des flots. Ils foncèrent soudain en piquet vers la surface, avant de remonter une proie dans le bec. Trente ans plus tôt, Yvonne contemplait le même paysage. C'était un 2 novembre, le jour de la fête des Défunts. La météo était exceptionnelle, le soleil éclatant dans un ciel sans nuages. Mais l'air était frais, le vent glaçait les joues et les mains, annonçant l'hiver, les tempêtes, l'humidité et le froid. Emmitouflée dans un grand châle de laine, elle avait rejoint Alain qui l'attendait assis sur la pierre, là où elle se trouvait maintenant. Il portait un pull beige et une grosse écharpe noire autour de son cou. Ses cheveux blonds aux pointes légèrement bouclées voltigeaient dans le vent. Ses yeux clairs ressortaient sur sa peau de marin toujours hâlée. Elle l'avait trouvé si beau à cet instant. Plus beau qu'avant… Avant qu'il ne mette son cœur en miettes en s'affichant tout l'été avec Marie-Françoise.

Lequel des deux avait séduit l'autre le premier ? Yvonne avait préféré penser que Marie-Françoise était la coupable et qu'Alain n'avait pu résister aux charmes de cette fille un peu trop dégourdie et délurée. La fin des vacances avait sonné la fin de leur romance. Marie-Françoise était repartie à Concarneau, Alain avait été embauché sur le bateau de pêche de son copain. Ce 2 novembre, c'était la première fois qu'Yvonne le revoyait depuis le jour où elle l'avait surpris en train d'embrasser Marie-Françoise. Le cœur dévasté, elle avait alors prié pour ne plus jamais le croiser. La rentrée scolaire avait facilité les choses. Pensionnaire sur le continent, elle s'était retrouvée loin de lui. Du moins jusqu'aux vacances de la Toussaint. Alain n'ignorait pas qu'Yvonne était de retour sur l'île mais n'osait pas l'approcher. Il s'était confié à Gwen. Il s'en voulait de l'avoir fait souffrir, de s'être laissé piéger par Marie-Françoise. Cette ensorceleuse l'avait hypnotisé ! Qu'Yvonne consente au moins à l'écouter. Gwen avait fait passer le message et Yvonne n'avait pas eu la force de refuser le rendez-vous. Malgré la blessure, elle brûlait d'envie de le revoir. Il était l'homme de sa vie. Elle pouvait bien sortir avec un autre, c'était toujours à lui qu'elle pensait. « Un seul regard, et il peut tout me demander », avait-elle avoué à Gwen.

Elle ne croyait pas si bien dire. Quand elle l'avait retrouvé sur la plage, il avait bafouillé des excuses qu'elle avait à peine entendues. Il n'avait fallu qu'un sourire pour la faire capituler. L'émotion l'avait rendue muette. Alors Alain avait continué à parler, lui murmurant les mots qu'elle avait toujours espérés. Puis, il avait tout lâché. Marie-Françoise était enceinte et les Saint-Luan ne voulaient pas de l'enfant. Ce bébé, c'était le sien, il ne l'abandonnerait pas. Il l'élèverait… avec Yvonne si elle acceptait de l'épouser. L'épouser… Elle n'avait retenu que ce mot comme si tout le reste ne comptait pas. Comme si elle n'avait pas voulu comprendre. Elle avait dit oui au mariage, oui à tout. Alain l'avait embrassée d'un long et doux baiser. Ce baiser dont elle avait rêvé pendant tant d'années. Et ils étaient restés enlacés sur cette petite plage déserte, scellant leurs destins.

Yvonne était repartie le lendemain sur le continent pour terminer son trimestre au lycée avant d'abandonner définitivement ses études.

La cérémonie du mariage avait eu lieu quelques semaines plus tard, juste avant Noël. Ils s'étaient installés dans une maison de la rue du Coq-Hardi, héritage d'un oncle d'Alain décédé sans avoir eu d'enfants. À l'époque, seul le rez-de-chaussée était habitable. Le premier étage et les combles étaient en piteux état, mais peu importait. Alain et ses amis pêcheurs n'avaient pas les deux pieds dans le même sabot, ils feraient les travaux nécessaires. Yvonne était heureuse dans son petit nid. Alain veillait sur elle et lui offrait toute sa tendresse.

À la fin du mois d'avril, on leur avait apporté le nouveau-né, la fille d'Alain et de Marie-Françoise. Yvonne serait la maman. Alain avait promis à sa femme qu'il lui donnerait autant d'amour qu'elle en aurait pour cette enfant. Ils l'avaient appelée Maëlys. Les premiers temps, quand Yvonne contemplait le nourrisson, des images de Marie-Françoise dans les bras d'Alain venaient se superposer à celle du berceau, terrible vision qu'elle n'arrivait pas à effacer de son esprit. Marie-Françoise avait-elle la peau douce ? Alain avait-il aimé embrasser ses seins comme il embrassait ceux de sa jeune épouse ? Avaient-ils connu tous les deux le plaisir, cette félicité dont on parlait à mots couverts et qu'elle avait mis du temps à effleurer ? Elle s'était mariée vierge, un peu gourde, sans aucune expérience sexuelle. Elle ignorait ce qu'attendait un homme d'une femme et ce qu'elle était en droit de réclamer. Et si elle ne parvenait pas à satisfaire son mari comme il avait pu l'être avec Marie-Françoise ? Toutes ces questions la taraudaient et la jalousie l'étranglait. Mais Alain l'avait entourée de tant de caresses et de baisers que les images blessantes avaient fini par s'estomper… Jusqu'à ce qu'on célèbre les noces de Marie-Françoise et du fils Saint-Luan.

Tout le village s'était rendu à l'église, puis au vin d'honneur. Les hommes avaient bu plus que de raison, Alain comme les autres. Yvonne se souvint qu'au bal, il la faisait tournoyer dans ses bras et l'embrassait à pleine bouche, mêlant sa langue à la sienne sans aucune retenue. Jamais il n'avait osé se comporter ainsi en public. Toute sa pudeur s'en était allée. Yvonne n'en avait pas été contrariée, bien au contraire. Son mari affichait leur amour au grand jour. Même Marie-Françoise, dans sa merveilleuse robe de princesse tout en dentelles, n'avait pu ignorer qu'elle n'était plus dans le cœur d'Alain. Vers 22 heures, Yvonne avait quitté la fête afin de reprendre Maëlys qu'elle avait laissée en garde chez une voisine. Alain était resté pour faire ripaille avec ses copains et n'était rentré qu'au lever du jour, puant l'alcool et la sueur, sale, la chemise déchirée. Yvonne, qui s'était levée en l'entendant arriver, avait compris qu'il s'était passé quelque chose de grave en voyant ses yeux gonflés de larmes. Alain avait dessoûlé. Se sentant affreusement coupable, il ne lui avait rien caché. Il avait bu jusque tard dans la nuit. Le fils Saint-Luan, ivre mort, presque inconscient, était incapable de veiller sur son épouse et encore moins de la retenir. Marie-Françoise avait entraîné Alain dans une bicoque de pêcheur, non loin du port. Il n'avait pas pu résister, et ils avaient fait l'amour…

Yvonne regarda la mer. Le souvenir de cet instant, intact, l'étouffa comme si on lui avait planté un poignard dans une blessure pas refermée. Son cœur se serra. Ce jour-là, elle avait cru mourir de douleur. Elle n'avait rien dit, pas le moindre mot, pas le moindre reproche. Incapable de se révolter, elle avait contenu sa colère avec cette affreuse intuition qu'elle était vouée au malheur. Alain s'était jeté à genoux devant elle, la priant de lui pardonner. Jamais plus il ne la ferait souffrir, il le lui promettait. Il n'aimait qu'elle. À jamais. C'était il y trente ans. C'était hier... Yvonne l'avait fixé pendant de longues minutes. Quelque chose lui avait dit alors qu'elle devait pardonner à son mari. Elle ne serait peut-être pas la plus heureuse des femmes, mais si le bonheur existait, c'était auprès d'Alain qu'elle le connaîtrait. Elle ne s'était pas trompée. Leur couple s'était solidifié au fil des jours, les balbutiements de l'amour s'étaient transformés en une passion réciproque. Le visage d'Yvonne était devenu celui d'une femme épanouie, celui d'Alain était réjoui. Elle l'avait toujours eu dans la peau et lui avait appris à l'aimer. Le nom de Marie-Françoise était effacé, l'odieux passé chassé de leur esprit. Au propre comme au figuré, puisque Saint-Luan, qui avait eu vent de l'incartade, avait ramené sa jeune épouse sur le continent aussitôt après le mariage. N'était restée entre Alain et Yvonne que la petite Maëlys.

Elle avait poussé toute seule, comblée d'amour. Quand Corentin était né, deux ans plus tard, Yvonne avait presque oublié qu'elle n'avait pas porté Maëlys. Sur l'île, personne ne s'était avisé de faire une quelconque remarque. On avait enterré le drame. Les Kersanton formaient une famille unie, solide et attachante. Yvonne avait encore donné trois enfants à son mari. Malo, puis les jumeaux Yan et Morgan étaient venus agrandir la tribu. En tant qu'aînée, Maëlys avait régenté la troupe avec une autorité naturelle et son caractère s'était affirmé. Indépendante mais disciplinée, elle ne craignait rien, sauf de perdre sa liberté. Elle avait toujours été sûre d'elle. Sans doute parce qu'elle avait été non pas gâtée, mais choyée de tendresse. Elle avait été le ciment du couple. Plus fort qu'une promesse, un serment à la vie à la mort.

Yvonne saisit une poignée de sable. De gros grains blancs, gris et noirs. Rien à voir avec le sable d'Afrique. Maëlys en parlait souvent. Là-bas, disait-elle, le sable était fin comme de la poussière, jaune-orangé, parfois rouge quand il était mêlé à la terre. Entre les doigts d'Yvonne, le sable filait, fuyait... Un peu comme sa fille qu'elle n'avait jamais pu retenir. Maëlys, la fille des sables lointains...

Pour continuer à vivre, il aurait fallu à Yvonne une bonne raison. Elle n'en trouvait aucune. Elle n'en cherchait plus. La mort... C'était tout ce qui s'offrait à elle. Son esprit était comme piégé dans un étroit couloir dont elle ne voyait plus aucune issue. Elle avait failli, puisqu'elle n'avait pas su protéger Maëlys. Elle n'avait pas le courage d'attendre qu'on lui rapporte un corps sans vie enfermé dans un cercueil. Elle voulait arriver la première dans le tombeau. Rejoindre Alain, Malo et Yan. Être là quand Maëlys les rejoindrait à son tour. Les Barrigènes étaient-elles prêtes à l'accueillir ? Y avait-il un palais sous les flots ? Une ville engloutie comme dans la légende de la ville d'Ys ? Un temple pour des prêtresses parées de voiles célébrant un dieu païen ?

Mourir était la seule échappatoire. La mer lui tendait les bras, prête à la recevoir. Elle retira ses chaussures et s'avança sur la grève. Des petits cailloux picotaient la plante de ses pieds et elle manqua de trébucher. La fraîcheur de l'eau la saisit à peine. Quelques frissons vite oubliés. Tout comme Corentin et Morgan auxquels elle ne songea guère qu'un instant. Elle ne pensait qu'à mourir, à en finir avec la souffrance. La douceur des algues qui s'enroulaient autour de ses chevilles l'apaisa. Quand elle eut de l'eau jusqu'au nombril, la sensation de froid disparut. Ne restait que la délicieuse odeur de la mer et le bruit de l'eau autour d'elle, des clapotements qui avaient la gaieté d'une chansonnette. Ses vêtements trempés et lourds la tiraient vers les profondeurs, encore quelques pas et elle serait immergée jusqu'au cou. Elle ouvrit la bouche toute grande pour aspirer une énorme goulée d'air et but cette eau salée au goût iodé qui lui rappela les baisers d'Alain quand il rentrait de la pêche. Instinctivement, elle tenta de sortir sa tête de l'eau. Ultime réflexe de survie. N'avait-elle pas entendu la petite fille aux cheveux d'or crier sur la plage ?

J'arrive, Maëlys.

Elle sentit ses poumons se déchirer. La douleur ne dura qu'un instant. Ses yeux se fermèrent, se rouvrirent. Bleu, rouge, noir. Rouge, noir. Noir…

J'arrive, Maëlys.

28

Les coudes posés sur les genoux, le menton entre les mains, Corentin regardait ses chaussures. À côté de lui, Morgan fixait l'écran de télévision accroché dans l'angle de la salle d'attente. Le son était coupé. Les images d'une série américaine défilaient sur l'écran. Depuis combien de temps patientaient-ils là ? Trois, quatre heures ? Ils avaient l'impression d'être dans un autre monde, un autre temps. Un couple était assis sur un petit canapé. Un père et une mère dont le fils avait été hospitalisé peu après Yvonne Kersanton. Accident de moto. Par la porte entrouverte, ils assistaient au défilé des urgentistes poussant des brancards en courant. Un nouveau patient venait d'arriver. Les ordres fusaient. On entendait parfois des cris, des pleurs et le bruit du sas qui s'ouvrait et se refermait automatiquement.

Morgan et Corentin patientaient dans une petite pièce aux urgences, la « salle réservée aux familles », indiquait le panneau sur la porte d'entrée. L'attente était interminable. À chaque fois qu'une infirmière s'approchait de la porte, ils se levaient d'un bond de leur siège, l'estomac noué, en quête de nouvelles.

— Je vais aller voir, dit Corentin.

— Ça ne sert à rien. On nous a dit qu'on viendrait nous chercher.

— Ils nous ont peut-être oubliés.

— Je ne crois pas. Ils sont débordés.

Morgan soupira et massa ses reins douloureux. Elle se leva et fit quelques pas, puis se dirigea vers les toilettes. Elle se passa un peu d'eau sur le visage. Ses yeux étaient bouffis par le chagrin. Elle avait l'impression de vivre un cauchemar, redoutait le moment où elle allait se réveiller. Elle revint s'asseoir à côté de Corentin. Une femme en blouse bleue vint déposer des gobelets fumants sur la table basse, un bol avec quelques morceaux de sucre et des petites cuillères.

— Voici du café, messieurs dames. Si vous avez faim, vous trouverez des sandwichs dans les distributeurs à la cafétéria.

Morgan et Corentin la remercièrent d'un hochement de tête poli mais désabusé. Ils n'avaient ni faim ni soif. Aucune envie. Depuis qu'on était venu leur annoncer le geste de leur mère, c'est tout juste s'ils respiraient, comme s'ils étaient en apnée. Ils l'avaient à peine aperçue quand elle avait été embarquée dans l'hélicoptère de la Sécurité civile, le visage couvert par un masque qui l'aidait à respirer. Les secouristes les avaient écartés. Pas de famille à bord de l'appareil pour ne pas entraver les premiers soins. Un des urgentistes s'était adressé à Corentin d'un ton cinglant, lui posant des questions auxquelles le jeune homme avait été incapable de répondre.

— Vous savez ce qui s'est passé ? Non ? On n'en arrive pas là sans une bonne raison. Le pronostic vital est engagé. On emmène votre mère à Brest.

L'hélico avait décollé, laissant Morgan et Corentin les bras ballants. Ils n'avaient pas réalisé ce qui arrivait, rien compris, si ce n'est que c'était leur faute. Les mots du médecin, implacables, résonnaient encore. *On n'en arrive pas là sans une bonne raison.* À quelques pas d'eux, le père Pouzané, un gendarme, un couple et une petite fille attendaient. L'homme, trempé, était enveloppé d'une couverture. Il s'était approché de Corentin.

— Nous avons alerté les secours. Notre fille criait qu'une dame était entrée dans la mer tout habillée. Je suis allé voir. J'ai hésité quelques secondes car je ne distinguais rien. J'ai cru que la petite racontait n'importe quoi. À cet âge... Puis j'ai aperçu votre mère et je me suis jeté à l'eau tandis que ma femme courait vers le poste de secours. J'ai réussi à la tirer vers le bord, elle était inconsciente. Un médecin est arrivé et a tenté de la réanimer. Puis il y a eu des infirmiers... J'aurais voulu prévenir quelqu'un, mais elle n'avait pas de pièce d'identité avec elle. Sur le sable, je n'ai trouvé que ses chaussures. C'est le monsieur âgé qui l'a reconnue et qui a donné son nom au gendarme. Corentin s'était tourné vers le père Pouzané, puis vers la petite fille. Il aurait voulu les remercier, mais ses jambes avaient commencé à trembler et il avait dû s'asseoir sur le muret de pierre. Puis deux nouveaux gendarmes étaient arrivés. Ils avaient promis qu'un second hélicoptère viendrait les chercher pour les emmener au CHU de Brest.

Cela faisait des heures maintenant qu'ils patientaient, attendant qu'un médecin vienne leur donner des nouvelles. « Le pronostic vital est engagé », avait dit un des urgentistes sur la plage. Cette phrase tournait en boucle dans leur cerveau. Une femme en pleurs entra dans la salle d'attente et s'effondra sur une chaise. L'interne qui l'accompagnait lui murmura quelques mots. Sa fille avait été victime de brûlures dans un accident domestique. Un médecin arriva au même moment et s'approcha de Corentin et Morgan. Enfin ! Il leur proposa de s'installer dans une pièce contiguë à la salle d'attente. Il les fit rentrer et ferma la porte, puis les invita à s'asseoir. Les fauteuils en simili cuir rouge détonaient dans ce réduit sans fenêtre et aux murs beiges. L'hôpital avait cru bon d'y ajouter des plantes artificielles pour rendre l'endroit plus agréable, mais le lieu était terne et triste.

— Votre maman est toujours dans le coma, annonça-t-il. Nous ne savons pas quand elle en sortira, ni même si elle en sortira. La submersion a entraîné une insuffisance respiratoire et une hypoxie.

— Une hypoxie ? interrogea Morgan.

— Un manque d'oxygène. Nous ignorons combien de temps cela a duré. Ce qui rend le pronostic difficile. Les quarante-huit heures à venir seront décisives. Votre mère souffre d'un œdème pulmonaire et son cœur, qui ne montrait plus d'activité lorsqu'elle a été sortie de l'eau, peine à fonctionner.

— Elle a mal ?

— Non, elle ne sent rien. Le rapport de police ne fait pas mention d'un accident, plutôt d'un geste suicidaire. Il y avait un terrain prédisposé ? Était-elle malade ?

On n'en arrive pas là sans une bonne raison. Corentin expliqua au médecin que l'année écoulée avait été particulièrement éprouvante pour elle. Il y avait d'abord eu le décès de leur père… C'est à ce moment-là qu'elle avait flanché. Impuissants, ils l'avaient vue sombrer dans une profonde dépression. Elle avait des hallucinations, parfois des gestes violents, il lui arrivait même de s'automutiler.

— Elle allait mieux depuis quelques semaines. Mais il y a trois jours, la gendarmerie et deux personnes de Paris sont passées à la maison pour nous annoncer que notre sœur aînée, en mission humanitaire au Mali, était portée disparue. Elle aurait été enlevée. Le choc a été énorme pour notre mère. Depuis cette terrible nouvelle, nous n'avons reçu aucune autre information de la part des autorités. Rien. Cette attente est insoutenable. Ma mère est encore fragile, nous n'avons pas su détecter sa détresse…

Le praticien hocha la tête. Il y avait de quoi être au bout du rouleau, mais il garda pour lui ses commentaires et s'en tint à des considérations purement médicales. Lui était là pour réparer les corps, l'équipe de psychiatrie s'occuperait du reste.

— Nous aurions besoin de savoir quels médicaments son médecin généraliste lui a prescrits, reprit-il. Si vous pouviez nous apporter les ordonnances… Vous devrez aussi passer au guichet des admissions avec sa carte Vitale afin qu'on puisse établir son dossier d'entrée.

— Nous habitons à Sein ! On est partis comme des fous, sans le moindre papier…

— Demain, alors. Mais sans faute.

Morgan soupira. Sa mère était entre la vie et la mort et on lui réclamait de la paperasse.

— Je veux d'abord voir ma mère ! lâcha-t-elle, ne parvenant plus à contenir ses nerfs.

— D'accord, je vais vous accompagner. Ne soyez pas surpris, elle a de nombreux hématomes sur ses épaules et son torse. Conséquence des massages cardiaques lors des premiers soins pour la réanimer. Nous avons mis votre mère sous assistance artificielle. Vous allez voir beaucoup d'appareils autour d'elle, ils sont impressionnants, je vous l'accorde, mais ils nous permettent de surveiller et de contrôler toutes les fonctions vitales. Nous avons également posé une sonde gastrique pour éliminer l'eau de mer qu'elle avait avalée, ainsi qu'une sonde urinaire. La couverture isotherme, c'est pour faire remonter la température qui est encore trop basse.

Il se leva et les invita à le suivre. Ils passèrent un sas et entrèrent dans une vaste salle dans laquelle résonnaient des bips-bips. Ils s'avancèrent vers des box vitrés et enfilèrent blouses et masques. Une infirmière leur tendit un flacon de solution hydroalcoolique. Ils se lavèrent consciencieusement les mains et passèrent dans la chambre où Yvonne reposait. Derrière les tuyaux et les machines, Morgan eut du mal à la distinguer. Elle se crispa en apercevant son visage et réprima un cri. Sa mère était méconnaissable. Ses lèvres étaient bleutées et ses paupières enflées comme si on l'avait frappée. Aucune expression. Ni chagrin, ni douleur, ni regret. Rien. Un masque de marbre. Celui de la mort. Elle n'eut pas le courage de l'embrasser et resta figée devant le lit, observant sa poitrine qui se soulevait au rythme du respirateur artificiel. Corentin posa doucement ses doigts sur sa main, puis alla vers le médecin resté en retrait. Morgan ne voulut pas écouter leur conversation. Elle quitta la chambre et longea le couloir jusqu'à une baie vitrée donnant sur une sorte de petit patio où quelques arbustes et fleurs vivotaient entre les mauvaises herbes qui envahissaient l'espace. Elle appuya son front contre la vitre. Voir sa mère ainsi avait été l'épreuve de trop. Elle mettait enfin une image sur le rouleau d'émotions qui la compressait depuis des heures. Elle sortait de l'état de sidération dans lequel elle avait été plongée quand on était venu les avertir de l'accident. Elle sentit gronder la colère en elle mais se calma en voyant Corentin. Les traits avachis, le regard perdu, il avait pris dix ans d'un coup.

On n'en arrive pas là sans une bonne raison.

— Qu'est-ce qu'on a raté ? souffla-t-il. Je n'ai rien vu, rien compris... Si j'avais été là, peut-être que j'aurais pu l'empêcher de faire ça.

— L'empêcher ? répéta Morgan.

Leur mère n'avait pas jugé bon de continuer à vivre... Aujourd'hui, demain ou après-demain, elle serait allée au bout de son geste.

— C'est vrai qu'elle a beaucoup souffert, reprit Morgan. Mais elle n'était pas seule. Nous avons toujours été auprès d'elle. Au moins l'un de nous deux. Ne culpabilise pas. On n'y est pour rien !

— Tu crois ça ?

— Oui. On l'a toujours entourée de soins et d'attentions. Avec notre amour.

— Peut-être qu'on ne l'a pas assez aimée... Peut-être que nous n'avons pas été de bons enfants. Sinon, pourquoi décider de mourir ?

— Je me pose la même question que toi.

Ne pas savoir était une torture. Morgan recensait toutes les hypothèses qui avaient pu pousser leur mère à vouloir mettre fin à ses jours. Elle voulait comprendre l'incompréhensible. Trouveraient-ils un mot, une lettre quand ils reviendraient à la maison ? Leur avait-elle laissé une explication ?

— Et si tout était entièrement ma faute ? Si maman avait fait semblant d'accepter mon homosexualité ? Peut-être que cette idée la révulsait totalement et qu'elle n'a pas pu s'y faire. Aurait-elle deviné ma grossesse ?

— Non, je ne pense pas. Je la connais, elle aurait mis les pieds dans le plat. Elle n'aurait pas râlé, mais elle aurait exigé une explication. Quant à la vie que tu as choisie, elle l'a admise. Il me semble d'ailleurs qu'elle apprécie Margaret. Elles bavardent beaucoup ensemble. Elles se sont trouvé des points communs toutes les deux.

— Oui, tu as raison. Mais si par hasard elle sait, pour le bébé, elle a bien dû se demander comment j'ai fait pour tomber enceinte. Tu crois qu'elle aurait pu apprendre ce qui s'est passé chez les Saint-Luan ? J'aurais dû lui parler, et…

Morgan ne put continuer. Corentin ouvrit les bras et elle se jeta contre sa poitrine, secouée par d'énormes sanglots qui l'empêchaient de respirer.

— Ne dis pas n'importe quoi, chuchota-t-il. Tu te fais du mal et tu vas en faire au bébé.

— Mais pourquoi nous abandonner alors qu'on a besoin d'elle ? On n'a donc pas de valeur à ses yeux ?

— Non… Tu te trompes. Le chagrin te fait perdre la tête. Tu veux te reposer un peu ? Allons dans la salle d'attente. Ils viendront nous chercher si…

— Si elle se réveille ? hurla Morgan. Elle a intérêt, il va bien falloir qu'elle nous explique son geste.

— Tu es fatiguée et à bout de nerfs.

— Je suis fatiguée, c'est vrai ! Épuisée par tous ces drames qui accablent notre famille, comme si le nom des Kersanton n'existait que pour porter malheur ! Et moi, alors ? Et nous ? On compte pour du beurre ?

— Chut ! Ne crie pas.

— Je n'ai pas envie de me taire. Maman a décidé d'en finir sans se préoccuper le moins du monde de ses enfants. Regarde-nous ! On est là, à chialer, et elle, elle s'en fout puisqu'elle ne sent rien et qu'elle dort ! Elle dort après nous avoir précipités dans le chaos !

— Arrête ! Tu risques de balancer des choses que tu regretteras.

— Ça m'étonnerait ! Pas un instant elle n'a pensé à nous !

La violence de la gifle la calma. Corentin recula, se repentant déjà de son geste. Morgan s'appuya contre le mur et se laissa doucement glisser sur le sol. Elle enferma sa tête entre ses mains. Son frère passa un bras autour de ses épaules. *On n'en arrive pas là sans une bonne raison.* Il soupira. Morgan et lui entamaient un long parcours et peut-être leur faudrait-il accepter de ne jamais connaître cette raison.

29

La fraîcheur était tombée. Maëlys dormait recroquevillée sur elle-même, les mains sous sa tête. Piètre oreiller. Son sommeil n'était jamais profond, troublé par d'horribles cauchemars. Chaque nuit, les images de l'enfer défilaient derrière ses paupières. Un gosse qui s'enfuit. Il court, court… S'arrête soudain, déchiqueté par une rafale de mitrailleuse. Une tunique blanche tachée de sang s'envole. Maëlys tend les bras, essaie de l'attraper, mais le vent l'emporte encore plus haut dans le ciel…

Elle sortait toujours de ce cauchemar avec cette dernière image en tête. Puis c'était la petite fille à la gorge tranchée qu'elle voyait, Abubakar brandissant son poignard ensanglanté et criant en dansant autour de son cadavre avec le regard d'un dément. Maëlys n'avait rien oublié. Impuissante, elle avait assisté à ce spectacle macabre qui rongeait maintenant son repos. Dès qu'elle s'assoupissait, les malheureuses victimes venaient lui tenir compagnie. Souvent, elle se réveillait brutalement, en pleurs. Alors elle se calait dans l'angle du mur et terminait sa nuit assise, ressassant ces pensées morbides. Jour après jour, ses espoirs de liberté s'étaient amoindris. Bientôt, elle perdrait la notion du temps. Bientôt, elle serait incapable de dire depuis combien de temps elle était détenue dans cette cave sans fenêtre, à l'entresol d'une habitation faite de pierres et de boue séchée.

Cette fois, ce fut une explosion qui la réveilla. Peu avant l'aube. Un tir de roquette qui sema la panique dans toute la maison. Elle entendit des gens courir à l'étage et des enfants pleurer. Dans ce remue-ménage, elle reconnut le cliquetis d'armes qu'on manipule, de munitions qu'on sort des caisses que les terroristes avaient dû entreposer là. On se préparait à une attaque… Maëlys croisa les doigts. Si les assaillants parvenaient à réduire à néant ceux qui logeaient au-dessus d'elle, elle serait peut-être libre. Elle ne songea même pas aux femmes et aux enfants qui vivaient dans cette maison. Sa vie l'emportait sur tout le reste. Qu'on vienne la sauver, vite. Un second projectile fut tiré de l'extérieur. Il lui sembla que la déflagration était encore plus forte que la première. Entre les planches de bois disjointes de la porte de sa geôle, un mince rayon de lumière filtra. Le jour se levait enfin.

Qui étaient ces assaillants ? Les soldats français de l'opération Barkhane ? Des soldats maliens ? Des hommes de l'ONU ? Peu importait. Elle voulait sortir de là. Elle entendit du bruit dans les escaliers, retint son souffle. La porte de son cachot s'ouvrit violemment. Elle se leva, déjà prête à sortir et à goûter une liberté retrouvée. Son enthousiasme fut de courte durée. Quelqu'un venait de pousser un homme qui s'effondra devant elle. Elle s'approcha de lui. Il faisait trop sombre, elle ne parvint pas à distinguer ses traits. Seule certitude, il était blanc. On avait dû le rouer de coups car ses joues et ses paupières étaient tuméfiées et couvertes de sang.

Il était évanoui et respirait faiblement. Il ne portait pas d'uniforme. Maëlys arracha une manche de sa chemise, trempa le morceau de coton dans la gamelle d'eau qu'on lui remplissait matin et soir. Doucement, elle passa le linge humide sur le visage boursouflé. Le type gémit.

— Comment vous appelez-vous ? demanda Maëlys. Vous êtes nombreux dehors ? L'armée va intervenir ?

Ses questions demeurèrent sans réponse. Soit l'homme ne la comprenait pas, soit il n'entendait rien ou était incapable de parler. Après un court répit, le grabuge reprit à l'étage. Au bruit, la jeune femme reconnut un fusil mitrailleur. De temps en temps, un môme se mettait à hurler, puis se taisait aussitôt. Sans doute empêché par sa mère qui avait dû le prendre dans ses bras et poser une main sur sa bouche pour l'empêcher de crier. Peu à peu, les tirs s'espacèrent et le calme revint. La jeune femme tenta d'ouvrir la porte. Elle était toujours fermée à clé. Pouvait-elle appeler au secours ? Qui avait remporté la bataille ? Les assaillants ou ses ravisseurs ? Pendant de longues minutes, elle resta aux abois, le cœur battant. Attentive aux moindres bruits, elle guettait l'occasion d'aviser quelqu'un de sa présence. Des sons lui parvenaient. Personne ne parlait français. Mais cela ne voulait rien dire, les soldats de l'ONU baragouinant un anglais approximatif pour se comprendre entre eux. Devait-elle brailler pour avertir qu'il y avait des prisonniers ? La porte s'ouvrit de nouveau, mais ses espoirs s'envolèrent quand elle reconnut un des hommes qui l'avaient enlevée. Il jeta un œil dans la cellule et aboya un ordre derrière lui. Une silhouette roula aux pieds de Maëlys.

— *Figlio di una cagna !* mugit le type en roulant dans la poussière.

— Giacomo ? Giacomo Popoli ?

Maëlys avait reconnu la voix de l'arrogant photographe italien.

— C'est toi, Maëlys ? Ça va ? Tu n'es pas blessée ? À Gao, tout le monde s'inquiète. On te recherche.

Oubliant tout ce qu'elle détestait chez lui tant elle était heureuse de retrouver une présence familière, elle se jeta contre lui. Il réprima un cri de douleur.

— Doucement, murmura-t-il en la repoussant gentiment. Je crois que j'ai deux ou trois côtes cassées.

— Qu'est-ce que tu fais là ?

— J'étais avec un confrère quand on a été repérés. On était sur…

— Un confrère ? le coupa-t-elle. Le type qu'ils ont amené juste avant toi ?

— Il est ici ?

— Là, par terre.

Maëlys lui montra du doigt la masse couchée de l'autre côté de la geôle. Giacomo rampa vers le corps et releva doucement la tête de son ami.

— Guiseppe ? *Mi senti ?* Tu m'entends ?

Seul un gémissement lui assura qu'il était encore en vie. Il le reposa sur le sol poussiéreux.

— Comment es-tu arrivé ici ? dit Maëlys. L'armée est dehors ? On vient nous secourir ?

— Les soldats ne savent même pas qu'on est là. Ce bled n'est pas réputé pour être un repaire de terroristes. Leur cible est plus loin.

— Quoi ? Ce n'est pas possible ! Tu dis n'importe quoi.

— J'ai mes informateurs… Ceux qui te recherchent te croient plus au nord, à une bonne vingtaine de kilomètres d'ici.

— Tu connais notre position exacte ?

— On est au sud de Tessalit. À environ cent kilomètres.

— Pourquoi les soldats pensent que je suis plus au nord ?

— On a trouvé ton vieux tacot sur la piste qui mène à la frontière algérienne.

Maëlys éclata en sanglots. Elle avait tellement espéré sortir de cet enfer lorsqu'elle avait entendu les coups de feu. Personne ne savait où elle était. Elle allait crever dans ce trou. Elle renifla, essuya ses yeux, reprenant lentement ses esprits. Surtout, rester calme, ne pas craquer. Ne pas céder au désespoir. S'accrocher à la moindre chance de retrouver la liberté…

— Mais cette attaque tout à l'heure, ce n'était pas un assaut ? reprit-elle.

— Je ne sais pas, soupira-t-il. Peut-être une simple escarmouche avec un convoi. Il poursuit d'ailleurs sa route à l'heure qu'il est. Il faut que je m'occupe de Guiseppe.

— Attends, raconte-moi tout, d'abord. Comment êtes-vous arrivés là ?

— Hier, Guiseppe et moi étions en balade au marché à Gao. En réalité, on était là-bas pour fouiner. Depuis sa réouverture après l'incendie de 2013 qui avait tout détruit, ça grouille de monde. Mais ce n'est plus pareil. Il y règne une drôle d'ambiance.

Tout le monde se méfie de tout le monde. On dit que les djihadistes envoient des espions déguisés en marchands pour prendre la température… On frôle la psychose. La semaine dernière, deux mineurs arabes ont été lynchés à mort et leurs corps brûlés par la foule. Elle les avait pris pour des poseurs de bombes. Ces malheureux gamins n'étaient pas des Touareg mais des enfants de familles progouvernementales hostiles aux rebelles. Giacomo et moi étions donc allés sur place pour vérifier si ce que l'on raconte sur la présence de ces indicateurs djihadistes sur le marché est vrai, et pourquoi pas les rencontrer afin d'obtenir quelques infos. On s'était dit qu'on pourrait leur proposer de réaliser un reportage sur eux. Tu imagines le scoop ! Les journaux se seraient arrachés notre exclu ! On a arpenté plusieurs fois les allées et discuté avec les commerçants qui parlent volontiers. À un certain moment, j'ai eu la sensation qu'on était suivis. Un homme en djellaba orange et rouge. Il s'est arrêté derrière nous pour acheter du poisson séché, ensuite, je ne l'ai plus revu. On a discuté un moment avec un maraîcher. Il venait de la banlieue de Gao. Il nous a expliqué combien c'était compliqué de venir au centre-ville les jours de marché. Il a raconté les barrages, les contrôles de police et de l'armée. Mais il a aussi évoqué les agressions, les coupeurs de routes, ces bandits qui attaquent les camelots et volent les marchandises. Idem sur la route du retour, où les commerçants sont délestés des quelques billets gagnés. Mais ce n'est pas le pire. La piste est devenue dangereuse et il arrive que des bombes explosent au passage des voitures. Parfois, il faut slalomer entre les tirs de mitrailleuse. Dans ce climat de peur et de tension, les débordements sont fréquents. Giuseppe et moi avons jugé le sujet intéressant et on a attendu la fin de la journée pour quitter le marché. On voulait suivre ce commerçant, songeant que peut-être on tenait notre scoop. Il est monté dans notre voiture et nous avons pris la route qu'il emprunte chaque jour pour venir au marché. Nous étions à peine sortis de Gao qu'un véhicule nous a doublés et s'est mis en travers de la chaussée. On nous a fait descendre. Il y avait trois hommes cagoulés, ainsi que le type à la djellaba que j'avais repéré plus tôt au marché. Ils ont abattu le marchand et nous ont fait monter à l'arrière de leur camion. L'un d'eux a pris mon pick-up. On a roulé environ une heure. On s'est arrêtés dans un village où on a passé la soirée. Puis on est repartis, et on est arrivés ici. On était encore dans le camion quand on a entendu les explosions et les tirs. Guiseppe a voulu profiter de cette échauffourée pour tenter de s'échapper, mais ces salauds l'ont rattrapé et passé à tabac.

— Tout ça pour décrocher un scoop, souffla Maëlys. Tu vois où ça mène la connerie ?

— Au même endroit que toi apparemment !

Il s'agenouilla près de son ami, essaya de le réveiller en lui parlant. L'autre geignait mais était inconscient.

— Je vais demander de l'aide, décida Giacomo en se relevant. Il faut qu'on le sorte de là. Qu'on le mette dans un lit et qu'on le soigne.

— Si tu crois qu'on va t'écouter, tu rêves ! Quand je suis arrivée ici, mon ancienne blessure s'est rouverte. Je peux te dire que la plaie n'était pas belle à voir ! Eh bien elle a dû cicatriser toute seule, figure-toi ! Heureusement, ça ne s'est pas infecté. Ici, tu devras te contenter d'une gamelle d'eau qu'on vient te remplir matin et soir et d'une galette de pain, c'est tout. Sinon, deux ou trois fois dans la journée, on te conduit aux toilettes, un lieu horriblement sale qui sert de W.-C. De temps en temps, quand les ravisseurs sont bien lunés, ils te conduisent dans la cour intérieure et te donnent une bassine d'eau, pour que tu puisses te laver. Un lit ? Des médicaments ? De quoi soigner des plaies ? Je pense que nos ravisseurs n'ont même pas ça pour eux. Alors pour nous, c'est *nada* !

— Il faut pourtant qu'on nettoie ses blessures.

— Je vais te dire ce qu'il faut, moi, susurra Maëlys en serrant les dents. C'est qu'on parte d'ici ! Et vite ! C'est le moment où jamais. Si les soldats qui sont montés vers le nord font demi-tour, ils vont automatiquement repasser par ici. C'est la route pour rentrer à Gao. C'est notre seul espoir.

— Et on sort comment de cette tôle ? Tu as une baguette magique ?

— Non, mais j'ai un cerveau. Et je compte bien m'en servir.

— Et Guiseppe ? On en fait quoi ?

— S'il sort de son cirage et arrive à marcher, on l'embarque. Sinon, il reste là.

— Tu serais capable de l'abandonner ? Tu es pire que moi !

Maëlys ne répondit pas. Elle marchait de long en large, obnubilée par son idée de sortir. Ce qui voulait dire réussir à déverrouiller la porte, s'échapper de la maison sans être vus, puis marcher jusqu'à la route.

Le mieux était de tenter le coup à la nuit tombée. Jamais les ravisseurs ne venaient la voir la nuit. On la conduisait aux toilettes vers 18 heures, elle ne revoyait personne jusqu'à l'aube. Environ douze heures de tranquillité. C'est de ce laps de temps qu'il fallait profiter. Sans attendre.

— On part la nuit prochaine, décida-t-elle.

— Si c'est aussi simple que ce que tu dis, pourquoi tu ne t'es pas sauvée avant ? railla Giacomo.

— Parce que j'étais seule, parce que je ne savais pas où j'étais, et surtout parce que j'ignorais la présence des militaires dans le coin. Je ne veux pas laisser filer cette occasion ! Je croupis ici depuis seize jours. Seize jours, tu m'entends ? C'est à devenir folle. Si la journée se passe normalement, ce soir, je tente ma chance. Avec vous. Ou pas. C'est à toi de voir…

— Ils doivent être sur leurs gardes après ce qui s'est passé ce matin.

— Possible. Mais ils sont peut-être partis eux aussi. À mon avis, après ce qui s'est passé, certains ont dû se tirer et ils se planquent dans un autre village. Si ça se trouve, il n'y a plus que des femmes et des enfants dans cette maison. Je veux sauver ma peau, tu piges ? Ou au moins essayer. Si j'échoue…

Ses dernières paroles restèrent coincées dans sa gorge. Elle s'affala de nouveau dans un coin de la cave. Ses pensées s'envolèrent vers Pétronille et les enfants. Puis vers Morgan, Corentin et sa mère. Son cœur se serra. Sa mère était sûrement au courant de l'enlèvement. Le ministère avait dû prévenir la famille. Elle n'osa pas imaginer son inquiétude. Elle lui imposait cette nouvelle épreuve. Encore des tracas, des chagrins… Si elle réussissait à s'en sortir, elle irait à Sein et passerait de longues journées auprès d'elle. Pour la rassurer, lui dire qu'elle ne risquait plus rien. Après… Après, elle verrait bien.

— Ils ont confisqué tout le matériel photo, murmura Giacomo d'une voix désolée. Tout est perdu.

— On s'en fout de ton appareil photo ! Là, il s'agit de sauver nos vies. On n'a pas le choix, il faut décamper de là. Et en priorité trouver un moyen de forcer cette porte. Soit on démonte la serrure nous-mêmes, soit on échafaude une stratégie pour qu'on vienne nous ouvrir. Et on file ! On doit se battre.

Cogner ou mourir. Il n'y avait pas d'alternative.

30

Il va crever, on n'a pas le choix.

Cette phrase, Maëlys l'avait répétée des dizaines de fois et elle martelait le cerveau de Giacomo depuis qu'ils s'étaient enfuis et avaient laissé Guiseppe à demi inconscient aux mains des terroristes. Guiseppe qui paierait leur liberté au prix fort, celui de sa vie. Quand Giacomo avait essayé de convaincre Maëlys une dernière fois qu'ils devaient l'emmener avec eux, elle avait rétorqué qu'il les encombrerait, et que de toute façon, il allait mourir. Ses plaies au visage et au crâne devaient cacher des fractures et des traumatismes graves. Du sang coulait de sa bouche. Sans doute une hémorragie interne. Il ne réagissait pas quand on lui parlait, il n'avait même plus la force de crier sa douleur quand Giacomo essayait de le bouger, ou alors c'était des plaintes à peine audibles. Ils avaient lâché un compagnon qui mordait déjà la poussière. Giacomo avait ressenti un déchirement en quittant la cave. Il avait à peine eu le temps de tracer le signe de croix sur le front de son ami, entraîné par Maëlys qui le tirait par le bras.

Il va crever, on n'a pas le choix. Pour le moment, leur évasion ressemblait plutôt à un suicide. Elle ne les mènerait nulle part sinon à leur agonie. Ils allaient s'éteindre dans le désert. À moins qu'on ne les rattrape. Et alors, on les exécuterait.

Ils marchaient dans la nuit avec les étoiles et la lune pour seule lumière. D'après Maëlys, ils longeaient la route en direction du sud, vers Gao. Elle restait persuadée qu'ils finiraient par rencontrer un convoi de militaires. L'armée ne stationnait guère à proximité de la frontière algérienne où les rebelles touareg étaient nombreux, organisés et dangereux. Les troupes françaises faisaient régulièrement des incursions dans ces régions du Nord, mais elles ne s'y attardaient pas. Le réseau routier étant quasi inexistant, les militaires n'avaient pas d'autre choix que d'emprunter le chemin que Maëlys avait décidé de suivre. Si elle ne se trompait pas, ils se trouvaient à environ quatre cents kilomètres de Gao. Quatre cents kilomètres… Le chiffre fit frémir Giacomo. Quatre cents occasions de clamser sur place ! S'ils n'étaient pas repris avant l'aube par ceux qui les avaient enlevés, la chaleur et la soif auraient raison d'eux très rapidement. À cette heure, il devait faire une vingtaine de degrés, l'air était doux. Quand le soleil se lèverait, la température grimperait en flèche. Comment tiendraient-ils sans eau et sans nourriture ? Maëlys était vraiment dingue. La captivité lui avait fait perdre la tête, et lui était encore plus fou d'avoir accepté de la suivre. Il s'en voulait de n'avoir pas su l'arrêter. Jamais il n'aurait dû l'écouter.

Tout s'était pourtant déroulé comme elle l'avait prévu. Elle avait attendu qu'on les conduise aux toilettes avant qu'on les enferme pour la nuit. Cette brève sortie l'avait confortée dans son idée de fuir. Elle n'avait vu aucun homme dans la maison et dans la cour. Comme elle l'avait supposé, ils étaient partis se cacher ailleurs après l'attaque. Ne restaient ici que des femmes et des enfants, ce qui voulait dire que même si on repérait leur cavale, il n'y aurait personne pour les prendre en chasse. Au moins jusqu'au matin. Dès que la porte avait été verrouillée et qu'elle avait entendu les pas s'éloigner, elle s'était mise au travail. N'ayant aucun outil pour attaquer la serrure, elle avait donné des coups à l'aide de sa chaussure et gratté le bois fatigué à coup d'ongles, réprimant des cris à chaque fois qu'une écharde lui transperçait la peau. À force d'acharnement, elle avait réussi à déloger le verrou. Elle avait aussitôt ouvert la porte, jeté un œil à droite et à gauche, puis donné l'ordre du départ. Sortir n'avait posé aucune difficulté. Dehors, ils n'avaient aperçu que deux vieillards assis sur une natte et dormant à moitié. Personne d'autre. Comme si le village était vide. Ils n'avaient eu qu'à se sauver.

Courir jusqu'à la route sans jamais se retourner. L'avait-elle dit ? Giacomo ne savait plus. Mais il se rappelait qu'ils avaient détalé comme des lièvres, couru à perdre haleine en trébuchant sur des pierres, se rattrapant pour ne pas tomber. Ils avaient ralenti le pas quand leurs poumons avaient commencé à brûler. De temps en temps, Maëlys s'arrêtait pour vérifier qu'ils ne quittaient pas la piste. Dans l'obscurité, rien n'était moins sûr. Elle se baissait, touchait le sol, et lorsqu'elle sentait sous ses paumes les ornières creusées par les roues des véhicules, elle continuait à avancer. Il avait décidé de la croire. Tant pis si elle se trompait. Ils avaient marché durant des heures en se demandant si le jour se lèverait jamais.

Enfin, les premières lueurs de l'aube apparurent. Ils découvrirent un paysage lunaire. Du sable et de la roche à perte de vue, avec ici ou là une maigre végétation composée d'arbustes épineux aux troncs noueux. Ils longeaient bel et bien la piste et se dirigeaient vers le sud. Giacomo se sentit soulagé, Maëlys ne s'était pas trompée. Durant quelques minutes, ils admirèrent le ciel qui avait pris des teintes mauves. De la rosée recouvrait encore le sol rocailleux, des milliers de gouttelettes brillaient comme de minuscules diamants dans l'immensité. Puis, le soleil apparut à l'horizon, et en quelques minutes la température grimpa. Il ne fallait pas caler. Ils reprirent leur marche. Chaque pas était une torture. Maëlys serrait les dents. Ses pieds la faisaient souffrir. Son dos et ses épaules aussi. Elle avait mal aux yeux. Son crâne brûlait malgré le bout de chemise qu'elle avait attaché en bandana autour de sa tête. Sans aucun scrupule, elle avait dépouillé Guiseppe de son vêtement avant de se sauver. Elle lui avait également fait les poches. Vides, déjà fouillées par les ravisseurs. Dès que le soleil avait commencé à cogner, elle avait déchiré le tissu pour fabriquer deux couvre-chefs. Giacomo l'avait regardée, partagé entre l'admiration et le dégoût. Admiration devant son courage et sa détermination, dégoût devant son détachement, son insensibilité, voire même une pointe de cruauté. C'était sans doute ce qui la poussait à aller de l'avant, croire qu'ils pourraient s'en sortir. Elle avait la foi pour deux. Quand le soleil fut à son zénith, la température devint insupportable. Découragé, Giacomo traînait la patte. Devant lui, Maëlys marchait tel un zombie, prête à s'effondrer.

— Tu vois cet arbre, là-bas ? murmura-t-elle, la voix rauque. On va jusqu'à lui et on se repose un instant.

C'était un acacia dont les branches maigrelettes formaient une sorte d'ombrelle, un de ces arbres dont la hauteur excède rarement deux ou trois mètres. Ils se laissèrent tomber à son pied.

— D'ici on peut voir la piste, dit Maëlys. Si jamais des militaires viennent à passer, on fonce.

— Et si ce sont ceux qui nous ont enlevés ?

Elle ne répondit pas, économisant sa salive. La soif la taraudait. Combien de temps tiendraient-ils encore ? Elle ne savait même pas où était le prochain village… Elle retira ses chaussures, puis ses chaussettes, mordit ses lèvres desséchées pour ne pas hurler. La peau, collée au textile, s'en allait par lambeaux. Les orteils et la plante de ses pieds étaient couverts de cloques. Elle se releva avec peine et cueillit quelques feuilles d'acacia.

— Tu fais quoi ? marmonna Giacomo.

— J'ai déjà vu des femmes utiliser ces feuilles pour soigner des blessures. Il faut éviter l'infection. Je vais essayer.

Il la regarda dérouler une à une les feuilles et les poser sur ses pieds abîmés. Quand elle eut fini, elle renfila ses chaussettes et se rechaussa.

— On y va ?

— Je n'en peux plus, murmura Giacomo. Je vais dormir.

Dormir ? Il aurait fallu avancer, mais Maëlys sentit qu'elle aussi ne tenait plus sur ses jambes et qu'elle ne tarderait pas à s'écrouler. Elle s'allongea à côté de l'Italien et ferma les yeux. Dormir. Et peut-être ne pas se réveiller… Ne pas se réveiller, mourir, mais libres. C'était tout ce qui importait.

Ils somnolèrent quelques heures. Maëlys émergea la première. Sa tête était lourde, comme si on l'avait assommée. Si elle se couchait de nouveau, elle ne se relèverait pas. Au prix d'un immense effort, elle parvint à s'asseoir. Tout son corps réclamait de l'eau. Sa bouche et sa langue étaient sèches, ses mollets et ses cuisses vrillés par des crampes. Elle secoua Giacomo. Ils devaient repartir.

— Il est environ 16 heures, dit-elle en observant le soleil. On a encore deux, trois heures de lumière devant nous. On doit en profiter. On trouvera un village.

Il la fixa, désabusé.

— On n'y arrivera jamais ! hurla-t-il.

— On va s'en sortir et tu auras une super histoire à raconter. De quoi satisfaire ton ego démesuré si celle-ci fait la une des journaux !

— On va…

Ses cris restèrent coincés dans sa gorge.

— Économise-toi, lâcha-t-elle calmement. Garde le peu de salive qu'il te reste. On marche, et on se tait.

Le houspiller sans arrêt ne servirait à rien. Elle réajusta le morceau de chemise qui couvrait la tête du photographe. Il se laissa faire, accablé par ce qui les attendait. Elle resserra son bandana et se leva. Les premiers pas lui arrachèrent une larme. Elle était encore vivante. Le soleil venait de se coucher quand ils aperçurent au loin un homme tirant un âne. Ils quittèrent la piste et hâtèrent le pas pour ne pas le perdre de vue. Il avait peut-être de l'eau. Si oui, la partagerait-il ? Soudain, un bouquet d'arbres apparut, et juste derrière, quelques cahutes. Un village… Maëlys se tourna vers Giacomo. Un mince sourire éclairait son visage. Il n'aurait pas pu sourire davantage, au risque de déchirer ses lèvres. Son visage était brûlé, comme ses mains et son cou.

— Tout va bien aller maintenant, assura Maëlys.

Sa voix était ferme, comme si elle-même cherchait à s'en persuader. Pourvu que ce bled ne soit pas un refuge de rebelles. Pourvu que ces paysans les accueillent sans crainte. La région avait été tellement ravagée par les combats que les autochtones se méfiaient de tout le monde. Son appréhension disparut dès qu'ils atteignirent les premières maisons. Leur état lamentable suscita la compassion des villageois. On s'empressa autour d'eux. On les fit asseoir sur une natte. Une femme leur apporta à boire, une autre leur servit un plat de riz au lait caillé. Mélangeant des mots français, arabes et berbères, Maëlys expliqua à leurs hôtes qu'ils voulaient se rendre à Gao mais qu'ils s'étaient perdus.

La nuit tombée, on conduisit Maëlys dans une case réservée aux femmes et aux enfants, tandis que Giacomo alla se coucher avec les hommes. Malgré l'épuisement, Maëlys dormit mal. Ses pieds la faisaient souffrir et l'inquiétude la rongeait. Elle sursautait au moindre bruit, craignant l'irruption de terroristes. Jamais elle ne pourrait supporter une nouvelle captivité. Quand elle parvenait à sombrer, les images du petit garçon happé par la rafale de mitraillette et celles de la fillette s'effondrant devant Abubakar revenaient en boucle.

À l'aube, elle était prête à repartir. Giacomo grimaça en comprenant que l'aide des villageois s'arrêtait là. Ils ne pourraient pas les accompagner à Gao. Ils n'avaient qu'un âne qu'ils gardaient précieusement pour les corvées de bois. Le reste de leur cheptel avait été volé par les rebelles.

— Ils ne peuvent ou ne veulent pas nous secourir ? demanda Giacomo, excédé.

— Ils ne peuvent pas. Dans cette région, le vide sécuritaire ne fait que s'élargir. Le désert est de plus en plus désert. Tu l'auras remarqué...

— C'est vrai, il n'y a pas beaucoup de villages.

— Les conditions de vie ont toujours été rudes ici. Mais c'est pire maintenant. Tu as noté qu'il n'y a aucun jeune dans ce hameau ?

— Oui, je n'ai vu que des femmes, des bambins et des vieux.

— Les jeunes ont accès aux réseaux sociaux. Ils savent qu'il existe ailleurs une richesse dont ils sont exclus, alors ils fuient ces bleds paumés. Parfois, la frustration favorise la radicalisation. Certains acceptent cent euros pour poser une mine sur le passage d'un convoi militaire. Alors tu vois, on ne peut pas leur demander plus que ce qu'ils nous ont déjà donné. Ces gens ont déjà fait beaucoup en nous servant un repas et en nous hébergeant pour la nuit. Pour ça, ils pourraient tous y laisser la vie.

— Tous les villages du Nord sont sous contrôle des djihadistes ?

— S'il n'y avait qu'eux... Dans cette région, les narcotrafiquants pullulent. Ces gens-là font bon ménage avec les rebelles touareg et les islamistes.

— Mais pourquoi ?

— Parce qu'ils ont intérêt à maintenir un climat d'insécurité. Nous allons remercier nos hôtes et partir. On ne peut pas rester. On va devoir se débrouiller tout seuls.

Maëlys et Giacomo quittèrent le village avec quatre gourdes d'eau et deux galettes de mil. Les femmes leur avaient également donné deux chèches avec lesquels ils s'enveloppèrent la tête et le visage. Ils seraient à l'abri du soleil et du vent.

Ne démordant pas de son idée, Maëlys voulut regagner la route de Gao, là où elle espérait qu'on les trouverait. Ils marchèrent de nouveau pendant des heures, sans croiser âme qui vive. Au plus fort de la chaleur, ils s'arrêtèrent à un endroit sans arbre qui puisse leur offrir de l'ombre. Ils ne trouvèrent que deux ou trois buissons épineux sous lesquels ils se glissèrent avec précaution. Comme la veille, ils repartirent quand les rayons du soleil se firent moins brûlants. À la nuit tombée, ils n'avaient pas vu la moindre habitation. Ils repérèrent des rochers à quelques dizaines de mètres de la route, le seul abri qui s'offrait à eux pour la nuit.

— On filera dès l'aube, décida Maëlys.

Giacomo acquiesça machinalement. Il avait déjà perdu les bénéfices des quelques heures de repos prises au village. Démoralisé, il grignota un morceau de galette du bout des lèvres et but goulûment. Maëlys dut lui arracher la gourde des mains.

— Il faut ménager notre réserve ! Pour demain et les jours à venir. Nous avons encore beaucoup de kilomètres à parcourir. Ça sera dur, mais je sais qu'on va y arriver.

L'Italien la regarda sans broncher, anéanti.

— Je ne sais pas comment tu fais pour garder un tel espoir, murmura-t-il après un long silence. Je crois que je vais t'abandonner là. Dors, et à ton réveil, sauve-toi. Tu iras plus vite sans moi. Je ne peux plus marcher. J'ai de la fièvre et une vilaine plaie qui s'infecte à l'aine. C'était une blessure de rien de tout, mais elle s'est ouverte et c'est devenu moche.

— Montre-moi ! commanda-t-elle.

Sans faire de manières, elle se pencha sur lui, descendit la braguette de son jean et l'abaissa. C'était moche, effectivement. Elle déchira un morceau de son chèche, le trempa avec un peu d'eau et nettoya l'écorchure qui s'était creusée et suintait. Le pus s'agglutinait sous la peau boursouflée. Elle appuya sur la plaie du bout des doigts pour en évacuer le plus possible, puis rinça à nouveau la blessure.

— T'es gentille, mais ça ne sert à rien. C'est foutu, je vais crever ici. Ce n'était qu'un petit bobo, et maintenant tout mon sang est pourri. C'est une septicémie.

Maëlys ne répondit pas. Giacomo allait mal, elle le savait. Il avait les yeux brillants de fièvre, le teint couleur de cire malgré le bronzage et les coups de soleil. Elle détailla ses lèvres abîmées, sa barbe de quatre ou cinq jours qui masquait l'ovale de son visage si joliment dessiné. Elle l'avait toujours trouvé parfait. Presque trop parfait. C'était un bel homme. Il en était conscient et en jouait. Ce comportement le rendait arrogant, impertinent. Bref, détestable. Giacomo n'avait qu'à ébaucher un sourire avec sa jolie gueule pour mettre une femme à ses pieds. Mais là, il ne souriait plus…

Il était bien trop jeune pour mourir, et surtout se voir mourir. Maëlys se pencha sur lui. Rien ne l'arrêta, ni son haleine douteuse, ni la crasse ni le sol rugueux sur lequel ils reposaient. Sans le quitter des yeux, elle posa de nouveau la main sur son aine, laissa ses doigts glisser sur son ventre, passer sous son caleçon, effleurer son sexe. Elle sentit son souffle chaud. Il demeura sans réaction, songea que la fièvre le faisait le délirer. Elle s'approcha davantage, bouche entrouverte, et l'embrassa. Il n'osa pas répondre à son baiser. Perdait-il l'esprit ? Elle avait toujours refusé ses avances lorsqu'ils vivaient ensemble à la ferme, jamais elle n'avait accepté un dîner. Cette femme était à son goût, c'est vrai, il l'avait souvent étudiée, mais il avait rapidement compris qu'il était inutile d'insister avec elle. Elle le rabrouait dès qu'il tentait une approche, comme elle avait rembarré tous les autres. Personne n'était parvenu à la mettre dans son lit.

Les dernières lueurs du jour s'estompèrent en même temps que le soleil disparut derrière la ligne d'horizon. Dans la pénombre, il regretta de ne pouvoir admirer ce corps qu'il avait tant convoité. Elle plongea de nouveau la main sous son caleçon. Il réalisa alors qu'il ne rêvait pas. Il n'avait plus de force et se laissa faire, flottant dans une sorte de brume cotonneuse. La douleur s'éloigna sous les caresses ardentes. Elle ôta son tee-shirt, il releva la tête pour attraper la pointe de ses seins, la mordiller entre ses dents. Elle se cala de part et d'autre de ses jambes, laissa le sexe dressé trouver le chemin de son intimité. Elle grogna quand il la pénétra. Instantanément, il se sentit revivre. Avec douceur, elle allait et venait sur lui. Il gémit, mais ses cris n'étaient plus ceux de la souffrance. L'espace d'un instant, il se sentit à l'écart de tout danger, hors du temps. Restait le plaisir de la chair. Et l'impression qu'il pétillait de vitalité et que la mort s'éloignait. Maëlys combla Giacomo au-delà de ce qu'il avait pu imaginer lorsqu'il la reluquait à la ferme. Il sentit son corps frémissant sur le sien, râla longuement tandis qu'elle laissait échapper des petits cris rauques.

Quand elle perçut son souffle régulier, Maëlys comprit qu'il dormait et elle s'allongea contre lui, veillant à ne pas toucher son aine blessée. Elle sombra elle aussi, apaisée. Lorsque l'aube pointerait son nez, si Giacomo vivait encore, il la suivrait.

31

Il y eut comme un grondement. Rien d'inquiétant. Comme l'orage sur la mer quand il est encore assez loin pour qu'on le devine sans avoir peur. Maëlys bougea dans son sommeil. La rudesse du sol lui fit ouvrir les yeux. Elle se redressa, cligna des paupières, éblouie par les premiers rayons du soleil. Le disque solaire émergea doucement sur la ligne d'horizon. Instant magique. Mais l'heure n'était pas aux divagations. Autour d'eux, il n'y avait pas de mer, seulement le désert à perte de vue et nul bruit de tonnerre. Le ciel était d'un bleu insolent. Elle avait rêvé. Elle fut presque soulagée de se retrouver là, sur cette terre aride où la vie se mérite plus que n'importe où ailleurs.

Elle se pencha sur Giacomo. Sa respiration était régulière, il l'accompagnerait encore un bout de chemin. Ils s'en sortiraient tous les deux. Amochés, sans doute, mais vivants. Sa poitrine se gonfla de contentement et elle s'étira. Elle grignota un morceau de galette de mil, gardant la plus grosse part pour Giacomo. Il aurait besoin de forces. Elle but une gorgée d'eau. Son estomac se tordit et elle se plia en deux sous l'effet de la nausée. Le régime auquel ils étaient involontairement soumis depuis quelques jours commençait à avoir des effets indésirables sur l'organisme. Elle attendit quelques minutes que la crise se calme. Puis elle ôta ses chaussures et ses chaussettes, constata avec satisfaction que ses plaies ne s'étaient pas infectées et renfila le tout. Encore cinq minutes, songea-t-elle, et je réveille Giacomo.

Son apaisement ne dura guère. Le grondement avait repris, Maëlys comprit qu'il ne s'agissait pas de l'orage. Elle se redressa, prenant soin de rester à l'abri derrière les rochers. Au loin, un nuage de poussière masquait la route et l'empêchait de distinguer nettement les véhicules, surtout de voir à qui ils appartenaient. Fallait-il prendre le risque de s'approcher ou rester planqués ? Elle se décida en moins de dix secondes, secoua Giacomo. Des troupes arrivaient dans leur direction, ils devaient bouger et se manifester.

— Tu es sûre ? demanda l'Italien qui se leva avec difficulté. Et si c'était des djihadistes ? Ou des rebelles ?

— Je ne pense pas qu'ils disposent d'autant de matériel. C'est l'armée. On y a.

Il la retint par le bras.

— Hier soir, c'était…

— Merveilleux, dit-elle pour couper court. Allez, couvre-toi la tête, on fonce.

Elle noua son grand foulard sur son crâne. Giacomo hésitait, il n'avait aucune envie de poursuivre cette course folle qui ne les avait menés à rien. Elle lui tendit ses lèvres, l'achetant définitivement par un baiser. Puis elle lui saisit la main et ils marchèrent aussi vite qu'ils le purent vers la route. Le convoi venait vers eux dans un énorme bruit.

Quand ils aperçurent les hommes au turban noir dans la voiture de tête, il était déjà trop tard.

— Au sol ! hurla Maëlys qui entraîna Giacomo dans sa chute.

Il cria de douleur. Le vacarme des moteurs fut soudain couvert par des tirs. Maëlys n'osa pas relever la tête. Mais elle avait compris que ce n'était pas eux qu'on visait. Elle l'avait compris dès l'instant où elle avait entendu résonner les pales de l'hélicoptère qui survolait la zone pas très loin. Une explosion fit trembler la terre. Une bombe ! Elle se boucha les oreilles et essaya d'analyser la situation. Le convoi des rebelles était poursuivi par les blindés français et les djihadistes fuyaient en continuant à faire feu.

— On attend que les Français arrivent à notre hauteur et on se montre, murmura-t-elle.

Elle chuchotait comme si on avait pu l'entendre alors qu'autour d'eux ce n'était que rafales de mitrailleuses, tirs d'obus, lance-roquettes ou autres engins de mort. Pendant de longues minutes, elle scruta le paysage, essayant de distinguer des uniformes amis. Plusieurs véhicules s'étaient arrêtés au milieu de la route. De la fumée s'échappait du moteur d'un 4x4 à présent hors d'état de rouler. Les rebelles s'étaient regroupés derrière l'épave pour se protéger et tiraient. Soudain, un blindé militaire dépassa la colonne et fonça sur le Toyota. D'autres le suivirent.

— Il faut se relever, dit Maëlys. Si on ne se montre pas, les soldats vont tout nettoyer et partiront sans nous. Pire, ils peuvent nous prendre pour des djihadistes en fuite et on va se faire canarder.

Elle se mit debout et fit de grands signes en levant les bras. Giacomo l'imita, une main posée sur son ventre pour retenir la douleur qui irradiait son corps. Maëlys criait des mots qui se perdirent dans l'immensité désertique assourdie par le bruit de la guerre. Une mine explosa sous une voiture. Des débris volèrent dans le ciel. Lambeaux de pneus, morceaux de tôles, fragments de corps. Des vies entières… Une paire de lunettes de soleil retomba non loin de Maëlys qui resta figée quelques secondes, les yeux posés sur ce vestige dérisoire. Puis elle se mit à tousser, gênée par la fumée âcre et brûlante qui flottait tout autour. Elle ajusta son chèche sur le nez et se courba pour avancer. Une balle la frôla et emporta un morceau de chair de son bras déjà blessé. Elle geignit, se redressa.

— Juste une éraflure, dit-elle à Giacomo.

Les tirs s'amplifièrent. Giacomo fut touché à son tour, un flot rouge jaillit de sa jambe. Un second projectile toucha Maëlys au ventre et elle s'affaissa. Malgré la douleur, elle eut le réflexe de comprimer la plaie avec ses doigts. Il y eut encore des cris, abominables. Elle songea que c'était la fin. Les guerres se ressemblent et puent la mort. Elles emportent tout le monde, ceux qui se battent et ceux qui n'ont jamais voulu autre chose que la paix. Elle ferait partie de ces dizaines de victimes civiles tombées au Mali. N'était-ce pas finalement le plus bel endroit pour mourir ? Elle crut avoir encore le temps de détailler le paysage, étendue sans fin de sable et de rochers, brûlée par le soleil, une terre que seuls les plus humbles réussissent à dompter à la force de leurs mains. Elle se releva. Giacomo la supplia de rester à terre, mais le bruit du feu couvrit sa voix.

— Au sol, et ne bougez plus ! ordonna un inconnu. Mains sur la tête !

L'homme parlait français ! On est sauvés, pensa Maëlys. Le paysage se mit à tournoyer autour d'elle... Elle s'effondra. Elle sentit qu'on la tirait puis qu'on la hissait à l'arrière d'un camion. On lui demanda comment elle s'appelait et si elle avait ses papiers. Elle n'avait pas la force de répondre. Qu'on la laisse mourir tranquille ! *Pas d'inquiétude, vous êtes sauve. Laissez-vous faire.* Tout dans son cerveau n'était que confusion. On remuait, on s'agitait autour d'elle. Quelqu'un avait soulevé ses paupières. Maintenant, on remuait son bras, on appuyait sur son abdomen. Assez ! Qu'on arrête de lui faire mal ! *Pas d'inquiétude, vous êtes sauve. Laissez-vous faire.* Un inconnu lui souleva la tête et lui fit boire une gorgée d'eau. Est-ce que Giacomo était là ? Et Guiseppe ? Avait-on retrouvé l'autre Italien ? Celui qu'elle avait abandonné dans un village plus au nord ? Elle avait l'impression de poser des questions que personne n'entendait. Était-ce bien sa voix ? Et qui étaient ces visages penchés au-dessus d'elle ? Un militaire casqué, sale à faire peur, lui souriait. C'était la guerre et on lui souriait ! Y avait-il des soldats parmi les anges ? *Pas d'inquiétude, vous êtes sauve. Laissez-vous faire.* Il y eut ensuite le bruit d'un moteur qui démarre, puis des soubresauts sur la route. Était-ce aussi chaotique que cela, un voyage pour l'au-delà ?

Lorsqu'elle s'éveilla quelques heures plus tard, elle savoura un instant la douceur et la propreté des draps blancs dans lesquels elle reposait. Enfin, le paradis ! Elle peinait à maintenir ses paupières ouvertes, les referma un instant avant de les rouvrir pour de bon. Elle crut reconnaître ce qui ressemblait à une chambre d'hôpital. Elle baignait dans une atmosphère douillette et sécurisante. Apaisée, elle laissa le sommeil l'emporter de nouveau. Quand elle émergea vraiment, il y avait du monde autour d'elle.

— Ça fait deux fois que vous atterrissez dans mon service. Et en peu de temps par-dessus le marché !

Elle dévisagea l'homme penché sur elle et reconnut le médecin qui l'avait soignée lors de l'attaque de l'orphelinat. Celui-ci s'assit au bord du lit.

— Où est Giacomo ? lui demanda-t-elle.

— Votre ami italien ? N'ayez pas d'inquiétude, nous nous occupons de lui. Sa blessure à la jambe est sans gravité. Par contre il souffre de déshydratation et surtout d'une infection du sang qui vient probablement de sa plaie à l'aine. Ça prendra un peu de temps pour le remettre sur pied.

— Et Guiseppe ?

— Guiseppe ? Qui est-il ? Je suis désolé, à par vous, nous n'avons réceptionné que votre ami Giacomo. Des soldats vous ont ramassés au cours d'une attaque à une cinquantaine de kilomètres à l'ouest de Kidal. Vous n'avez aucun souvenir ? On vous recherchait depuis des jours. Vous rappelez-vous avoir été enlevée ?

— Il faut que je voie quelqu'un de l'armée. Que j'explique où est Guiseppe. Il faut lancer des recherches pour le retrouver. Je l'ai abandonné…

— Du calme ! Un militaire va venir vous voir de toute façon. Vous serez interrogée. Vous vous en tirez bien. Nous avons posé une perfusion pour vous réhydrater. J'avoue que vous avez bien tenu le choc. Des ancêtres chez les dromadaires, peut-être ?

Il rit, content de sa plaisanterie, et poursuivit aussitôt :

— À part ça, vous avez une plaie sans gravité au bras, celui que j'avais déjà réparé d'ailleurs, et une autre à l'abdomen. Elle a beaucoup saigné mais aucun organe n'a été touché. La balle est entrée et ressortie sans faire de dégâts. Je ne vais pas vous faire languir davantage, j'imagine que vous voulez savoir si le bébé n'a rien. J'ignore comment c'est possible après tout ce que vous avez vécu, mais il va bien. Malgré les journées de captivité, une traversée du désert – c'est le cas de le dire ! –, il est resté bien accroché ! Costaud, le petit.

Le médecin fixa Maëlys, s'attendant à une explosion de joie, or elle le regardait avec des yeux écarquillés comme si elle avait un extra-terrestre en face d'elle.

— Vous m'avez compris ? reprit-il en lui prenant la main. Votre bébé va bien.

Elle demeurait pétrifiée, bouche bée. Elle était incapable de parler.

— Nous allons faire une échographie. Vous serez totalement rassurée.

Il tira le rideau qui séparait le box où reposait Maëlys du reste de la salle et sortit. Il revint quelques minutes plus tard avec un appareil fixé sur une tablette à roulettes. Il souleva la blouse bleue de sa patiente, répandit un peu de gel sur son ventre et y posa la sonde de l'appareil. Une forme apparut sur l'écran. Le médecin appuya sur un bouton, des battements de cœur retentirent, rapides.

— Voilà Bébé, annonça-t-il, heureux. Vous savez, ici je ne m'occupe que de blessés de guerre et malheureusement, je n'arrive pas à tous les sauver. Notre quotidien est jalonné de drames, alors ce bébé, c'est un éclat de bonheur, un hymne à la vie. Regardez, on distingue déjà bien ses mains et ses petits doigts. Ses pieds également.

Maëlys ne réagissait toujours pas.

— Vous ne le saviez pas ? murmura soudain le médecin. Je veux dire, vous ignoriez votre état ?

Elle acquiesça. Jamais elle n'avait pensé un jour être mère. Ou alors dans une autre vie. Avec Ethan. Elle ne se souvenait plus.

— D'après les analyses de sang, vous êtes enceinte de quatre mois et demi, précisa le médecin. La naissance est prévue pour mi-décembre. Le papa est ici ?

— Non.

— Voulez-vous un téléphone pour l'appeler ?

— Pas maintenant. Ma famille est avertie que je suis là ? Ma mère, ma sœur et mon frère ?

— Oui.

— Mais… Vous ne leur avez rien dit pour le bébé, n'est-ce pas ?

— Non, bien sûr. On viendra vous chercher dans une petite heure et vous pourrez leur parler *via* Internet. Avec Skype, vous aurez la vidéo.

— Merci.

Le médecin fit encore courir la sonde sur le ventre de Maëlys.

— Je ne suis pas spécialiste, mais j'estime que votre bébé mesure vingt et un centimètres et qu'il pèse un peu moins de deux cent cinquante grammes. Un gynécologue passera vous visiter dans la soirée. Il répondra à toutes vos questions.

Il sortit du box désorienté et déçu. Il s'était réjoui d'annoncer à cette femme que l'enfant qu'elle attendait était sauf, or elle semblait contrariée. Maëlys, elle, avait reçu la nouvelle comme si on lui avait asséné un coup sur la tête. Un bébé ! Elle allait avoir un enfant. Comment était-ce possible ? Elle avait passé une nuit dans les bras d'Arturo. Une seule ! Elle se rappelait que le Chilien n'avait pas mis de préservatif, mais aussi qu'elle ne le lui avait pas demandé. Quant à la pilule, elle avait fini sa dernière plaquette en février et n'avait pas renouvelé l'ordonnance. Qu'avait-elle cru ? Qu'en rompant avec Ethan elle ne tomberait plus jamais dans les bras d'un homme ? Quatre mois et demi… Il n'était même plus temps d'avorter. Quatre mois et demi de plus et ce bébé serait là, à plomber son existence. Pas un instant elle n'envisagea la possibilité de partager cette nouvelle avec Arturo. Si elle le revoyait, ce ne serait que pour parler du fameux projet qu'il avait en tête pour elle. Elle ne décrocherait pas. Elle songeait déjà à demain. Ici, au Mali ou ailleurs, en Afrique de toute façon. Au cœur de cette terre où elle avait ses racines. Mais avec un enfant, comment ferait-elle ? Ce môme allait tout gâcher. Elle leva le drap et passa la main sur son ventre. Il était à peine rebondi. Elle avait maigri et n'avait pas prêté attention à ce léger renflement.

Elle ferma les yeux, priant Dieu auquel elle ne croyait guère de faire passer cet encombrant bébé. D'après le médecin, c'était mal parti. Le rejeton était tenace… Elle sentit les larmes lui monter aux yeux. S'être autant battue pour se retrouver enfermée dans la prison de la maternité était injuste. Cet enfant en devenir ne serait rien d'autre qu'un boulet qui la ralentirait et la priverait de sa liberté. Même si elle comprenait les femmes pour qui le désir d'enfant était sacré et incontestable, elle ne voulait aucune entrave, seulement détenir entre ses mains toutes les clés de son destin. Surtout, elle ne voulait pas *devoir* aimer. Aimer, c'est souffrir. Aimer, c'est avoir peur. Aimer, c'est s'engager…

Elle sanglotait quand Pétronille, qui avait appris la libération de son amie et son retour à Gao, passa sa tête derrière le paravent. La franciscaine serra la jeune femme dans ses bras et lui prodigua mille mots de réconfort. Dix fois, Maëlys faillit l'interrompre pour lui confesser la raison de son chagrin. Dix fois, elle recula. Comment expliquer à cette femme si pleine d'amour et de compassion pour ses petits à l'orphelinat qu'elle ne voulait pas du bébé qui poussait en elle et qu'elle chercherait par tous les moyens à s'en débarrasser ?

32

Liam rabattit l'écran de son ordinateur portable. Il ne parvenait plus à coucher un mot sur le chapitre qu'il venait de commencer. Son manuscrit était au point mort. Il contempla ses doigts comme s'ils étaient responsables de cette panne et soupira. C'était sa tête qui ne fonctionnait plus. Son réservoir était à sec. Il avait écrit deux cents pages sans aucune difficulté, alignant les phrases les unes après les autres à un rythme soutenu, mais depuis quelques jours, la suite ne venait pas. Depuis la tentative de suicide d'Yvonne et son hospitalisation. Il essayait d'écrire, pourtant, mais il ne parvenait plus à ordonner ses idées, à trouver les mots ou les expressions pour terminer cette histoire dont le dénouement restait définitivement bloqué dans son esprit.

Il fit trois pas dans sa chambre et se vautra sur son lit. Il pouvait rester ainsi pendant des heures à bâiller aux corneilles en attendant que l'inspiration lui revienne. Il jeta un coup d'œil par la fenêtre. Le soleil était pâle. Comme lui, l'astre manquait d'inspiration à l'approche de l'automne. Il songea à Yvonne sur son lit d'hôpital, à Maëlys disparue au Sahel, à cette famille que la mort avait déjà amputée à trois reprises. Les Kersanton n'étaient pas nés sous une bonne étoile... Il n'était pas superstitieux et cependant, les légendes racontées par Yvonne, le père Pouzané ou d'autres Sénans lui revenaient sans cesse à l'esprit. Comment ne pas croire que le destin s'acharnait à faire payer à cette famille son lointain passé de naufrageurs ? Il secoua la tête. C'était idiot. On ne pouvait accorder foi à ces contes qui n'existaient que pour faire peur aux enfants et aux âmes fragiles. Mais tout de même… Sur l'île, aucun autre clan n'avait été frappé aussi durement que celui des Kersanton.

Il prit un bouquin sur sa table de chevet et le feuilleta. Un papier plié en quatre s'échappa des pages et atterrit sur le lit. Une lettre jaunie sur laquelle il était tombé par hasard en consultant des photos anciennes. Quelques semaines plus tôt, pour les besoins de son roman, il avait rencontré le prêtre officiant à Sein, Philippe Le Fustec. Ils avaient parlé de religion et des croyances qui perduraient sur l'île, de celles qui amenaient à l'église ceux qui oscillaient entre catholicisme et paganisme et priaient Dieu, Jésus et la Vierge comme ils priaient les déesses de la mer ou les démons du ciel. Liam s'était étonné que, au XXIe siècle, certaines personnes puissent encore donner un sens mystique aux forces de la nature, au vent qui souffle trop fort, à la tempête qui emporte un bateau ou à la mer qui ne rend pas un corps… Le prêtre avait reconnu qu'il avait beaucoup de travail avec ses paroissiens. Ses brebis s'arrangeaient avec la religion à leur façon, mêlant mythes traditionnels et pratiques catholiques. Liam l'avait constaté lui-même aux fêtes du pardon de Saint-Corentin le 1er août dernier.

Avant de quitter Philippe Le Fustec, il lui avait demandé s'il possédait de vieux clichés de l'île et de ses habitants. Le prêtre lui avait promis qu'il fouillerait dans les affaires laissées par son prédécesseur, lui-même n'en ayant pas. L'homme d'Église avait tenu parole et, quelques jours plus tard, il lui avait remis une boîte à chaussures contenant des souvenirs de processions organisées lors des pardons qui ont lieu chaque été sur l'île. Quelques photos étaient datées. Les plus anciennes avaient été prises juste avant la Seconde Guerre mondiale. Le Grand Phare ne figurait pas sur les clichés antérieurs à 1950, date de sa construction. D'autres, plus récentes, montraient des femmes en jupes longues, de grands châles noirs sur les épaules, portant sur la tête la coiffe traditionnelle de Sein. Sobre, l'accessoire, cousu dans un drap noir, ne comportait aucune broderie. Le modèle avait été adopté après la seconde épidémie de choléra qui avait frappé l'île à la fin du XIXe siècle. La tenue de deuil était ainsi devenue vêtement de fête. Les hommes portaient de larges chemises noires, les gosses des culottes courtes, les petites filles des blouses… On distinguait les bateaux de pêche en fond et au premier plan les maisons du quai des Français-Libres ou de celui des Paimpolais. L'un des clichés montrait aussi les Causeurs, deux étonnants menhirs situés au pied de l'église. De ces images, Liam avait tiré quelques descriptions qui serviraient son roman.

Entre deux photos, il était tombé sur une vieille lettre. Il n'en avait pas compris toutes les subtilités mais en avait intuitivement saisi l'importance. Un engagement entre « personnes avisées et consentantes », disait le papier, où l'une donnait un bébé aux deux autres qui devaient l'élever comme s'il avait été leur enfant mais s'engageaient à ne jamais dévoiler sa véritable identité. En échange, le couple d'adoptants recevrait aux 10 ans de l'enfant un premier lot de terres, puis un second à sa majorité, en tout cinq parcelles situées entre la route du phare et la côte nord de l'île. Les adoptants auraient l'usufruit de ces biens, ceux-ci restant la propriété de l'enfant. L'accord deviendrait caduc si le petit venait à mourir avant les échéances fixées. La convention datait de plus de trente ans, le sceau d'un notaire de Concarneau était apposé au bas de la page. Deux noms, parmi les signataires, avaient tout de suite retenu l'attention de Liam : Saint-Luan et Kersanton. Les deux autres lui étaient inconnus. Plusieurs fois, il avait songé à montrer ce papier à Yvonne, mais il avait toujours reculé. Aujourd'hui, elle était dans le coma, il était trop tard pour les regrets… Il aurait pu aussi en parler au prêtre qui lui avait remis le carton de photos mais il ne l'avait pas fait, ou alors à Morgan et à Corentin. Là encore, il avait renoncé, n'osant pas les ennuyer avec cette vieille histoire alors qu'ils traversaient de dures épreuves.

Liam avait compris que cet engagement était probablement à l'origine de la discorde qui opposait les Kersanton et les Saint-Luan. Celle-ci avait pris aujourd'hui des allures de guerre. Corentin débordait de haine à leur égard, toujours prêt à dégainer dès qu'il croisait un Saint-Luan. À défaut de trouver des réponses, Liam s'était rendu à la mairie pour consulter l'état civil. Il avait précisé à l'agent municipal qu'il s'intéressait aux enfants nés entre 1986 et 1988. Il espérait ainsi pouvoir repérer dans les listes un nom connu. L'employé s'étant étonné de sa demande, il s'était contenté de relever quelques chiffres sur l'évolution de la population et il était parti. Inutile d'alimenter les ragots. Nul doute que ses recherches auraient fait le tour de Sein et il ne tenait pas à ce que ça se sache. Que devait-il faire ? Car si ce bout de papier n'avait aucune signification pour lui, il en avait pour d'autres.

Il entendit du bruit au rez-de-chaussée. Il devait agir. Il avait trop tardé. Il glissa la lettre dans sa poche et se leva d'un bond, sortit de la chambre et dévala l'escalier. Il s'arrêta net à l'entrée du séjour. Deux hommes étaient en conversation avec Corentin et Morgan.

— Tu peux rester, dit Corentin en le voyant faire demi-tour. Ces personnes sont envoyées par le ministère des Affaires étrangères.

— Il y a une bonne nouvelle, ajouta Morgan, rayonnante. Maëlys a été retrouvée. Elle va bien.

Leur sœur avait été hospitalisée à l'hôpital militaire de Gao, expliqua l'un des deux fonctionnaires. Elle n'avait que quelques blessures, rien de grave, elle devait avant tout reprendre des forces et se réhydrater. La captivité, puis la fuite dans le désert l'avaient épuisée. Dès que les médecins jugeraient son transport possible, elle serait rapatriée.

— Et si elle ne veut pas ? demanda Morgan, inquiète.

Elle ne connaissait que trop bien Maëlys et la savait capable de refuser.

— Elle n'aura pas le choix.

— Où sera-t-elle rapatriée ? À Paris ?

— Y a-t-elle un domicile ?

— Non, plus maintenant. Mais elle possède une maison à Audierne.

— Quelqu'un l'y attend ?

— Non, elle n'a que nous.

— Alors nous veillerons à ce qu'elle soit raccompagnée jusqu'à Sein. Il est probable que le retour sera dur. Physiquement, votre sœur va bien, mais elle a subi un choc psychologique important. Nous vous laisserons les coordonnées de médecins qui pourront vous apporter un soutien en cas de besoin. L'entourage de la famille est important, mais n'imaginez pas un retour dans la joie. Ce sera aussi difficile pour vous. Elle pourrait se replier sur elle-même et refuser de communiquer avec vous. Si vous rencontrez le moindre problème, avertissez-nous. Soyez confiants. D'ici à une semaine, elle sera de nouveau parmi vous. Mme Kersanton n'est pas là ? J'espérais partager cette heureuse nouvelle avec elle. Je dois par ailleurs lui faire signer des papiers.

— Elle a tenté de se suicider, murmura Corentin. Juste après qu'on a appris l'enlèvement de Maëlys. Elle est toujours en réanimation au CHU de Brest.

— Je suis sincèrement désolé, fit l'homme en réajustant sa cravate.

Il ouvrit sa mallette, songeant que certaines familles avaient vraiment la poisse. Il sortit un formulaire en double exemplaire et demanda à Corentin de le parapher.

— Étant donné la situation, vous êtes le chef de famille maintenant. C'est donc avec vous que nous règlerons les formalités et organiserons les modalités du retour de votre sœur.

Il présenta les papiers à Corentin qui les signa. Les deux hommes prirent congé. Corentin les raccompagna à la porte. Avant de rejoindre Morgan et Liam restés dans le salon, il passa par la cuisine, ouvrit le robinet et fit couler de l'eau fraîche sur son visage. Il ne savait pas s'il était heureux ou non de cette nouvelle. Il était soulagé de savoir Maëlys vivante, mais pas prêt à la retrouver. Il n'avait pas envie de la serrer dans ses bras, ni de l'embrasser. Il pensait à sa mère, toujours inconsciente sur son lit d'hôpital. Hier, avec Morgan, il était resté à son chevet toute la journée. Un dimanche à regarder une machine qui envoyait de l'air dans ses poumons car elle ne savait plus respirer, une autre pour la dialyse qui filtrait son sang car ses reins ne pouvaient plus assurer leur fonction, et des écrans sur lesquels s'affichaient la tension, le rythme cardiaque et des chiffres auxquels il ne comprenait rien. Une vie gâchée, tout ça à cause de Maëlys. La hargne l'étouffait, il se sentait à deux doigts d'exploser. Il s'appuya contre l'évier et serra les dents. Il but une dernière gorgée d'eau pour calmer ses nerfs et retourna dans le séjour.

La bouille rose de Morgan le retint de hurler sa colère. Elle était assise dans un fauteuil et bavardait tranquillement avec Liam. Il ne l'avait pas vue aussi gaie depuis des jours. Il resta sur le seuil de la porte pour écouter leur conversation. Morgan parlait de sa sœur, de Margaret et du bébé à naître. Il sursauta quand elle prononça le mot « fête ».

— Quoi ? Tu veux organiser une fête pour le retour de Maëlys ? N'y pense même pas ! Tout ce qui arrive est de sa faute. Si elle avait été comme tout le monde, si elle avait tout simplement vécu avec nous, on n'en serait pas là. Une fête alors que maman est à l'hôpital, entre la vie et la mort ! Tu dérailles ?

— Je parlais de célébrer nos retrouvailles, pas d'une fête proprement dite, se reprit Morgan.

— Je ne vois pas la différence.

— J'aimerais qu'on réunisse notre petite famille pour un repas. Le retour de Maëlys, ça n'est pas rien, tout de même. Je suis certaine que maman m'approuverait. On pourrait inviter Margaret, Gwen et son fils. Ne pourrait-on pas faire une petite parenthèse et passer un bon moment ensemble, juste quelques heures, pour oublier les jours difficiles ? J'en profiterais pour annoncer que…

Elle toucha son ventre rond et sourit.

— Ma pauvre fille ! Qu'est-ce que tu me chantes là ? Annoncer que t'es enceinte ? Mais tout le monde le sait. Demande à Liam ! Tout le monde cherche d'ailleurs qui a bien pu t'engrosser !

Morgan pâlit. Liam se redressa, serra les poings mais se tut malgré son envie de bondir sur Corentin pour lui coller son poing dans la figure. Certes, ces histoires de famille ne le regardaient pas, mais il ne pouvait laisser le frère de Morgan la faire souffrir ainsi.

— Qu'est-ce que tu crois ? poursuivit Corentin, l'écume aux lèvres. Qu'on ne parle pas dans notre dos ? Même les Saint-Luan sont au courant. Marie-Françoise est prête à te marier avec un de ses fils ! Parce qu'elle a tout compris, la garce !

— Comment ça ? bredouilla Morgan.

— Elle est venue me voir ! hurla Corentin. Elle sait tout. C'est simple, ou tu épouses son fils aîné, ou alors…

Il hésita à continuer, regrettant de s'être laissé aller.

— Tu te maries avec son fils ou alors elle continue la procédure pour que nous lui rendions les terres de la route du phare. C'est à prendre ou à laisser.

— Mais il m'a violée !

— Prouve-le ! Marie-Françoise a paraît-il un témoin prêt à attester que tu es venue chez eux de ton plein gré et que tu as passé un après-midi assez… olé olé !

Morgan mit ses mains sur son visage et masqua ses yeux, comme pour se cacher de la terrible réalité. Rien n'était terminé. Elle devrait encore se battre, se justifier. Donner la preuve que c'était elle la victime dans cette affaire. Elle n'en pouvait plus.

— Les gens savent que je suis homosexuelle, lâcha-t-elle, personne n'ajoutera foi aux racontars des Saint-Luan.

— Tu te goures ! Les gens pensent que t'es une catin, voilà la vérité !

Liam s'élança, et en moins de deux se jeta sur Corentin.

— Ça suffit ! cria-t-il en le secouant par les épaules.

Face à l'Irlandais qui le dominait d'une tête, Corentin recula et sortit en claquant la porte. Liam s'approcha de Morgan qui sanglotait doucement.

— Voulez-vous monter vous allonger ?

Elle saisit la main qu'il lui tendait et le suivit dans l'escalier. Lorsqu'elle fut sur son lit, il attrapa un coussin et le glissa sous ses jambes.

— C'est mieux pour la circulation du sang quand on attend un bébé, murmura-t-il.

— Je suis désolée que vous ayez assisté à cette scène.

— Moi, c'est pour vous que je suis navré. Vous avez besoin de calme et de repos. Dans votre état, il faut vous ménager. Je vais préparer le dîner. Qu'aviez-vous prévu pour ce soir ?

— Des filets de bar.

— Je m'en occupe. Je vous ai vues tant de fois à la cuisine, votre mère et vous, que je devrais m'en sortir.

— Ce n'est pas votre rôle.

— Peu importe. Ça me fait plaisir.

Il se leva et se dirigea vers la porte, se retourna et fit un grand sourire à Morgan. Avoir Liam à la maison est une chance, pensa-t-elle lorsqu'il eut quitté la pièce. Sous ses airs bizarres et parfois un peu revêches, sa dégaine de mec mal rasé et ses cheveux trop longs, il a vraiment un cœur d'or.

33

Plus que quelques heures et Maëlys quitterait le Sahel. Ce soir, elle ne verrait pas le coucher du soleil sur le fleuve. À Bamako, à Gao, ou ici, à Niamey, le Niger était majestueux. La jeune femme fit quelques pas et le contempla une dernière fois. Des buffles marchaient les pattes dans l'eau, s'arrêtaient pour se désaltérer et repartaient sans se presser. Des gamins jouaient à s'éclabousser pendant que les mères lavaient du linge. Des pirogues chargées de marchandises accostaient sur les berges tandis que d'autres s'éloignaient. Un peu plus loin, un pêcheur jetait son filet à la volée puis le tirait lentement vers lui, capturant le repas du jour. La ville moderne s'étalait à quelques centaines de mètres du rivage, contraste saisissant avec ces scènes de vie tranquilles. Maëlys attrapa une poignée de terre et la laissa filer entre ses doigts. Dernières secondes de paix avant qu'elle ne retourne le sablier... Il était temps de regagner sa chambre et de préparer son paquetage. Elle sourit, songeant qu'elle avait réussi à tromper la vigilance de ses gardiens qui avaient ordre de la protéger jusqu'à son embarquement pour l'Europe. Cette fois, on ne lui avait pas donné le choix. Son rapatriement lui avait été notifié à l'hôpital et elle n'avait pu s'y opposer. Après les événements des dernières semaines, c'était peut-être aussi bien. Elle n'était plus en sécurité au Mali, y rester aurait été courir un risque. À défaut d'en être convaincue, elle tenta encore de s'en persuader.

Giacomo ne tarderait pas à partir lui aussi. On le gardait encore quelques jours à l'hôpital de Gao, mais son rapatriement sanitaire à destination de Rome était déjà organisé. Il s'envolerait depuis N'Djamena. Le photographe était soulagé, et affligé. Il n'avait aucune nouvelle de Guiseppe. On ne l'avait pas retrouvé dans ce village du Nord du Mali où lui et Maëlys l'avaient abandonné. Maëlys pensait qu'il était mort et qu'on avait dû enterrer son corps sous un bon mètre de sable. Les autorités françaises et italiennes gardaient cependant espoir, les rebelles avaient peut-être déplacé Guiseppe dans un autre village. C'était la seule perspective à laquelle Giacomo pouvait encore s'accrocher, maigre lueur dans le ciel, et il avait bien du mal à manifester sa joie de rentrer au pays. Certes, il était vivant. Il l'avait compris très vite, Maëlys ne s'était offerte à lui que pour lui donner l'énergie de tenir. Quand elle était venue lui rendre visite à l'hôpital, elle l'avait pris dans ses bras et l'avait embrassé sur chaque joue, un peu comme si elle retrouvait un vieux pote…

Malgré les épreuves qu'ils avaient traversées ensemble, Maëlys avait rapidement repris ses distances avec Giacomo. Elle n'avait pas voulu lui donner d'espoir, le laisser bâtir des châteaux en Espagne ou écrire l'incipit d'un conte de fée. Elle ne l'aimait pas. Elle lui avait fait l'amour comme on fait une transfusion à un malade affaibli. L'histoire s'arrêtait là, et leurs chemins se séparaient. Elle jeta un dernier regard sur le Niger, ce fil d'Ariane qui la liait pour quelques heures encore à l'Afrique. Pétronille aussi lui manquerait. Elle avait le sentiment d'abandonner une amie chère, une sœur. De laisser là un morceau de son cœur et un fragment de son âme… Un peu comme les corps qu'elle avait vus se déchiqueter sous la force des bombes. En la contraignant à quitter l'Afrique, on avait broyé son être et tailladé son esprit. Les retrouvailles avec les siens ne lui apporteraient aucune consolation. Au contraire, ce retour aux sources était la plus cruelle des punitions qu'on pouvait lui infliger. Elle cueillit une petite fleur sauvage et la lança vers le fleuve. Elle la regarda flotter sur l'eau et s'éloigner du rivage. Comme on jette une bouteille à la mer, elle imagina cette fleur s'échouant aux pieds de Pétronille lavant les draps au bord du fleuve, entourée des enfants. De l'autre côté de la rive, à des centaines de kilomètres de là… Un jour, peut-être, Pétronille recevrait ce modeste cadeau, témoignage de cette amitié si pure, si simple, qui les unissait à jamais.

À regret, Maëlys fit demi-tour et remonta le chemin qui menait à la route. Arrivée sur l'avenue de l'Afrique, le bruit de la ville l'étourdit. Piétons, vélos, voitures et bus se partageaient dangereusement la chaussée. On accélérait, on freinait, on se dépassait, on klaxonnait. Des vendeurs de fruits, de cigarettes et de canettes de soda se faufilaient entre les véhicules à l'arrêt et proposaient leurs marchandises. Maëlys pressa le pas et se fondit dans la fourmilière humaine. Une pétarade la fit sursauter. Elle tourna sur elle-même, cherchant des hommes armés. Ce n'était que le bruit d'une vieille motocyclette qui avait du mal à démarrer. Elle s'arrêta un instant, posa une main sur sa poitrine pour comprimer son cœur qui s'était emballé. Le psychiatre de l'hôpital militaire de Gao avait raison. L'état de stress post-traumatique et l'hypervigilance qui l'accompagnait se réveillaient encore au moindre incident. Il lui faudrait beaucoup de temps pour réapprendre à vivre comme avant.

Elle n'était plus qu'à une centaine de mètres de la base aérienne de Niamey. La fameuse base 101, siège de l'armée de l'air française d'où on faisait décoller les drones qui effectuaient des missions de renseignement dans le cadre de l'opération Barkhane. Situé sur le même site que l'aéroport international Diori-Hamani, ce poste militaire français comportait plusieurs bâtiments, dont une maison pompeusement baptisée « hôtel » parce qu'on y logeait les rares civils qui voyageaient sur des vols de l'armée. Elle aperçut un des plantons qui surveillaient les allées et venues des visiteurs. D'où il se trouvait, il la verrait forcément pénétrer dans la base... Elle présenta ses papiers d'identité au garde à l'entrée tout en réfléchissant à l'explication qu'elle allait fournir à l'autre pour justifier son escapade. Comme elle le prévoyait, dès qu'elle eut franchi la barrière, la sentinelle se précipita vers elle. Qu'allait-elle lui dire ? Pas question d'avouer sa promenade au bord du Niger, il la prendrait pour une grande malade et une inconsciente. Ce qu'elle était, peut-être... Elle bafouilla une ou deux phrases incompréhensibles, pensant embobiner le soldat. Ce dernier la rappela à l'ordre, lui reprocha son attitude déraisonnable. Il en réfèrerait à ses supérieurs. Elle se garda de lui dire qu'il pouvait informer qui il voulait, elle n'en avait rien à faire. Dans quelques heures, elle ne serait plus là. Dans quelques heures elle quitterait l'Afrique pour toujours, et son cœur serait déchiré. Elle se força à afficher une mine contrite, présenta ses excuses et continua son chemin.

— *Hola, muchacha !*

Elle se figea sur place, releva son chapeau de paille, regarda autour d'elle mais ne vit personne. Elle haussa les épaules. Elle entendait des voix, maintenant !

— *Hola, muchacha* ! *Hola mi corazon !*

Ce ton ! Cet accent ! Elle nageait en plein délire mais c'était si bon de fuir la réalité. Elle ferma les yeux. Prolonger le rêve. Écouter les paroles comme on écoute une chanson en boucle. Se souvenir des caresses, des baisers et du plaisir. Elle sentit monter en elle une vague de désir. Un tsunami la ravagea des pieds à la tête.

— Maëlys ?

Ne pas ouvrir les paupières. Pas tout de suite. Profiter de l'instant. Palper cette vie qui ranimait chaque parcelle de son corps. Sentir ce feu qui embrasait ses lèvres, ses seins, son ventre, ses cuisses, son intimité tout entière.

— Eh bien, je suis ravi de vous faire autant d'effet !

Arturo l'enlaça, elle projeta son visage contre son cou. Les yeux fermés, elle respira cette peau à laquelle elle avait goûté avec tant de bonheur. Arturo ! Elle n'avait pas rêvé, c'était lui. Ne plus bouger, demeurer toujours ainsi, blottie contre cet homme qui savait si bien la conduire aux confins du plaisir. Il la saisit aux épaules, l'écarta un peu de lui pour mieux la contempler.

— Je ne sais pas pourquoi, mais quand le garde m'a dit qu'une Française était partie en vadrouille sans escorte et sans autorisation, j'ai su que c'était vous !

Maëlys éclata de rire. Son rire résonna si fort qu'elle se demanda un instant si c'était bien le sien. Elle était si heureuse. C'était un bonheur soudain. Inespéré. Un peu brutal… L'image d'un embryon sur un écran la calma.

— Que faites-vous là ? murmura-t-elle.

Son air soudain sérieux déstabilisa Arturo.

— Je suis en mission. Une rencontre avec des responsables éthiopiens de la FAO. Le travail, toujours le travail…

Il se tut et la regarda. Sa peau était marquée par le soleil, elle avait les traits un peu tirés mais était toujours aussi belle.

— J'ai appris ce qui vous était arrivé. J'aurais voulu venir à Gao, mais…

— Je sais. Vous êtes surbooké ! plaisanta-t-elle. Merci à ce sympathique hasard qui nous permet de nous revoir.

Il n'avait pas envie de lui mentir. Elle était bien trop authentique pour mériter un tel traitement.

— La vérité, chuchota-t-il après s'être éclairci la voix, la vérité, c'est que je suis venu pour vous. Ce n'est pas une coïncidence. Ça fait des jours que je cherche un prétexte pour venir en Afrique, et hier on m'en a involontairement fourni un. J'aurais pu me faire remplacer pour cette réunion, mais j'ai sauté dans le premier avion pour vous rejoindre. À dire vrai, je vous pensais encore à Gao. Je ne savais pas qu'on avait déjà organisé votre rapatriement. Le hasard, c'est de vous croiser ici.

— Je pars ce soir.

Comme elle, il fit un bref calcul. Comme elle, il comprit qu'ils n'avaient que quelques heures devant eux. Elle lui tendit la main. Il l'attrapa et se laissa guider. Elle occupait une chambre au premier étage. Une pièce d'une propreté impeccable mais sans âme. Le sol était carrelé de gris, les murs peints en blanc. Le mobilier se résumait en un lit, une table et une chaise. Caché derrière un paravent, le cabinet de toilette comprenait une douche à l'italienne, un lavabo et des W.-C.

— À chaque fois que je vous vois, vous logez dans des palaces, se moqua-t-il.

— Qu'y puis-je ? J'aime le luxe.

Il rit, mais son rire s'étrangla dans sa gorge. Il la souleva et la déposa sur le lit. Il ôta sa chemise et son pantalon puis l'aida à se débarrasser de son tee-shirt et de son jean. Il resta un moment interdit en découvrant les cicatrices sur son bras et la balafre sur son ventre. Ému, il glissa ses doigts sur la peau blessée puis se pencha et embrassa avec douceur ce corps qui avait souffert. Il suivit une veine qui courait sur sa poitrine, s'arrêta un instant sur l'abdomen légèrement rebondi. Le cœur de Maëlys s'emballa. Se pouvait-il qu'il devine son état ? Elle l'attira à elle, écarta les jambes, les resserra autour des reins de son amant et le guida. Ce fut comme si le temps était suspendu, comme si leurs corps se connaissaient depuis toujours et qu'ils exploraient le plaisir à l'infini. Elle se laissa faire, détendue, heureuse de le sentir attentif à sa jouissance. Il demeura en elle quelques minutes. Ils étaient dégoulinants de sueur. Elle le repoussa et se leva, silencieuse. Elle n'avait pas changé et il en fut heureux. Il la rejoignit sous la douche, fit couler du savon dans le creux de sa main et la lava doucement, s'arrêtant sur ses seins, ses fesses, entre les cuisses, lui arrachant des gémissements. Quand son sexe se dressa de nouveau, il la saisit sous les bras, la plaqua contre le mur et s'empala en elle. Le contact froid du carrelage la fit trembler. Elle tendit ses lèvres. Il s'en empara, suçant, mordant, embrassant cette jolie bouche charnue, allant et venant en elle, parfois avec violence. La violence du désespoir, quand le temps est compté et que la séparation approche. La douche leur permit de cacher leurs larmes quand le plaisir les emporta. Il restait, elle partait. Une fois de plus, sans savoir s'ils se reverraient. Ils se séchèrent sans échanger un mot. Qu'auraient-ils pu se dire ? Il la regarda jeter ses affaires dans son sac de voyage, enfiler ses baskets, boucler son sac à dos, puis franchir le seuil de la chambre et tirer la porte derrière elle. C'était fini, elle était partie. Partie sans se retourner…

Il resta assis sur le lit, respira son parfum sur l'oreiller puis s'allongea. Il caressa les draps dans lesquels elle avait dormi, espérant y retrouver l'odeur de sa peau. Il songea qu'il était peut-être tombé amoureux et sourit bêtement. Mais qu'était-ce, tomber amoureux ? Être terrassé par le manque ? Souffrir de l'incertitude de ne plus revoir l'être aimé ? Rêver à chaque instant de prendre ses lèvres pour l'embrasser ? Le pourrait-il encore ? Oui, il suffisait de la rattraper. Il l'embrasserait, longtemps, et lui dirait qu'il l'aimait. Il sortit en courant et dévala les escaliers. Sur le parking, il manqua de se faire renverser par une camionnette de livraison qui manœuvrait. Il accéléra la cadence malgré la chaleur, humide, de cette fin d'après-midi. Un militaire l'arrêta sur le tarmac. Impossible de franchir la clôture. Il eut beau crier, menacer, supplier, les officiers de garde ne le laissèrent pas passer. Sans autorisation, il ne pouvait aller plus loin. Il s'approcha de la grille, y colla son visage. Peut-être la verrait-il et alors il pourrait l'appeler. Il patienta longtemps. Il entendit le bruit caractéristique des moteurs puis aperçut un avion qui s'engageait sur la piste. Elle était là, à quelques dizaines de mètres, et il ne pouvait plus la toucher. Il suivit le décollage de l'appareil et le regarda voler jusqu'à ce qu'il disparaisse dans le ciel.

Démoralisé, il fit demi-tour et s'assit sur un banc où il se posa quelques minutes, perdu dans ses rêves. Il raccompagnait Maëlys en France. Il déroula chaque étape du voyage, l'atterrissage à Villacoublay, Maëlys montant dans le jet qui l'emportait à Brest, puis dans l'hélicoptère qui la déposait sur son île dont il ne se rappelait plus le nom. Il sortit son iPhone de sa poche et pianota sur l'écran, trouva un site dédié aux îles bretonnes, découvrit Ouessant, Molène, et Sein, ce morceau de terre où elle retrouverait les siens… et peut-être un fiancé. L'insupportable douleur de la jalousie l'étrangla. Il n'acceptait pas l'idée qu'elle puisse appartenir à un autre. Elle n'était qu'à lui. Ou à personne. Il sourit, un peu rassuré. Maëlys était trop libre, trop indépendante pour se donner à n'importe qui. Elle s'était pleinement offerte à lui. Cadeau magnifique, cadeau éphémère comme une fleur offre sa beauté au monde.

34

— Vous auriez dû m'appeler plus tôt, murmura le médecin en tirant la porte derrière lui. Votre sœur est mal en point.

— Je ne suis rentrée qu'hier, répondit Maëlys. Nous étions heureuses de nous revoir. Morgan s'est comportée comme si tout allait bien. C'est seulement ce matin que j'ai découvert qu'elle souffrait. Je vous ai téléphoné tout de suite.

— C'est vrai, j'avais oublié la date de votre retour. Il faudra d'ailleurs qu'on se voie pour un bilan de santé.

— Plus tard.

— D'accord. Je suis inquiet pour le bébé et je songe sérieusement à faire transférer Morgan dans une maternité sur le continent si les contractions ne cessent pas. Mais ce transport n'est pas des plus indiqué dans son état et ça me tracasse. À la fin de la matinée, nous saurons si l'injection a été efficace. Le travail ne doit pas se déclencher maintenant. Elle est à trois mois du terme. C'est trop tôt.

— Faites ce qui est le mieux pour elle et le petit. J'envisageais d'aller voir ma mère à Brest aujourd'hui et de ne rentrer que demain. Est-il plus prudent que j'annule ?

— Ah… Votre pauvre maman… Non, allez à Brest comme prévu. Je repasserai à midi. Votre frère et votre hôte irlandais peuvent veiller sur votre sœur, non ?

— Oui, bien sûr. Corentin est en mer, mais Liam est là. Je suis sûre qu'il acceptera. Je vais également contacter Margaret. Morgan appréciera de l'avoir auprès d'elle. Merci pour tout.

Maëlys raccompagna le médecin. La porte refermée, elle s'appuya contre le chambranle et soupira. Elle avait redouté ce retour à Sein, mais c'était pire qu'elle ne l'avait imaginé. Sa mère avait voulu mourir… Corentin et Morgan avaient choisi de lui cacher le drame jusqu'à son rapatriement. Elle n'avait pas fermé l'œil de la nuit, se posant une multitude de questions, étouffant déjà de se sentir prisonnière sur cette île où, décidément, rien de bon ne l'attendait. Elle frissonna puis secoua la tête. N'avait-elle donc pas de cœur pour ne songer qu'à sa propre détresse et être incapable de verser une larme alors que sa mère était entre la vie et la mort ? Ce n'était pas le moment de s'égarer. Encore moins de louper le bateau pour le continent. Elle remonta à l'étage pour vérifier que Morgan s'était rendormie, fila dans sa chambre, attrapa une veste et le petit sac de voyage dans lequel elle avait rangé quelques affaires pour sa nuit à Brest et sortit. Quand elle parvint au bout du quai, il lui sembla ressentir un léger pincement dans son ventre, comme des petits frottements d'ailes d'un papillon. Le bébé bougeait. Ce n'était pas une première, mais cette fois, les coups étaient plus précis. Elle ne pouvait plus nier sa grossesse. Elle se mit à courir et arriva juste à temps pour embarquer.

À Brest, elle se rendit directement à l'hôpital. Elle se renseigna à la réception pour savoir où était sa mère et fila aussitôt à son chevet. En pénétrant dans la chambre, elle eut un choc et resta figée devant le lit. Des tuyaux sortaient de son nez et de sa bouche, déformant ses traits. Sa peau avait la couleur de la cire. Son visage et son corps étaient bouffis. L'interne expliqua à Maëlys que sa mère avait été sédatée quelque temps, ce qui expliquait l'œdème. Cette procédure avait été nécessaire pour assurer le bon fonctionnement de la ventilation, les poumons ayant été endommagés lors de la noyade. La sédation avait été progressivement levée pour permettre aux médecins d'évaluer si la patiente était en capacité d'assumer ses fonctions vitales sans appareil. Mais une pneumopathie s'était alors déclarée. La malchance, selon l'interne. Dès qu'Yvonne avait repris conscience, elle s'était en effet débattue et avait arraché le respirateur artificiel. On avait dû la rendormir pour pouvoir remettre en place le tubage. Comme il avait fallu agir dans la précipitation, il n'était pas impossible qu'une bactérie se soit introduite à ce moment-là. Depuis, même si les antibiotiques avaient enrayé l'infection et la fièvre avait baissé, la tension faiblissait. On la maintenait à l'aide d'un traitement chimique.

— Il y a presque quatre semaines qu'elle est là, dit Maëlys. Elle peut encore s'en tirer ? Et en admettant qu'elle vive, dans quel état sera-t-elle ?

— J'appelle le médecin, murmura l'interne.

C'était la fin de la journée. L'heure où l'équipe de nuit allait bientôt relayer celle de jour. Maëlys fut reçue par deux médecins anesthésistes-réanimateurs dans un petit salon. Elle détesta tout de suite le contact avec le praticien qui dirigeait le service de jour. Il lui donna un minimum d'explications en s'adressant à elle comme si elle n'était pas capable de comprendre, évoquant le *cas* de sa mère mais jamais la personne. Elle avait l'impression qu'il s'agissait pour lui de relever un défi, *son* défi. Si Yvonne survivait, ce serait *son* succès, *sa* réussite.

— Je vous écoute, l'interrompit soudain Maëlys. Jusqu'à présent, vous n'avez répondu à aucune de mes questions. Je veux que vous me disiez si ma mère peut s'en sortir après quatre semaines de coma. Et surtout comment ? Je veux savoir, en admettant qu'elle revienne à la vie, s'il y aura des séquelles, et si oui, lesquelles.

Le médecin de nuit prit la parole, coupant le sifflet à son confrère.

— Nous ne sommes pas certains du pronostic, avoua-t-il. Sans les appareils, sans le traitement chimique, il est possible qu'elle parte. Dans l'hypothèse qu'elle s'en sorte, il est évident que ce ne sera pas sans répercussions. Les reins fonctionnent sous dialyse. Il faudra maintenir ce protocole à raison de trois fois par semaine. Il est vraisemblable que votre mère a perdu l'usage de ses jambes et qu'une longue kinésithérapie sera nécessaire pour qu'elle puisse réapprendre à se déplacer de façon autonome. Pour ce qui est de la parole et d'éventuelles séquelles d'ordre cérébral, nous ne pourrons l'évaluer qu'après un réveil complet.

— Si je vous comprends bien, murmura Maëlys, vous êtes en train de me dire que si elle s'en sort, elle sera dépendante. Dépendante des autres et de l'hôpital où elle devra recevoir de nombreux soins.

— Dépendante mais vivante ! s'écria le médecin de jour.

Son air de vainqueur agaça Maëlys.

— À quel prix ? lâcha-t-elle, désabusée.

— Nous sommes réanimateurs. La suite…

Il s'arrêta, conscient d'en avoir trop dit.

— La suite, poursuivit Maëlys, vous vous en moquez. Il n'y a que les statistiques qui comptent pour vous. Moi, je vais vous la raconter, la suite. En admettant que mère s'en sorte, elle sera dans un fauteuil roulant. Avec un peu de chance, elle aura à peu près toute sa tête. À 50 ans, elle aura le plaisir de réapprendre à marcher avec un kiné qui lui tiendra la main ! Elle viendra trois fois par semaine à l'hôpital pour la dialyse. Au pire, elle aura perdu la raison. Ce qui finalement sera peut-être mieux pour elle puisqu'elle ne se rendra plus compte de rien. Vous oubliez quelque chose cependant. Vous vous obstinez à sauver une personne qui a tenté de se donner la mort. Une personne à qui vous allez rendre une existence encore plus pénible et détestable que celle qu'elle a voulu oublier. Une personne qui ne pourra même plus choisir d'en finir puisqu'elle n'en est plus capable. Vivante, ma mère ? Non, dépendante et contrainte d'aller au bout !

— De quel droit vous permettez-vous d'avancer ce qui est bien pour elle ?

— Le droit au bonheur ! Elle a voulu mourir, et vous, vous vous acharnez à la rendre à la vie en sachant qu'elle ne sera plus que l'ombre d'elle-même. Un légume… Comment peut-on vivre heureux dans ces conditions ? Pas d'acharnement thérapeutique, s'il vous plaît.

— Je ne m'acharne pas. Je sauve des vies !

Furieux, le chef de service se leva et partit. Il ne voulait pas discuter davantage avec cette femme qui ne pigeait rien à la médecine. Le médecin de nuit emmena Maëlys dans le couloir et l'aborda avec douceur.

— Vous avez parlé de tout ça avec vos frères et sœurs ?

— Non. C'est la première fois que je vois ma mère depuis…

— Vous êtes sous le choc, c'est normal. Prenez un peu de recul, puis essayez de parler sereinement de tout cela en famille. Ensuite, on pourra en rediscuter.

Elle acquiesça, soulagée de constater que tous les médecins n'étaient pas bornés et qu'elle aurait au moins une oreille attentive. Quand elle quitta le service, elle alluma son téléphone et consulta ses messages. Margaret lui avait envoyé un SMS deux heures plus tôt pour l'avertir que Morgan avait été admise à la maternité de l'hôpital en début d'après-midi. Maëlys n'avait plus qu'à traverser la cour pour rejoindre le bâtiment où sa sœur avait été hospitalisée. Pourvu que Morgan et le bébé se portent bien, pensa-t-elle, soudain inquiète. Il y a tant de malheurs dans cette famille…

Affalée sur une chaise, Margaret patientait dans la salle d'attente. Dans sa poitrine, son cœur compressé par la peur battait à en faire exploser sa poitrine. Il lui semblait que depuis le coup de fil de Maëlys ce matin, elle ne respirait plus. Elle avait rejoint Sein aussi vite qu'elle avait pu. À midi, il avait fallu se rendre à l'évidence : malgré la piqûre du médecin, le travail continuait. Morgan avait aussitôt été transportée à l'hôpital de Brest dans l'hélicoptère de la Sécurité civile et, en fin de journée, elle avait accouché d'un petit garçon qu'on avait immédiatement transporté en néonatalogie où les bébés prématurés étaient pris en charge. Le petit était né trop tôt. « Il est faible », avait dit le médecin juste après l'accouchement, ne cachant pas son inquiétude. Les heures à venir seraient cruciales. Il avait expliqué la situation avec ménagement à la maman, sans lui mentir cependant pour ne pas lui donner de faux espoirs.

Sitôt le placenta expulsé, Morgan avait fait une crise de nerfs et on avait relégué Margaret dans une pièce où patientaient des papas anxieux. En les voyant faire les cent pas, elle se demanda si ces hommes souffraient comme *elle* pouvait souffrir ? Elle n'avait pas eu le temps de s'habituer à la grossesse de Morgan. À chaque fois qu'elles en avaient parlé, Margaret s'était montrée enthousiaste alors qu'en réalité, elle ne savait pas si elle souhaitait cet enfant ou pas. Les circonstances dans lesquelles il avait été conçu étaient bien trop terribles. Comme Corentin, mais avec moins de violence, Margaret s'était demandé s'il était sage de garder ce bébé. Puis elle s'était efforcée de coller à la joie de Morgan, de sourire quand sa jeune compagne lui criait : « Tu te rends compte, on va être parents ! On va fonder une famille ! Notre famille ! » Pour Margaret, le lien avec l'enfant restait ténu, pour ne pas dire inexistant. Elle se reprochait maintenant de ne pas s'être davantage impliquée dans la maternité, de ne pas avoir forcé

Morgan à venir vivre auprès d'elle à Audierne. Elle aurait pu se reposer. Mais elle n'avait rien proposé. Parce qu'elle avait du mal à s'attacher au bébé et parce que le corps déformé de Morgan lui déplaisait. Elle avait toujours trouvé que les futures mamans étaient laides avec leurs ventres rebondis. Durant l'été, elle avait tout fait pour éviter Morgan, prétextant un surcroît d'activité. Elle avait délaissé la jeune femme uniquement pour se protéger elle. Elle avait eu peur, peur de devoir partager Morgan, peur que Morgan aime le petit plus qu'elle, peur qu'elle ne la regarde plus avec autant d'admiration et d'amour… Elle avait été jalouse de l'enfant avant même qu'il ne vienne au monde. Son comportement la consternait. Elle s'en voulait tellement… La vie du bébé était maintenant en jeu. Qu'arriverait-il s'il ne survivait pas ? Morgan ne serait plus jamais la même. Margaret ferma les yeux et joignit ses mains. Que Dieu prête vie à ce bébé. Que Dieu leur accorde à tous les trois une chance d'être heureux ensemble.

Quand elle pénétra dans la salle d'attente, Maëlys aperçut Corentin en conversation avec Margaret, Liam légèrement en retrait. Son frère semblait agité et Margaret pleurait. Son cœur se serra. Elle s'approcha.

— Elle n'aurait jamais dû garder cet enfant ! lui susurra Corentin. Dès le départ, c'était une mauvaise idée.

— Que se passe-t-il ? Margaret, je viens seulement de prendre connaissance de ton message. J'étais avec maman. Je t'en supplie, dis-moi que Morgan et le bébé vont bien.

Effondrée, l'Anglaise fut incapable de lui répondre. Corentin expliqua à Maëlys qu'il était arrivé avec Liam il y avait à peine cinq minutes. On venait de prévenir Margaret que le cœur du bébé n'avait pas tenu. Ils attendaient maintenant que Morgan se réveille.

— Si elle avait eu la sagesse de se faire avorter, on n'en serait pas là, continua Corentin. On n'avait pas besoin de ça.

— Ce n'est pas ce qui compte, murmura Liam. L'important, c'est que nous soyons là pour aider Morgan à traverser cette épreuve.

L'estomac serré, Margaret éclata en sanglots, rongée par la culpabilité. Maëlys la serra dans ses bras et regarda l'Irlandais, le remerciant du regard. Elle n'osait imaginer le chagrin et la détresse de Morgan quand on viendrait lui annoncer que son fils était mort avant même d'avoir vécu, ou presque. Liam avait raison, sa sœur aurait besoin de leur soutien. Ils devaient se serrer les coudes.

35

Maëlys profitait du mince rayon de soleil dans la cour, dernier voile de chaleur avant l'arrivée de l'automne. Elle était allongée sur une chilienne, l'avant-bras posé sur ses yeux pour ne pas être éblouie. Corentin la dévisagea un instant, puis observa sa silhouette. Il s'approcha du transat.

— Dis donc, lança-t-il d'un air fanfaron, tu ne nous aurais pas caché quelque chose ? Tu ne serais pas enceinte toi aussi ?

— Les derniers mots sont de trop. Je te rappelle que Morgan a perdu son bébé.

— Qui est l'heureux papa ?

— Il n'y en a pas, répondit Maëlys un peu trop vite.

— Ou il y en a plusieurs et tu ignores lequel est le bon ! fit Corentin, sarcastique.

Maëlys se releva et toisa son frère, furieuse.

— Exactement, murmura-t-elle. Je n'hésite pas à prendre mon pied, moi. Je ne crois pas que tu puisses en dire autant !

Blessé dans son orgueil de jeune mâle, Corentin encaissa difficilement ce coup de poignard. La vie sur l'île rendait l'intimité très compliquée et il était difficile d'y rencontrer une fille. Quant à celles qui venaient du continent, elles se lassaient très vite de cette existence en vase clos, loin de tout.

— Tu me dégoûtes, dit-il en se détournant.

— Ne t'inquiète pas, dès que Morgan sera rétablie, je débarrasserai le plancher et j'irai m'installer dans ma maison d'Audierne.

— Tu parles ! Dès que tu le pourras, tu te tireras en Afrique et tu nous laisseras nous débrouiller seuls avec maman.

— Maman ? Parfait, puisque tu abordes cette question, parlons-en. Ça fait des jours que je m'échine à vous faire entrevoir la réalité. Des jours que je vous prie de la laisser partir.

— Parce que tu crois que c'est facile ? Parce que toi tu la tuerais sans aucun remords ?

— Ça n'est pas le sujet, et tu le sais. Maman ne vit que grâce à des machines. Si jamais il y avait une chance pour qu'elle se réveille, elle vivrait comme un légume et son existence serait un enfer. J'attends que vous en discutiez, Morgan et toi, et que vous vous rendiez à l'évidence. Je veux qu'on lui accorde une fin décente, qu'elle meure dignement puisque c'est ce qu'elle a toujours souhaité.

— Écoute-toi ! Tu veux, tu veux… Mais tout ça, c'est de ta faute !

— Comment ça ? Explique-toi !

— Arrêtez ! cria Morgan.

Elle se tenait dans l'encadrement de la porte-fenêtre. Depuis combien de temps était-elle là ? Son visage était pâle et amaigri, ses yeux encore rouges et gonflés par ses nombreuses crises de larmes qu'elle ne pouvait pas contrôler.

— Maëlys a raison, chuchota-t-elle comme si on pouvait les entendre. Il faut qu'on parle de maman. Ça ne peut plus durer. C'est un calvaire pour nous, et peut-être aussi pour elle. Je crois qu'on n'a plus rien à espérer.

De la fenêtre ouverte de sa chambre, Liam avait tout entendu. Il n'avait que trop retardé son retour en Irlande. Il se donnait encore une semaine pour prévenir les Kersanton de sa décision de rentrer. Le temps de faire ses bagages et de préparer doucement Morgan, Corentin et Maëlys à son départ. Il se sentait de trop depuis quelques jours tant le climat était tendu entre eux. Les repas étaient parfois pénibles, silencieux la plupart du temps. Son départ permettrait à la fratrie de communiquer avec moins de retenue, du moins de mettre au clair les non-dits qui polluaient l'atmosphère et de prendre enfin les décisions qui s'imposaient.

Il transporta une pile de livres sur son lit. Il en avait acheté beaucoup depuis qu'il était arrivé en Bretagne, mais il ne pourrait pas tous les reprendre. Il tenta de faire un premier tri. Il se rappela soudain de la lettre qu'il avait trouvée parmi les photos que lui avait confiées le prêtre de Sein. Il écarta la pile de bouquins, saisit celui où il pensait avoir glissé le bout de papier, le feuilleta, mais il n'y était pas. Il fouilla dans sa table de chevet, retourna toute la paperasse sur son bureau. Qu'avait-il pu faire de ce document ? Soudain, il sentit la chaleur s'emparer de lui, comme un brusque accès de fièvre. Maëlys était venue dans sa chambre trois jours plus tôt et ils avaient bavardé littérature. Il se rappelait qu'elle lui avait apporté un roman de Queffelec mais également emprunté un polar irlandais de Benjamin Black traduit en français. Se pouvait-il que cette feuille soit à l'intérieur ? Il ne savait plus. Il fixa sa table de nuit, espérant presque une réponse. Il était tard, il tombait de sommeil. Il demanderait à Maëlys demain matin.

Allongée dans son lit, la jeune femme ne parvenait pas à s'endormir. Comme chaque nuit. Souvent, elle était hantée par d'affreux cauchemars dans lesquels se mêlaient les djihadistes, Giacomo, Guiseppe, Pétronille, Moussa, le bébé de Morgan, leur mère emprisonnée dans des tuyaux... C'était toujours des scènes violentes avec du sang, des larmes et des cris. Des scènes auxquelles elle assistait passivement, comme un spectateur muet dont on aurait attaché les mains et les pieds. Elle voyait souffrir les siens et ne pouvait rien faire. Elle se réveillait alors en pleurs, recroquevillée sous les draps, et demeurait avec la lumière allumée jusqu'à ce que les fantômes et les démons s'éloignent. Dans ces moments, elle pensait à Arturo. Il lui manquait, ses caresses, ses baisers lui manquaient, et ses mots si doux qu'il lui soufflait à l'oreille pendant l'amour. Parfois, elle glissait ses doigts entre ses jambes, imaginant ses mains sur sa peau, et effleurait le plaisir.

Elle sentit de grosses larmes couler sur ses joues et un nœud au fond de sa gorge. Elle se leva, furieuse contre elle-même, furieuse de n'avoir pas retenu l'homme qu'elle aimait parce qu'elle ne voulait pas d'entrave à sa vie. Aussitôt debout, elle sentit le bébé remuer. Sa colère décupla. Pourquoi fallait-il que ce môme s'accroche ? Ne comprenait-il pas qu'elle ne l'aimait pas et qu'elle ne voulait pas de lui ? Elle sortit comme une furie et dévala les escaliers. Au salon, elle fouina dans le buffet et dégota un fond de vodka. Elle but une première gorgée au goulot. L'alcool la brûla. Les autres passèrent plus facilement. S'enivrer pour ne plus réfléchir... Elle terminait la bouteille quand Liam apparut sur le seuil de la porte. Il l'avait entendue sortir de sa chambre et voulait s'assurer que tout allait bien.

—Je ne crois pas que ça puisse résoudre les problèmes, dit-il doucement. Mais je ne vous apprends rien.

Elle le toisa, un peu hautaine, prête à le rembarrer.

—Ça permet tout juste d'oublier, ajouta-t-il en souriant. J'ai acheté un bon whisky irlandais dans une boutique à Douarnenez. Je voulais l'ouvrir avant mon départ. On le goûte maintenant ?

Elle se dérida et accepta. Après tout, ce mec n'était pas responsable de ses tracas.

—Il a été distillé au Connemara, précisa-t-il en servant deux verres. Il devrait être bon.

Il claqua sa langue et fit couler lentement la boisson dans sa gorge. Maëlys l'absorba d'un trait et retendit son verre.

—Prenez le temps de l'apprécier, dit-il en lui offrant une seconde rasade. Il n'y en aura pas d'autre. Dans votre état, ce ne serait pas prudent.

—Ah, ça m'étonnait que vous ne me fassiez pas un brin de morale. Je me fous de ce bébé !

—Vous avez trop bu et vous dites n'importe quoi.

—Mais non ! Je le pense vraiment. C'est dommage, je ne parviens même pas à être soûle. J'aurais pourtant voulu. Picoler et prendre une biture, tout effacer durant quelques heures et dormir paisiblement. Ce mioche m'encombre. C'est comme s'il me pourrissait de l'intérieur.

— Taisez-vous ! Vous délirez. Vous devriez songer à Morgan avant de dire des choses aussi immondes. Elle a tant de chagrin d'avoir perdu son enfant.

— Ce n'est pas ma faute.

— C'est vrai. Désolé. Je voulais vous offrir quelques instants de légèreté en vous faisant goûter ce whisky, c'est raté.

Il était touchant avec son air triste et contrarié. Ses mèches rousses et blondes tombaient en boucles sur ses épaules et ses yeux clairs adoucissaient son visage. Ses rides, qu'il avait marquées, et sa barbe de plusieurs jours contrastaient avec son côté chérubin, lui donnant des allures de baroudeur viril. Gêné par l'examen, il fila à la cuisine laver les verres. Quand il revint, Maëlys l'attendait au pied de l'escalier.

— J'espère que ce whisky vous permettra de trouver le sommeil, murmura-t-il. Bonne nuit.

Sans répondre, elle se colla à lui et dévora sa bouche. Il se laissa faire sans broncher, recula soudain, prenant conscience de la situation.

— Et le papa du bébé ? réussit-il à articuler.

— Il n'y en a pas. Je l'ai fait toute seule.

Elle avança de nouveau vers lui et il la retint d'un geste.

— Maëlys, je ne tiens pas à aller plus loin. Pardon si je vous blesse, mais je sais que je le regretterais, et vous aussi.

— Je suis désolée. Je ne sais plus où j'en suis. Vous devez penser que je suis une femme facile. Ce moment d'égarement, c'était juste pour oublier, oublier que ma mère est en train de mourir, oublier le père de cet enfant, oublier que Morgan et Corentin souffrent mais que je n'ai plus de force pour trouver les mots qui pourraient les soulager, nous soulager.

Elle ne put retenir ses larmes. Liam lui caressa tendrement la joue. Il ne connaissait Maëlys que depuis peu. Il avait pu voir en elle de la détermination, mais pas cette fragilité. Elle avait craqué devant lui sans retenue, dévoilant sa part d'ombre. Cette marque de confiance le touchait.

— Je crois que nous ferions mieux d'aller dormir.

— J'en suis incapable. Ce whisky m'a fait tourner la tête. Je vais lire un peu.

— À ce propos, j'avais l'intention de vous demander demain le livre que je vous avais prêté. Vous savez, le polar irlandais. Je voudrais juste vérifier quelque chose. Je pourrais le récupérer ?

— Oui, bien sûr. Je ne l'ai pas encore commencé.

Alors qu'elle montait les premières marches, Liam sembla hésiter à la suivre.

— Vous venez ? Je serai sage, promis ! plaisanta-t-elle.

Lorsqu'il pénétra dans la chambre, ses yeux s'égarèrent sur les murs. Un vieux poster de U2 était accroché en face du lit. Il se souvenait avoir vu le groupe en concert à Belfast à plusieurs reprises. La dernière fois, c'était deux ans auparavant.

— Vous aimez ce groupe ?

— J'ai été fan un temps. Je ne sais pas pourquoi ce poster est toujours là. Rien n'a changé dans cette chambre depuis que j'ai quitté l'île. J'y reviens si rarement.

Le roman de Benjamin Black était posé sur la table de nuit. Maëlys le tendit à Liam qui le saisit avec fébrilité. Il fit défiler les pages, secoua l'ouvrage. Il n'y avait aucune lettre dedans…

— Vous cherchez quelque chose ?

La voix de Maëlys le fit sursauter.

— Non, rien.

— Je n'aime pas les mensonges, Liam.

Elle ouvrit le tiroir de la table de chevet, écarta quelques objets et en sortit une feuille de papier.

— C'est ça que vous avez perdu ? demanda-t-elle.

Son regard était de nouveau plein de colère. Une colère glacée, sans cri. Il sut qu'il ne devait pas commettre l'erreur de la tromper et raconta comment cet étrange document était arrivé entre ses mains.

— Je voulais trouver quelques explications sur cette affaire de terrain. Je n'ai pas creusé, conclut-il.

— J'irai voir cette vipère de Marie-Françoise Saint-Luan puisque ma mère ne peut plus parler. J'arriverai bien à lui tirer les vers du nez.

— Quand ?

— Pas demain, je suis à Brest.

Morgan, Corentin et Maëlys se rendaient à tour de rôle à l'hôpital pour passer quelques heures au chevet de leur mère. Morgan était toujours accompagnée de Margaret, très présente depuis la mort du bébé. Ils tenaient à ce qu'Yvonne ait de la visite tous les jours. Ça les rassurait de la savoir en vie, même si la sédation l'avait plongée dans une semi-inconscience. Ces visites étaient aussi leur manière de refouler cet affreux sentiment de culpabilité qui les étreignait parce qu'ils n'avaient rien vu venir.

— Vous ne devriez pas aller chez les Saint-Luan, conseilla Liam après quelques secondes de réflexion.

Pas seule en tout cas. Ces gens-là sont dangereux, vous le savez bien. Je pourrais vous accompagner si vous le souhaitez.

— Non, ne vous inquiétez pas, il ne m'arrivera rien.

Il n'insista pas. Maëlys était têtue, elle ne changerait pas d'avis. Elle était de ces personnes qui tracent leur chemin sans hésiter, tirant une force de tous les accidents de la vie quand d'autres s'effondrent. Il l'avait compris assez vite. Il eut soudain un désir irrépressible de la prendre dans ses bras. Elle se laissa faire, un peu passive. Liam était un type bien, séduisant aussi. Mais il n'était pas Arturo. Elle ferma les yeux. Impossible d'exorciser le Chilien. Il était dans sa tête et dans son corps.

36

Ce 1er octobre, quand Maëlys arriva à l'hôpital et qu'elle vit des infirmiers et des médecins se presser autour de sa mère, elle comprit qu'il se passait quelque chose de grave. En quelques mots, l'interne lui expliqua que la tension d'Yvonne avait chuté et qu'on la maintenait à coups de perfusions. Maëlys appela aussitôt Morgan et Corentin pour les prévenir de la situation et leur demander de venir au plus vite. Lorsqu'ils arrivèrent, Yvonne s'accrochait encore à la vie. Maëlys n'en pouvait plus de regarder l'interne réajuster la pompe qui permettait d'envoyer une nouvelle dose de produit. Elle était sur le point de craquer. Sous peu, elle lui reprocherait son entêtement à vouloir maintenir en vie une femme qui ne le désirait pas. Elle sortit pour se calmer. À l'extérieur, il pleuvait à verse. Quand elle pénétra de nouveau dans le bâtiment, elle était trempée et frigorifiée. L'équipe de nuit avait remplacé celle de jour. Dans le couloir, elle attrapa le médecin.

— Pas d'acharnement, murmura-t-elle. S'il vous plaît, pas d'acharnement.

Elle était accablée. Ses yeux tombaient de fatigue, ses cheveux étaient mouillés par la pluie, son visage affichait une mine désespérée. Il ne répondit rien. À 23 heures, Yvonne eut une nouvelle chute de tension. Morgan courut chercher Maëlys et Corentin qui se désaltéraient dans la salle d'attente. Ils revinrent tous les trois au chevet de leur mère. Sur l'écran, le rythme cardiaque avait baissé mais l'appareil enregistrait toujours les battements du cœur. Maëlys saisit la main d'Yvonne. Puis elle s'approcha de sa tête et chuchota à son oreille :

— Tu peux partir tranquille, maman. Même si je n'ai pas compris ton geste, je ne t'en veux pas. Pardonne-moi de ne pas avoir été à tes côtés. Je n'ai sans doute jamais été comme tu l'avais rêvé, mais je t'aime.

Il s'écoula de longues minutes. Morgan pleurait, Corentin détournait le regard et clignait des paupières. Une sonnerie retentit, les faisant sursauter. Les infirmiers et le médecin déboulèrent dans la chambre, vérifièrent les appareils puis examinèrent la patiente.

— C'est fini, leur annonça-t-on.

Les larmes de Morgan redoublèrent. Corentin pleurait silencieusement dans son coin. Maëlys n'avait pas lâché la main d'Yvonne et la caressait, l'accompagnant dans son passage vers l'inconnu.

Ils décidèrent de rester auprès de leur mère. Il leur était de toute façon impossible de regagner Sein en pleine nuit. À l'aube, on vint chercher le corps. Ils le regardèrent partir enveloppé d'un drap blanc. Lorsqu'ils arrivèrent à Sein, à la navette de midi, Margaret et Liam les attendaient sur le quai. Ils durent très vite écarter leur chagrin, il y avait tant de choses à régler. En premier lieu trouver les papiers administratifs pour la déclaration de décès.

À peine arrivée, Maëlys fila dans la chambre de ses parents. Alors qu'elle ouvrait la commode où était rangé le livret de famille, elle eut la désagréable impression de violer leur intimité. Elle dut fouiller un moment dans les affaires avant de mettre la main dessus. Lorsqu'elle redescendit, Corentin s'était déjà préparé pour aller à la mairie. Margaret se proposa gentiment de l'accompagner, Morgan étant montée se reposer. Maëlys ne demandait pas mieux, elle aurait le champ libre pour se rendre chez les Saint-Luan. Il fallait faire vite, ne pas attendre que la nouvelle du décès de leur mère fasse le tour de l'île. Marie-Françoise aurait alors beau jeu de profiter de ce moment difficile pour agir.

Corentin et Margaret partis, elle s'habilla chaudement et sortit. Poussée par le chagrin et la colère, elle entra chez les Saint-Luan sans qu'on l'y invite et se rua dans le salon. Marie-Françoise était seule. Maëlys alla vers elle et brandit sous son nez le document trouvé dans le roman que lui avait prêté Liam. Elle exigea des explications. L'héritière des Saint-Luan la prit de haut, la toisant avec mépris pour bien lui faire comprendre qu'elle ne maîtrisait pas la situation. Mais c'était sans compter sur le caractère affirmé de la jeune femme. Excédée par l'attitude dédaigneuse de Marie-Françoise, elle fonça sur elle et l'agrippa par les épaules.

— Je veux que vous m'expliquiez le contenu de ce contrat, aboya-t-elle. Je suis certaine que vous nous avez fait du mal d'une façon ou d'une autre. Ce que vous n'avouerez sans doute pas, mais je veux la paix pour les miens ! Ça fait des années que vous nous pourrissez la vie. Je ne sais pas pourquoi mes parents se sont laissé faire ainsi, comme s'ils avaient été sous votre emprise. Mais maintenant que je suis là, c'est fini. Vous ne pourrez plus jouer avec les Kersanton.

— Tu es bien péremptoire, fit Marie-Françoise en replaçant ses cheveux, et un peu trop orgueilleuse ! Tu n'es pourtant pas en position de force !

— La force ? Je peux en faire usage. Vous croyez que vous me faites peur ?

Elle attrapa de nouveau Marie-Françoise et la plaqua contre le mur.

— Je suis prête à vous démonter le portrait s'il le faut. Et si ça ne suffit pas, il me restera vos fils. Un accident est si vite arrivé. On traîne au bar le soir, on rentre un peu éméché... Vous savez bien, dès qu'il y a un peu de vent sur le quai, on ne tient plus debout. On décolle, et parfois il arrive qu'on tombe à la baille. De là à se fracasser la tête sur les rochers... Avec ce que vos deux rejetons ont fait subir à ma sœur, je crois que je n'aurais aucun remords.

Marie-Françoise réprima un frisson. Il y avait tant de colère et de haine dans les yeux de Maëlys, sa détermination l'impressionnait. Sur l'île, tout le monde savait ce qui lui était arrivé au Mali, et pourtant on l'avait vue revenir comme une guerrière qui n'avait pas failli. Elle n'était pas faite du même bois que les autres Kersanton. Et pour cause... C'était peut-être sa meilleure carte à abattre.

— Tu es sûre de vouloir tout savoir ? susurra-t-elle, l'œil méchant.

— Sûre ! Dites-moi ce que vous avez traficoté. Ce papier est signé des parents Saint-Luan et Kersanton, ainsi que ceux de ma mère. Et il est certifié par votre ami notaire à Concarneau. Vous êtes forcément dans la confidence.

— Tout à fait.

Elle fit la moue, l'air faussement embarrassée. Elle alla tranquillement s'asseoir et raconta par le menu ses « aventures » d'adolescente avec Alain Kersanton, sa grossesse, son mariage avec le fils Saint-Luan, sa nuit de noces passée avec Alain, et ce bébé qu'elle avait été forcée d'abandonner.

— J'aimais ton père, conclut-elle. Et il m'aimait. Nous étions faits l'un pour l'autre. Mais ce n'était pas le vœu de mes parents qui ont préféré arranger mon mariage avec un fils Saint-Luan.

Maëlys la dévisagea, bouche bée. Elle ne pouvait pas croire ce qu'elle entendait. Cette femme était décidément prête à tout pour faire du mal. Même à salir la mémoire des disparus. C'était l'incarnation du démon.

— Je vois que tu cogites, murmura Marie-Françoise. Tu as compris la teneur du contrat ? Je veux dire, tu as compris que tu es ma fille ?

— Votre fille ?

Maëlys éclata de rire. On ne lui avait jamais rien dit d'aussi ridicule. Cette vieille chouette était folle à lier. Tout juste bonne à enfermer.

— Je suis heureuse que cette nouvelle te fasse rire. Je pensais que tu en serais… contrariée ! Tu es bien de mon sang, rien ne peut t'ébranler. J'aurais dû te garder finalement. Avec toi, j'aurais été…

— … rien du tout ! Vous délirez ! Vous êtes dingue.

— Absolument pas. Ce document prouve ce que je te raconte. Tu ne veux pas l'admettre ? Relis-le.

Tout comme mes parents, mon beau-père ne voulait pas que je garde un enfant conçu avec un autre que son fils. J'ai dû m'en séparer. Ton père voulait ce bébé, Yvonne voulait ton père. Le deal était clair. Yvonne acceptait de t'élever, elle se mariait avec ton père, ils gardaient bien sûr le secret de ta naissance, et en dédommagement les Saint-Luan leur cédaient des terrains. C'est exactement ce que dit ce papier.

— C'est pire qu'une mauvaise série télé ! Il faut avoir l'esprit tordu pour imaginer des trucs pareils !

— Tu t'obstines à nier l'évidence alors que tu as toutes les clés en main.

— Si tout cela est vrai, pourquoi mes parents n'ont pas récupéré ces terrains à mes 10 ans puis à mes 18 ans, comme le contrat le stipule ? Ils n'ont jamais possédé ces parcelles.

— Bien sûr que si. Vos terrains sur la lande, ils les ont eus comment, à ton avis ? Ce n'est pas avec le salaire de pêcheur de ton père qu'ils auraient pu les acheter. De toute manière, tes parents ne sont qu'usufruitiers. Ces terres, elles t'appartiennent puisque tu es majeure et toujours en vie. Encore une fois, relis le contrat. Mais je ne vais pas me laisser faire. On m'a volé mon enfant, toi, sans que j'aie eu mon mot à dire. Je savais qu'un jour je reviendrais à Sein. Tu sais que j'ai un énorme projet immobilier. Or je ne compte pas y renoncer. Ces terres, elles sont à nous. À toi et à moi. Si tu veux, on peut devenir riches et profiter de la vie.

Les yeux de Marie-Françoise étaient pleins d'espoir. Elle tendit la main vers Maëlys comme on scelle un accord. Maëlys recula d'un pas.

— Vous êtes décidément cinglée ! Osez répéter une seule fois à l'extérieur ce que vous venez de me dire et je vous fais interner.

— Tu ferais ça à ta mère ?

— Vous mentez. Vous n'êtes pas ma mère. La mienne, la vraie, est celle qui m'a élevée et donné tout son amour. Et puisque nous sommes là à régler des comptes, sachez une chose : ma mère, je vais bientôt la conduire au cimetière, et si vous persistez avec votre odieux chantage, vous pourriez la rejoindre six pieds sous terre. Si vous ne dégagez pas d'ici, vous et vos dégénérés de fils, je ne réponds plus de rien.

— Tu es butée. Aveuglée par une colère idiote. Je suis ta mère. Demande donc à ta sœur ce qu'il en est avant de t'emporter comme une gamine. Je lui ai tout dit et elle m'a crue, elle. Et s'il te faut un témoin de ce qui est arrivé à l'époque, renseigne-toi aussi auprès de cette vieille pie de Gwen. Elle et Yvonne étaient inséparables, elles se racontaient tout. Le père Pouzané pourrait également te le confirmer. Il est vrai que le pauvre homme n'a plus toute sa tête. Tu es ma fille, mon sang coule dans tes veines et dans celui de l'enfant que tu portes. Il faut…

Maëlys se boucha les oreilles. Elle ne voulait plus rien entendre.

Elle recula vers la porte et hurla :

— Qu'il crève, ce môme, et vous aussi !

Elle regagna le quai des Français-Libres, ivre de colère et de chagrin. Elle n'arrivait pas à croire les propos de Marie-Françoise, pourtant, une petite voix martelait dans son esprit que tout était vrai.

— Maëlys !

Elle se retourna et vit Liam débouler en courant.

— Maëlys ! Maëlys !

Il ouvrit ses bras et elle se jeta contre sa poitrine. Il lui parlait, mais elle ne comprenait pas ce qu'il lui disait, sonnée par les paroles de Marie-Françoise qui tambourinaient dans son cerveau. Le contact de son front sur les joues mal rasées de Liam la ramena à la réalité.

— Il faut que j'aille chez Gwen.

— Je vous accompagne.

Elle ne refusa pas. Elle n'avait rien à lui cacher. L'entretien avec Gwen fut bref. Celle-ci hésita à cracher le morceau, avant de confirmer les propos de Marie-Françoise. Yvonne n'était plus là, Maëlys avait le droit de savoir.

— Personne ne t'a aimée autant que ta mère. Je veux dire… autant qu'Yvonne, rectifia-t-elle, gênée.

— Tu peux dire ma mère. Elle l'est, et le restera toujours.

Enfermée dans ses certitudes, Maëlys cassait enfin l'armure. Elle s'était toujours sentie différente du reste de la fratrie. Rien n'avait pu l'attacher à Sein. La faute peut-être à ce sang impur qui coulait dans ses veines. Elle resta prostrée pendant de longues minutes, accusant le coup. Gwen et Liam l'observaient en silence, conscients tous les deux du cheminement compliqué que son esprit devait parcourir pour tout assimiler.

— On y va ? demanda-t-elle soudain à Liam en se levant.

Il lui emboîta le pas.

— Liam est un type bien, murmura Gwen à l'oreille de Maëlys en l'embrassant.

Margaret et Corentin n'étaient toujours pas rentrés lorsqu'ils arrivèrent à la maison et Morgan dormait encore. Maëlys attira Liam dans sa chambre. Elle avait besoin d'un corps ami pour apaiser le sien. Cette fois, il ne refusa pas ses baisers et ses caresses et lui fit l'amour avec tendresse, ne serait-ce que pour la consoler des épreuves qu'elle traversait… Elle ne le retint pas lorsqu'il la quitta quelques heures plus tard. Elle avait envie de solitude. Elle attrapa son ordinateur portable et ouvrit sa messagerie qu'elle n'avait pas consultée depuis plusieurs jours. Parmi les nombreux mails, deux venaient d'Arturo. Le cœur battant, elle ouvrit le premier. C'était un mot très sage. Le Chilien prenait de ses nouvelles. Comment se portait-elle depuis son retour d'Afrique ? Parvenait-elle à mener une vie normale ? Le second était plus pressant. Il semblait inquiet. Pourquoi n'avait-elle pas répondu à son précédent courriel ? Pourquoi ne viendrait-elle pas quelques jours à Rome à l'occasion des fêtes de fin d'année ? Célébrer Noël et le Jour de l'an ensemble dans la Ville éternelle. Elle lui manquait.

Liam est un type bien. Gwen avait raison. Mais Liam n'avait pas le pouvoir de balayer tout ce qui n'allait pas dans sa vie, ni de lui donner cette énergie qui vous donne des ailes. Alors que les mots d'Arturo la retournaient, enflammaient ses tripes, lui donnaient l'envie de s'envoler. Passer le nouvel an avec lui, ne serait-ce pas merveilleux ? Elle contempla son ventre rond. Pleine de rage, elle rabattit l'écran. Il n'y aurait jamais de voyage à Rome.

37

C'était un jour humide et gris. Depuis le matin, il tombait un crachin qui mouillait les têtes et les dos. Les garçons du village descendirent le cercueil d'Yvonne dans le caveau familial sous l'œil bienveillant du prêtre. Il avait dit une des plus jolies messes qu'on n'ait jamais entendue à Sein. Il était loin, le temps où l'Église refusait aux suicidés les droits réservés aux bons catholiques. Le prêtre avait mené un sermon où se mêlaient la compassion, le pardon et la compréhension. Yvonne avait décidé de mettre un terme à une souffrance qu'elle ne pouvait plus endurer. Personne n'était coupable. Le dépressif est dans une bulle de solitude, une bulle hermétiquement fermée dont même les proches ne peuvent trouver le chemin pour l'en sortir. « Comme tous ceux qui ont fait le bien et qui ont su aimer, Yvonne Kersanton a droit au salut éternel, avait déclaré le curé au début de la messe. Dieu lui ménagera, par les voies que Lui seul connaît, l'occasion d'une salutaire repentance. L'Église prie pour les personnes qui attentent à leur vie. Nous allons prier pour Yvonne. » Tout le monde avait prié, lu et chanté. Puis, au cimetière, on avait encore lu quelques mots à l'intention de la défunte et des Kersanton qui reposaient déjà dans le cimetière et qu'elle allait rejoindre. Chacun avait ensuite déposé une rose sur le cercueil et l'avait caressé une dernière fois avant qu'on ne le descende au fond du caveau.

Maëlys se pencha sur la tombe et jeta la première pelletée de terre. Elle se mit sur le côté, regarda Corentin répéter le geste. Après lui, ce fut le tour de Morgan. Puis les amis défilèrent devant les trois jeunes gens et présentèrent leurs condoléances. C'était à la fois triste, doux et apaisant. Maëlys eut l'impression de tourner la page d'un roman tragique. Un nouveau chapitre allait s'ouvrir et les drames s'atténueraient. Le temps panse les blessures et calme la douleur. Il la polit comme un galet usé par le roulis de la mer, souvenir d'une existence qui parfois n'a rien d'un rêve, souvenir de ce que nous avons été, de ce qui nous a fait mal... La douleur serait toujours là, indélébile, seulement moins aiguisée et plus supportable.

Maëlys se demanda si la bruine allait cesser de tomber et le ciel retrouver les couleurs qui font espérer des jours meilleurs. Elle murmura un dernier adieu à sa mère, recula de quelques pas, hésitant à partir. Gwen saisit son bras avec tendresse.

—Tout est prêt à la maison. On va boire et manger, se réchauffer et essayer de faire passer notre chagrin.

—Merci, Gwen.

Elle n'avait aucune envie de jouer les prolongations après la cérémonie, mais elle se promit de faire l'effort d'être courtoise avec ceux qui étaient venus dire un dernier adieu à Yvonne Kersanton. Les Saint-Luan avaient eu la bonne idée de ne pas pointer leur nez aux obsèques. S'ils avaient osé, Maëlys les aurait virés sans ménagement. Elle se retourna. Morgan était toujours penchée sur la tombe et pleurait. Elle pleurait sa mère, mais aussi son petit garçon qu'on avait enterré là deux semaines plus tôt. Margaret s'approcha et lui murmura quelque chose à l'oreille. Elles devaient partir. Morgan s'accrocha à son bras et la suivit à l'extérieur du cimetière où l'attendaient Gwen et Maëlys. Lorsqu'elle croisa le regard de sa sœur, Morgan détourna les yeux. Elle ne supportait pas de voir son aînée si peu concernée par cet enfant qu'elle portait dans son ventre. Elle n'en parlait jamais, ne préparait rien pour sa naissance. Si le médecin ne l'avait pas menacée de faire intervenir les services sociaux, elle n'aurait même pas fait les examens obligatoires lors d'une grossesse. Quand elle était de méchante humeur, elle criait qu'elle n'avait jamais voulu de ce môme. Puis elle se taisait et allait s'enfermer dans sa chambre. Maëlys ne cherchait même pas à cacher son déni d'enfant alors qu'elle, Morgan, aurait tout donné pour avoir une seconde chance. En éprouvait-elle au moins de la honte ?

Plus la date de l'accouchement approchait, plus Maëlys était invivable. Le petit était prévu pour la mi-décembre. Il faudrait tenir encore deux mois. Même Liam ne trouvait plus grâce à ses yeux. Il ne pouvait plus la toucher. Leur visite chez les Saint-Luan les avait rapprochés. Il avait été témoin de leur altercation et découvert en même temps qu'elle le terrible secret de sa naissance, mais il devait se rendre à l'évidence, Maëlys ne le retiendrait pas sur l'île. Quand il lui avait annoncé qu'il quitterait Sein sitôt l'inhumation d'Yvonne célébrée, il avait cependant risqué une vague demande de promesse. Se reverraient-ils ? À Sein ? En Irlande ? « Peut-être, avait-elle répondu avec un sourire. Ici ou ailleurs… » Elle ne l'avait certes pas rembarré, mais à aucun moment elle n'avait manifesté la moindre tristesse. Il en avait été à la fois peiné et désenchanté, mais finalement pas surpris. Maëlys n'appartenait à personne. Elle demeurait libre, sans homme dans son cœur… Il ne l'imaginait même pas mère. Il avait acquis la certitude qu'à défaut de savoir ce qu'elle voulait, elle savait ce qu'elle ne voulait pas. Elle ne lui avait jamais dit qu'elle l'aimait, elle ne savait pas mentir… De ça, il lui était redevable. Il s'estimait heureux de ne pas avoir eu le temps de tomber éperdument amoureux d'elle. Il était moins une, et elle l'avait senti. C'est pour le préserver qu'elle l'avait éloigné, avant qu'il ne souffre trop. Elle garderait pour lui une sincère affection, lui avait-elle dit avec beaucoup de tendresse. Il s'en contenterait.

Dès qu'elle entra chez Gwen, Maëlys se réfugia dans un coin du séjour pour éviter les bavardages. Elle se servit une grande tasse de café et souffla sur la boisson en observant par la fenêtre la bruine qui tombait toujours. L'Afrique lui manquait. Malgré toutes les épreuves, elle avait toujours ce continent dans la peau. Aurait-elle tergiversé si on lui avait proposé de repartir ? Lorsqu'elle fermait les yeux, elle pouvait encore sentir la chaleur du soleil sur ses épaules, respirer l'odeur de la boue sur les berges du Niger ou entendre le griot raconter une histoire sous la case à palabres. Elle avait beau tenter de se raisonner, rien ne pourrait remplacer ce qu'elle avait perdu en quittant le Sahel.

— Tu rêves ? chuchota Corentin à son oreille.

— Un peu.

— Je ne sais pas à qui ou à quoi tu penses, mais tu souriais. C'est devenu si rare.

— Pardon d'être aussi… lointaine. Tous les trois, il faut qu'on discute de notre avenir.

— Ce n'est pas vraiment le moment.

— Je crois que si. Maman n'est plus là. Toi et Morgan vous avez votre vie à construire.

— Pas toi ?

— J'ai l'impression que la mienne est derrière moi.

— Tu vas être mère !

Le regard de Maëlys s'emplit de larmes. C'était la première fois qu'elle se laissait aller ainsi devant Corentin. Il perçut son désespoir. Il ne le comprenait pas, mais la voir ainsi désemparée ne le laissa pas indifférent. Il avait toujours vu en elle de la force. Il la croyait solide comme un roc et avait pensé que c'était cette carapace qui l'empêchait d'avoir du cœur. Il s'était trompé. Ces derniers temps, il était revenu à des sentiments meilleurs vis-à-vis de son aînée. Elle n'était pas responsable de ce qui s'était passé entre leurs parents et les Saint-Luan trente ans plus tôt. Aujourd'hui, elle en payait les conséquences. C'était elle qui morflait le plus.

— Comment le vois-tu, cet avenir ? demanda-t-il pour l'apaiser.

— Je vais récupérer officiellement les parcelles qui nous reviennent. Ce papier n'est pas suffisant. Marie-Françoise n'a pas le choix. Si elle ne nous les donne pas, j'ai les moyens de la traîner en justice !

— Lesquels ?

— Moi ! Elle m'a vendue, Corentin, elle m'a abandonnée dans des circonstances illégales et surtout répréhensibles ! Elle a beau s'en défendre et me dire qu'elle y a été obligée par ses parents et les Saint-Luan, je m'en fiche carrément. Après tout, si elle m'avait vraiment désirée, elle aurait très bien pu rompre avec sa famille et suivre notre père puisqu'elle prétend qu'elle l'aimait. Je n'ai aucune affection pour elle, et je peux te dire que ce papier, je vais m'en servir. Franchement, ça ne me déplairait pas de la traîner devant les tribunaux. Papa et maman ne sont plus là. Personne ne pourra rien leur reprocher. Ni leur faire de peine. En revanche, je suis sûre qu'on exigera des explications des Saint-Luan si j'ébruite l'affaire. Je veux ces terres. Elles sont à moi, à nous. Toi et Morgan, vous les utiliserez comme vous voudrez. Tu pourrais y faire construire une maison. Moi, j'ai la mienne à Audierne. Morgan garderait celle des parents.

— Je n'ai pas besoin de maison. Je peux rester avec Morgan dans celle des parents.

— Vous ne pourrez pas vivre ensemble *ad vitam aeternam* ! Un jour, tu auras peut-être envie de fonder une famille et de prendre ton indépendance. Morgan, même si elle s'installe avec Margaret à Audierne, appréciera sûrement de garder un pied-à-terre sur l'île. Elle est attachée à ce rocher.

— Et toi, si tu t'installes à Audierne, ça veut donc dire que tu nous quittes ?

— C'est mieux, je crois. Que je le veuille ou non, je vais avoir un bébé. Je ne peux pas vous imposer ça.

— Tu as tout faux ! Je pense au contraire que Morgan sera ravie d'avoir un neveu ou une nièce auprès d'elle. Et toi qui n'es pas prête à assumer ton rôle de mère, ça te soulagera. Ne précipite pas ta décision. On a tout le temps d'en reparler. Maintenant, viens avec moi. On va remercier ceux qui ont eu la gentillesse de venir dire un dernier adieu à maman.

Maëlys suivit son frère. Ils firent le tour de la pièce, eurent un mot gentil pour chacun. Mais la jeune femme n'était pas vraiment là. Son esprit vagabondait vers l'Afrique, vers Pétronille, Moussa et les autres enfants. Vers sa liberté. Et puis la terrible réalité réapparaissait. Dans quelques semaines, elle serait mère. Autant dire la prison à perpétuité.

Le père Pouzané s'approcha d'elle tandis que Corentin s'éloignait pour aller bavarder avec les invités.

— Tu as bien changé, lui dit-il.

— J'ai vieilli.

— Y a pas que ça. Moi aussi, je ne suis plus un perdreau de l'année, hein ?

Elle rit de bon cœur. Il baissa le ton pour qu'on ne les entende pas.

— On raconte que je suis un vieux fou. Ce n'est pas faux. Je n'ai plus toute ma tête. Parfois, je ne sais plus quel jour on est. Quand je sors me promener, il m'arrive de croiser quelqu'un et de bavarder, et puis j'oublie. Ça m'arrange ces trous de mémoire, si tu veux savoir.

— Je vois, fit Maëlys, amusée. En fait, vous jouez la comédie selon vos envies.

— Oui. Cela dit, je n'ai pas oublié le passé, ces années quand j'étais jeune et fort. Je me souviens bien de ton arrivée à Sein. On savait tous que tu n'étais pas la fille d'Yvonne. On ne l'avait pas vue enceinte. On a vite compris que ton père t'avait conçue avec la Saint-Luan. Ça se murmurait... Personne n'en parlait ouvertement, mais entre nous, le soir au bar, on en causait. On n'était pas fiers de notre Alain, un peu fâchés contre lui aussi car on l'appréciait, la petite Yvonne. Puis, les mois ont passé. On a vu qu'Yvonne était heureuse, Alain aussi. Et toi tu poussais toute seule ! Alors l'eau a coulé sous les ponts...

— À vous écouter, tout avait l'air si simple...

— Ça ne l'a pas été au début. Tout le monde savait ce qui s'était passé le jour du mariage du fils Saint-Luan avec Marie-Françoise, la nouvelle avait fait le tour de l'île en moins de deux.

— Je suis au courant de tout ça.

— Tant mieux. Nous, les pêcheurs, on a chopé ton père peu après la noce. Ça n'est pas qu'on voulait lui faire la morale, on souhaitait juste protéger Yvonne. Il a pleuré devant nous. Il culpabilisait d'avoir fait souffrir ta mère alors qu'elle avait si bien accueilli l'enfant qu'il avait fait à une autre. Ce jour-là, il nous a parlé du pacte qu'il avait signé avec les Saint-Luan. Il ne pouvait pas se résoudre à te voir abandonnée dans un orphelinat. Tu parles si les autres étaient contents ! Ils se débarrassaient d'un môme indésirable et l'honneur de la famille était sauf ! Ce que tu dois retenir de tout ça, Maëlys, c'est que ton père t'aimait et que jamais il ne t'aurait abandonnée. Ta mère aussi t'aimait, plus que tout au monde, avec la même passion qu'elle vouait à Alain. Bien sûr, elle a aimé tous ses enfants. Mais pour toi, elle aurait fait n'importe quoi...

— Vous parlez sans savoir.

— Peu après ton arrivée chez tes parents, Yvonne s'était confiée à ma frangine, la Tifenn. Elle lui a avoué combien elle avait appréhendé de se retrouver avec le bébé de son ennemie dans les bras, mais elle lui dit aussi qu'elle avait vite gommé sa colère et sa jalousie car elle avait appris à t'aimer.

— Pourquoi me racontez-vous ces vieux souvenirs ?

— Parce que tu seras bientôt mère à ton tour et que tu n'as plus tes parents. Il faut bien qu'un ancêtre soit là pour te guider ! Il aura besoin de ton amour, ce *poupenn* !

38

Le 1er décembre, dès leur réveil, les Sénans constatèrent que l'automne s'en était allé. Exactement le premier jour de l'hiver météorologique. Le vent s'était levé un peu avant l'aube. À l'heure où l'on prend café et tartines, il se renforça. Dans les maisons, on suivait l'évolution de la météo à la radio. Sur le quai, on guettait le retour des bateaux sortis en mer avant le début de la tempête. À la pointe du Raz, les rafales orientées plein nord soufflaient à plus de cent kilomètres-heure. À midi, leur vitesse augmenta encore. Dans la baie des Trépassés, la houle dépassait les quatre mètres. La mer ressemblait à une marmite bouillonnante, les vagues déferlaient sur la jetée, s'écrasaient en gerbes d'écume. À 14 heures, l'*Enez Sun* cessa d'assurer les rotations entre le continent et l'île. Les îliens étaient seuls au monde.

Après le déjeuner, Maëlys ressentit les premières contractions. Elle monta s'allonger, prétextant le besoin de faire une sieste. Inutile d'affoler Morgan. Sur son lit, elle s'efforça de respirer doucement. Ce n'était peut-être qu'une fausse alerte. Il faut dire que la journée de la veille avait été agitée. Les Saint-Luan avaient enfin quitté Sein et respecté à la lettre les exigences de Maëlys : cession des terrains aux Kersanton et mise en vente de tous leurs biens sur l'île. Marie-Françoise avait vite compris qu'elle ne pourrait par lutter contre Maëlys qui n'hésiterait pas à rappeler aux Sénans qu'elle l'avait vendue à sa naissance. Marie-Françoise avait bien tenté de parlementer, mais le coup de grâce était venu quand Maëlys l'avait menacée de dénoncer ses fils à la gendarmerie pour le viol de sa sœur. Son histoire de témoin ne tenait pas la route et il ne serait pas difficile de prouver l'agression. L'hôpital de Brest, où avait été hospitalisée Morgan après les événements, avait accepté de témoigner. L'ami notaire de Marie-Françoise avait réglé tous les détails, avec une mauvaise grâce qu'il n'avait même pas cherché à dissimuler. Maëlys avait lu et relu chaque papier avant de les signer. Quand une formulation ne lui convenait pas, ou qu'elle n'en saisissait pas le sens, elle renvoyait le document chez le notaire, lui demandant en retour des explications précises, l'obligeant parfois à rédiger certaines clauses plus simplement. Elle avait obtenu tout ce qu'elle désirait. Surtout que les Saint-Luan ne remettent plus jamais les pieds à Sein. La veille, Maëlys et Corentin étaient présents sur le quai pour assister au départ de Marie-Françoise et de ses fils. C'était la dernière rotation de la journée. Ils étaient ensuite allés chez Brigitte et avaient fait la fête avec quelques copains. La bière et le cidre avaient coulé à flots, on avait dévoré des tonnes de galettes et de crêpes, on avait ri et même dansé jusque tard dans la nuit.

Bien trop tard, songea Maëlys en se tordant sous l'effet d'une contraction plus forte que les autres. Elle se retourna dans le lit et se cala sur le côté, espérant que les douleurs s'atténueraient. Son ventre était dur comme la pierre. Elle ne sentait plus le bébé bouger. De temps à autre, la douleur semblait disparaître, puis elle revenait brutalement dans l'abdomen, les reins, comme si on avait transpercé le bas de son dos avec des lames de couteaux. Vers 16 heures, la souffrance s'apaisa. Cette accalmie rassura Maëlys, l'accouchement n'étant prévu que dans deux semaines. Elle ouvrit son ordinateur et consulta sa messagerie. Elle avait reçu plusieurs messages, dont deux nouveaux d'Arturo qui la suppliait de lui donner des nouvelles. Il se disait fou d'inquiétude à son sujet. Il avait contacté l'IRD où personne n'avait su lui dire comment elle allait. Tout ce qu'on avait pu lui apprendre, c'est qu'elle était en congé de longue maladie suite au choc traumatique qu'elle avait subi en Afrique. Son inquiétude était telle qu'il la menaçait, si elle ne lui répondait pas, de venir jusqu'en Bretagne ! Elle sourit, se promit de lui écrire une carte à Noël et s'endormit, tranquillisée. Les contractions s'étaient évanouies.

Peu avant 17 heures, elle fut réveillée par une véritable onde de choc. La douleur vrilla le milieu de sa colonne vertébrale, puis elle se propagea vers les hanches et ceintura son ventre. Maëlys mordit ses lèvres pour ne pas crier. De grosses gouttes de sueur dégoulinaient sur son front et dans son cou. Elle se raisonna, attrapa sa montre pour mesurer la durée des contractions et l'intervalle entre deux. Inutile de s'affoler. Assez vite, elles devinrent plus rapprochées et intenses. Quand elle eut la certitude que le travail était commencé, elle se leva. Elle s'arrêta sur le pas de la porte et appela Morgan. Elle n'eut pas le temps de faire demi-tour qu'elle perçut un craquement indolore dans le bas de son ventre. Un liquide incolore et inodore coula le long de ses jambes.

— Tu perds les eaux ! s'écria Morgan qui venait d'arriver sur le palier. Va vite t'allonger. J'avertis Corentin. Il ira chercher Gwen et le médecin. Il faut trouver au plus vite un moyen pour te transporter sur le continent. Soit la Sécurité civile, soit un marin qui pourra t'embarquer si l'hélico n'est pas disponible.

Maëlys n'eut pas la force de contredire sa sœur. Dehors, la tempête faisait rage. L'*Enez Sun* était parqué à Audierne, l'hélicoptère ne se déplaçait jamais par ce temps, et il était hors de question de faire courir le moindre risque à un marin de l'île. Elle accoucherait à la maison, ce qu'elle déclara d'ailleurs avec fermeté au médecin dès son arrivée.

— Permettez tout de même que je vous examine ! rétorqua-t-il en se nettoyant les mains.

Il confirma que le travail était commencé.

— Le col est déjà bien dilaté mais ce n'est pas fini. Vous êtes à 5, il faut 10 pour que le passage soit suffisant pour le bébé. Les contractions vont reprendre et augmenter en intensité. Je vais appeler la Sécurité civile pour qu'ils vous emmènent à la maternité de Brest. Mais je crains qu'avec la tempête, ce soit compliqué.

— Laissez tomber, docteur. Il fait nuit maintenant. Avec ce vent, ils ne sortiront pas l'hélico.

— Si vous accouchez ici, sachez que vous n'aurez pas de péridurale. Rien pour atténuer la douleur.

— J'avais déjà compris.

Il se tourna vers Morgan et Gwen et leur demanda des serviettes. Puis il ordonna à Corentin d'aller chercher à son cabinet quelques produits et du matériel. Maëlys haletait, s'agrippait aux draps à chaque nouvelle contraction. Elle sentit ses yeux se remplir de larmes, serra les dents en pensant à ces Africaines courageuses qui accouchent parfois sans aide aucune. Aussi fortes dans leur corps que dans leur tête, mettant leur enfant au monde pour repartir aux champs presque aussitôt. Il y eut encore près de six heures de contractions. Six heures à réprimer des cris de souffrance. Six heures à souhaiter que tout s'arrête. Six heures pendant lesquelles Maëlys se promit que c'était son premier et son dernier enfant. Dehors, le vent hurlait encore plus fort. Peu après minuit, le médecin examina de nouveau sa patiente.

— Vous êtes à 10, annonça-t-il. Le bébé est prêt à sortir. Je vois la tête. Nous allons guetter la prochaine contraction. Il faudra pousser. On s'y reprendra sans doute en trois ou quatre fois. Vous avez compris ? Dès que vous sentez la contraction arriver, vous poussez, et vous relâchez dès qu'elle s'efface. C'est d'accord ?

Maëlys acquiesça.

— Maintenant, remontez vos jambes et maintenez-les écartées. Gwen, veuillez la redresser un peu, la caler avec un oreiller et bloquer ses épaules vers l'avant. Morgan, tenez-lui la main et rafraîchissez son visage avec un gant mouillé si elle perd des forces. Et vous, Corentin, sortez de cette chambre avant que vous ne tombiez dans les pommes. C'est toujours les bonshommes qui flanchent et on n'a vraiment pas besoin de ça ! Allez plutôt remplir la baignoire d'eau chaude. Pas bouillante, hein ?

Si vous avez un thermomètre, vérifiez la température ! Il faut 37 degrés ! Montez aussi le thermostat du radiateur de la salle de bains, vingt-deux degrés, ce sera parfait.

Le médecin reprit place au pied du lit et scruta le visage de Maëlys. Quand il la vit se raidir, serrer les mâchoires, il cria :

— Poussez ! Ne relâchez pas l'effort !

Il n'y eut pas besoin d'une seconde poussée. Le bébé jaillit d'un seul coup et glissa dans les mains du médecin.

— C'est une fille ! s'exclama-t-il en déposant la petite chose sur le ventre de Maëlys.

Il recouvrit la maman et le bébé de plusieurs serviettes. Pas question qu'elles aient froid. Gwen et Morgan s'extasièrent. Maëlys restait sans réaction. Elle ne daigna même pas baisser les yeux sur son enfant. Il était sale, couvert d'un liquide visqueux qui lui donnait la nausée, et il poussait des cris qui ressemblaient aux miaulements d'un chaton.

— Le placenta, maintenant, dit le praticien. À la prochaine contraction, vous pousserez pour l'expulser.

La délivrance fut rapide. Le médecin coupa le cordon, puis il demanda à Gwen et Morgan d'aller laver le nourrisson et de revenir avec une bassine d'eau pour faire un brin de toilette à la jeune maman.

— La douche, ce sera pour demain matin ! précisa-t-il. J'aimerais autant que vous ne vous leviez pas avant. N'allez pas nous faire un malaise. On est isolés jusqu'à l'aube ! Donc pas d'imprudence.

Quand Morgan rapporta le bébé, le médecin lui demanda de le poser sur la poitrine de Maëlys.

— Le bébé est né un peu trop tôt et il n'est pas très gros. Vous avez des biberons, du lait maternisé, un stérilisateur ?

— Non, je n'ai rien acheté.

— Dans ce cas, il faut lui donner le sein.

Il la vit grimacer et eut du mal à cacher sa satisfaction. Cette jeune femme avait tout fait pour occulter son enfant, jusqu'à ne pas préparer son arrivée. Elle se retrouvait prise à son propre piège et allait devoir malgré elle allaiter la petite.

— La montée de lait va se faire très vite, expliqua-t-il. Pour le moment, vos seins sont emplis de colostrum, un liquide jaune et épais dont vous avez déjà dû remarquer quelques écoulements. Il est riche en nutriments, vitamines et anticorps, ce qui est bon pour le bébé. D'ici à trois ou quatre jours, il sera remplacé par le lait. Laissez votre petite au sein toute la nuit. Elle tétera à l'envie et sera au chaud. Surtout, gardez-la sur vous et couvrez-vous avec la couette. La température de la pièce est un peu trop basse pour elle. Hélas, nous n'avons pas de couveuse ni de lampes chauffantes… Au fait, quel prénom avez-vous choisi pour cette bouille au teint cuivré et aux cheveux noirs ?

— Aucun.

Elle se pencha sur le bébé et le regarda. Maintenant qu'il était propre, il était moins laid. Sa peau n'était pas fripée et il avait de jolies lèvres rosées.

— Ce n'est pas grave, reprit le docteur. Vous avez jusqu'à demain matin pour vous décider. Je contacterai le continent à la première heure. Et si la tempête est enfin calmée, je vous ferai transférer dans une maternité. Il faut que vous soyez vues toutes les deux par des spécialistes. Je vais dormir quelques heures et je reviens vous voir.

— Vous me laissez seule avec le bébé ? Je ne sais même pas ce qu'il faut faire.

— Vous n'êtes pas seule. Le bébé va dormir, et vous aussi.

— Dormir ? Mais... j'ai faim !

— C'est une bonne maladie. Corentin va vous préparer un plateau. Ensuite, repos ! Et si vous n'avez pas sommeil, réfléchissez au prénom !

Lorsqu'il prit congé, le médecin constata avec plaisir que le nourrisson avait trouvé le chemin du téton et s'y était accroché.

39

— Tu vas vraiment t'installer ici ? murmura Corentin.

Maëlys se retourna. Il avait le front appuyé contre la baie vitrée, la mine boudeuse d'un enfant contrarié. Elle s'approcha et le prit par le cou.

— Oui, soupira-t-elle. On en a parlé plein de fois, Corentin. Pourquoi fais-tu l'étonné ! Tu es fâché ?

— Non, je ne suis pas fâché. Je suis triste. J'avais espéré que tu renoncerais à t'installer à Audierne et que tu resterais avec nous à Sein.

Maëlys posa ses fesses sur l'accoudoir d'un fauteuil, un peu agacée de reprendre cette conversation maintes fois engagée depuis son retour.

— Il est temps que chacun de nous construise sa vie. On ne va tout de même pas vieillir tous les trois dans la même maison. Cette séparation était nécessaire. Et si vous voulez fonder une famille…

— Mais nous sommes déjà une famille !

Maëlys jeta un œil vers Morgan, espérant que sa sœur abonderait dans son sens. Mais celle-ci fit comme si elle n'avait rien entendu. Margaret baissa la tête, elle n'avait aucune envie qu'on lui demande son avis.

— Je ne reviendrai pas sur ma décision, déclara Maëlys. J'avais pourtant l'impression de vous y avoir préparés. J'ai acheté cette baraque il y a des années pour quitter Sein sans m'éloigner de vous. Vous saviez qu'après la naissance de Nahema j'irais habiter sur le continent. Cent fois je vous ai rabâché que je déménagerais après les fêtes.

Nahema… Ce petit bout dont Corentin ne prononçait pas le nom mais qui était la clé de tout. Car si Maëlys partait, le bébé partirait aussi. Corentin n'était pas prêt à la séparation. Comme Morgan, il s'était attaché à cette poupée et il n'imaginait pas rentrer de ses journées de pêche sans pouvoir la prendre dans ses bras pour la câliner.

— Je suis certaine d'avoir raison, reprit Maëlys devant le silence de tous. Chacun de nous a besoin de son indépendance. Et puis vous le savez, je ne suis pas bien à Sein. Ici, à Audierne, je vais pouvoir aller et venir comme je veux. Prendre ma voiture et me rendre à Quimper ou à Concarneau. À Sein, j'étouffe. Je vais craquer si je reste sur l'île où on est toujours tributaire du bateau. Et il faut penser à Nahema.

— Parce que Nahema n'est pas bien avec nous ?

— Range les couteaux, tu veux ? Je n'ai rien dit de tel. Je songe juste qu'il est compliqué d'élever un enfant sur une île.

— Nous, on a bien grandi à Sein !

— C'est vrai. Mais Morgan est partie sur le continent quand il a fallu entrer au lycée… Moi aussi, d'ailleurs.

— Nahema a deux mois et tu parles déjà d'école !

— Égoïstement, je pense aussi à moi. Je veux recommencer à travailler. Le médecin devrait m'accorder une reprise anticipée. J'ai demandé ma réintégration à l'IRD.

— Tu vas repartir en Afrique ? s'écria Morgan.

C'était un cri du cœur, celui de l'inquiétude et de l'angoisse. Maëlys la rassura. Il n'était plus question pour elle de quitter la France. Seulement de renouer avec une activité.

— Je peux travailler sur des projets sans avoir à m'éloigner.

— Mais tu iras à Paris.

— Sans doute. Une fois par semaine, peut-être.

— Et Nahema ?

— Je l'emmènerai avec moi. Je lui ferai découvrir les joies du métro et de la crèche !

Morgan fit la lippe comme une gosse aux bords des larmes. Maëlys l'embrassa.

— Ne sois pas bête, je te taquine. S'il m'arrive de temps en temps d'aller à Paris, Nahema restera ici. Elle a trois nounous dévouées rien que pour elle. Pourquoi l'en priverais-je ?

— Tu accepterais de nous la confier ?

— Les yeux fermés.

— Alors pourquoi tu ne restes pas sur l'île avec nous ? insista Corentin. Tout serait plus simple. Tu pourrais t'absenter comme tu le voudrais, et nous on garderait la petite.

— Écoute, c'est inutile d'essayer de me convaincre. Tu verras ta nièce souvent, je te le promets. Et tu pourras venir à Audierne quand tu veux. Quant à Morgan, elle a sa vie à mener de son côté.

Il grogna et reprit sa posture d'enfant boudeur contre la vitre.

— Je l'entends, dit Maëlys. Elle est réveillée. Tu vas la chercher ?

Corentin ne se fit pas prier. Ce petit bout de deux mois et d'à peine quatre kilos prenait déjà tant de place dans son cœur.

— On goûte ? fit Maëlys.

Margaret déballa les scones qu'elle avait préparés. Morgan ouvrit les pots de confiture tandis que Maëlys fila à la cuisine chercher des tasses et le thé qui infusait. Corentin se cala dans un fauteuil, Nahema tout contre lui. Il lui murmura des paroles que Maëlys et Morgan ne pouvaient pas entendre. La petite le regardait de ses grands yeux noirs. Il se pencha et l'embrassa sur le front.

— Tu es la plus belle de toutes ! dit-il en haussant la voix.

— Et nous ? s'exclama Morgan, amusée.

— Vous, vous êtes jolies, tandis que Nahema est belle comme un cœur. Parce que c'est un cœur, cette môme. Elle ne pleure pas, elle fait ses nuits… Bref, elle ne demande rien d'autre que le sein de sa mère et beaucoup d'amour.

Émue, Maëlys détourna son visage pour cacher ses larmes. Nahema l'avait faite mère et rendue plus humaine. Elle l'avait affaiblie aussi. Se laisser aller à aimer rend vulnérable. C'est long, compliqué et douloureux. Maëlys avait senti des choses changer en elle depuis la naissance de sa fille. Elles ne pouvaient plus se passer l'une de l'autre. Où était cette méchante humeur qui l'avait accompagnée pendant sa grossesse à chaque fois qu'elle songeait au bébé à naître ? Et que dire de cette sensation étrange et désagréable qui l'avait envahie la première nuit où Nahema était restée collée à son sein ? Elle avait eu l'impression d'être vampirisée par un bout de chair qui lui volait sa vie. Nahema avait fini par la dompter. Nahema, la fille du feu en Orient. La fille pleine de grâce en Afrique sahélienne. Ce prénom aux origines arabes avait voyagé d'un continent à l'autre. Il ramenait Maëlys à ce qu'elle avait connu et aimé, la chaleur brûlante des après-midi dans le désert, la douceur des crépuscules, les parfums épicés de la terre et l'amour dans les bras d'Arturo. Malgré les drames qu'elle avait vécus, elle ne parvenait pas à détester ces pays lointains. Souvent, elle s'interrogeait sur ce qu'elle déciderait de faire si on lui proposait d'y retourner. Mais la question était inutile. L'IRD l'avait mise sur la touche. Plus jamais elle n'aurait de mission au Sahel. Nahema serait le souvenir d'un passé heureux.

— Je peux avoir un peu ma nièce ? réclama Morgan.

Elle tendit les mains. Corentin lui donna le bébé en grimaçant.

— C'est le principe de la garde alternée, déclara Maëlys en riant. Vous devrez vous partager Nahema.

Maëlys ne la partageait pas quand elles étaient toutes les deux. Il existait un lien unique entre elle et sa fille. Elle avait beaucoup appris en contemplant son nourrisson accroché à sa poitrine, un être fragile qui n'avait pas demandé à être conçu. Une petite fille au crâne tout rond, couvert de quelques cheveux noirs, un visage avec des grands yeux en forme d'amande tout aussi noirs, une peau au teint cuivré et des lèvres roses. Une petite fille que Maëlys ne pouvait détailler sans songer à son père. C'était un coup du sort de retrouver dans les traits de l'enfant le portrait de son géniteur, un homme qu'elle aurait voulu oublier pour ne pas le regretter…

Après l'avoir détestée et maudite, Maëlys était subjuguée par sa petite Nahema et ne se lassait pas de l'admirer. Elle adorait ses mains minuscules et ses petits doigts fins qui caressaient la peau laiteuse de ses seins lorsqu'elle tétait. Elle aimait la regarder s'endormir, apaisée, repue, parfois un peu ivre, souriant dans son sommeil. Maëlys la gardait alors contre elle pour le seul plaisir de sentir leurs deux corps peau contre peau. Elle devait bien le reconnaître : sa fille l'avait domestiquée avant de la charmer.

— On fait un selfie pour Liam ? proposa Corentin en montrant son téléphone.

— Un selfie pour Liam ! répondirent en chœur les filles.

Ils se serrèrent pour la photo.

— C'est parti ! déclara Corentin. Il faudrait que…

Il n'eut pas le temps de finir sa phrase, quelqu'un avait sonné.

— C'est sans doute Gwen, dit Margaret qui alla ouvrir. Elle était à Audierne aujourd'hui et elle m'avait dit qu'elle passerait.

Maëlys fut parcourue d'un frisson. Elle avait reconnu cette voix qui demandait à la voir. Ce n'était pas Gwen. Elle se leva, livide, ne sachant si elle avait envie de courir vers lui ou de s'enfuir à l'autre bout du monde. Trop tard, Margaret l'avait fait entrer. Il y eut un court instant d'embarras. Morgan et Corentin dévisagèrent cet inconnu planté au milieu du salon. Leurs yeux s'attardèrent sur ses cheveux foncés, ses yeux noirs et son teint cuivré. Maëlys était muette comme une carpe. Fidèle à lui-même, Arturo désamorça la situation.

— Je vous avais prévenue que si vous ne donniez pas de vos nouvelles, c'est moi qui viendrais à vous ! dit-il en serrant Maëlys dans ses bras. Alors me voilà ! Je suis si heureux de vous revoir.

Il s'écarta d'elle pour la contempler.

— Vous êtes ravissante ! Un peu remplumée par rapport à la dernière fois où nous nous sommes croisés. Vous vous souvenez ?

— Heu, oui, murmura Maëlys qui peinait à trouver ses mots. C'était à Niamey, à l'aéroport, juste avant mon rapatriement, précisa-t-elle à l'intention de Corentin et Morgan qui la regardaient d'un air médusé. Asseyez-vous, je vous en prie, Arturo. Je vous présente mon frère Corentin, ma sœur Morgan et sa compagne Margaret.

— Et le joli bébé ? fit Arturo.

Maëlys se figea. Son cœur palpitait dans sa poitrine.

— Nahema, dit Morgan qui avait remarqué la détresse de son aînée.

Surpris par le choix du prénom, Arturo eut un léger clignement de paupières. Il se pencha sur l'enfant, le détailla quelques secondes et se tourna vers Maëlys.

— Comment êtes-vous arrivé jusqu'ici ? lança-t-elle pour couper court à toutes autres questions. Comment m'avez-vous trouvée ?

— Disons des connaissances bien placées ! Laissons tomber ces détails et parlez-moi de vous.

Elle lui servit une tasse de thé. D'un commun accord, Margaret et Corentin s'envolèrent vers la cuisine. Morgan leur emboîta le pas, la petite dans ses bras.

—Ils sont aimables et prévenants de nous accorder un tête-à-tête, chuchota Arturo.

Maëlys haussa les épaules.

—Vous me mettez dans une drôle de posture !

—Pas du tout ! Je suis un vieil ami qui s'inquiète à votre sujet et vient vous rendre visite.

—Ils ne sont pas dupes !

—Mais ils sont élégants de nous épargner leur présence et de nous préserver un bref moment d'intimité.

—Quand vous serez parti, ils me cuisineront pour en savoir plus.

—Et alors ? Vous êtes majeure ! Et pas mariée ! Enfin, je l'espère. Vous me laissez m'approcher de vous pour un baiser ?

Elle lui tendit ses lèvres et ferma les yeux. La douceur de sa bouche et le goût de sa langue enflammèrent son corps. Elle s'écarta, pressentant le danger. Elle aurait été capable de se jeter sur lui, de le supplier de lui faire l'amour sur le canapé. Il sourit, à la fois flatté et bouleversé de produire un tel effet sur elle, amusé aussi de sentir son irrésistible sensualité. C'était le moment de se jeter à l'eau.

—Voulez-vous m'épouser, Maelys ?

—Quoi ? Vous délirez ?

—Quand je suis avec vous, oui.

—On ne se connaît pas.

—Je te veux.

Elle sursauta. Il ne l'avait jamais tutoyée. Elle était partagée entre l'envie de se pendre à son cou et celle de se fâcher parce qu'il se moquait d'elle. Il la charriait, ce n'était pas possible autrement. Elle éclata de rire.

— Quelle joie ! s'exclama-t-il.

— Ainsi, vous avez décidé de me faire perdre pied ! Une demande en mariage… Et si je vous avais dit oui ? Vous auriez eu l'air malin !

— Je serais passé à l'étape suivante.

Il sortit de sa veste une petite boîte qui ressemblait fort à un petit écrin de bijoutier, hésita un instant, puis la remit dans sa poche. Les doigts de Maëlys s'accrochèrent à l'accoudoir du canapé. À quoi jouait-il ? Mille questions se bousculaient dans son esprit, qu'elle était incapable de formuler. Il se leva.

— Je n'ai pas beaucoup de temps, dit-il en consultant sa montre. Je voulais vous revoir, vous dire à quel point je tiens à vous. Ne pas taire mes sentiments pour ne rien regretter.

Il se tut, attendant un signe d'elle. Elle demeurait hébétée. Il abattit sa dernière carte.

— Viendriez-vous passer quelques jours avec moi à Rome ? J'en serais…

Sa voix s'étrangla.

— Je ne sais pas. Il faut que…

— Que vous réfléchissiez ?

— Oui. Je vous enverrai un mail.

— Vous ne le ferez pas.

Sa déception et sa tristesse non feintes la désarmèrent. Devait-elle lui avouer qu'elle redoutait de s'attacher à lui ? Lui confesser que Nahema était sa fille ? Qu'elle avait peur de bousiller sa vie, la sienne par ricochet, en lui dévoilant la vérité ? Ou bien qu'elle avait peur, tout simplement ? Elle lui saisit la main.

— Je viendrai à Rome, murmura-t-elle.

Il l'enlaça et l'embrassa avec une infinie tendresse. Déjà, il devait repartir. Elle le raccompagna à la porte. Alors qu'il s'éloignait dans la rue, elle resta un moment dans l'entrée, secouée. Il disparut si vite qu'elle se demanda si elle n'avait pas rêvé. Corentin la rejoignit sur le seuil et la saisit par les épaules.

— C'est le père de Nahema, hein ? Cet homme est le père de Nahema et tu ne le lui as pas dit. Il va revenir ? Quand allez-vous vous revoir ?

— Demain, peut-être…

— Demain ? Où ? Ici ?

— Ici ou ailleurs…

Composition :
Soft Office

Cet ouvrage a été imprimé par
CPI Bussière à Saint-Amand-Montrond
pour le compte de France Loisirs
en août 2018

Numéro d'éditeur : 92565
Numéro d'imprimeur : 2037914
Dépôt légal : juillet 2018

Imprimé en France